Titre de l'édition originale : *The Midwife of Hope River*
Publiée par William Morris, un département de HarperCollins Publishers

Première impression mai 2014.
Traduit de l'anglais (États-Unis) par Sabine Boulongne

Présente édition :

76, boulevard Pasteur
75015 Paris – France
www.editionscharleston.fr

ISBN : 978-2-38529-182-2
Maquette : Patrick Leleux PAO

Patricia Harman

LA SAGE-FEMME DES APPALACHES

Roman

Traduit de l'anglais (États-Unis)
par Sabine Boulongne

JEAN-CLAUDE LATTÈS

Aux courageuses et merveilleuses sages-femmes
du monde entier,
Qui mettent au monde quatre-vingts pour cent
des bébés entre leurs douces mains.

« Presque toute ma vie, j'ai cru que je rêvais.
De temps en temps, je me réveille,
parfois des mois entiers, à d'autres moments
quelques minutes. Je joue un rôle dans une pièce,
et je n'arrive pas à déterminer si j'invente
au fur et à mesure ou si un grand marionnettiste
me fait danser. »

Extrait du journal de Patience Murphy,
sage-femme Wild Rose Road, Liberty,
Virginie occidentale, États-Unis 1929-1930

AUTOMNE

1

Un bébé mort-né

— Depuis combien de temps mon bébé est-il mort, selon vous ?

Katherine se tourne vers moi, et je m'aperçois qu'elle pleure toujours.

— Cinq jours, peut-être moins, je réponds. J'ai entendu les battements de son cœur quand je vous ai examinée vendredi dernier, et vous m'avez dit qu'il avait bougé dimanche pendant l'office. Fermez les yeux à présent. Essayez de vous reposer. Vous en avez besoin.

Je pose mon journal relié en cuir tout neuf sur la table en érable, j'incline la tête en arrière et parcours la pièce sombre du regard. Le feu qui crépite dans la cheminée carrelée de bleu jette des reflets scintillants sur l'armoire, le baldaquin du lit, les murs tapissés de papier peint. La glace de la coiffeuse me renvoie l'image vacillante d'une femme menue aux longs cheveux auburn, avec un nez droit, un menton rond. Plutôt jolie, sans être belle.

Je suis au chevet de Mme Katherine MacIntosh, épouse de William, propriétaire des MacIntosh Consolidated Mines. Hier, c'est « mardi noir », comme ils ont décidé de l'appeler. Wall Street s'est effondré, après quoi il a fallu que je dise aux MacIntosh que leur enfant était mort avant d'avoir vu le jour. Le krach, un séisme lointain, a grondé jusqu'ici, dans les Appalaches. Je remercie le Ciel de ne pas avoir d'argent à la banque, de ne pas en avoir du tout.

Pendant que je cherche désespérément des signes de vie dans les entrailles de Katherine, déplaçant mon fœtoscope en bois sur son ventre rebondi, de haut en bas, puis en travers, des clients déchaînés font la queue pour récupérer leurs économies devant la First Mountain Federal Bank de Liberty. La file d'attente zigzague tout le long de Chestnut Street jusqu'à l'angle de Fayette Street. Pourtant, n'importe quel idiot flânant dans Main Street aurait pu se douter de ce qui allait arriver en voyant toutes les boutiques closes. Quand les mines de charbon commencent à fermer dans le comté de l'Union, tout le reste suit.

— Prenez-moi dans vos bras, Patience. J'ai si froid.

Katherine m'attrape la main et m'attire vers le lit.

Mary Proudfoot, la cuisinière des MacIntosh, et sa fille, Bitsy, dorment dans leur chambre près de la cuisine, blotties l'une contre l'autre comme des chatons. William MacIntosh ronfle dans sa chambre au bout du couloir. Il fait bon dans la pièce où nous sommes. C'est le cœur de Katherine qui est tout noué et froid comme les blocs de glace que la Hope River rejette parfois sur ses berges. Quand on est sage-femme, cela ne se fait pas de dormir avec sa patiente, mais quel mal y a-t-il à se reposer quelques heures ? Il va me falloir des forces pour nous aider à surmonter toutes ces épreuves.

En poussant un long soupir, je pose mes lunettes à monture d'acier à côté de mon journal. J'envoie promener mes pantoufles, je m'approche du lit et je me tapis contre Katherine pour lui apporter le peu de réconfort qu'il est possible de donner en pareilles circonstances. Je repense à Pittsburgh où, l'hiver, Mme Kelly, Nora et moi dormions toutes les trois ensemble.

J'aimerais pouvoir parler à cette mère éplorée de mon propre enfant mort-né, celui que j'ai porté quand j'avais seize ans, dont le père était décédé avant même qu'il ne naisse. Mais je me refuse à l'affliger davantage.

Je remonte les couvertures sur son épaule et je l'enlace. Elle sanglote dans son sommeil. La perte de ce bébé est d'autant plus triste que son premier fils âgé de deux ans, un petit blondinet qui commençait à peine à parler, a succombé à une pneumonie l'hiver dernier.

Elle a de faibles contractions, toutes les dix minutes.

Un rêve

À six heures trente du matin, alors que la lumière du jour s'insinue sous les lourdes tentures, illuminant les rosaces de l'imposante armoire en érable et les motifs du tapis à fleurs rouges, Katherine se dresse subitement dans le lit, une main sur son ventre.

— Je l'ai senti, souffle-t-elle.

Convaincue qu'elle est en plein rêve, je frotte mes yeux gonflés de sommeil.

Hier, tandis que le silence s'épaississait dans la chambre et que les yeux de Katherine s'arrondissaient, j'ai guetté une heure durant les palpitations de l'enfant avec mon fœtoscope cornu. Mais rien, à part des borborygmes. Pas de *toc toc toc.* Pas de coups de pied non plus. J'ai même appelé le docteur Blum – un homme grand, mince, au crâne dégarni. Il a ausculté la patiente lui-même une bonne demi-heure. En vain. Katherine a crié quand je lui ai annoncé que son enfant était mort. Lorsque le médecin a acquiescé d'un signe de tête en lui tapotant la main avant de faire sortir son mari, elle a hurlé de plus belle.

Cette plainte vous va droit au cœur. Je ne l'avais entendue qu'une seule fois auparavant, lors de l'accouchement de Manny McConnell, à Pittsburgh, lorsque Mme Kelly, la sage-femme, lui avait dit que ses jumeaux avaient expiré. Mais on n'oublie jamais. Même en l'entendant depuis dehors par une fenêtre ouverte, une chaude soirée d'été, vous sauriez de quoi il retourne.

Au rez-de-chaussée, la radio RCA flambant neuve de M. MacIntosh diffusait la voix lointaine d'un présentateur décrivant ce qui était en train de se passer à la bourse. Avant que je n'aie le temps de discuter du cas avec le docteur Blum, il a été appelé au chevet d'un enfant malade, si bien que je me suis retrouvée avec la fausse-couche sur les bras. Je suis sage-femme et, comme Katherine avait tenu à mettre son bébé au monde chez elle plutôt que dans sa clinique privée, il a dû penser que je saurais quoi faire.

Katherine est toujours en train de pétrir son ventre blanc comme si c'était de la pâte à pain.

— Je l'ai senti, répète-t-elle. J'ai senti quelque chose.

Je me mets sur mon séant et m'étire.

— C'était probablement des gaz, ou bien les douleurs de l'enfantement. Avez-vous besoin d'aller aux toilettes ?

En plus de l'électricité, les MacIntosh ont l'eau courante et des W.-C. à l'intérieur. Ça n'a rien d'exceptionnel en ville, mais dans les zones rurales de Virginie occidentale c'est assez rare.

— Je l'ai senti, j'en suis sûre.

— Katherine… (Gênée de l'inconvenance dont j'ai fait preuve en dormant avec ma patiente, je lisse ma robe à fleurs toute froissée et je chausse mes lunettes.) Allons au petit coin. J'essayerai à nouveau d'entendre des battements de cœur quand vous vous serez soulagée. Mais ne vous faites pas d'illusion, l'esprit de votre bébé est retourné au Ciel.

Je parle ainsi, comme si j'étais croyante. En vérité, sauf pour les enterrements et les mariages, je n'ai pas mis les pieds dans une église depuis que Ruben, mon mari, est mort à Blair Mountain ainsi que cent cinquante autres syndicalistes. À l'automne 1921. Une sale époque.

— Je crois l'avoir senti... Quelque chose m'a réveillée.

Désormais, elle n'en est plus si sûre.

Dans les toilettes des MacIntosh, j'étudie la cuvette haute, en porcelaine, surmontée d'une lunette ronde en chêne ciré – plus un meuble qu'une chaise percée. Quand Katherine a fini, elle tire sur la chaîne en cuivre et de l'eau afflue.

Au moment de sortir de la petite pièce aux carreaux verts elle fait volte-face.

— J'ai besoin d'y retourner !

C'est une grande femme – nettement plus grande que moi –, avec les traits d'une vedette de cinéma et des cheveux blonds coupés au carré à la Jean Harlow, tout décoiffés. Elle soulève sa chemise de nuit blanche brodée et s'installe à nouveau sur le trône.

Je jette un coup d'œil en soupirant à la literie tire-bouchonnée et décide de refaire le lit. Pendant que je tapote les oreillers en plume, j'entends un grognement.

— Eurhhh !

— Non, Katherine ! Ne faites pas ça !

Ce son m'est familier. En enjambant le repose-pied brodé, je trébuche sur le bord du tapis et, en chaussettes, je glisse sur le parquet étincelant. Cette plainte est le signe d'une naissance imminente.

Rien n'est prêt ! Aucun signe n'indiquait que Katherine était en plein travail, ni même que le travail avait commencé. Les choses se passent peut-être ainsi quand l'enfant est mort-né. Le corps de la mère cherche désespérément à l'expulser. Comment le saurais-je ? Lors des naissances auxquelles j'ai assisté jusqu'à présent, les bébés étaient vivants, au moins pendant quelque temps.

J'ai apporté des aiguilles pour faire des points de suture en cas de déchirure, des compresses propres, des ciseaux stérilisés, ainsi que de l'huile pour aider à la dilatation vaginale, mais tout est dans ma sacoche que j'ai laissée près de la porte d'entrée.

— Bitsy ! je crie. Bitsy ! Mary ! J'ai besoin d'aide. (Une porte s'ouvre à la volée en bas, j'entends des pieds nus monter précipitamment l'escalier.) Que quelqu'un m'apporte le sac de Mme Kelly !

Les pas redescendent les marches. Je ne sais pas pourquoi j'ai dit « le sac de Mme Kelly ». Mme Kelly, mon mentor, ma tutrice officieuse, mon amie, nous a quittés un an après que nous nous sommes installées en Virginie occidentale, et je me suis retrouvée seule à nouveau.

— Monsieur MacIntosh !

En temps normal, les pères ne sont pas présents au moment de la délivrance – la situation est trop difficile à supporter pour eux –, mais j'ai besoin de quelqu'un rapidement.

Il arrive, tout ensommeillé, en pyjama à rayures blanches et bleues. C'est un gaillard imposant avec des cheveux courts, d'un blond cendré, et une moustache. Un bel homme, bâti comme un athlète qui aurait mal vieilli. Les yeux écarquillés, blancs dans leurs visages bruns, leurs tresses noires voltigeant dans les airs, Mary et Bitsy, en chemise de nuit, se ruent dans la pièce derrière lui.

— William, apportez des draps propres, des serviettes, tout ça.

Pendant que j'entraîne Katherine vers le lit, elle perd les eaux. Elle comprend maintenant qu'il ne s'agit pas d'un mouvement des intestins mais de la venue d'un bébé mort.

Elle grogne à nouveau et s'accroupit, sans se soucier de son beau tapis, accaparée par la terrible pression qu'elle ressent, le besoin de pousser. En glissant les mains sous elle, je découvre, abasourdie, que la tête est déjà là, aussi ronde, dure et chaude que celle d'un bébé en vie.

Dans le livre écorné que Mme Kelly m'a laissé, *Principes et pratique de l'obstétrique*, de Joseph DeLee, j'ai lu que, au bout d'une semaine dans l'utérus, les bébés morts-nés commencent à se décomposer. Du coup, je m'étais attendue à sentir quelque chose d'un peu spongieux.

— Non, Katherine ! Couchez-vous sur le lit.

Je la fais pivoter et la guide à reculons. Bitsy l'aide à s'allonger et dispose des serviettes propres sous elle. M. MacIntosh est toujours adossé au mur orné de roses, si blême que son visage rendrait le soleil aveugle.

Pas le temps d'enfiler les gants en caoutchouc commandés spécialement, que je viens d'aller chercher à la pharmacie Stenger. Je place mes mains en couronne autour du petit crâne. Ouvrant démesurément les yeux, terrifiée, Katherine agrippe les draps, fixant son attention sur le lustre au-dessus d'elle. Je fais signe à Bitsy de lui soulever la tête.

— Regardez-moi, Katherine, regardez-moi. À la prochaine contraction, je veux que vous vous mettiez à souffler. La tête est à l'ouverture. Pas besoin de pousser. Votre utérus s'en chargera. Si vous l'expulsez, vous allez vous déchirer.

Du coin de l'œil, je vois le père tourner de l'œil et glisser le long du mur. Nous le laissons étendu là.

— Mary, préparez une serviette pour envelopper le bébé.

Non que je me soucie de garder l'enfant mort-né au chaud. Je me dis qu'il est peut-être difforme, ou que sa peau pèle déjà.

La tête couverte de cheveux noirs tournoie et émerge entre mes mains. Le front d'abord, les joues rebondies, puis le menton.

— Soufflez, Katherine, soufflez !

Le cordon est enroulé autour du cou, mais il est lâche. Je défais un anneau après l'autre.

— Les épaules maintenant. Poussez, doucement.

Finalement je remets l'enfant tout mouillé, sans vie, à Mary, la cuisinière, qui tremble tellement que je redoute qu'elle le laisse tomber.

— Tenez-le bien.

Elle dépose dans une serviette le petit garçon inerte, bleu-gris comme le lac Michigan, l'enveloppe avec l'extrémité du tissu. À première vue, il semble parfait. Le cordon n'était pas trop serré. Pourquoi est-il mort ? Une malformation cardiaque, peut-être. Il paraît que ça arrive. Un rein manquant ?

Mary, une femme de couleur d'un bon mètre quatre-vingts à la poitrine opulente, n'a pas bronché. Les bras raides comme les branches d'un érable, elle tient toujours le petit corps.

Que fait-on d'un bébé mort ? On l'emmène à la cuisine ? On le met dans le berceau blanc ? Je n'y ai jamais réfléchi.

Pendant que je guette le moment où le placenta va se détacher, je fais signe à Mary d'approcher et soulève un coin de la serviette. Les yeux du nourrisson sont grands ouverts, vitreux.

Soudain, les côtes bougent ! Un frémissement, comme la main d'une vieille dame. Par tous les saints ! Si je ne l'avais pas fixé intensément, je ne m'en serais pas aperçue. Une courte aspiration.

— Donnez-moi cet enfant !

Je manque de le lâcher sur le lit en m'en emparant. Sans hésiter, je m'agenouille comme pour prier, je pose ma bouche sur ses minuscules lèvres bleuâtres et je souffle trois fois, comme j'ai vu Mme Kelly le faire un jour. Trois petites bouffées d'air.

Alors que cet air emplit ses poumons, le nouveau-né toussote faiblement avant d'émettre un miaulement. Du bleu gris, il vire au rose, le visage d'abord, le torse, puis les mains.

Katherine se tourne lentement sur le côté.

— Mon bébé, chuchote-t-elle. Mon bébé ! (Elle se redresse, tend les bras en répétant encore et encore d'une voix chevrotante :) Mon bébé ! Mon bébé !

L'enfant l'appelle à son tour de ses cris. Je le pose sur ses genoux pour qu'elle puisse voir son petit visage.

— Loué soit Jésus ! s'exclame Mary, les mains pressées contre sa poitrine pour contenir son cœur en joie.

Bitsy, qui est futée comme pas deux et fait la moitié de la taille de sa mère, a la présence d'esprit de couvrir le nouveau-né vagissant avec une autre serviette sèche et de le frictionner. Sans quitter des yeux la Madone et son chérubin, j'achève de couper le cordon et de sortir le placenta. William MacIntosh qui a raté toute la scène émerge de sa syncope et rampe jusqu'au lit.

— Sainte mère de Dieu ! Il est vivant ? s'exclame-t-il en se tournant vers Bitsy, hésitant, j'imagine, à faire confiance à la sage-femme écervelée qui lui a affirmé que son enfant était mort.

Je repense à l'instant, quelques minutes plus tôt, où Katherine a soutenu qu'elle avait senti le bébé lui donner des coups de pied. Je suis novice, certes, mais je n'étais pas seule en cause. Le docteur Blum, médecin de la famille, a confirmé l'absence de pulsations. À présent, je m'interroge… Se pourrait-il que dans le ventre de sa mère, le fœtus ait eu les bras pliés de sorte qu'il soit impossible d'entendre son cœur avec mon fœtoscope en bois, ni avec celui en métal tout neuf du docteur ? Même quand la position est idéale, on perçoit difficilement ce son ténu. À moins que le cordon pincé n'ait provoqué un ralentissement des battements au point que je les ai confondus avec le pouls de sa mère ?

Je me sens bête. Dangereuse, qui plus est. Comment ai-je pu m'imaginer que quelques années d'apprentissage suffiraient à faire de moi une sage-femme accomplie, sans Mme Kelly pour me guider ? D'un autre côté, le bébé est vivant…

J'explique à Bitsy comment masser l'utérus de Katherine toutes les dix minutes environ pour qu'il reste bien dur. Elle apprend vite et répète tout ce que je dis. Ensuite je lui montre la manière d'inspecter le placenta pour s'assurer qu'il est complet et de peser le nourrisson sur la vieille balance à suspension que Sophie m'a léguée.

Pour finir, je m'assieds dans un fauteuil en satin et je contemple la nouvelle famille. La maman est déjà en train d'allaiter. Je soulève un peu le store à franges de la fenêtre, la clarté du soleil envahit la pièce.

Cet enfant sera plus fort que n'importe lequel d'entre nous.

30 octobre 1929
La nouvelle lune haute dans le ciel en plein jour

Enfant mâle vivant, de 3,150 kg, qu'on a cru mort. Nom : William MacIntosh II. Fils de William MacIntosh et Katherine Ann MacIntosh. Travail actif : 5 minutes. Poussée : 1 minute. Perte de sang minimale. Pas de déchirures du canal de naissance. J'ai dû insuffler de l'air par trois fois dans la bouche du bébé pour le ranimer. Étaient également présents, Mary et Bitsy Proudfoot, les domestiques des MacIntosh, et le père, bien qu'il soit tombé en pâmoison.

2

À la maison

Être sage-femme n'a jamais été mon ambition. Petite fille, je m'imaginais exploratrice en Amazonie ou journaliste globe-trotter, comme Nellie Bly. Or me voilà veuve à trente-six ans, recherchée par la police dans deux États, vivant seule dans les montagnes de Virginie occidentale, trop âgée et trop obstinée pour qu'on me courtise.

Épuisée par le manque de sommeil, je traîne ma bicyclette en haut des marches du perron avant de regarder M. MacIntosh faire demi-tour dans sa Olds. Je lui suis reconnaissante de m'avoir raccompagnée. C'est une de ces belles journées d'automne, ensoleillée, cristalline. Des nuages blancs semblables à des petits navires voguent dans l'azur. Mes deux beagles brun et blanc surgissent en gémissant de dessous la maison et me font la fête.

— Bonjour, Sasha ! Bas les pattes, Emma ! Je vous ai manqué ?

La femelle, Emma, porte le nom de l'anarchiste radicale Emma Goldman ; le mâle, celui de son amant, Alexander Berkman, surnommé « Sasha ». Il y a quelques années, ces patronymes m'étaient aussi familiers que le père Noël et Jésus-Christ – à l'époque où j'œuvrais auprès des syndicats à Pittsburgh. Aujourd'hui je me cache ici, à l'écart de ce monde.

Je presse mon front contre la porte d'entrée bleu pervenche, heureuse d'être de retour chez moi, même si je redoute le vide. Il y a un peu plus de deux ans, quand Mme Kelly et moi avons emménagé dans cette ferme au pied de la Hope Mountain, propriété de sa grand-mère, nous avions pensé donner un coup de peinture blanche aux bardeaux rongés par les intempéries. Seulement, après avoir déboursé deux cents dollars pour acquérir les cinq hectares attenants, nous n'en avions plus les moyens. Nous nous étions résolues à ne repeindre que la porte. Je m'étais procuré le bidon de peinture bleu pervenche pour une somme modique à la quincaillerie Mullin de Liberty.

En entrant dans la maison, j'ébouriffe la fourrure d'Emma, puis je contemple mon salon. Bien qu'il soit exigu et loin d'être aussi cossu que celui des MacIntosh, je le préfère. Je me flatte de ce que tout ce qui s'y trouve soit fait main, ou de la récupération. Je tiens de ma mère ce besoin d'avoir un joli cadre. Ma parcimonie me vient de ma grand-mère.

Il y a le canapé d'occasion dont Mme Feder nous a fait cadeau pour nous remercier d'avoir mis au monde les jumeaux de sa belle-fille. Je l'ai recouvert d'une couverture bleue et blanche confectionnée par mes soins. La table en pin, je l'ai trouvée dans la cave et poncée avec application si bien qu'elle a presque l'air neuve. Des rayonnages en planches de châtaignier usées supportent mes livres. Un poêle à bedaine trône dans le coin. (En arrivant, notre demeure contenait en tout et pour tout un fourneau, le poêle, un fauteuil à bascule en chêne, deux bois de lit en fer garnis de matelas en plume, outre la bicyclette.)

Je ne possède rien d'autre, mis à part la pendule ornée, noir et or, que Mme Kelly avait apportée de Pittsburgh par le train, et le piano droit foncé acheté d'occasion, trente dollars, quand l'église du Mont Zion s'est procuré un orgue. C'était à l'époque où je trouvais de la besogne de temps en temps, j'avais encore un peu d'argent. Le travail se fait rare maintenant, et puis, voyons les choses en face, le métier de sage-femme n'est guère lucratif.

Qu'un accouchement soit rapide ou dure des heures, je suis toujours fourbue quand je regagne mes pénates. J'ôte mes souliers, je me laisse tomber sur le canapé. Mon regard se pose sur le tableau accroché au mur blanchi à la chaux au-dessus de moi.

Lawrence, le père de mon enfant, a peint ce portrait quand j'avais seize ans. Il était étudiant à l'Institut d'art de Chicago en ce temps-là. La toile représente une fille sur une jetée au bord du lac Michigan. La tête inclinée en arrière, une longue mèche de cheveux auburn en travers du visage, elle rit. C'est moi, Elizabeth Snyder. Quand on a quitté précipitamment Pittsburgh, j'ai pris un pseudonyme : Patience Murphy. Ce nom me sied à présent. Il sonne bien. Patience Murphy, la sage-femme…

Lawrence, mon premier mari – je le qualifie ainsi bien qu'il soit mort avant que nous ayons pu nous unir –, était décorateur au Majestic Theater où je travaillais moi-même comme choriste. J'avais menti pour décrocher cet emploi, racontant à tout le monde que j'avais dix-huit ans. J'avais été choisie parmi une kyrielle de filles, grâce à ma voix. Les gens de l'orphelinat de la Miséricorde étaient sûrement contents de se débarrasser de moi. Une bouche de moins à nourrir.

Je jette quelques bûchettes sur les braises, je transvase un peu d'eau du seau dans la bouilloire, puis je rapproche le rocking-chair du poêle. Les deux grandes fenêtres inondent la pièce de lumière.

Pourquoi mon bébé n'a-t-il pas survécu ? Celui de Katherine est en vie !

Je crois connaître la réponse. Je l'ai lue dans le manuel de DeLee. Mon placenta s'est séparé trop tôt, selon la formule employée par ledit spécialiste. Une urgence obstétrique. Les césariennes se pratiquaient rarement à l'époque, surtout dans le cas d'une orpheline comme moi. J'ai enduré deux décès en l'espace de quinze jours : Lawrence, mort lors du déraillement d'un train, et puis le bébé. Je n'ai toujours pas compris comment je m'en étais sortie sans m'effondrer complètement. J'ai tenu le coup d'une manière ou d'une autre, comme nous devons tous le faire. Enfouissant mon chagrin au fond de ma poche tel un morceau de charbon, j'ai poursuivi ma route cahin-caha. Je le porte toujours en moi, mais au fil du temps il a rapetissé et s'est durci à l'instar d'un diamant.

La fille de jadis contemple cette mer intérieure. La naissance, la mort, intimement mêlées. L'amour, la naissance, la mort. Ma trilogie.

J'entends un faible meuglement venant de la grange. Mes bêtes ! Je suis restée chez les MacIntosh pour le petit déjeuner… Saucisses, biscuits, pêches en conserve au sirop d'érable, faites maison. Un vrai repas de fête, comme l'a dit la Grande Mary. Bitsy, Mary et moi avons mangé à la cuisine après avoir aidé Katherine à faire sa toilette et enfiler une robe de chambre en soie bleu marine afin que son mari et elle puissent déjeuner ensemble.

Il est midi passé, les poules n'ont pas été nourries, et les pis de cette pauvre Clair de lune doivent être sur le point d'exploser. Buster, le chat, va bien, lui. Je laisse toujours un bol de lait sur le porche, et il se débrouille pour trouver des mulots et des tamias. Mes beagles aussi peuvent chasser. En revanche, à cette époque-ci de l'année, les bêtes confinées dans la grange sont démunies. En me maudissant de mon étourderie, je cours chercher un seau propre dans l'office et je chausse à la hâte les bottes en caoutchouc noir que je range dans la véranda de derrière.

Les plaintes des animaux m'assaillent à l'instant où j'ouvre les portes de la grange. Les poules piaillent, cette pauvre Clair de lune gémit de douleur. Je jette de la moulée à la volaille et expédie du foin dans le box de ma vache puis je m'installe sur mon tabouret à trois pieds en la suppliant de me pardonner.

— Je suis désolée, ma fille, dis-je d'un ton implorant. J'ai passé toute la nuit chez les MacIntosh en ville. Je n'en reviens toujours pas ! J'étais sûre que leur bébé était mort. J'ai guetté si longtemps un battement de cœur… J'ai même demandé au docteur Blum de vérifier. Katherine avait affirmé n'avoir ressenti aucun mouvement depuis plus de deux jours. Je me sens ridicule, tu n'as pas idée. D'ici demain, toutes les femmes du comté de l'Union sauront que je suis une incapable. Même si le docteur Blum était là pour confirmer que le bébé ne vivrait pas, c'est moi qu'on blâmera, tu verras.

Tandis que je tire méthodiquement le lait des pis douloureux de ma pauvre vache, j'observe l'espace chaleureux autour de moi, les rais de soleil qui s'insinuent dans les fentes au-dessus de ma tête, les parois brutes, dorées, les poutres en chêne taillées à la main. L'odeur du foin, les douces senteurs du fumier me chatouillent les narines. Clair de lune tourne la tête sur le côté et me lèche la figure de sa longue langue rugueuse. Elle m'accepte telle que je suis, pleine d'énergie ou fatiguée, incompétente ou sûre de moi, amoureuse de la vie ou enfermée dans ma douleur.

3

Appel d'urgence

En rentrant à la maison avec mon seau de lait et six œufs dans les poches, je ris dans le vent qui arrache des feuilles rouges et jaunes aux érables et aux chênes pour les disperser dans l'azur. Il fut un temps, après la disparition de Mme Kelly, où je ne remarquais plus ce genre de choses. Je marchais tête baissée, en veillant à ne pas patauger dans les flaques gonflées par mes larmes.

Une crise cardiaque foudroyante l'a emportée au cours du deuxième printemps que nous avons passé ici. Tel avait été le verdict du docteur Blum. Un après-midi, en revenant du potager, j'avais trouvé ma chère Sophie affalée dans le canapé. Certains soirs sombres, je la vois encore assise là.

Je mangeais peu, je perdis du poids, je ne lavais plus mes longs cheveux. Je cessai de chanter en travaillant, je n'allais plus danser dans le pré les jours de beau temps. J'avais connu une période tout aussi noire peu de temps auparavant, après le décès de Ruben à Blair Mountain, mais on ne s'habitue jamais à la perte. Plus on pleure de morts, plus c'est douloureux. Durant près d'un an, j'ai vacillé au bord de ma propre tombe. Et puis un après-midi j'ai relevé la tête, humé l'air et noté le changement de lumière. Le printemps était revenu.

— Le deuil prend à peu près un an, avait déclaré Sophie un jour à une jeune maman qui avait perdu son fils. Il faut passer chaque congé, chaque saison. Vous pleurerez à Noël, à nouvel an, à la fête des mères, à Thanksgiving. Vous souffrirez en voyant la première jonquille, la première chute de feuilles d'automne, la première neige... Chaque événement, chaque nouvelle saison vous arrachera le cœur, et puis quand tout cela sera derrière vous, vous irez mieux.

Elle avait raison. Elle le savait d'expérience.

Comme moi, Mme Kelly avait enduré de grandes pertes : sa sœur, de la typhoïde, quand elle était petite, sa mère, d'un cancer de l'estomac, et, pire que tout, son jeune époux et sa fille lors de la terrible inondation en Pennsylvanie de 1911. Un millier de personnes avaient péri quand le barrage de la fabrique de pâte à papier s'était rompu, submergeant la ville entière. En l'espace d'une journée, mon professeur, ma protectrice, mon amie avait tout perdu, son foyer, sa famille. On l'avait retrouvée, plus morte que vive, un kilomètre plus bas au bord du fleuve, cramponnée à une branche d'arbre. Pendant quelque temps, elle avait regretté de ne pas être morte, m'avait-elle avoué. Je sais de quoi elle parlait.

Je me lave les mains à la cuisine, j'essuie mes lunettes, puis je nettoie délicatement les œufs bruns avant de les placer avec soin dans un panier tressé. Je passe le lait à l'étamine au-dessus d'un bocal propre. Par la petite fenêtre au-dessus de l'évier, j'aperçois les versants verdoyants qui dégringolent vers la vallée où serpente la Hope River, plus pleine à cette époque-ci de l'année qu'en été.

Je m'apprête à verser l'eau qui bout dans la bassine pour rincer quelques ustensiles, quand je repère une silhouette montant à flanc de coteau, un homme solitaire penché en avant sur sa mule comme s'il était pressé d'arriver. Il traîne une autre bête derrière lui. À la première boîte aux lettres, celle des Johnson, à six cents mètres de chez moi environ, il s'arrête pour regarder le nom. Il en fait de même à la deuxième, celle des Maddock, avant de continuer son chemin. J'ai la désagréable impression que c'est moi qu'il vient trouver.

Je porte prudemment le bocal de lait dans la réserve où l'eau de source amoncelée dans une cuve en pierre reste fraîche tout l'été. En revenant, je vois mon visiteur, un homme noir de grande taille, attacher ses deux mules à un arbre. Il porte un chapeau gris et une veste en toile du même ton, déchirée au coude. Un mineur qui aurait besoin d'aide ? Les compagnies avaient leurs médecins attitrés jadis, mais la plupart s'en sont allés. Les meilleurs d'entre eux, en tout cas. L'hygiène et les conditions sanitaires sont si déplorables dans les campements miniers que le docteur Blum refuse de s'y rendre.

L'homme soulève son chapeau poussiéreux.

— Je suis Thomas Proudfoot, le fils de Mary. Izzie Cabrini, un mineur de King Coal, m'a envoyé vous chercher. Sa femme a des problèmes.

Je sais ce que « problèmes » veut dire.

— Depuis combien de temps est-elle en travail ?

— Un jour, peut-être deux.

Ces situations m'inquiètent. Je ne connais pas les Cabrini, et je ne suis jamais allée au camp de King Hollow Coal. J'ignore si la dame est en avance, en retard, quelle est la situation.

— A-t-elle déjà eu des enfants ? Le chef d'équipe ne pourrait-il pas la conduire à l'hôpital de Torrington ?

Thomas secoue la tête.

— N'y a-t-il pas de docteur à King Coal ?

Il secoue à nouveau la tête en plantant son regard dans le mien. À son expression, je vois que c'est un homme intelligent, conscient qu'il devrait en être autrement, qui sait aussi qu'il doit tenir sa langue.

Le camp minier

King Coal est à cinq kilomètres de chez moi. Nous progressons bien sur les chemins de terre rocailleux, malgré la nonchalance de nos montures. Trois véhicules nous dépassent, nous obligeant à descendre dans le fossé : une Pontiac, une Ford T et un tracteur John Deere qui avance à peine plus vite que nous.

Je pense aux sages-femmes de la Frontière qui sillonnaient à cheval vallées et montagnes afin de porter assistance aux femmes en couches. Je ferais peut-être bien de me procurer un cheval ! Je m'anime à cette pensée, mais mon enthousiasme est de courte durée. Il faudrait de l'argent pour ça. Or je ne possède que quelques dollars, et M. MacIntosh ne m'a rien proposé à part me raccompagner chez moi. Il est sans doute encore sous le choc que son bébé qu'il croyait mort soit vivant.

Je grince des dents en pensant à la terrible erreur que j'ai commise et à l'effet que cela aura sur la communauté. Les gens y verront peut-être un miracle, qui sait ! *L'enfant était mort, mais il a repris vie !* Si ça se trouve, ils diront que c'est moi qui ai accompli ce miracle. En fait, j'en doute.

Nous atteignons finalement le village des mineurs. Un ramassis de cabanes délabrées le long de King Lick. Bien que le camp date de cinq ans seulement, l'eau du ruisseau est déjà brunâtre, et les rochers ont jauni à cause des ruissellements acides provenant de la mine.

Les camps miniers qui sont syndicalisés disposent de baraquements rudimentaires destinés aux mineurs et à leurs familles, d'une salle de classe, d'un dispensaire et d'un commerce. À première vue, celui-ci est une installation de fortune. Pas de syndicats, ni bénéfices. Rien. Les logements sont de vrais taudis.

En passant à côté de nous, une file désordonnée d'hommes coiffés de casques en métal à lampe frontale se retournent pour nous dévisager. Dans leurs figures maculées de poussière de charbon, seuls leurs yeux sont vivants. Impossible de savoir qui parmi eux est irlandais, écossais, noir, qui sont les Italiens engagés par les magnats du charbon pour extraire cet or noir. Il y a cinq ans, vingt pour cent des mineurs étaient d'anciens métayers noirs ayant quitté le Sud pour trouver un emploi mieux rémunéré. Depuis que les mines ont commencé à fermer, leur nombre a considérablement diminué. Deux petits garçons âgés d'à peine dix ans, eux aussi affublés de casques, traînent en queue.

À l'époque où l'on habitait à Pittsburgh, Mme Kelly, Nora et moi avions milité aux côtés des Wobblies – le syndicat international des ouvriers –, en faveur de l'amendement contre le travail des enfants de 1919. La Cour suprême a fini par le rejeter. Les juges ont estimé que le gouvernement fédéral n'avait pas le droit de réglementer les industriels et qu'il était tout à fait acceptable que de jeunes enfants triment dans des ateliers clandestins ou à des kilomètres sous terre.

En traversant le village au petit trot sur ma mule, je constate l'absence de cabinets. Si bien que lorsqu'il pleut, les déjections humaines s'infiltrent dans la terre et s'écoulent vers le puits communautaire en contrebas. Bien qu'il fasse frais, les enfants, pieds nus, s'ébattent dans l'eau souillée du ruisseau. Une femme mince comme un lacet vêtue d'une robe en toile de jute à fleurs bleue et blanche sort sur son perron et expédie le contenu de sa cuvette à vaisselle dans le jardin.

Thomas s'arrête finalement devant une masure tapissée de goudron noir, tout de guingois. Derrière une fenêtre à carreaux poussiéreux, une gamine de huit ans environ surveille la route. Son visage s'illumine dès qu'elle nous voit. Elle se retourne pour annoncer notre arrivée. Vu l'aspect de la bicoque, je sens qu'une fois de plus, je ne toucherai pas un sou, et ce n'est pas parce que ces pauvres bougres auront perdu leur argent à la bourse.

Mon guide m'aide à mettre pied à terre, me tend ma sacoche.

— Merci de m'avoir accompagnée, monsieur Proudfoot.

Il esquisse un sourire.

— M'dame, marmonne-t-il en inclinant son couvre-chef.

Sans un mot de plus, il disparaît.

Delfina

En montant d'un pas hésitant les marches branlantes du porche, ma sacoche à la main, je me prends à regretter que Thomas Proudfoot ne soit pas resté, ne serait-ce que pour me présenter. Dieu sait ce que je vais trouver à l'intérieur ? Avant que je n'aie le temps de frapper, la porte s'ouvre à la volée.

— Elle va mal, s'exclame un homme très agité.

Sa petite moustache tressaille. De grands yeux bruns aux longs cils éclairent son visage inquiet.

Je parcours la pièce du regard. Des journaux couvrent les murs pour empêcher le vent d'entrer. Deux grands lits, un canapé usé, un fauteuil à bascule et un berceau. Dans un coin, j'entrevois un comptoir de cuisine rudimentaire avec des étagères en bois érodé. Un fourneau en fonte, une table en bois avec six chaises dépareillées, une ampoule qui pend au bout d'une longue corde au plafond. Ça s'arrête là.

Je m'étonne qu'ils aient l'électricité, jusqu'à ce que je me souvienne que c'est le cas dans l'ensemble des camps miniers. On a besoin du courant pour acheminer les chariots mécaniques sur les rails. Jadis on recourait à des ânes pour sortir le charbon de la mine. Avant cela, des hommes faisaient office de bêtes de somme, et il y a plus longtemps encore, on employait des enfants et des femmes parce qu'ils étaient plus menus.

Une femme geint sous une couette marron toute déchirée dans un des lits sens dessus dessous. Les trois petits garçons en haillons assis autour de la table cachent leurs visages dans leurs mains, mais la fillette, toujours perchée sur le rebord de la fenêtre, plante son regard sur moi. Personne ne sourit. Personne ne dit bonjour. J'ai pénétré dans un monde à la Charles Dickens.

Je saute les présentations. Ils savent qui je suis.

— Depuis combien de temps le travail a-t-il commencé, monsieur Cabrini ?

En entendant le son de ma voix, la patiente relève les yeux. Elle a à peu près mon âge, peut-être moins. Ses cheveux bruns bouclés sont tout emmêlés d'un côté ; elle a le teint rouge, la peau moite.

— Depuis hier soir.

Izzie a un accent italien prononcé. Je me demande si son épouse et leurs enfants parlent anglais.

— A-t-elle perdu les eaux ?

Cabrini hausse les épaules pour signifier qu'il n'en sait rien.

— Sentez-vous de l'eau couler ?

J'adresse la question à la jeune femme, d'une voix plus forte que nécessaire. Pourquoi haussons-nous toujours le ton quand on pense que quelqu'un ne nous comprend pas ?

— Sa culotte est mouillée, me dit la gamine qui parle à l'évidence un peu ma langue.

Quatre enfants. La patiente en a peut-être eu plusieurs autres, morts à la naissance ou au bout de quelques mois. La mortalité infantile est forte dans les montagnes. Si une mère pauvre a dix enfants, faute d'une bonne hygiène, deux d'entre eux au moins périront en bas âge. Même dans les meilleures conditions, comme chez Katherine MacIntosh, le risque d'un enfant mort-né ou d'un décès avant l'âge d'un an est d'un sur dix.

Je me tourne vers la fillette.

— Comment s'appelle ta maman ?

— Maman.

— Delfina, corrige l'homme.

— Delfina. (Je m'assieds près d'elle et pose une main sur son épaule.) Moi c'est Patience Murphy et je suis sage-femme.

J'ai laissé tomber mon nom d'épouse, Gordesky, après le sinistre épisode survenu à Blair Mountain, et je dis « sage-femme » du bout des lèvres après le terrible impair que j'ai commis lors de l'accouchement de Katherine.

— Je sais que vous êtes fatiguée et que vous peinez depuis longtemps, mais pourriez-vous vous mettre sur le dos, s'il vous plaît, pour que je puisse vous examiner ?

Les contractions sont encore faibles, à en juger d'après le rythme de sa respiration, et se produisent toutes les cinq minutes. Elle n'en a pas eu de forte depuis que je suis entrée dans la pièce. Ce n'est pas bon signe. Nous voulons des contractions puissantes pour expulser le bébé. Si l'utérus est épuisé, il ne se rétractera pas par la suite, et on risque l'hémorragie.

Je me tourne vers l'homme de la maison.

— Il va nous falloir de l'eau bouillie. Demandez aux garçons d'aller chercher un seau au puits. Envoyez-les dehors pendant que je détermine ce qui se passe. Votre fille peut rester. J'aurai peut-être besoin d'elle. Pouvez-vous rouler sur le dos après la prochaine vague de douleurs ? je demande à nouveau à la maman.

La petite dit quelque chose en italien et la patiente se tourne lentement, prenant son ventre à deux mains. Quand je soulève sa chemise, je remarque du sang séché entre ses cuisses.

Je commence par contrôler le rythme cardiaque du fœtus à l'aide de mon fœtoscope en bois. Non sans crainte, car je redoute un autre enfant mort-né. Mais finalement, en haut de l'abdomen, plus haut que je m'y attendais, je décèle le *toc toc toc*.

D'après la montre en or de Mme Kelly que je porte comme elle autour du cou, pendue à un ruban, les battements sont réguliers – environ cent quarante la minute. Je me réjouis de sentir la peau fraîche de Delfina. Elle n'a pas de fièvre.

Je m'enquiers ensuite de la présentation du bébé. Je passe les mains sur l'abdomen de Delfina à la recherche de la tête. À la fin, je crois l'avoir trouvée : une bosse de la taille d'une petite courge poivrée du côté droit, pas tout à fait dans le bassin. Trop haute.

Plusieurs explications me viennent à l'esprit : cette femme a eu plus de cinq enfants, et ses muscles abdominaux ainsi que son utérus sont si flasques que même un bébé à terme pourrait flotter là-dedans à sa guise. Ou alors, et ce serait plus grave, quelque chose bloque l'ouverture, une tumeur fibreuse, ou, pire encore, le placenta, coincé en bas de l'utérus.

Le mieux serait d'aller en ville sur-le-champ requérir de l'aide, mais ce n'est pas possible. Nous n'avons pas de moyen de transport en dehors des mules de Thomas Proudfoot. Même si le chef du camp acceptait de nous conduire, sur ces routes de campagne sinueuses et escarpées il faudrait plus d'une heure pour atteindre l'hôpital de Torrington. Sans parler de l'argent. Il est évident que M. Cabrini n'a pas le sou. Le docteur Blum m'a informée qu'il prenait uniquement en charge les patients qui paient. Dieu seul sait combien coûte une hospitalisation à Torrington.

Dans ma sacoche, je prends les gants en caoutchouc dont j'ai dû me passer à l'accouchement de Katherine. Ils sont propres, stérilisés à l'eau de Javel, et enveloppés dans du papier journal brûlé. Le seul moyen de savoir ce qui se passe consiste à faire un examen interne, mais c'est risqué, et illégal.

Le code d'obstétrique de Virginie occidentale établi en 1925 interdit aux sages-femmes de pratiquer ce genre d'explorations. Il est également « proscrit d'aider le travail par des moyens artificiels, forcés ou mécaniques, et d'administrer ou préconiser tout remède dangereux ou toxique ». Les sociétés médicales locales se réservent jalousement le droit d'en prescrire et de soigner. La loi exige en outre de nous « une bonne moralité ». Je souris intérieurement. Voilà qui m'exclut d'emblée.

Consciente de transgresser la loi, je remonte mes lunettes sur l'arête de mon nez et j'enfile résolument mes gants. Je suis recherchée pour des crimes bien plus graves. À quel châtiment puis-je m'exposer pour un examen vaginal ? Ma patiente me fixe avec de grands yeux.

— Delfina, j'aimerais que vous écartiez les jambes pour que je puisse voir ce qui empêche le bébé de sortir.

Le mari se détourne et sort aussitôt sur le porche, conscient que c'est une affaire de femmes. Il me laisse la fillette aux cheveux presque blancs en guise d'interprète. Elle grimpe sur le lit.

— Comment t'appelles-tu ? je demande à la polissonne au visage crasseux.

— Antonia.

— Antonia, peux-tu dire à ta mère de soulever son derrière ? Il faut que je glisse une serviette propre en dessous. J'ai besoin qu'elle écarte de nouveau les jambes aussi, afin que je puisse la laver et tâter pour savoir où se trouve la tête du bébé. Dis-lui que je vais faire très attention. Elle n'aura pas mal.

Une fois que la petite lui a expliqué tout ça en italien, ma patiente s'exécute, laissant ses genoux tomber de part et d'autre. Avec le savon noir liquide acheté chez Stenger en même temps que les gants, je lui nettoie les fesses avec soin. Puis j'en verse un peu sur mes doigts. Si le placenta est attaché trop bas et si je le perce par mégarde, Delfina se videra de son sang. Auquel cas je perdrai la mère en plus de l'enfant.

La première chose que j'atteins, c'est… *rien.* Pas de pied, ni de tête, ni de postérieur à l'ouverture du col. Pas de col non plus ! L'utérus est complètement dilaté. Je palpe doucement la paroi inférieure à la recherche d'une grosseur dure et tendineuse, ou du placenta mou et spongieux. Je ne trouve rien. C'est encourageant, mais alors… qu'est-ce qui empêche le bébé de sortir ?

Le cordon. Un cordon court, serré autour du cou du fœtus. Une catastrophe en puissance. Si la mère pousse avec vigueur, le cordon formera un collet et étranglera l'enfant. Pire encore, il écartera le placenta de la paroi utérine. Je sors mes doigts, les yeux rivés sur le crucifix en bois sculpté pendu au-dessus du lit. J'ai tourné le dos à l'Église il y a belle lurette, je ne suis même pas croyante. Je l'avoue, depuis que Lawrence, mon premier amour, a trouvé la mort dans cet accident de train, avant même que Ruben, mon vrai grand amour et mon époux, ne disparaisse à son tour, des années plus tard, lors de la bataille de Blair Mountain, ma foi en Dieu a vacillé et s'est éteinte comme une bougie de suif.

Tout de même, en regardant le crucifix, j'interroge en silence le Seigneur, et moi-même, pour savoir que faire.

— D'après ce que je peux en juger, il faut qu'on fasse une tentative. (Je converse mentalement avec Lui.) Si je ne fais rien, le bébé va mourir, la mère aura une infection, et périra elle aussi. Si j'interviens, l'enfant et la mère ont une chance de survivre...

J'ai l'impression de voir le supplicié sur sa croix acquiescer d'un hochement de tête.

— Va chercher ton père, Antonia.

Le ciel s'est couvert entre-temps ; il fait sombre dans la pièce. En revenant avec l'eau, Izzie tourne un bouton au-dessus de l'ampoule qui pend du plafond. Une lumière crue inonde les murs tapissés de journaux.

— Monsieur Cabrini, le plus sûr serait d'emmener votre femme chez le docteur à Liberty ou à l'hôpital de Torrington, seulement je doute que ce soit possible sans mettre sa vie et celle du bébé encore plus en péril. Je l'ai examinée. Je ne vois rien qui fasse obstruction. L'enfant est vivant, mais la tête est trop haute. Je pense qu'on arrivera à sortir l'enfant nous-mêmes en quelques minutes si vous nous donnez un coup de main, vous ou bien quelques femmes du camp.

— Elles ne viendront pas, me répond-il en secouant la tête. Je leur ai déjà demandé. Elles n'aiment pas les métèques. Elles estiment qu'on vole le travail de leurs hommes.

Je fronce les sourcils. À l'époque où je militais aux côtés des Wobblies à Pittsburgh, je pensais que tous les ouvriers se serraient les coudes, mais j'étais naïve, comme on me l'a souvent fait remarquer. Avec le déclin de l'économie, les besoins en acier et plus encore en charbon se sont réduits de plus en plus, et les syndicats ont presque tous été dissous. Pour réduire les coûts de production, les propriétaires de mines ont embauché de la main-d'œuvre bon marché, des immigrants venus du nord et des Noirs du sud. Les gens du coin vivent dans la terreur de perdre leurs emplois et leurs femmes s'efforcent de les protéger.

— D'accord… (Je prends le temps de réfléchir un instant.) Dans ce cas, il va falloir que vous m'aidiez, vous et votre aîné. Dites-lui qu'il n'aura pas à regarder.

Izzie marmonne quelques mots en italien en agitant les mains en l'air. Il n'est pas content. La fillette lui rétorque quelque chose dans sa langue natale. Il abat son poing sur la porte en chêne.

Finalement, à contrecœur, M. Cabrini revient dans la chambre avec son fils d'environ neuf ans. Tout est prêt. Pendant son absence, j'ai refait le lit, redressé ma patiente languissante et préparé mon huile, la ficelle et les ciseaux stérilisés pour couper le cordon ainsi que des serviettes propres et une cuvette d'eau chaude stérilisée.

— Maman. (Je m'adresse à la mère par l'intermédiaire de sa fille, lui rappelant par cette appellation la raison de ses souffrances.) La tête du bébé est trop haute, et il est possible que le cordon soit enroulé autour de son cou. Nous n'aurons pas beaucoup de temps. (J'attends que la petite traduise.) Les enfants vont vous aider à vous asseoir. Je veux que vous pliiez les genoux et que vous poussiez aussi fort que possible. Faites votre maximum. Votre mari guidera la tête de l'enfant, la main sur votre abdomen.

J'attrape la main de Izzie et je lui montre comment palper la tête du fœtus sous les chairs de sa femme.

— J'aurai les doigts à l'intérieur pour sentir s'il vient. Si je tombe sur le cordon, j'essayerai de l'écarter. (Tout cela semble bien compliqué, mais Antonia traduit rapidement en faisant des gestes pour illustrer mes propos.) Dès que la tête sera engagée dans le bassin, je vous demanderai de vous accroupir, mais n'arrêtez en aucun cas de pousser de peur que la tête remonte.

Delfina acquiesce. À la lueur qui brille dans ses yeux bruns profonds, je vois que, en dépit de sa fatigue, elle ne manque pas de cran.

Dès que nous sommes prêts, les yeux levés vers Jésus, je fais le signe de croix comme j'ai vu Mme Kelly et d'autres dames catholiques le faire. Toute la famille m'imite. À l'instant où l'utérus se durcit, j'adresse un signe de tête aux autres et nous prenons nos postes. Izzie met ses mains en coupe sur la tête du bébé. L'orbite toute ronde commence à glisser vers le bas. Delfina écarte les cuisses et se penche en avant. Les enfants la soutiennent par derrière, Antonia, les yeux écarquillés, et son frère, les paupières hermétiquement closes.

Au début, je ne sens rien. Ni cordon ni membre en saillie. Rien qu'une bosse dure.

— Parfait ! je m'exclame. C'est la tête. Ça vient !

La compétence qui me manque, je la compense par mon enthousiasme. C'est là que se manifeste l'expérience que j'ai acquise durant les deux années passées sur la scène du Majestic.

Delfina prend une grande inspiration, se raidit. Nous n'attendons pas la contraction suivante. Je redoute que la tête reparte en arrière si elle s'interrompt. Les enfants redressent leur mère un peu plus chaque fois et, avec la sagesse d'un homme bienveillant, Izzie maintient le petit crâne en place. Il sait qu'on ne peut pas extraire ce bébé de force, même s'il donnerait cher pour le faire, sans aucun doute. À chaque effort produit par Delfina, je sens la tête descendre un peu plus jusqu'à ce qu'elle emplisse le col mou, avant de le franchir. Je songe à vérifier le rythme cardiaque du bébé, mais cela prendrait du temps. De toute façon, que faire s'il a ralenti ? Nous continuons.

— Ça vient ! je m'exclame quelques instants plus tard.

Izzie braille quelque chose en italien qui doit vouloir dire « Pousse ! ».

— Bon, nous y sommes. Aidez votre maman à s'accroupir, les enfants. (Je me mets à quatre pattes pour leur montrer.) Izzie, maintenez la tête du bébé en bas. Ne la laissez pas remonter.

Delfina donne tout ce qu'elle a maintenant. Spontanément. Bientôt la tête apparaît. Je tends la main derrière moi pour tremper mes doigts gantés dans l'huile qui permet d'empêcher les déchirures. J'en badigeonne l'ouverture. En temps normal, je ralentirais la manœuvre à ce stade, mais une rupture vaginale est le cadet de mes soucis.

— Yii ! Yii ! Yii ! beugle Delfina.

Je ne connais pas un mot d'italien, mais c'est parfaitement clair. Son ouverture brûle comme un cerceau de feu.

Puis la tête sort… Silence. Tout le monde a les yeux rivés dessus, même le petit garçon. Il n'y a rien de plus étrange que la vue d'une tête de bébé émergeant du corps d'une femme. Une vie jaillissant d'une autre.

Je cherche le cordon autour de son cou. À ma grande surprise, je ne le trouve pas. Le nouveau-né grimace déjà. C'est bon signe. Je lui essuie la bouche avec un bout de serviette.

— Dernière poussée !

Le bébé tourne trois fois sur lui-même tandis qu'un cordon d'au moins un mètre de long se déroule autour de son torse, puis il atterrit sur mes genoux. C'est un garçon.

Nous rions tous maintenant. Pleurant en même temps. Les mots ne sont guère nécessaires en présence d'une joie si pure. Mon regard croise celui d'Izzie, et je perçois à quel point il aime sa femme, son nouveau bébé et ces enfants souillons. La tête de Delfina tombe en arrière entre les bras de son mari.

Loué soit Jésus ! Ces mots me viennent alors que mon regard se porte vers le crucifix.

30 octobre 1929. La nouvelle lune se lève au-dessus de la montagne.

Enfant mâle vivant. 2,800 kg. Nom : Enzo Cabrini. Septième ou huitième enfant d'Izzie et Delfina Cabrini. Présentation transverse. Cordon enroulé trois fois autour du corps. Travail actif : deux jours. Poussées : cinq minutes, le père maintenant la tête en bas. Pas de déchirure. Perte de sang : une tasse. Mme Cabrini a donné la tétée tout de suite. Étaient présents : deux des enfants qui ont aidé leur mère à s'accroupir. Pas de rémunération non plus cette fois-ci. Les femmes du camp ont refusé de nous aider.

4

Sage-femme

Voilà une semaine que Delfina Cabrini et Katherine MacIntosh ont accouché.

J'écarte le ruban bleu de la page de mon journal où je viens d'écrire. Le jour où je suis allée les voir, elles se portaient toutes les deux comme un charme et semblaient avoir bien assez de lait. Bitsy et Mary s'occuperont de Katherine pendant ses deux semaines de relevailles. Quant à Delfina, elle s'active déjà à faire la cuisine et le ménage.

Quelques années après la mort de Ruben et les désastreuses émeutes de Blair Mountain, lorsque le brouillard qui enveloppait mon cœur s'est finalement levé, j'ai commencé à accompagner Mme Kelly quand on l'appelait pour mettre des enfants au monde le long de la rive sud du fleuve à Pittsburgh. Impossible pour moi de retourner à la Westinghouse après ce qui s'était passé. Sophie m'emmenait avec elle, même la nuit, plus pour m'extraire de mon chagrin et de mon repli sur moi-même que parce qu'elle avait besoin de mon aide. J'ai participé à quinze autres accouchements ici, en Virginie occidentale, avant son décès – ce qui fait trente-cinq en tout –, mais je n'en reste pas moins une novice. Depuis ces deux dernières naissances, je me demande si j'ai raison d'exercer le métier de sage-femme.

Je ne me qualifiais pas ainsi au début, jusqu'au jour où le docteur Blum avait donné mon nom au département de la santé de l'État, après quoi on m'avait demandé de m'inscrire sur les registres. Je n'avais croisé Blum qu'une seule fois auparavant, lorsque Sally Feder avait eu ses jumeaux. Mme Kelly n'avait plus jamais eu besoin de ses services. Au début, j'avais été flattée qu'il se soit souvenu de moi. En définitive, je m'étais rendu compte que ce n'était pas tant qu'il m'appréciait. Il cherchait quelqu'un pour s'occuper des pauvres afin de s'éviter cette peine. Cela s'était passé après l'attaque de Sophie. Je suis la seule accoucheuse entre Delmont et Oneida maintenant, en dehors d'une vieille dame noire, Mme Potts, que je n'ai jamais rencontrée.

Ce n'est pas très compliqué d'être une sage-femme agréée en Virginie occidentale. Pas besoin de passer des examens ou quoi que ce soit. Il avait suffi que Rebecca Myers, l'infirmière du service public, constate que ma maison était bien tenue et que je savais lire et écrire quand elle était venue chez moi au volant de sa Ford T pétaradante. Elle m'avait fait signer des papiers stipulant que je comprenais le règlement, et voilà tout.

Assise sur mon canapé râpé, dans son uniforme bleu pâle au col blanc amidonné, avec sa cravate de marin bleue, elle m'avait montré comment remplir un certificat de naissance. Je l'avais observée en me demandant d'où pouvait venir cette jeune femme méticuleuse, à l'accent du Nord-Est, à l'évidence diplômée d'université. Elle n'était pas du coin, c'était sûr.

Elle avait voulu voir ma sacoche. Je lui avais proposé du thé. Comme j'avais quelques livres sur mes étagères et des tableaux sur mes murs, elle avait dû me considérer comme quelqu'un de convenable. C'était l'autre condition requise dont j'ai parlé plus tôt : il fallait être une personne « de bonne moralité ».

Becky et moi sommes désormais amies, et j'en sais un peu plus sur elle. Elle est veuve comme moi mais ne vient pas de la Nouvelle-Angleterre. Je m'étais trompée sur son accent. Elle est originaire du Minnesota et a travaillé au centre médical Walter Reed pendant la guerre avant de proposer ses services dans les camps miniers de Virginie occidentale durant l'épidémie de typhoïde de 1918. Les femmes de la mission presbytérienne l'avaient priée de rester. Aujourd'hui elle est employée par le département de la santé de l'État à Charleston.

— Ça n'a pas été facile, m'avait-elle confié lors de sa seconde visite.

Nous étions assises sur le porche. Persuadés qu'elle pratiquait la médecine, les docteurs de la région avaient vu sa présence d'un mauvais œil au début. Si vous me demandez mon avis, elle en savait probablement plus qu'eux, même si elle ne l'avouera jamais.

— Il faut comprendre le système, avait-elle ajouté. Ne pas outrepasser les limites de sa compétence.

C'est elle qui m'a parlé de la formation au *Frontier Nursing Service* à Hyden, dans le Kentucky, elle aussi qui m'a encouragée à consigner mes naissances dans ce journal. Avant cela, je me bornais à noter la date et le nom de l'enfant dans la bible familiale, comme le faisait Mme Kelly.

Elle m'avait conseillé de suivre une formation plus officielle auprès des services infirmiers du Kentucky. Elle est elle-même une infirmière agréée, diplômée d'une grande université quelque part dans le Nord. Yale, je crois. C'est là-bas qu'elle a entendu parler de l'école pour sages-femmes. Elle oublie que je ne suis pas infirmière et que je n'ai pas d'argent pour voyager ou suivre des cours. Et qui prendrait soin des mamans comme Delfina pendant mon absence ? Certainement pas le docteur Blum. Il prend vingt-cinq dollars pour une visite à domicile, trente si vous allez à l'hôpital. Vingt-cinq dollars, ce serait suffisant pour acheter des chaussures à toute la famille Cabrini pendant deux ans.

Je tire mon fauteuil à bascule vers la fenêtre de devant pour contempler mon journal sous un meilleur éclairage. C'est un magnifique cahier, un peu trop onéreux mais, quand j'ai vu le bouquet de tulipes frappé sur la couverture en cuir marron, je n'ai pas pu résister.

Le coin supérieur de chaque feuille lignée est orné d'une estampe en couleurs figurant une rose, un coquelicot, un crapaud, un escargot. Quelque chose de vivant. La clé de la petite serrure, je la porte au bout du ruban avec la montre de Mme Kelly. J'ai eu une vie rude, et la délicatesse de ces pages blanches me charme. Comme une amie à qui je pourrais parler, une femme douce et sensée…

C'est M. Stenger, le pharmacien chauve à l'œil paresseux, qui m'a donné ce journal il y a quelques mois, en plus de vingt dollars, en échange des soins que j'ai prodigués à sa mère de soixante-treize ans, Cora, dont le pied s'était infecté à cause d'un excès de sucre.

J'ai logé chez elle à Delmont, je lui ai fait sa toilette, j'ai soigné ses plaies béantes avec des cataplasmes à la consoude et à l'hydraste, de mon cru, et quelques poudres antiseptiques provenant de la pharmacie. Surtout, je faisais la cuisine et le ménage de façon à ce qu'elle puisse garder son pied en hauteur.

Ça, c'était avant que les Johnson ne me lèguent leur vache et que je sois obligée de rentrer chez moi tous les soirs. La banque avait saisi leur ferme au bout de Wild Rose Road, ils étaient partis à Wheeling sans pouvoir emmener leur bête. En outre, j'avais mis leur fils au monde, ils voulaient me rétribuer.

J'ai également hérité de cette maison et des terres qui l'entourent de Mme Kelly. Trois semaines seulement avant son décès, elle avait pris rendez-vous avec maître Linkous, l'avocat de Delmont, pour rédiger son testament. Je l'ai appris plus tard par M. Johnson qui l'avait emmenée en ville dans sa camionnette. Du coup, je me suis demandé si elle se savait condamnée… sans n'en rien laisser paraître. Le docteur Blum m'a expliqué que des vaisseaux de son cœur avaient éclaté à cause des durs travaux de ferme – les femmes ne sont pas faites pour ça –, mais je savais qu'il en allait tout autrement. Son cœur s'était brisé quand son amante, Nora, nous avait quittées. Après ça, il avait saigné peu à peu.

J'ajoute une bûche dans le poêle. Dehors, quelques flocons de neige flottent dans l'air, doux rappel de l'arrivée de l'hiver. Il faut que je trouve un moyen d'acheter du bois. Du charbon, ce serait encore mieux, mais c'est beaucoup trop cher. Les branches dénudées des arbres frissonnent dans la lumière grise. Quelques bosquets de pin éclaboussent de vert les montagnes plus près des sommets. On voit clairement la Hope River maintenant, mais pas les rochers ni les rapides.

Une enfant gâtée

Parfois, j'ai l'esprit confus. Presque toute ma vie, j'ai cru que je rêvais. De temps en temps, je me réveille, parfois des mois entiers, à d'autres moments quelques minutes. Je joue un rôle dans une pièce, et je n'arrive pas à déterminer si j'invente au fur et à mesure ou si un grand marionnettiste me fait danser.

J'ai endossé trop de rôles en un laps de temps restreint, j'ai porté trop de noms, vécu dans un trop grand nombre d'endroits. Ça m'aide de reprendre au début.

Je suis née Elizabeth Snyder le 19 octobre 1893 à Deerfield, une bourgade située au nord de Chicago, à quelques kilomètres du lac Michigan. Ma mère était institutrice, fille d'un gros fermier décédé avant ma naissance. Nous habitions avec ma grand-mère une maison victorienne blanche, dans Third Street.

Mon père était marin, second capitaine à bord d'un navire de charge qui transportait du bois et du fer du Wisconsin en Ohio. Ses parents avaient trouvé la mort lors de l'épidémie de fièvre jaune qui a sévi à La Nouvelle-Orléans en 1878. Je ne les ai donc pas connus.

Petite fille, je fréquentais l'église congrégationniste où maman jouait de l'orgue et où papa chantait dans la chorale, quand son bateau était à quai. Passionnée de lecture, je dévorais tous les livres qui me tombaient sous la main, ainsi que le *Chicago Tribune* que mon père achetait en ville. Je jouais du piano, j'adorais chanter, danser, et j'allais pêcher avec papa à bord d'un canoë sur la Des Plaines River. Une enfant unique, gâtée, mais ça n'a eu qu'un temps.

Au cours de l'hiver 1902, ma chère grand-mère succomba à une infection pulmonaire. Nous l'avions ensevelie dans la terre dure et glacée. Moins de trois ans plus tard, nous fûmes frappées par une autre tragédie. Le navire de mon père, l'*Appomattox,* sombra dans la brume de novembre lors de son ultime traversée depuis le Milwaukee. Le cargo, la plus longue embarcation en bois qui naviguait sur les grands lacs, s'était échoué sur un banc de sable en plein brouillard. Précipité par-dessus bord par une vague de trois mètres, mon père avait été le seul membre de l'équipage à y laisser la vie.

Quand le représentant de la compagnie de transports maritimes était venu nous annoncer la triste nouvelle, maman s'était tournée vers moi en disant :

— À tout instant, ta vie peut chavirer. Souviens-toi de ça. Entre deux respirations, la chanson peut s'arrêter et tout bascule.

Par la suite, avec mon esprit d'enfant, je m'étais demandé si, en réalité, mon père n'avait pas sauté dans un canot de sauvetage et ramé au loin, feignant d'être mort pour échapper à ses créanciers. On n'a jamais retrouvé son corps.

Pendant les premiers mois de deuil, les choses n'avaient fait qu'empirer. Maman avait été choquée d'apprendre de la bouche de son notaire que nous étions sans ressources. L'argent que ma grand-mère nous avait laissé s'était envolé, dilapidé par mon père à la faveur de parties de cartes à mises élevées à bord de son navire. À cause de ses dettes, la Compagnie de fiducie de l'Illinois saisit notre maison, et nous emménageâmes dans une pension à Deerfield. Les temps étaient durs. C'était Noël, j'avais douze ans.

Heureusement, maman avait pu conserver son poste d'enseignante, mais notre logis était exigu, et son salaire dérisoire. Nous avions dû vendre notre mobilier, le piano, tout sauf nos habits, la Bible familiale, le livre de cantiques de ma mère et quelques ouvrages auxquels nous tenions. Le soir, maman faisait la lessive pour des voyageurs de commerce. On me retira de l'école pour m'envoyer travailler chez Mme Gross, la couturière de Westgate Street.

Deux ans plus tard, atteinte d'une consomption pulmonaire comme sa propre mère, maman avait commencé à tousser. Elle crachait du sang quand elle rendit l'âme. On m'envoya à Chicago chez la veuve Ayers, la sœur de notre notaire. Je travaillais comme blanchisseuse dans une petite auberge, je lavais et repassais les draps, faisais le ménage dans les chambres jusqu'au jour où Mme Ayers, s'étant trouvé un nouveau mari, m'avait confiée à l'orphelinat de la Miséricorde de Sainte-Marie, un asile pour les enfants nécessiteux. Elle avait un peu pleuré le jour où j'étais partie, mais je n'étais pas sa responsabilité. Pas même une parente. Je l'avais bien compris.

5

Mastite

Nous avons un redoux. D'innocents nuages blancs émaillent le ciel d'azur. L'odeur des feuilles d'automne. Une dernière pluie d'or sous le grand chêne devant la maison. Mais Clair de lune a un problème. En allant la traire hier soir, j'ai découvert qu'un de ses pis était gonflé et rouge comme une saucisse allemande. Elle doit avoir une infection provoquée par une plaie, ou plus vraisemblablement due au fait que je n'ai pas tiré son lait à temps, si bien que la mamelle s'est trop remplie, trop distendue. Cela dit, je n'y connais pas grand-chose en la matière.

Rongée par la culpabilité, toutes les cinq ou six heures, je lui enveloppe les pis avec des torchons imbibés d'eau chaude. Elle a l'air d'apprécier ces compresses mais ne supporte pas que j'essaie de la traire. Je ne vois pas ce que je peux faire d'autre.

Une infection mammaire fait atrocement mal. Je suis bien placée par le savoir. J'ai eu plusieurs mastites du temps où j'étais nourrice.

Pour tirer le lait, je choisis les tettes les moins sensibles. C'est ce que je conseille aux mamans quand elles ont un sein enflammé et douloureux : « Allaitez votre enfant du bon côté en premier, reposez-vous, buvez beaucoup, appliquez des compresses chaudes. Gardez vos seins vides et laissez les mamelons à l'air. » La bonne nourriture aide également, les feuilles de chou aussi parfois, mais comment attacher des feuilles de chou sur les pis d'une vache ? En attendant, je pose ma joue contre le flanc de ma belle vache noire et blanche, et mes yeux s'emplissent de larmes. *Je suis vraiment désolée, Clair de lune.*

En la trouvant prostrée ce matin, je prends mon courage à deux mains et descends la route qui mène à la ferme voisine pour aller demander conseil à M. Maddock. C'est un vieux bougre à la mine sévère, affublé d'un sempiternel galurin noir. Il ne me salue jamais quand je passe devant chez lui, alors que je vis ici depuis deux ans. J'espérais le trouver dans ses champs en train de réparer une barrière ou de tailler des broussailles, mais je suis obligée d'aller frapper à sa porte.

— Elle ne mange plus et ne lève même pas la tête quand j'entre dans la grange, je lui explique à travers la moustiquaire. (Il n'a pas daigné m'inviter à entrer bien que le vent souffle si fort que je dois sans cesse écarter mes cheveux de la figure.) Elle se borne à me fixer de ses grands yeux en gémissant.

Je la trais six fois par jour, je me lève même la nuit, et j'applique des compresses chaudes. Avez-vous une idée de ce que je peux faire d'autre ?

Maddock possède quatre ou cinq Holstein. Je les ai vues dans son pré. Il enfile sa veste en grosse laine noire et me rejoint sur le porche en baissant son chapeau à large bord sur son front.

— Adressez-vous au nouveau vétérinaire. Il aura peut-être un baume. (Il se gratte le menton sous sa barbe striée de gris.) Il n'habite pas loin. Prenez Salt Lick Road jusqu'à Titus Hollow, c'est là que se trouve sa ferme, ou coupez en escaladant Hope Ridge et suivez le vieux sentier indien qui passe par le bois. Sa maison est derrière la vôtre, de l'autre côté de la montagne. Dans un cas comme dans l'autre, ça vous prendra une heure.

Dans le salon derrière l'homme buriné qui me parle, son épouse, une créature pâle aux cheveux argentés remontés en chignon, tricote sous une applique à gaz. Elle ne prend pas la peine de se lever et de venir à la porte. En croisant son regard, je lui souris. Elle reste impassible. J'entrevois des livres sur les rayonnages et des travaux d'aiguille encadrés sur les murs. En temps normal, dans les Appalaches, les femmes vous invitent à entrer. Mme Maddock me fait l'effet d'une personne intéressante, d'après sa bibliothèque et ses œuvres d'art, mais elle doit désapprouver le fait que je vive seule, sans homme, au bout de sa rue. Elle détourne la tête et se remet à son ouvrage.

Escalader Hope Ridge à travers l'épaisse forêt d'épicéas qui poussent bon an mal an sur des plaques de granit me prend plus de temps que prévu. Au moment où je commence à penser que je me suis perdue, j'hume une odeur de charbon et derrière une rangée d'arbres j'aperçois une maison en pierre avec une grange blanche en contrebas. La bâtisse d'un étage blottie au fond d'une étroite cuvette semble dater d'un siècle. Trois chevaux broutent dans le pâturage voisin.

C'est un endroit paisible, digne d'un tableau. Il me vient soudain à l'esprit que je ne connais pas ce vétérinaire ni de vue ni même de nom. Plus j'approche, plus je redoute d'avoir perdu mon temps en faisant tout ce trajet. Il est peut-être en visite, à moins qu'il n'ait un cabinet à Liberty ou Delmont, maintenant que j'y pense.

Un grand pic s'esclaffe au sommet d'un sycomore dénudé. À cet instant, j'entends un véhicule remonter Salt Lick, une camionnette, le postier peut-être. En descendant la colline en zigzags entre les herbes jaunes rabougries et les affleurements rocheux, je repère un homme en salopette et bottes en caoutchouc noir près de la grange. Il est en train de marteler un bout de métal. *Bang ! Bang ! Bang !* Il est grand – un mètre quatre-vingts peut-être. Un dos puissant. Des cheveux bruns, clairsemés. Il doit avoir dans les quarante ans. Je m'attendais à ce que le vétérinaire soit un peu plus âgé.

Je me prends le pied dans une pierre à peu près de la taille d'un lapin à queue blanche qui roule à flanc de coteau droit sur lui.

— Attention ! je crie.

Il s'écarte vivement et regarde le caillou atterrir à ses pieds.

— D'où sortez-vous ? s'exclame-t-il.

— Je suis désolée. J'aurais dû vous interpeller plus tôt. Je m'appelle Patience Murphy. Je suis la sage-femme de Hope Mountain. (Je ne sais pas trop pourquoi je lui précise que je suis sage-femme. Peut-être parce que j'ai le sentiment que ça me confère une certaine légitimité.) Ma vache a un pis tout rouge et gonflé, et M. Maddock, mon voisin, m'a dit que vous pourriez me venir en aide.

— Une visite à domicile coûte cinq dollars. Vous auriez pu téléphoner et vous épargner cette peine.

En le voyant me toiser de la tête aux pieds, je prends conscience de mon allure. En temps normal, quand je vais en ville ou chez quelqu'un, je m'arrange un peu, je mets une robe, des bas (si j'en ai), mais aujourd'hui je suis venue avec mes bottes de travail, le pantalon que je portais à l'époque où je travaillais à la Westinghouse et une grosse veste d'homme à carreaux rouges et noirs que Mme Kelly et moi avions achetée d'occasion avant de nous exiler dans cette lointaine contrée.

C'est l'effet que ça m'a fait en tout cas, comme si on m'avait bannie de la civilisation, tout ça à cause de ce qui s'est passé à Blair Mountain, dans le comté de Logan. Certains me conseilleront d'oublier tout ça. Je doute que les Fédéraux soient encore à ma recherche après tout ce temps.

En écartant mes longs cheveux de mon visage, je poursuis mon plaidoyer.

— J'espérais que vous pourriez me donner un conseil. J'ai trait Clair de lune toutes les six heures ces derniers jours, je lui ai mis des compresses chaudes, mais un de ses pis est tout enflé et douloureux, et elle ne mange plus. Si vous pouviez me donner du baume, je serais prête à travailler pour vous en échange.

Une des commissures de sa bouche se retrousse. Il hausse un sourcil, l'air de dire que mon labeur ne doit pas valoir grand-chose.

— Docteur Hester ! (Une femme vêtue d'un tablier à fleurs apparaît à la porte de derrière.) Un appel pour vous.

Il pose son marteau et se dirige à grandes enjambées vers la maison.

— Attendez, m'ordonne-t-il.

J'emplis mes poumons d'air et expire lentement en regardant autour de moi. Je ne sais trop ce que je m'imaginais, mais un accueil sympathique entre voisins aurait été agréable. J'aurais peut-être mieux fait de venir par la route et de revêtir une tenue plus féminine. Avisant un panier renversé, je le retourne pour m'asseoir dessus, regrettant de ne pas être restée chez moi.

Histoire de tuer le temps, j'inspecte les lieux. La porte de la grange restée ouverte laisse entrevoir un vieux tracteur. Une odeur de foin et de fumier flotte dans la cour. Une Ford noire d'un modèle assez récent est garée dans l'allée, maculée de poussière et de boue. La femme m'épie de la fenêtre de la cuisine ; son épouse, j'imagine. Je lui adresse un petit signe de tête ; elle s'écarte prestement de la vitre.

Hester revient en s'approchant de moi latéralement. Je sursaute. Il marche à pas feutrés en boitant légèrement, comme s'il avait mal au genou.

— Allons-y.

Il porte un petit sac et un coffret en bois et a jeté une veste en toile sur son épaule.

Je fronce les sourcils.

— Je peux rentrer chez moi à pied.

Il se dirige déjà vers son véhicule.

— Je n'ai pas l'intention de vous ramener chez vous. On va à Clover Bottom aider une pouliche à mettre bas.

À son accent haché, je me rends compte qu'il n'est pas de la région. Pas de voyelles traînantes ou nasillardes comme chez tant de gens du cru.

— Clover Bottom ? C'est à plus de douze kilomètres d'ici.

— Ensuite je verrai ce que je peux faire pour votre vache.

— Mais je n'ai pas les cinq dollars...

— J'ai besoin de vous pour m'assister. Vous pourrez me rembourser comme ça. Avez-vous de petites mains ?

Je baisse les yeux sur mes menottes calleuses. Elles sont étroites, avec de longs doigts. Pas particulièrement délicates mais adéquates pour le travail que je fais. Mon regard se porte sur les grandes paluches du vétérinaire, dans des gants d'auto en cuir.

— Elles sont plus petites que les vôtres. Et si vous n'avez pas besoin de mes services ?

— Dans ce cas, vous aurez perdu votre après-midi et vous me resterez redevable pour la visite à domicile.

Je grimpe dans la Ford. Qu'avais-je prévu pour l'après-midi ? Pas grand-chose. J'ai quelques heures devant moi avant de traire Clair de lune. Cette petite expédition se révélera peut-être intéressante. Aussi étrange que cela puisse paraître, je n'ai jamais assisté à une naissance qui ne soit pas humaine. Pas même un chaton.

— Où avez-vous été formée ? me demande Hester, faisant un effort pour être aimable tandis que nous descendons en cahotant Salt Lick, au bas duquel le ruisseau limpide caracole sur les rochers.

— À Pittsburgh, je mens, comprenant qu'il veut savoir dans quelle école d'obstétrique j'ai fait mes études. (Ce n'est pas tout à fait un mensonge. J'ai bien appris les ficelles du métier avec Mme Kelly quand on habitait là-bas.) Pendant deux ans, j'ajoute en espérant qu'on en restera là.

— Je suis allé à l'université de Pennsylvanie.

Tant mieux pour vous. Mais, intriguée, j'enchaîne :

— Qu'est-ce qui vous a donné envie d'être vétérinaire ?

Je m'attends à ce qu'il me réponde : « J'aime les animaux » ou encore « Mon père était vétérinaire. »

Nous heurtons un nid-de-poule et faisons un bond en l'air.

— À peine sorti de la ferme, je me suis porté volontaire pour la Grande Guerre, au début de 1917. J'avais tout juste vingt ans. J'avais la charge des bêtes. C'était l'enfer pour les chevaux. Ils se démenaient dans la boue, sous la pluie, pour nous apporter des vivres, de l'eau, des munitions. Ils mouraient d'épuisement sous mes yeux, victimes de fractures, de plaies béantes, du tétanos. Nous étions impuissants. Ils n'avaient rien à faire là. Les armes modernes faisaient d'eux des cibles faciles. Huit millions de chevaux sont morts au combat... Huit millions de bêtes magnifiques. Peu de gens le savent.

Il a une mâchoire forte, un grand nez. Un visage viril, pas particulièrement beau. Ses yeux gris, jaunes au milieu, me jettent un regard en biais. Il soupire en tambourinant sur le volant.

— C'était presque pire de les voir souffrir que de voir les hommes tomber sous les balles. Qu'ils soient volontaires ou enrôlés de force, les soldats, eux, savaient pourquoi ils se sacrifiaient. Les chevaux n'en avaient pas la moindre idée. Ils étaient terrorisés. Ils donnaient leur vie pour une cause à laquelle ils ne comprenaient rien. À la fin, moi aussi j'ai oublié de quoi il retournait. Il en va peut-être toujours ainsi avec la guerre.

Tandis qu'il me raconte tout ça, ces terribles visions défilent dans son esprit comme les images d'un film. J'observe le côté visible de son visage. S'il a servi dans l'armée en 1917-18, il doit avoir à peu près mon âge. Je commence à le trouver sympathique jusqu'au moment où il change de sujet.

— Alors c'est vous la sage-femme qui a cru le bébé des MacIntosh mort-né ?

À nouveau, ses lèvres rebiquent, comme s'il trouvait ça drôle.

— Oui, je bredouille, le souffle coupé.

Comment ose-t-il me poser cette question ? C'est facile de juger quand on n'est pas dans la chambre d'accouchement. Ce n'est pas lui qui s'est agenouillé près du lit de Katherine, qui a sondé fébrilement son abdomen avec un fœtoscope en quête d'un *toc toc toc* imperceptible. Ni lui qui a dû appeler le taciturne docteur Blum pour lui demander son avis. Et réprimer ses larmes en annonçant aux parents que leur enfant tant attendu était mort.

Hester glisse un regard dans ma direction, attendant ma réponse, mais ma mâchoire est obstinément fermée. Nous continuons notre route en silence jusqu'au pont en pierre qui enjambe la Hope River avant de nous engager dans Main Street pour gagner l'autre côté de la ville.

Liberty est une bourgade d'environ deux mille âmes. On dirait un village nanti d'un petit train remonté à la manivelle. Des magasins bordent Main Street ; un château d'eau se dresse près de la gare en bois. Il y a une banque à un angle, une pharmacie, un palais de justice. La locomotive et les wagons à charbon attendent sur les rails qui longent la Hope River. Pas de feux rouges, juste un stop au croisement de Chestnut et Main. Il ne faut pas cinq minutes pour traverser la ville.

De retour dans la campagne sur la route 92 qui suit la voie ferrée de B&O, Hester rompt finalement le silence.

— J'ai dit quelque chose qu'il ne fallait pas ?

Je sors ma montre de dessous ma veste et l'ouvre d'une pichenette.

— Il est déjà trois heures. Je me fais du souci pour Clair de lune.

— Je vous reconduirai chez vous avant la nuit.

— Je vous parle de ma vache, Clair de lune. (Je regarde obstinément ailleurs.) Elle s'appelle comme ça. Je me suis efforcée de la traire au moins toutes les quatre heures pour que ses pis restent vides.

— Je vais vous ramener chez vous, répète-t-il.

Je ne sais pas si ça veut dire qu'il me raccompagnera à temps ou qu'il estime que ça n'a pas d'importance. C'est important pour moi… et pour Clair de lune.

6

Le poulain

Au pied d'une colline de l'autre côté de Clover Bottom, à quelques kilomètres, nous tournons à droite après la petite gare jaune de triage, franchissons la voie ferrée et suivons le lit d'un ruisseau qui s'enfonce dans une cuvette. La route aboutit à une grange massive à la peinture rouge écaillée. J'entends la jument geindre et s'ébrouer à l'intérieur. Le vétérinaire fait la grimace. Je ressens la même chose quand j'entends une femme enceinte crier quand j'arrive chez elle.

Hester jaillit de la voiture et se précipite vers la porte de la grange restée ouverte.

— Apportez-moi mon sac et le coffret, voulez-vous ? me lance-t-il par-dessus son épaule. Dans le coffre.

En bonne assistante, je trouve la sacoche en cuir noir qu'il a posée sur la banquette arrière et la boîte en bois au couvercle à charnière dans le coffre et je lui emboîte le pas. À l'intérieur de la grange sombre, la jument grise pommelée gît dans la paille, les yeux écarquillés par la terreur. J'éprouve instantanément l'envie de la réconforter, de lui assurer que tout ira bien.

Hester serre la main du fermier à la tignasse rousse hirsute, comme s'il avait passé la nuit à s'enivrer, puis il s'agenouille près de l'animal et lui dit quelque chose que je n'entends pas. Le fermier me tend un seau d'eau chaude savonneuse et un sac de jute blanc propre.

— Vous êtes la nouvelle assistante ? demande-t-il. C'est la première fois que je vois une femme vétérinaire.

— Merci, dis-je en prenant le récipient, me souvenant que j'ai la tenue de l'emploi avec mon pantalon et ma grosse veste à carreaux.

Si je dois jouer le rôle d'aide-vétérinaire, je ferais bien de me comporter comme telle. Je trouve un endroit à l'écart où poser le seau, et j'ouvre le coffret pour voir ce qu'il contient. Derrière moi, la jument gémit à nouveau et se dresse. Quelque chose fait saillie du canal de naissance, une patte semble-t-il, recouverte d'une membrane.

— Depuis combien de temps est-elle dans cet état ? demande Hester.

— Quatre heures. Elle ne veut pas se calmer. C'est sa première fois. J'ai essayé de l'aider, mais elle m'a chassé à coups de sabots.

Il remonte sa manche en flanelle et exhibe un gros hématome violacé.

Hester pend son manteau et ôte ses habits au-dessus de la taille jusqu'à son maillot de corps, puis il me fait signe d'approcher le seau.

— Je vous conseille de vous nettoyer aussi. Il est censé y avoir deux pattes.

Il n'en dit pas plus. Je dois comprendre toute seule.

Quand il a fini de se laver scrupuleusement, il s'enduit à nouveau les bras et les mains de savon et attend. Je pose le seau à terre, j'enlève ma veste, je remonte les manches de ma chemise et j'entreprends de me frictionner comme lui en me demandant dans quoi je me suis fourrée.

La jument s'est à nouveau couchée. Elle pousse en gémissant, mais rien ne vient.

— Il va falloir qu'on aille chercher l'autre patte, m'explique le vétérinaire. Je vais la faire se lever. Ensuite je veux que vous tiriez sur la patte qui pend pendant que je fouille à l'intérieur.

Je hoche la tête et m'exécute. Pendant dix bonnes minutes, il explore les entrailles de la jument qui se démène. À chaque contraction, je vois la sueur perler sur son front, comme s'il souffrait. Parfois, un muscle de sa mâchoire tressaille mais, en dehors de ça, il ne laisse rien paraître. Pour finir, il ressort le bras.

— Je n'y arrive pas. Voulez-vous essayer ? Votre main et votre bras sont plus minces.

Il déploie ses doigts qui pourraient couvrir une octave et demie sur un piano. De grands battoirs puissants efficaces pour une foule de choses, mais pas pour fouiller dans le vagin d'un animal, pas même une jument.

— Que faut-il que je fasse ? je chuchote.

Nous tournons le dos au fermier qui se tient respectueusement à distance près des portes de la grange.

— Enfoncez le bras comme je l'ai fait et voyez si vous trouvez l'autre sabot. J'arrivais presque à l'atteindre. Si vous parvenez un peu plus loin, vous devriez pouvoir le faire descendre.

Je me badigeonne de savon, jusqu'au coude cette fois-ci et, suivant ses instructions, je m'insinue peu à peu à l'intérieur. Entre les contractions, j'attends. Ça fait un peu mal, mais pas trop. Inutile d'essayer de plonger plus avant pendant que la jument pousse. Étonnée de trouver le deuxième pied là où le vétérinaire me l'avait indiqué, je souris. Comme il me l'a suggéré, je le guide avec précaution vers l'ouverture.

Finalement les deux pattes sont sorties. Hester les prend à deux mains et tire pendant que la jument pousse de plus belle. Elle ne gémit plus maintenant. Sentant que ses efforts font effet, elle est toute à son affaire. J'ai déjà vu ça avec mes patientes. Une mère à bout de force à cause d'une présentation anormale reprendra vie et trouvera la vigueur en elle une fois le problème réglé.

Les bras ballants, je regarde, abasourdie, les pattes sortir un peu plus à chaque traction, puis la tête, toujours enveloppée de la membrane. Soudain, toute la masse jaillit d'un coup en tourbillonnant et s'abat sur moi. Mes lunettes me tombent du nez ; je m'affale dans la paille. Son dur travail enfin terminé, la jument se couche et regarde derrière elle le poulain étalé sur mes genoux. Elle le renifle, il lève sa tête enfouie sous le sac amniotique.

Sans prendre la peine de demander, je commence à écarter la membrane de son museau, après quoi je guette l'approbation de Hester d'un regard.

Il acquiesce d'un petit signe de tête et me tend une serviette. Le poulain ouvre les yeux. Je lui souffle dessus, comme je le fais avec un nouveau-né quand il ne respire pas tout de suite. J'appelle ça le souffle de la vie. Le petit cheval hoquette à cause de l'air frais, exactement comme un nourrisson le ferait.

Hester a déjà fini de faire sa toilette. Il est en train d'inspecter le bras du fermier.

— C'est un vilain coup, marmonne-t-il.

Je cherche mes lunettes à tâtons dans le foin et m'extrais en me tortillant de dessous les trente-cinq kilos de nouvelle vie, laissant au petit et à sa mère le temps de faire connaissance. Elle me fait tellement penser à une maman humaine, à câliner son bébé, à le renifler, le lécher, les yeux brillant d'amour.

— Joli poulain, dis-je aux deux hommes en me nettoyant les mains à mon tour.

Mon pantalon est trempé. Dans un sale état.

— C'est une pouliche, corrige le vétérinaire.

Je me tais, me sentant ridicule, et me dirige d'un pas décidé vers la voiture.

Une pierre de lait

Vingt minutes plus tard, alors que nous franchissons le pont en pierre qui enjambe le lit rocailleux de la Hope River sur le chemin du retour, j'ai encore honte de l'erreur que j'ai commise en qualifiant une pouliche de poulain. Mais je suis contente d'avoir assisté à l'émergence d'une nouvelle vie. Qu'il s'agisse d'un cheval ou d'un humain, c'est toujours extraordinaire. Si j'étais croyante, j'appellerais ça un miracle divin.

— Merci de m'avoir emmenée avec vous, dis-je humblement. Je n'ai jamais vu quoi que ce soit naître avant, à part un bébé. Cela se passe-t-il toujours ainsi ou était-ce un accouchement particulièrement difficile ?

— Ce n'était pas une mise bas compliquée. Moi je n'ai jamais vu un enfant naître. Toutes sortes d'animaux, mais... (Il change brusquement de sujet.) J'ai besoin d'un assistant de temps à autre. Je suis le seul vétérinaire du comté désormais, et je viens de m'installer. Certains fermiers savent se rendre utiles, les autres, j'aimerais autant qu'ils rentrent chez eux. M. Hicks, ça allait. Moins fébrile que certains.

» Les chevaux sont comme les gens. Tous différents. Chaque jument réagit à sa manière. Celles qui n'ont jamais pouliné sont souvent en retard. Dans ce cas, on s'inquiète pour la taille. Les bêtes nerveuses s'agitent davantage et entravent le processus.

Il me donne un cours, presque comme si j'étais son élève.

— Comme les femmes en travail, je réponds. Tournez ici.

Je le guide vers le bas de Raccoon Lick en direction de Wild Rose Road.

Au moment où nous entrons dans ma cour, je le vois regarder autour de lui.

— C'est la première fois que je viens ici.

Je sors ma montre. Ça fait quatre heures et demie que je n'ai pas tiré le lait de Clair de lune.

— La grange est derrière la maison, mais on ferait mieux de faire un brin de toilette d'abord.

— Désolée pour l'eau froide, je balbutie.

Je transvase à la louche l'eau du réservoir sur le côté du fourneau, à peine tiède. Il ne reste plus de braises, et il commence à faire frisquet dans la maison.

— Quand le feu est allumé, il fait bien chaud, j'ajoute.

En haussant les épaules, Hester se tourne pour lorgner mon salon à travers l'embrasure de la porte. Son regard se pose sur le piano, les livres, les tableaux encadrés sur le mur. C'est le premier homme qui pénètre chez moi depuis que les gars de l'église m'ont apporté le piano il y a deux ans.

En arrivant dans la grange, Hester s'affaire aussitôt autour de Clair de lune.

— Vous voyez ce que je veux dire ? C'est une infection mammaire, non ? dis-je, avant de me corriger aussitôt : Un pis infecté, plutôt.

Sans me répondre, il sort un thermomètre de son coffret et l'enfonce dans le rectum de ma vache. Elle réagit à peine, se bornant à jeter un coup d'œil derrière elle d'un air lamentable. Ensuite le vétérinaire lave délicatement toute la mamelle avec de l'eau et du savon et verse une sorte de baume sur ses mains avant de palper le pis rouge et gonflé. Ma pauvre vache gémit. Hester se rend compte qu'elle a mal, mais n'en poursuit pas moins son examen.

Je lui tends le seau à lait. Il saisit un trayon entre le pouce et l'index de chaque main – un sain et l'autre enflé –, et presse avec les trois autres doigts en veillant à ne pas forcer le lait à remonter dans la poche. En voyant du sang gicler dans le seau, je fais la grimace.

Il s'interrompt et inspecte à nouveau la tette malade.

— La paille a l'air propre. Vous lavez-vous régulièrement les mains avec de l'eau et du savon avant de traire ?

— Oui.

J'ai envie de lui dire : Pour qui me prenez-vous ? Une sotte ? Mais je me mords la langue. Inutile d'être désagréable.

Hester presse délicatement le trayon ensanglanté, de haut en bas, latéralement. Il cherche quelque chose. D'un côté d'abord, puis de l'autre. J'observe ses mains, me demandant ce qu'il pense trouver.

— Quelque chose fait obstruction, à mon avis, déclare-t-il. Ce n'est pas seulement une mastite. Une pierre de lait peut-être.

Il fouille dans sa sacoche, en sort une petite boîte métallique contenant des instruments stérilisés, s'empare d'un scalpel et, avant que je n'aie le temps de protester, il pratique une incision sur le côté du trayon endolori. Cette fois-ci, Clair réagit vivement mais il s'y attend et esquive le coup de sabot. Dès qu'elle s'est calmée, il attrape une longue paire de ciseaux incurvés dont il se sert pour extraire de l'entaille un objet blanc, à peu près de la taille d'un petit pois. Il me tend l'instrument avant de prendre de la gaze et du fil de suture pour recoudre ma pauvre vache en tamponnant le sang au fur et à mesure.

— C'était bien une pierre de lait, probablement à l'origine de l'infection, m'explique-t-il tout en travaillant. Je l'ai sentie à l'intérieur. Je m'étonne que vous ne l'ayez pas sentie vous-même.

Je comprime les lèvres.

— C'est la première fois que j'en entends parler. Je n'aurais pas su quoi chercher.

— C'est pour ça qu'on s'adresse à un vétérinaire, me répond-il, et je me sens rougir.

— C'est ce que j'ai fait.

— Ne prenez pas la mouche. La prochaine fois, appelez-moi plus tôt.

— Tout le monde n'a pas les moyens d'appeler un vétérinaire pour un oui pour un non. On n'a pas tous le téléphone.

Ça lui cloue le bec.

Il s'interrompt une seconde et plante son regard sur moi.

— Pince hémostatique. (Il saisit l'instrument dont il vient de se servir et le brandit sous mon nez.) Dispositif de maintien d'aiguille. (Il en prend un autre.) Forceps. (Il me désigne les autres.) Rétracteur. Ciseaux, Scalpel… Faites-vous de la couture dans votre métier ?

Son intérêt me surprend.

— Un peu. Pas souvent. Je me débrouille généralement pour faire sortir les bébés sans déchirure. Je n'ai jamais eu à pratiquer une épisiotomie, mais je sais le faire.

— Tenez. (Il me tend un support d'aiguille et une aiguille incurvée.) Je vous en fais cadeau. J'en ai d'autres. Le vieux docteur Collins, de Liberty, m'en a donné plein quand j'ai racheté son cabinet. Cela pourrait vous être utile si vous devez faire face à une lacération profonde. Je vous montrerai comment vous en servir un jour. (Il se lève, s'étire en regardant autour de lui.) N'oubliez pas que vous me devez une visite supplémentaire en qualité d'assistante.

Je baisse les yeux sur le support d'aiguille étincelant.

— Merci, je murmure avant de relever brusquement la tête. Comment ça, une autre visite ? Je pensais qu'en vous aidant pour le poulain je vous avais rémunéré pour les soins prodigués à Clair de lune. J'ai fait mon travail, et davantage, en me faisant bringuebaler dans votre guimbarde poussiéreuse.

En réalité, j'ai pris du bon temps. Ce n'est pas tous les jours que je vois un bébé cheval venir au monde, même si je me suis retrouvée couverte de liquide amniotique et de bave. Tout de même, il m'agace.

— Certes, mais j'ai dû opérer votre vache, riposte-t-il, et la chirurgie, ça coûte plus cher. Il se pourrait même qu'il faille *deux* visites supplémentaires.

Une fois de plus, un coin de sa bouche se tord. Plaisante-t-il ? Je n'arrive pas à le déterminer.

— Eh bien, il faudra que vous veniez me chercher. Il m'arrive d'être en déplacement pour un accouchement... Auquel cas vous viendriez pour rien. Souvenez-vous, je n'ai pas le téléphone.

— Vous me l'avez déjà dit. Vous n'en avez pas besoin pour votre travail ?

— Vous ne comprenez pas, j'aimerais beaucoup en avoir un. Ça me serait fort utile, seulement les lignes électriques et téléphoniques de la coopérative ne viennent pas encore jusqu'à Raccoon Lick. Mes voisins n'en ont rien à faire d'avoir le téléphone ou l'électricité et je n'ai pas les moyens de payer pour faire installer les pylônes et la ligne rien que pour moi. Je ne suis pas un riche vétérinaire. Les sages-femmes fortunées, je doute que ça existe.

— Il n'y a pas beaucoup de vétérinaires riches non plus, réplique-t-il. (Ma pique ne lui a fait ni chaud ni froid.) Je pense que ni vous ni moi ne faisons ça pour l'argent.

Nous retournons à la maison où je le laisse entrer dans la cuisine pour qu'il puisse se nettoyer à nouveau. Allant à l'encontre de mes principes, je lui propose même une tasse de thé. Il me semble que cela se fait entre voisins, mais je suis tout de même soulagée quand il me répond qu'il doit y aller. Je n'ai pas l'habitude d'avoir de la compagnie, et quand on est aussi vieille et grincheuse que je le suis, ça ne vous manque pas.

— Merci de m'avoir aidé pour le poulain, dit-il en me serrant la main comme s'il avait affaire à un banquier ou un avocat.

Je m'étonne de trouver sa main si chaude. Elle enveloppe mes doigts tel un duvet par temps de neige. Je n'en ai jamais touchée d'aussi chaude, à part celle de Mme Kelly.

— Merci à vous aussi, je murmure en évitant son regard. Puis-je traire Clair de lune malgré les points de suture et tout ça ?

— Oui, mais utilisez du baume.

Il regarde autour de lui dans la cuisine pour voir si j'en possède. Je désigne la boîte en fer-blanc d'un vert vif reconnaissable avec l'image du trèfle vert et une vache sur le couvercle.

— Vous pourrez retirer les points de suture dans quinze jours, quand elle sera guérie. Évitez que le pis se remplisse trop. Continuez à tirer le lait toutes les quatre heures. Combien en donne-t-elle, d'ailleurs ?

— Pas beaucoup. Trois ou quatre quarts de litre par jour. Combien en obtenez-vous de vos vaches ?

— Neuf litres par traite. (Je hausse les sourcils.) Si vous la faisiez couvrir, ajoute-t-il, vous pourriez en obtenir autant, mais il faudrait que vous la laissiez se tarir d'abord pour qu'elle puisse ovuler. J'ai un taureau, si ça vous intéresse. Je ne vous ferai rien payer. Il faudra le faire au plus vite, dès qu'elle sera remise de la mastite.

Je prends le temps de réfléchir avant d'enchaîner :

— Combien de temps dure la gestation d'une vache ?

— Neuf mois environ, comme chez la femme. Vous me direz ce que vous avez décidé.

Il remet son manteau resté sur mon rocking-chair avant de jeter un dernier coup d'œil dans le salon. Son regard s'attarde sur le tableau me représentant en train de contempler le lac Michigan, les cheveux ébouriffés par le vent.

— Vous feriez bien de rentrer du bois. Il va faire froid ce soir.

Il coiffe son vieux chapeau marron et sort dans la nuit.

Un croissant de lune s'incruste parmi les branches du chêne dépouillé. J'enfile ma veste et je reste là une minute à regarder le ciel clair paré d'étoiles. Il y a juste assez de charbon sous le porche pour remplir un petit seau à lait. Mon tas de bûches de chêne est presque épuisé.

7

La Grande Mary

Aujourd'hui, le soleil brille, le vent souffle de l'ouest avec vigueur, et je n'ai aucune excuse pour ne pas me rendre chez les MacIntosh. Je suis gênée à l'idée de leur demander tout de go une rémunération, mais je n'ai pas le choix. Mme Kelly m'a toujours dit que mettre des enfants au monde est un acte de charité, qu'on le fait par amour, mais ça, c'était avant que l'économie ne s'effondre. En ce temps-là, presque tout le monde nous donnait quelque chose – une poignée de dollars, un morceau de jambon, ou peut-être un poulet. J'espère que William MacIntosh comprendra l'allusion parce que j'ai désespérément besoin d'argent pour acheter du combustible – du bois et du charbon.

En descendant Wild Rose à vélo, puis Raccoon Lick avant de parcourir les cinq kilomètres restants jusqu'à Liberty, j'admire au passage les dernières fleurs sauvages. Quelques asclépiades ploient encore dans le fossé, dominées par les renouées mauves, de près de deux mètres de haut. Un long V d'oies traverse le ciel à basse altitude. Je m'arrête pour prendre le temps de les contempler.

Chaque printemps, chaque automne, elles passent près d'ici, imitant ce que leur espèce fait depuis des lustres, rendant nos combats humains dérisoires en comparaison. Elles ignorent tout des guerres, des krachs boursiers, de la lutte syndicale. Ces oiseaux me donnent de l'espoir, emplissent mon cœur de joie.

En appuyant vigoureusement sur les pédales, je poursuis ma route, mais le vent souffle en rafales et, à trois reprises, je vacille et manque de tomber. Je me dis que ce serait bien d'avoir un cheval, mais je n'en ai pas les moyens. Quant à un véhicule comme celui de Hester, c'est impensable.

Je fais tout le chemin jusqu'à Liberty sans que personne ne me dépasse à part un gros camion de MacIntosh Consolidated qui m'expédie pratiquement dans le fossé. En arrivant enfin devant la résidence en brique des MacIntosh, je reprends mon souffle et je me repeigne. Des buissons de houx ornés de baies rouges bordent l'allée. Quelques roses tardives tendent le cou au-dessus de la balustrade du porche. Je range ma bicyclette sur le côté avant d'aller frapper à la porte de derrière tel un garçon livreur. Je sais que ce n'est pas juste. Je devrais entrer par la porte principale, comme le docteur Blum. Une sage-femme est une professionnelle, non ?

— Entrez donc.

Mary Proudfoot, l'imposante cuisinière au teint couleur café, m'accueille. Un foulard blanc noué derrière la nuque couvre ses cheveux soigneusement tressés. *Bye bye Blackbird* de Gene Austin monte de la radio à la salle à manger. « Oublie tous mes soucis et mes malheurs, je m'en vais, chantant tout bas. Au revoir, merle. » Je souris quand elle me serre contre sa poitrine. Un coussin doux. Je ne suis guère nantie de ce côté-là moi-même.

— Mademoiselle Patience, souffle Bitsy d'une voix éteinte puis, les yeux baissés, elle traverse la cuisine pour porter un panier de lessive dans le jardin.

— Désolée de ne pas être revenue plus tôt…, dis-je, n'achevant pas ma phrase. Mme MacIntosh se porte-t-elle bien ?

— Oh, comme un charme, mon ange. Bitsy et moi, on s'y connaît en nouveau-nés. Madame est en haut en train de donner la tétée au petit… À propos de Bitsy, elle ferait une bonne assistante de sage-femme, vous ne pensez pas ? Elle s'est bien débrouillée pendant l'accouchement, non ?

Sans même me demander, Mary me sert une tasse de café noir et, tirant deux chaises, elle me fait signe de m'asseoir.

Son commentaire au sujet de sa fille m'a surprise, mais elle laisse la question en suspens et continue à blablater.

— C'est monsieur qui m'inquiète. À propos de soucis et de malheurs !

Elle se penche pour jeter un coup d'œil dans la salle à manger par la porte ouverte.

— Son costume est usé jusqu'à la corde ! ajoute-t-elle. Il dit avoir tout perdu, à part sa maison et les mines de charbon. Tout le monde en ville ne tient plus qu'à un fil. Personne n'arrive à croire ce qui se passe. Les banques ont pieds et poings liés, tout ça à cause du président Hoover. Un incapable !

» Je doute qu'il ait osé avouer à Mme Katherine que Bitsy devait s'en aller. Ils n'ont plus les moyens de la garder. Il a décrété qu'ils n'avaient pas besoin d'une servante, que madame et moi, on pouvait se débrouiller. J'ai beau insister en disant que ma fille est prête à travailler juste pour avoir un toit sur la tête, il ne veut rien entendre. Il faut qu'elle mange tout de même. Leur budget est serré à ce point-là.

» Je lui ai demandé ce qu'elle était censée faire… Les rares gens de Liberty qui avaient des serviteurs leur ont donné congé aussi. Je me félicite d'avoir pu rester ici aussi longtemps, et que Katherine ait eu le bébé. Ils ne peuvent pas me congédier. J'ai élevé William, pour ainsi dire, j'étais déjà au service de ses parents. S'il me mettait dehors, ils se retourneraient dans leurs tombes, les pauvres.

Elle se lève pour remuer le bouillon de poule aux délicieux arômes qui mijote sur le fourneau.

— Monsieur m'a priée de ne pas embêter Katherine avec tout ça ! Il ne veut pas la perturber. Elle risquerait de ne plus avoir de lait, selon lui, mais je ne vois pas très bien ce que Bitsy va pouvoir faire… où elle va aller…

Des larmes brillent dans ses yeux bruns. Deux petites mares au-dessus de ses paupières inférieures.

— Notre famille la plus proche est en Caroline du Nord, voyez-vous.

À travers la grande fenêtre à douze carreaux de la cuisine, je regarde Bitsy en train de se démener avec les draps mouillés qui battent dans le vent. C'est une petite femme, à peu près de ma taille, la moitié de sa mère, mais elle a l'air aussi solide que le buisson de myrtille qui pousse dans les rochers de granit en haut de la crête.

— Je vous aiderais si je le pouvais, Mary, mais je suis à sec moi aussi.

— Thomas est allé chez vous. Il dit que vous avez de la place. J'ai bien réfléchi. Bitsy pourrait vous aider pour les accouchements, à la ferme aussi. Vous n'auriez qu'à la loger et la nourrir. Pas de gages. Elle est économe, intelligente. Elle vous tiendra compagnie là-bas dans votre cambrousse. Elle est gentille, vous verrez.

Je n'en crois pas mes oreilles ! Certes, il y a des moments où je me dis que ce serait bien d'avoir quelqu'un auprès de moi. Mme Kelly et moi menions une existence agréable dans notre petite maison avant son attaque, mais Bitsy et moi ? Une Blanche et une Noire ? Peu m'importe ce que pensent les gens, mais je ne peux pas me permettre d'attirer l'attention. Je connais à peine Bitsy, et je n'ai jamais entendu parler d'une Blanche vivant avec une femme de couleur, encore moins une domestique.

— Elle a une semaine pour partir d'ici.

— Vous savez, Mary, je n'ai pas l'électricité, ni le gaz. Pas de téléphone ni de voiture. Ce serait une vie plus rude que ce à quoi elle est habituée. A-t-elle jamais habité à la campagne ?

— Bien sûr. Quand elle était petite, on vivait avec mon père près de Fancy Gap dans les montagnes de la Caroline du Nord. Avant qu'on déménage en Virginie occidentale pour que mon mari puisse travailler à la mine. M. Proudfoot, le papa de Bitsy, a péri dans l'explosion de la Switchback Mine avec soixante autres hommes. Entre-temps, mon père avait perdu sa ferme et il était mort. On n'avait plus d'endroit où habiter à Fancy Gap. Les enfants et moi, on est allés s'installer dans le Nord avec la famille MacIntosh quand ils ont ouvert les nouvelles mines dans le comté de l'Union. (Elle débite tout ça sans le moindre apitoiement sur elle-même.) Bitsy chasse le cerf, elle sait le dépecer. Elle pêche. Elle pourrait faire votre ménage et votre lessive. Vous auriez plus de temps pour vous. Elle a fait des études au lycée pour les gens de couleur de Delmont. Elle sait lire, même des gros livres, et elle est coriace comme une peau de vache si nécessaire.

Mary est aussi intarissable qu'un représentant pour les balais Fuller, ma parole !

— Est-ce le bébé que j'entends pleurer ?

J'attrape ma sacoche et m'échappe rapidement par l'escalier de service. Parvenue sur le palier, je ralentis l'allure pour réfléchir un instant à la proposition de Mary. La venue de Bitsy chez moi pourrait être une bénédiction, ou signifier la fin de mon paisible refuge. Je nous imagine toutes les deux blotties à chaque extrémité du canapé en train de lire le soir, comme Mme Kelly et moi le faisions jadis. Se tortillerait-elle dans tous les sens ? Parlerait-elle à tort et à travers ? Fredonnerait-elle ? Est-ce qu'elle ronfle, est-ce qu'elle fait du bruit en mangeant ? Aurais-je de quoi la nourrir ? Tels sont les détails qui me tracassent.

Je pousse un soupir, me demandant ce que la communauté penserait de nous. Jamais je ne la qualifierais de domestique. Je ne supporterais pas que quelqu'un me serve. Cela me hérisse rien que d'y penser !

Un croissant de lune

— Katherine ? C'est Patience, j'appelle d'une voix douce depuis le palier. Je suis venue voir comment vous alliez, vous et le bébé. (La porte de la chambre est entrouverte. Je la vois rabattre sa chemise sur sa poitrine et se lever.) Je vous prie de m'excuser d'avoir mis autant de temps à venir, j'ajoute. Mary m'a assuré que vous alliez bien tous les deux.

Le bébé dort dans son berceau en suçotant sa petite langue.

— Oh, Patience, vous m'avez manqué.

Katherine se laisse tomber au bord du lit. Elle n'a plus mal au derrière manifestement, mais la situation n'est pas aussi rose que Mary me l'a laissé entendre.

— Ça va ?

Du lait séché tache son chemisier couleur lavande. Pâle, sans maquillage, elle n'est pas coiffée. Elle a l'air fatiguée, vieillie.

— Oui… enfin je crois. Pas vraiment, en fait. Je suis tellement triste pour Bitsy.

Sa remarque me déconcerte.

— Je ne savais pas que vous étiez au courant. Je pensais que vous ignoriez son départ imminent et les difficultés financières de votre mari.

— J'en sais plus qu'il ne le croit ! William me traite comme un enfant. J'écoute les nouvelles à la radio, pour l'amour du ciel ! Je suis capable de faire le rapprochement.

» Le jour où le bébé est né, j'étais tellement affolée que je n'ai pas compris ce qu'ils voulaient dire par « mardi noir ». Depuis lors, une kyrielle d'hommes n'a pas cessé d'entrer et de sortir d'ici. Des banquiers, des créanciers, des investisseurs. J'ai entendu leurs éclats de voix. Vibrants de peur.

» Et puis Martha Stenger est venue voir le bébé. La femme du pharmacien, avec ses six petits diables. Seigneur ! J'ai cru qu'ils ne s'en iraient jamais. Les gosses couraient dans tous les sens, les deux petits se sont battus !

Elle lève les yeux au ciel.

En voyant un petit sourire narquois flotter sur ses lèvres, je me rappelle pourquoi j'apprécie Katherine. En dépit de son doux visage, de ses gestes délicats, féminins, elle ne manque pas de mordant.

— Je comprends ce que vous voulez dire. Ils sont turbulents, ces petits ; intelligents mais sacrément remuants.

— Martha m'a raconté que Mary Proudfoot demandait à tout le monde en ville d'embaucher Bitsy. J'étais folle de rage quand j'ai appris que William comptait la renvoyer. Je l'aurais mis au pied du mur si je n'avais pas redouté une nouvelle dispute. Il a tellement de soucis. Il faut qu'il trouve de quoi payer ses mineurs, semaine après semaine. J'ai tellement honte. Je n'ai pas d'argent pour vous non plus, alors que vous avez tant fait pour nous.

Je m'étais doutée que ça arriverait mais, tout de même, je suis déçue. Les MacIntosh pourraient au moins me donner quelque chose.

— Ce n'est pas grave, dis-je pour ne pas accabler Katherine. Vous le ferez, je le sais, quand vos finances s'arrangeront.

Si elle savait dans quel état sont les miennes ! Un misérable billet de deux dollars est la seule chose qui me sépare de l'hospice des pauvres !

Je change de sujet.

— Mary et moi venons de parler de Bitsy dans la cuisine. Elle m'a demandé si j'étais prête à la prendre chez moi, à la former pour faire d'elle mon assistante, mais je n'ai pas d'argent, et je n'ai pas vraiment besoin d'aide.

— Oh, Patience, le feriez-vous ? Cela vous serait-il possible ? Je me sentirais soulagée si elle vivait auprès de vous.

Katherine se lève, balance un peu le berceau avec le pied avant de voltiger vers la fenêtre.

Comment certaines femmes font-elles pour être aussi gracieuses ? Est-ce un art que leur mère leur a enseigné, ou un talent naturel ? Je me compare à elle. Aujourd'hui, j'ai mis ma seconde plus belle robe, la bleu marine à pois avec un tablier blanc. Une mèche de longs cheveux s'est prise dans mes lunettes. Je l'écarte d'un geste.

Même dans sa chemise de nuit froissée, tachée de lait maternel, Katherine a l'air d'une reine et évolue telle une danseuse. Elle soulève la lourde tenture d'un côté et contemple les cimes des arbres battus par le vent.

— Avez-vous vu les sorbiers ? M. MacIntosh les a plantés l'année dernière. Les rosiers aussi. (Elle appelle son mari « monsieur », comme beaucoup de femmes plus âgées.) Il s'y est mis dès qu'on a emménagé ici.

— Ils sont magnifiques, je commente.

Elle se tourne vers moi.

— Écoutez, Patience… la situation ne va pas s'arranger. Il faut être réaliste. Une paire de mains supplémentaire à la ferme pourrait vous être utile. Nous allons tous devoir cultiver un jardin potager et entreprendre des choses auxquelles nous ne sommes pas accoutumés.

Je souris intérieurement. Ça ne changerait pas grand-chose pour moi. J'ai appris à faire pousser des légumes avec l'aide de Mme Kelly, à force de tâtonnements aussi. Cela dit, Katherine n'a pas tort. Je vais sans doute être obligée d'agrandir mon potager et de mettre davantage d'aliments en conserve.

— Et puis ça ne fait pas bon effet de vivre seul. Les gens jasent. Ce n'est pas sûr. Et s'il vous arrivait quelque chose ?

— Il ne m'arrivera rien. Cela fait plus d'un an que je vis seule. Mais que voulez-vous dire ? On médit sur mon compte ?

— William les a entendus à l'Oneida Inn pendant sa réunion de l'ordre des Elks.

L'Oneida Inn, à trente kilomètres d'ici, est un hôtel-restaurant, beaucoup trop chic pour moi. Il y a un bar clandestin au fond. Non que j'y mettrais jamais les pieds.

— Que racontent-ils ? Que peut-on bien dire ? J'ai une vie on ne peut plus respectable.

— Les gens parlent, c'est tout. Ils s'interrogent à votre sujet. Une femme vivant seule au pied de la montagne. Reconnaissez que ce n'est pas commun. Si Bitsy habitait chez vous, cela semblerait plus convenable.

— Vous ne pensez pas que ça provoquerait davantage de rumeurs, au contraire ? Une femme blanche et une Noire sous le même toit ?

— Elle serait votre domestique, non ? Votre servante.

Ma servante ! Je l'ai été moi-même par le passé, quand j'étais nourrice au dispensaire pour femmes de Chicago. Je ne me suis jamais fait servir par qui que ce soit, je n'en avais pas les moyens. Ça me donne la chair de poule rien que d'y penser.

— Il y a autre chose, poursuit Katherine. Bitsy vous fournira davantage de travail.

Ne comprenant pas bien ce qu'elle veut dire, je fronce les sourcils.

— Les bébés noirs, chuchote-t-elle, une main sur la bouche comme si elle me livrait un secret.

— Pardon ?

— Les femmes enceintes noires vous solliciteraient si vous aviez Bitsy comme assistante. La seule sage-femme qu'elles ont pour le moment, c'est Mme Potts. Seulement, elle approche des quatre-vingts ans et elle a de plus en plus de mal à se déplacer. Bitsy vous apporterait une nouvelle clientèle. Vous allez en avoir besoin, maintenant que le docteur Blum a baissé ses tarifs et mis un écriteau dans sa vitrine indiquant : « Nouveaux patients bienvenus ».

Cela me surprend. Il m'a toujours semblé tellement cher.

— Combien demande-t-il maintenant ?

— Vingt dollars pour l'accouchement et un séjour de deux nuits à l'hôpital. Quinze dollars pour les visites à domicile, mais cela s'adresse uniquement aux gens en ville ou aux riches fermiers. Il n'irait jamais dans les camps miniers.

C'est à peu près la somme que je requiers moi-même, même si je ne l'obtiens pour ainsi dire jamais.

Katherine pivote sur ses talons et se dirige vers sa coiffeuse. Elle s'assied sur le tabouret capitonné et entreprend de peigner ses cheveux blonds avec sa brosse en argent. Elle se mire dans sa glace sculptée avec une petite poignée dans laquelle nos regards se croisent.

— Si vous acceptez de prendre Bitsy, je vous donnerai ceci.

Elle soulève le couvercle de son coffret à bijoux et en sort une broche.

J'observe son offrande, un croissant de lune scintillant, orné d'une perle de la taille d'une canine. C'est du vrai or, à n'en point douter.

— Je ne saurais accepter. C'est dix fois trop. Je peux attendre que William et vous vous remettiez en selle.

— Ça pourrait prendre des années, Patience… La fille de Mary est presque une parente. C'est une manière de vous remercier pour mon bébé et d'offrir une nouvelle chance à Bitsy. Vous lui apprendrez votre beau métier.

Elle se lève et dépose la lourde broche sur mes genoux.

— M. MacIntosh s'en offusquerait, non ? S'il a besoin d'argent, il pourrait la vendre.

— Cette broche ne lui appartient pas. Ma mère me l'a donnée. Il fait à peine attention aux bijoux que je porte, de toute façon, ni aux vêtements. Et puis il ignore probablement qu'elle est en ma possession.

Je pose ostensiblement le croissant de lune sur la table de chevet en secouant la tête. J'ai dans l'idée qu'il doit faire dix-huit carats, bien que mes connaissances en la matière soient limitées.

— Il faut que j'examine le petit, dis-je, contente de changer de sujet. Il est si beau ! Je suis navrée de vous avoir fait souffrir, vous et votre mari, en affirmant qu'il était mort. Je ne sais toujours pas pourquoi je n'arrivais pas à détecter les battements de son cœur. Et comme vous aviez dit que vous ne le sentiez plus bouger…

Katherine s'assied à côté de moi sur le lit et lisse le duvet en satin marron foncé.

— Vous m'avez réconfortée cette nuit-là. Et je vous dois d'avoir un fils.

Elle s'empourpre. Des larmes perlent dans ses yeux.

Le bonheur que nous procure cet enfant vivant me fait oublier tous mes tracas, l'angoisse de ne pas avoir assez d'argent pour survivre à l'hiver tout comme mes craintes de dépasser les bornes en me qualifiant de sage-femme. Katherine profite de mon trouble pour glisser la broche dans la poche de mon tablier.

8

Bitsy

Première grosse gelée hier soir. Toutes les tomates qui restaient sont fichues. J'avais espéré qu'elles mûriraient sur pied. Je m'en suis voulu toute la journée jusqu'à ce que Charles Travers vienne me chercher pour une autre délivrance qui a compensé la tragédie évitée de justesse chez les MacIntosh et l'étrange accouchement de Delfina au camp minier. Cela m'a rappelé que le plus clair du temps Mère Nature est meilleure juge.

15 novembre 1929. Lune presque pleine et première forte gelée.

Naissance sans complication de Ruth Ann Travers, premier enfant de Charles et Abigail Travers, de Liberty. 2,900 kg. Une petite déchirure ne nécessitant pas de points de suture. Je suis rentrée à vélo en chantant à tue-tête parce qu'on m'avait payé 5 dollars ! Était présente la mère d'Abigail, qui a eu sept enfants elle-même. Elle m'a beaucoup aidée.

La pendule de Mme Kelly sonne cinq coups au moment où je pose mon beau journal sur ma poitrine. C'est du gaspillage, je le sais, les bûches se consumeront plus vite, mais j'ai laissé la porte du poêle ouverte pour profiter du spectacle des flammes. Les braises scintillent comme des rubis. Je prétends ne pas savoir grand-chose en matière de bijoux, et c'est la vérité, exception faite du rubis de Mme Vanderhoff. Sa bague en rubis.

Malgré le vent qui continue à souffler en rafales, j'entends le cliquetis des roues d'une charrette qui remonte Wild Rose. En me levant précipitamment pour sonder l'obscurité dehors, je la vois, chargée de bois fendu, tirée par deux mules croulant sous le poids de sacs de jute pleins à craquer. Une petite silhouette au teint sombre dodeline au-dessus des fardeaux ; une bicyclette est arrimée à son flanc. M. Cabrini conduit les bêtes, Thomas Proudfoot, le fils de Mary, marche à côté du véhicule. Ils s'arrêtent devant mon porche et attachent les bêtes. La femme met pied à terre. Elle porte une vieille valise en carton et deux armes – une carabine et un fusil de chasse. C'est Bitsy.

Avant de quitter le domicile des MacIntosh quelques jours plus tôt, j'étais retournée à la cuisine discuter à nouveau avec Mary. J'avais essayé de m'expliquer, honnêtement :

— Ce n'est pas une question de couleur de peau, vous le savez très bien. C'est juste que je n'ai pas l'habitude de me faire servir. Et puis j'ai si peu d'argent. Je me rends bien compte que je semble plus à l'aise financièrement que je ne le suis en réalité, à cause de la petite ferme à mon nom, mais c'est Mme Kelly, l'ancienne sage-femme, qui m'a légué sa terre. La maison est si petite, je n'ai nul besoin d'une domestique. Pour l'heure, je n'ai que quelques dollars en poche, et pas assez de charbon ou de bois pour l'hiver.

Les traits tirés, Mary regardait fixement les dernières marguerites jaunes le long de la clôture au fond du jardin. Elle se tenait le menton d'une main tandis que de l'autre elle lissait la nappe.

— Je n'ai guère les moyens, vous comprenez, avais-je repris, mais on pourrait faire un essai, je suppose…

Elle s'était levée d'un bond, renversant sa chaise.

— Dieu soit loué ! Vous étiez mon dernier espoir.

— … Juste pour voir… comment ça se passe. Si on s'entend. Ça réglera le problème quelque temps au moins.

Bitsy est là maintenant. À l'instant où elle descend du monticule de bois, c'en est fini de mon intimité. Je verrouille mon journal avec la petite clé, je le glisse sous un coussin du canapé et je vais lui ouvrir.

Pendant une semaine, Bitsy et moi tournons l'une autour de l'autre sur la pointe des pieds en veillant à ne pas nous importuner. À six heures du matin, je me réveille en l'entendant secouer la grille du poêle pour vider les cendres. Ensuite elle va chercher du petit bois et des bûches fendues.

M. Cabrini et Thomas m'ont apporté deux cordes de bois ainsi que des sacs en toile de jute remplis de petits morceaux de charbon tombés des wagons que les petits Cabrini ont ramassés le long des voies ferrées.

Ces fragments d'or noir et le tas de bois de chêne et de noyer blanc sont ma rétribution pour l'accouchement de Delfina. C'est le meilleur salaire que j'aie reçu depuis longtemps, exception faite de la broche que Katherine a glissée dans la poche de mon tablier à mon insu.

Quand je me lève et enfile un pantalon et un vieux chandail, il fait déjà chaud en bas et l'odeur du pain qui grille sur le poêle embaume l'air. Bitsy et moi mangeons ensemble dans la cuisine (il n'y a pas d'autre endroit où s'installer). Je suppose que Mary et elle mangeaient à part chez les MacIntosh. Nous parlons du temps, de la besogne à abattre dans la journée. Nous n'avons ni lait ni crème. Clair de lune est tarie ; elle est chez Hester en train de faire connaissance avec le taureau.

— Vous voulez encore des toasts ? me demande Bitsy.

— Non, merci.

Nous n'évoquons jamais rien de personnel. L'habitude de cacher mon passé fait tellement partie de moi, je ne saurais pas par où commencer. Nous nous bornons à marcher avec précaution dans des eaux stagnantes sans jamais plonger dans le ruisseau.

Je pourrais lui demander si elle a un amoureux. Vit-il en ville ? Est-ce qu'il lui manque ? L'interroger sur son plat préféré, les livres qu'elle aime lire. Mais je me contente de manger mon pain tartiné de confiture de mûres en buvant mon thé chaud. À la fin, Bitsy se lève et débarrasse.

Au début j'ai insisté pour qu'elle me laisse préparer le petit déjeuner et faire la vaisselle à mon tour, mais elle est toujours debout avant moi. Le jour où elle a sorti le bac à lessive et la planche dans l'intention de laver mes sous-vêtements, j'ai dû mettre le holà !

Hier, au moment du petit déjeuner, une biche et un faon sont passés juste derrière la clôture qui entoure la maison.

— Bitsy ! me suis-je écriée. Regarde.

Elle s'est penchée par-dessus ma chaise.

— Faut-il que je sorte mon fusil ?

J'ai relevé brusquement la tête.

— Une mère et son enfant ! Pas question !

— La plupart des biches ont des petits à cette époque-ci de l'année. (Elle me dévisage comme si elle avait affaire à une inculte.) Elles mettent bas au printemps et, à l'automne, les jeunes les suivent partout. Si vous voulez manger de la viande cet hiver, il faut que je chasse dès que le thermomètre descend en dessous de zéro. Le faon est assez grand pour se débrouiller sans sa mère.

C'était la première fois qu'elle me tenait tête. D'ordinaire, c'est « Oui, madame », « Non, madame », « Comme vous voulez, madame Patience ». Ça me tape sur les nerfs, d'ailleurs.

9

Tempête de verglas

Toute la nuit il est tombé de la neige fondue. Vers l'aube, il commence à faire froid dans la maison. En descendant l'escalier d'un pas hésitant dans ma chemise de nuit en flanelle rouge pour refaire du feu, je trouve Bitsy déjà là.

— C'est gelé, dit-elle en désignant le jardin.

Elle porte la robe de chambre en chenille rose délavée dont Katherine lui a fait cadeau avant son départ.

Je fourre quelques bûches dans le poêle.

— Laissez-moi m'en occuper.

— Non, Bitsy. J'arrivais à rester au chaud avant ta venue. Je suis capable de me débrouiller.

Elle se détourne, blessée. Je regrette aussitôt mes mots durs, ce qui ne m'empêche pas de remuer les braises avec le tisonnier. Finalement, nous nous approchons toutes les deux de la fenêtre.

Quand les nuages se dispersent, à la faveur du clair de lune, on voit que chaque branche, la moindre brindille, est garnie de givre. Les branches sont si lourdes qu'elles ploient jusqu'à terre. Sous nos yeux, l'une d'elles se rompt et se fracasse comme du cristal. Interloquées, Bitsy et moi échangeons un regard.

Le ciel se couvre à nouveau et tout devient noir, comme quand le rideau tombe à la fin de la séance au cinéma. Dans le silence qui suit, un autre bruit résonne. Des pas qui martèlent la chaussée verglacée de Wild Rose Road.

— Tu as entendu ? je m'exclame, espérant que mon imagination me joue des tours.

Ce n'est pas tant cette arrivée intempestive que l'idée d'une femme en travail par une nuit pareille qui me retourne les sens. Je passe mentalement en revue les patientes qui ont pris des dispositions avec moi pour que je les assiste. Minne Boggs n'est pas censée accoucher avant Noël. Je ferme les yeux en priant pour que ce ne soit pas elle. Elle n'a que quatorze ans, et le bébé aurait cinq semaines d'avance. Il y a Clara Wetsel aussi, mais elle a déjà quatre enfants et ne devrait pas arriver à terme avant la mi-janvier. Le bébé serait tellement prématuré que son mari aurait eu assez de jugeote pour contacter le docteur Blum, quoi qu'en dise son épouse.

— Tu vois quelqu'un ? je demande. Il fait plus sombre que dans une mine de charbon. Attends… C'est un homme, à cheval.

— Il tire un autre cheval, précise Bitsy.

— On ferait mieux de s'habiller. Allume une lanterne.

Quelques minutes plus tard, équipées l'une et l'autre d'une lampe à kérosène, nous attendons sur le seuil que Thomas attache ses deux mules à l'érable le plus proche. En voyant le frère et la sœur tomber dans les bras l'un de l'autre, je me rends compte à quel point sa famille doit manquer à Bitsy. N'ayant plus de famille moi-même, je n'y avais guère pensé. Elle a vécu toute sa vie avec sa mère. Ça doit lui faire tout drôle d'être sans elle. Et sans son frère. Il y a de fortes chances qu'elle se languisse tout autant de la communauté de l'église A.M.E.[1] de Liberty.

— On a besoin de vous à Hazel Patch, lance Thomas en guise de salutation, sans bonjour, ni sourire.

Que se passe-t-il encore ? Je ne connais personne à Hazel Patch, un village isolé d'une centaine d'âmes – des Noirs principalement. Becky Myers, l'infirmière du service public, m'a raconté leur histoire. Ils ont migré du sud de l'État pour venir travailler à la mine Baylor, près de Delmont, où un éboulis s'était produit, causant la mort de dix-sept hommes. C'était en 1921, avant que Mme Kelly et moi ne venions nous installer dans la région. La plupart des mineurs qui s'en sont tirés, refusant de retourner sous terre, gagnent désormais leur maigre pitance en tant que fermiers de subsistance.

— Qu'est-ce qu'ils lui veulent, à Mme Patience ? demande Bitsy d'un ton protecteur. Il est minuit passé et il y a une tempête de neige. Ces gens-là n'ont pas à faire appel à nous. Ils ont Mme Potts pour les aider. (Elle met l'accent sur « ces gens-

1. Église épiscopalienne méthodiste africaine. (Toutes les notes sont de la traductrice.)

là » comme si c'étaient des péquenauds et que nous étions trop bien pour eux.) Sans compter que Hazel Patch est loin d'ici, de l'autre côté de Spruce Knob.

— Entrez, Thomas, dis-je. Une femme est-elle sur le point d'accoucher ?

Le grand homme – un chêne, comme sa mère, Mary – se penche pour pénétrer dans la maison. Le froid irradie de sa grosse veste en laine verte à carreaux. Des flocons de neige s'éparpillent sur le plancher.

— C'est grave, madame Patience. Un bébé arrive, il essaie en tout cas, mais le bras est sorti en premier. C'est Cassie Washington. Son quatrième enfant, peut-être le cinquième. Je crois qu'elle en a perdu un. Mme Potts se démène depuis trois heures, et les tantes disent que le bras du petit est en train de virer au bleu. Faut que vous veniez donner un coup de main.

— On n'a qu'à prendre par Raccoon Lick pour rejoindre Hope Ridge, je suggère. Ensuite on coupera à travers bois en passant par chez les Harper jusqu'à l'embranchement sud de Horse Shoe Run. Ça nous prendra une heure si on se dépêche.

— Si vous y allez, autant que je vienne, bougonne Bitsy.

Je lui souris, contente d'avoir sa compagnie en cette nuit noire d'encre. Elle pourra faire bouillir de l'eau, chasser les importuns de la chambre et s'occuper de Mme Potts qui ne sera pas forcément ravie de me voir.

À peine dehors, je glisse sur le porche. J'avais oublié qu'il y avait du verglas.

— Flûte ! je m'écrie en atterrissant brutalement sur mon postérieur.

Bitsy pouffe de rire. Thomas lui assène un petit coup de coude avant de m'aider à me relever.

— Faites attention à vous, madame Patience, me dit-il.

Ses mains nues sont chaudes. Il a de la poussière de charbon sous les ongles, tenace. Je me demande s'il possède des gants. À cet instant, je remarque que Bitsy n'en a pas non plus. Il fait un peu moins de zéro. Pour ma part, j'ai mis mon béret bleu, des gants et une écharpe que j'ai tricotés moi-même.

— Vous pensez qu'on va y arriver ? je demande à Thomas. Les sabots des mules ne risquent-ils pas de s'enfoncer dans la glace ?

— Possible, grommelle-t-il, mais elles sont bien parvenues jusqu'ici. La glace a un peu fondu. Il faut qu'on tente le coup.

J'imagine la scène de l'accouchement, la patiente s'agitant, avec le bras du bébé à l'ouverture. Elle pleure, essaie de pousser, mais c'est peine perdue.

Thomas m'aide à me hisser sur la plus grande mule et installe Bitsy derrière moi. Nous montons à cru. Je glisse les mains de ma compagne sous mes aisselles pour les garder au chaud.

Vingt minutes plus tard, nous atteignons le carrefour de Wild Rose et Raccoon Lick. Quand la lune surgit entre les nuages, je vois des arbres endommagés partout autour de moi. Leurs branches pendent, pareils à des bras cassés. La Hope River gronde en bas du versant. Un lion invisible. Nous faisons halte à trois reprises, le temps que Thomas descende de sa monture pour écarter une grosse branche du chemin.

Un kilomètre plus loin, nous remontons péniblement la longue allée bordée d'arbres des Harper. On dirait que les mules piétinent du verre pilé. Les plaques de verglas font bien cinq centimètres d'épaisseur. Quand nous passons devant la ferme, les chiens aboient, mais aucune lumière ne s'allume.

Juste après la grange à la silhouette imposante, nous nous enfonçons dans les bois avant de nous engager dans Horse Shoe Run. Dans l'épaisse forêt d'épicéas et de feuillus, des branches craquent à tout instant. Je me rends compte que nous courons un danger certain.

Bitsy me serre plus fort. J'entrevois à peine la forme de Thomas devant moi. Dieu merci, les derniers loups ont été éradiqués de Virginie occidentale et les ours hibernent. Enfin je crois. Ils ne sortiraient pas par une nuit pareille, si ?

Nous apercevons enfin des lumières et, quelques minutes plus tard, le village de Hazel Patch, une grappe d'une dizaine de maisons et petites fermes rassemblées autour d'une petite chapelle blanche. Thomas hâte l'allure et, bien que je redoute ce que nous sommes sur le point de découvrir, je presse ma monture pour le rattraper.

À quoi est-ce que je pensais quand j'ai accepté de venir ? Comment pourrais-je aider une sage-femme expérimentée comme Mme Potts qui met des enfants au monde depuis cinquante ans alors que ça ne fait pas deux ans que j'ai décroché mon certificat, rien qu'en signant un bout de papier ? Et la famille… je ne les connais même pas. Je donnerais cher pour être chez moi bien au chaud dans mon lit douillet.

Nous passons devant la chapelle, une bâtisse en bardeaux surmontée d'une flèche en bois, puis suivons Thomas le long d'une voie privée bordée d'une barrière proprette en bois plein. Au bout se dresse une maison en rondins d'un étage. Toutes les fenêtres sont éclairées. Une femme hurle dans la nuit. Un cri sauvage. Bitsy et moi frémissons. La malheureuse s'interrompt quelques minutes puis reprend de plus belle.

Mme Potts

Sentant mon appréhension, Bisty m'étreint un instant avant de se laisser glisser au bas de la mule. Bien qu'elle ait hésité à venir, elle attrape résolument ma sacoche et accompagne son frère à la porte. Veillant à ne pas me retrouver une nouvelle fois les quatre fers en l'air, je les suis à petits pas.

Thomas frappe à deux reprises pendant qu'on tape des pieds pour se débarrasser de la neige puis, sans attendre de réponse, il pousse le battant. Nous pénétrons dans un grand salon avec des étagères en chêne le long des murs en rondins, un orgue, un canapé en velours fauve. C'est le genre de pièce dans laquelle j'imagine un juge ou un médecin à l'époque des pionniers, sauf qu'il n'y aurait pas eu d'électricité. Hazel Patch se situe sur la grande route, à proximité des lignes électriques. À entendre Bitsy parler de « ces gens », en référence aux habitants du village, je pensais atterrir au sein d'une communauté aussi misérable que le camp de mineurs.

Face à l'entrée, je vois une cuisine jaune vif équipée d'un fourneau à gaz émaillé, vert pâle. Deux femmes à la peau foncée et une autre dame plus petite, couleur café au lait, sont en train d'y disposer des plats. Toutes trois vêtues de robes à fleurs et de tabliers dans des tons divers, elles se tournent vers nous pour nous accueillir.

— Madame Potts ? appelle Thomas en ôtant son chapeau.

La sage-femme voûtée, vêtue de noir, apparaît dans le couloir. Elle porte un tablier blanc immaculé, un col en dentelle et un foulard blanc. À la voir marcher, on a l'impression que ses articulations ont besoin d'être huilées, mais elle n'a presque pas de rides. Dans la pièce voisine, la patiente geint comme un animal pris au piège.

La vieille dame se faufile à côté de Thomas et de Bitsy pour venir me prendre dans ses bras. Je n'en reviens pas.

— Je suis Grace Potts, trésor. Navrée de vous faire sortir de chez vous par une nuit pareille, mais je ne savais pas qui d'autre appeler, et nous avons un prob'ème. (Elle écorche ce mot, comme beaucoup de gens âgés dans les Appalaches.) Le docteur Blum refuse de venir à Hazel Patch et n'accepte pas les gens de couleur dans sa clinique. Sinon on y serait déjà allés. Vous comprendrez ce que je veux dire dans une minute.

— Thomas dit que le bras est sorti en premier. Sentez-vous la tête quelque part ?

Grace Potts brandit ses deux mains percluses d'arthrite. Les jointures de ses doigts sont tout déformées. Un réseau de veines semblables à une carte routière tapisse le dos de ses mains d'ébène, mais ses paumes sont roses et aussi lisses que les miennes.

— Elle est tout en haut, me répond-elle. J'espérais que vous pourriez…

Nous sommes interrompues par des braillements venant de la chambre. Je m'y précipite, Bitsy sur mes talons.

— Me laissera-t-elle l'examiner ?

Je suis toute à mon affaire maintenant, mon anxiété s'est envolée. Il y a du travail à faire, une énigme à résoudre. Ça ne coûte rien d'essayer. Thomas se tourne vers la cuisine où le trio de cuisinières s'affaire autour de lui, lui proposant du café et une tranche de gâteau.

— Elle serait prête à laisser le vétérinaire l'examiner si cela pouvait la libérer de cette douleur, me répond Mme Potts.

Je me demande si elle fait allusion à Hester ou si c'est une remarque générale. Quelqu'un devrait peut-être le convoquer. Il s'en est bien sorti avec la jument.

La patiente est un sosie de Joséphine Baker, la chanteuse de cabaret. À quatre pattes, en chemise de nuit blanche, elle lève vers nous de grands yeux bruns remplis de larmes.

Bitsy, qui connaît maintenant par cœur le contenu de ma sacoche, l'ouvre et me tend mes gants en caoutchouc stérilisés. Je m'assieds au bord du lit et pose une main sur le mollet de la jeune femme. Ma nouvelle assistante m'impressionne. Sans la moindre hésitation, elle vient de sortir ses propres gants tout neufs, que Mme MacIntosh lui a achetés à la pharmacie Stenger.

Mme Potts fait les présentations.

— Cassie, voici Patience Murphy, une autre sage-femme, et Bitsy, son assistante. Elle va vous examiner à l'intérieur, très délicatement, pour voir comment on peut faire sortir ce bébé.

Est-elle consciente que selon le code d'obstétrique de Virginie occidentale nous nous apprêtons à transgresser la loi ? Je dois reconnaître que c'est futé de sa part de dire « comment faire pour sortir ce bébé » et non pas « s'il y a un moyen de le sortir ». Et puis, j'apprécie qu'elle ait légitimé Bitsy en l'appelant mon assistante et non pas ma domestique ou ma servante. Je m'étonne qu'elle connaisse mon nom de famille.

— Allez, trésor, mettez-vous sur le dos, que Mme Patience puisse palper.

Cassie gémit mais s'exécute. Je fais signe à Bitsy de verser de l'huile sur mes doigts gantés. Quand nous soulevons la chemise de nuit de Cassie, j'en reste bouche bée.

Présentation par le bras

Je n'aurais pas fait tout ce chemin dans la tourmente si je ne m'étais pas attendue à une complication, mais la vue du bras d'un bébé faisant saillie du vagin de sa mère est une chose dont on se passerait volontiers. En croisant le regard de Bitsy, je constate qu'elle ne manifeste aucune émotion. Un bon point pour une sage-femme. (Il faut éviter d'alarmer la patiente.) À croire qu'elle a vu ça toute sa vie !

— Pourriez-vous écarter les jambes un peu plus ? dis-je. Pressez les doigts de Bitsy, et si vous avez envie de crier, essayez de panteler comme un chien. Haletez, haletez. Ne poussez pas. Je vais huiler mes doigts et remonter jusqu'à ce que je trouve la tête du bébé. Des battements ?

Je me tourne vers mon aînée pour avoir la confirmation que l'enfant est toujours vivant.

De la poche de son tablier, Mme Potts sort un stéthoscope en métal moderne, comme celui du docteur Blum.

— J'en ai perçu il y a quelques minutes. (Elle tend l'oreille, hoche la tête.) Plein de vie, confirme-t-elle.

— Bien. Vous êtes prête, Cassie ?

Elle hoche la tête en faisant la grimace, sans quitter Mme Potts des yeux. Bitsy verse un peu d'huile d'olive sur mon gant, puis le long de mon bras jusqu'à l'épaule. Je pose mon autre main sur l'abdomen de la patiente pour localiser la tête. Le passage est étroit mais si je parviens à remettre le bras à l'intérieur, j'arriverai peut-être à la faire descendre vers le bassin. Je retire mes doigts en réfléchissant à la façon de procéder.

— Ne poussez pas, Cassie. Ne la laisse pas faire, Bitsy. Je vais entrer au maximum en essayant de réinsérer le bras. Ensuite j'aiderai la tête à descendre.

Je me garde bien de préciser que la première fois de ma vie que j'ai tenté une manœuvre analogue, c'était avec une jument. Et je cherchais à faire sortir un sabot, pas à le rentrer.

— Pourrait-on lui mettre le derrière en l'air, madame Potts ? J'ai besoin que les fesses soient plus hautes que la poitrine, qu'elle soit presque à la renverse. Y a-t-il des oreillers quelque part ?

Malgré sa fragilité apparente, la vieille sage-femme a une voix de stentor. Elle s'anime aussitôt.

— Samantha, Mildred, Emma ! beugle-t-elle comme si elle avait un porte-voix. Il nous faut tous les oreillers des chambres du haut. Sur-le-champ.

J'ignore laquelle des trois dames habite dans cette demeure confortable mais, en l'espace de deux minutes, la pièce se remplit d'oreillers de plumes. Je fais la grimace en voyant les taies bordées de dentelle. Tachées de sang, elles seront nettement moins jolies.

— Bitsy, ôte ces belles taies. Pourrait-on avoir des serviettes aussi ?

Mes assistantes m'aident à construire un tas d'oreillers haut de soixante centimètres que nous recouvrons de serviettes. Ensuite, je demande à Emma et Mildred de soulever le bassin de Cassie et de le poser sur cette plate-forme douillette. Elle s'affaisse un peu, bien sûr, mais mon objectif est atteint. Une fois le bas du corps de ma patiente surélevé, le bébé remonte. Seuls la main et le poignet font saillie maintenant. En voyant les doigts remuer, tout le monde applaudit, et la mère sourit pour la première fois.

— Madame Potts, dis-je à ma collègue, je vais plier le bras au coude et repousser la main à l'intérieur.

Ensuite je vais remonter l'épaule. À mon signal, guidez la tête vers le bas, voulez-vous ? Une de ces dames pourra peut-être vous aider, si vous êtes fatiguée.

La vieille dame retrousse ses manches.

— Mildred.

Elle attrape la main de la grande femme et la pose sous ses doigts arthritiques, exactement à l'endroit où je le souhaite. Cette naissance est un événement communautaire, décidément.

— Tout le monde est prêt ? Ne poussez pas, Cassie. Pas tant que la tête n'est pas engagée dans le canal de naissance et qu'on ne se sera pas débarrassé des coussins. Mme Potts vous dira quand c'est le moment. Une fois que vous aurez commencé à pousser, ne vous arrêtez pour rien au monde.

Je pense au cordon, à la possibilité qu'il soit enroulé autour du cou du fœtus. Mis à part ce bras qui fait saillie, j'ai l'impression de me retrouver à l'accouchement de Delfina Cabrini, au camp de King Coal. Samantha se met à fredonner : « *Ce matin-là, Josué a livré bataille à Jéricho, Jéricho, Jéricho.* » Une chanson de guerre ! « *Ce matin-là, Josué a livré bataille à Jéricho et les murs se sont écroulés.* »

Les autres femmes se joignent à elle, y compris Bitsy. Tout le monde, sauf Mme Potts et moi. Je suis beaucoup trop occupée à m'introduire dans le canal de naissance.

Cette fois-ci, grâce à l'inclinaison, l'épaule est nettement plus haute et enfouie presque jusqu'au coude. J'entreprends de la déplacer peu à peu vers la gauche avec deux doigts. Comprenant ce que je suis en train de faire, Mme Potts guide simultanément la tête vers le bas et la droite. Heureusement, la patiente a déjà eu plusieurs enfants. J'ai de la place pour manœuvrer.

Cassie est de plus en plus en détresse. Ses yeux sont tellement écarquillés, je redoute qu'ils sortent de leurs orbites. Pourtant elle ne crie pas. Bitsy lui dit de souffler. Elle obéit. Je me demande comment ma nouvelle assistante sait ce qu'il faut faire. Elle n'a participé qu'à une seule naissance, celle du fils de Katherine MacIntosh.

D'après le placement des mains de Mme Potts et de Mildred, j'en conclus que la tête approche du bas du bassin. Je sors progressivement ma main pour faire de la place. La tête emplit facilement l'espace.

— Bon, poussez maintenant, trésor, ordonne Grace Potts. De tout votre cœur !

Les dames écartent prestement les coussins et aident Cassie à s'asseoir à l'instant où la tête couverte de longues boucles noires apparaît à l'ouverture.

— Par tous les saints ! Je vais m'évanouir, s'exclame la plus petite du trio en cherchant un siège à tâtons.

À cet instant, le bébé jaillit, entraînant dans son sillage le placenta qui ressemble à un foie de veau d'un kilo. Le cordon ne fait que vingt centimètres de long ! Rapide comme l'éclair, Mme Potts le coupe avant de tendre la petite fille vagissante à Mildred qui l'enveloppe dans une serviette propre.

— Loué soit le Seigneur ! Merci mon Dieu ! s'exclame tout le monde.

Encore un bébé sain. Si je croyais en Dieu, je me prosternerais…

Hémorragie

Le flot de sang qui s'écoule dans les minutes qui suivent est nettement plus préoccupant. Comme si une présentation par le bras ne suffisait pas ! Je me mets à masser l'utérus, à lui parler, comme s'il pouvait m'entendre.

Non, ne fais pas ça. Cesse de saigner ! Tout de suite !

— Remettez votre poing là-dedans, m'ordonne Mme Potts.

Je comprends ce qu'elle veut dire, mais je n'ai jamais fait ça avant. D'après DeLee, ça s'appelle une compression bimanuelle. Il y a une image de cette technique dans mon manuel d'obstétrique.

— Appliquez votre autre main à l'extérieur. Repliez la paroi molle de l'utérus sur votre poing et tenez fermement. (La vieille dame débite ces consignes tout en fouillant derrière elle, en quête d'un petit flacon brun posé sur la commode.) Buvez ça, dit-elle à Cassie, tandis que Bitsy lui porte le flacon aux lèvres.

Mme Potts contrôle parfaitement la situation. L'hémorragie ralentit. Je tente d'ôter ma main.

— Pas tout de suite, aboie-t-elle.

Je remets ma main à l'intérieur et je tiens bon, voyant le sang recommencer à jaillir.

— Du vinaigre, demande Mme Potts.

La plus petite des trois dames trotte à la cuisine et revient avec un petit pichet en céramique. La sage-femme verse le liquide âcre sur un chiffon stérilisé qu'elle me tend.

— Nettoyez l'utérus avec ça. Il doit y avoir des caillots. Le vinaigre aidera à étancher le sang d'ici à ce que la teinture – un mélange d'actée à grappes noires et de bourse-à-pasteur – fasse effet. Chaque fois qu'une femme a des douleurs sans que ça évolue, préparez-vous à ça. Si l'hémorragie ne s'arrête pas prochainement, on essayera avec de la glace.

À la vue de tout ce sang, nos trois mousquetaires, Mildred, Samantha et Emma, ont battu en retraite vers la porte en emportant le bébé. Bitsy prend la main de Cassie en lui chantant doucement *Jéricho* à l'oreille pour la calmer.

— De la glace ?

— De la glace dans l'utérus fait se contracter le sang.

J'imagine qu'elle parle des vaisseaux sanguins, mais je me garde de la contredire. Je sais que certains chirurgiens ont recours à la glace pour arrêter le saignement lors d'une césarienne, mais il me semble que cela causerait un tel choc à la patiente qu'elle risquerait de mourir de froid à défaut de se vider de son sang.

Les yeux fixés sur sa montre-bracelet plaqué or comme en ont les infirmières, Mme Potts prend le pouls de Cassie. Je vois ses lèvres remuer pendant qu'elle compte.

— Vous êtes une brave fille, Cassie. Ne vous inquiétez pas, dans une minute nous vous aurons remise sur pied. Allez-y, Patience, retirez la serviette et tout le sang épais que vous trouvez.

J'obéis et me retrouve avec entre les mains une poignée de caillots de la taille de gésiers de poulet.

Mme Potts prend alors la relève, pressant l'utérus de l'extérieur comme si elle essorait un chiffon. D'autres caillots sortent. Je les essuie.

— Bon ! s'exclame la vieille sage-femme, puis elle prend une grande inspiration et dépose un baiser sur le crâne de Cassie. Vous pouvez arrêter d'éponger maintenant. Bitsy, vérifiez toutes les deux ou trois minutes que l'utérus reste bien ferme.

Mon assistante – je la considère déjà comme telle – sait ce qu'elle doit faire, grâce à l'accouchement de Katherine. Des larmes inondent les joues de Cassie.

— Donnez-lui son enfant pour qu'elle l'allaite, poursuit Mme Potts. Ça les aidera à se sentir mieux, toutes les deux.

Encore toute tremblante, j'inspire à fond en me lavant dans l'évier de la cuisine. Pendant que Mme Potts panse le cordon de la petite, Bitsy fait le ménage dans la chambre. Dehors, le ciel soulève l'ourlet rose de sa chemise de nuit le long de la crête côté est.

Mildred, qui s'est révélée être la grand-mère du bébé et la maîtresse des lieux, me tend une de ses robes de maison à enfiler par-dessus mon haut.

— Tenez, ma chérie. Vous pouvez aller vous changer dans ma chambre. Monsieur Miller ! Révérend Miller ! La voie est libre ! crie-t-elle par la porte de derrière, à l'adresse de son mari et des autres hommes réfugiés dans la grange. Venez. Le repas est prêt !

Alors que je finis de me nettoyer, les trois cuisinières entonnent un air en chœur dans la cuisine.

« *Il y a un arc-en-ciel autour de mon épaule, et l'azur au-dessus de moi.* » Une chanson entraînante de Al Jolson. Un grand sourire aux lèvres, Mme Potts longe le couloir à petits pas et me sidère en esquissant un petit pas de danse sur le seuil de la cuisine. Ensuite elle va s'asseoir dans le salon pour ranger sa sacoche. Bitsy et moi nous installons à côté d'elle.

— J'essaie de tout garder propre, nous explique-t-elle comme si elle se parlait à elle-même. On ne sait jamais quand on sera appelée à nouveau... même si je ne sors pas aussi souvent qu'avant. (Ses petits yeux pétillants se fixent sur Bitsy, puis sur moi, et je me prends à me demander laquelle d'entre nous elle cherche à instruire.) Avez-vous besoin de mon remède contre les saignements ? J'en ai plus qu'il m'en faut.

Elle brandit un flacon que je prends, ravie de ce cadeau.

— Qu'y a-t-il dedans, déjà ? Puis-je en préparer moi-même, ou est-ce un secret ?

Dans les Appalaches, les cuisinières gardent jalousement leurs recettes de Forêt-Noire, de salade de pommes de terre, de poulet frit, de brioches. Il en va peut-être de même des potions.

— Ne dites pas de bêtises. Évidemment que je vais vous donner la formule, si cela peut sauver la vie d'une femme.

Sur un bout de papier d'emballage déchiré, elle entreprend de noter le nom des herbes qu'elle a utilisées et le mode de décoction. À cet instant, Mildred passe la tête par l'embrasure de la porte.

— Venez, tante Potts ! Vous serez la première à être servie, puis ce sera Patience.

Leur prévenance me fait sourire. La scène qui nous attend dans la cuisine a de quoi surprendre. Après les rudes efforts déployés pendant l'accouchement, c'est aux femmes de se restaurer en premier. Trois hommes se tiennent à l'écart, adossés au mur ou au comptoir, les yeux rivés sur les plats. Il y a Thomas, qui nous a conduites là, Darwin Washington, le père du bébé, et un homme plus âgé qui doit être le révérend. Ces dames s'activent. Un océan de visages bruns et noirs parmi lesquels le mien tranche, aussi blanc que la pleine lune en octobre. Remarquant l'absence d'enfants, je me dis qu'au sein d'une communauté aussi soudée des tas de voisins doivent être disposés à leur prêter main-forte.

Sans la moindre gêne, comme si elle était chez elle, Bitsy s'approche de la table et entreprend de se servir de chou, de purée de pommes de terre et de sandwichs à la viande confectionnés avec du pain blanc fait maison. Mildred porte un plateau dans la chambre pour Cassie et son mari.

— Lui ont-ils déjà donné un nom ? demande Thomas quand Mme Miller nous rejoint.

— Ils ne pouvaient pas trouver mieux, s'esclaffe la grand-mère en jetant un coup d'œil par la fenêtre aux arbres cristallins. Un vieux nom typique en Virginie occidentale. (Tout le monde attend en mastiquant.) Icey.

— Au revoir. Que Dieu vous bénisse. Merci beaucoup, les filles !

Sur le porche au moment du départ, nous contemplons le givre scintillant qui couvre la moindre branche. Le buisson de houx près de la porte d'entrée des Miller étincelle. Les lignes électriques le long de l'allée ploient sous le poids des stalactites. Le révérend promène son regard sur le jardin.

— Nous n'avons pas grand-chose, dit-il en échangeant une poignée de mains avec moi, mais ce que possédons est à vous. Je vous en prie, demandez-nous ce que vous voulez.

Je ne peux pas m'empêcher de comparer cette scène joyeuse avec l'isolement des Cabrini dans le camp minier, ou la solitude des MacIntosh dans leur résidence en brique. L'ambiance chaleureuse de ce foyer me rappelle l'époque où j'étais à Pittsburgh auprès des suffragettes, des radicaux et des syndicalistes blancs et noirs. Une vague de tristesse m'envahit. Cette époque est révolue et me voilà reléguée ici, à la lisière du monde…

Lorsque le soleil apparaît au-dessus de la montagne, sa clarté nous aveugle.

— *Le matin s'est levé*, j'entonne. (C'est une vieille chanson.) *Comme au premier matin… Les corbeaux ont parlé… comme le tout premier oiseau.*

28 novembre 1929. Quart de lune descendant.

Présentation par le bras. Accouchement effectué avec Mme Potts, la sage-femme de couleur de Hazel Patch. Une petite fille. Icey Washington. Deuxième enfant de Cassie et Darwin Washington. J'ai dû repousser le bras à l'intérieur et l'écarter pendant que Mme Potts maintenait la tête vers le bas, de l'extérieur. Pas de déchirures vaginales. Après la naissance, le bras était enflé et tout bleu mais se pliait sans faire pleurer le bébé. J'étais fière d'avoir su m'y prendre, mais ensuite on a dû faire face à une hémorragie sévère. Mme Potts m'a montré comment pratiquer une compression de l'utérus. J'avais lu quelque chose à ce sujet. Elle m'a donné une recette pour une teinture à base d'herbes. Poids du bébé : 3,150 kg. Étaient présentes Mme Potts, Bitsy qui a été d'un grand secours, ainsi que toutes les femmes de la famille Miller et d'autres dames dont je n'ai pas saisi le nom.

Après, j'ai expliqué à Bitsy, comme Mme Kelly l'avait fait jadis pour moi, qu'il faut avoir à l'œil les femmes qui ont eu plus de cinq enfants, car on risque une mauvaise présentation ou une hémorragie. Leur utérus est tellement étiré que le fœtus peut se balader où il veut là-dedans et ne descend pas bien à la fin. Bitsy m'a écoutée attentivement, comme si la vie de quelqu'un dépendait de ces connaissances… ce qui pourrait bien être le cas.

Rémunération : un beau jambon et un lever de soleil.

HIVER

10

Solitude

— Je ne pense pas que je devrais y aller ! dit Bitsy d'un ton inquiet alors que j'ôte mes bottes.

Je reviens de la grange où je suis allée nourrir Clair de lune. Bitsy vient de prendre un bain dans le tub, au milieu de la cuisine. Son corps, enveloppé d'un drap, fume dans l'air frais qui s'est engouffré dans la pièce.

— Évidemment que si ! Tout est arrangé. Les MacIntosh comptent sur toi. Et puis tu pourras passer du temps avec ta mère. Tu lui manques, j'en suis sûre. À Katherine et au bébé aussi.

Je tends le bras vers mon assiette de pain de maïs et de fèves, salées grâce au reste du jambon donné par les Miller.

— Mais je me fais du souci pour vous ici toute seule, madame Patience.

Cela me hérisse.

— Madame Bitsy, je proteste, je t'ai déjà dit de laisser tomber le « madame ». Tu n'es pas ma domestique. Écoute, je m'en suis très bien sortie l'hiver dernier sans toi. Je suis capable de me débrouiller toute seule quelques semaines. Vas-y et profites-en bien tant que M. MacIntosh te paie.

Là-dessus, je m'interroge, vu qu'il n'a jamais eu l'argent pour me rémunérer, moi.

— Il a promis de te payer cinq dollars pour donner un coup de main à Mary pendant les fêtes, rappelle-toi, j'ajoute pour achever de la convaincre. Cinq dollars, ça pourrait nous mener loin cet hiver. Tu arriveras peut-être même à rapporter un peu de charbon et de thé. Voire du sucre et de la farine. C'est de l'argent liquide, et nous en avons grandement besoin, tu le sais.

— Mais c'est Noël. Vous ne devriez pas rester seule, insiste-t-elle.

— Ça ne me dérange pas, je t'assure. Je ne crois pas à tout ça.

Ça lui fait du mal d'entendre ça, je m'en rends bien compte. On a parlé de nos croyances quelques fois. Je lui ai dit que j'avais été élevée dans la religion presbytérienne, mais que j'avais perdu la foi il y a longtemps. Elle fréquente l'Église épiscopale méthodiste depuis son enfance et ne supporte pas mes propos de mécréante.

Notre conversation est brusquement interrompue par l'arrivée d'une auto en train de se frayer un chemin dans la boue sur Wild Rose. Bitsy court à l'étage se préparer. M. MacIntosh est là, juste à l'heure. Après s'être essuyé les pieds, il se perche au bord du canapé et regarde autour de lui d'un air intrigué.

— Comment vont Katherine et le bébé ? je demande pour combler le silence.

— Bien. Très bien, répond-il en caressant sa moustache cendrée. (Il a dû être bel homme dans sa jeunesse, aussi séduisant que sa femme, mais l'anxiété a altéré ses traits.) Sa mère et ses sœurs viennent en train de Baltimore pour les fêtes. Nous nous réjouissons d'avoir Bitsy pour nous aider.

En dépit de leurs difficultés récentes, les MacIntosh mettront les petits plats dans les grands pour accueillir leurs parents. Bitsy déambule en haut, rassemblant ses quelques effets.

— La radio de Wheeling annonce une tempête, reprend William, changeant de sujet. De la neige en masse venant du sud-ouest. Ce sont toujours les pires, celles qui viennent du sud. Vous feriez bien de rentrer du bois.

C'est la seconde fois en peu de temps qu'un homme éprouve le besoin de me donner des conseils eu égard à ma survie.

Je jette un coup d'œil par la fenêtre. Les ombres des nuages, bas dans le ciel, glissent sur les montagnes. Il a peut-être raison, mais la terre est toujours nue et le soleil brille par intermittence. En l'espace de cinq minutes, Bitsy est habillée de pied en cap. Elle a mis le manteau bleu marine que Katherine lui a donné. Sur le porche, les larmes aux yeux, elle prend le cadeau de Noël que je lui tends, une paire de gants verts tricotés par mes soins. Elle me serre si fort contre elle que j'en perds le souffle. C'est le premier geste d'affection qu'elle me témoigne.

Je souris. Il est rare qu'on m'étreigne, à part une patiente à l'occasion.

— Bitsy, voyons. Ce n'est rien.

Le bruit du moteur s'évanouit quand la voiture s'engage dans Raccoon Lick, et me voilà seule. Toujours pas de neige en vue, mais l'air a fraîchi, et le ciel gris tourterelle a pris des tons ardoise.

— Seule, j'articule à haute voix en souriant.

Après quoi je vais ranger la cuisine, je rentre du bois puis je sors ma laine pour commencer à tricoter une paire de gants marron à l'intention de Thomas.

Tout en travaillant, je surveille le ciel.

18 décembre 1929. Lune montante, à moitié pleine.

Appelée pour une autre naissance, moins de quatre heures après le départ de Bitsy avec William MacIntosh.

Une petite fille, Dora, 2,900 kg. Fille de Minnie Boggs, 14 ans. L'accouchement s'est fait vite. Huit heures de travail. Je n'étais là que pour la dernière heure. Petite déchirure. Pas de points de suture. Perte de sang minime.

Minnie voulait se lever tout de suite et prendre un bain, mais je m'y suis opposée. Pas avant une semaine. Sa mère et sa grand-mère étaient d'accord avec moi, mais je doute qu'elle s'y tienne. Son mari, Calvin Boggs, de dix ans son aîné, n'a aucune influence sur elle non plus. Bitsy m'a manqué. Sa présence m'aurait réconfortée dans la nuit, mais elle est chez les MacIntosh où elle aide la Grande Mary à préparer Noël.

Miséricorde

Je tire une chaise vers la fenêtre, je pose ma tasse de thé à la menthe en équilibre sur le rebord et je contemple la grisaille dehors. Les quelques heures passées auprès de la jeune Minnie m'ont rappelé mes années à l'orphelinat de la Miséricorde à Chicago. Gris. Tout était gris. C'est tout au moins le souvenir que j'en ai conservé. Les murs. Les uniformes. Le gruau du petit déjeuner. Les draps.

Les filles de mon dortoir venaient de tous les horizons. En dépit de leur pauvreté, elles étaient presque aussi courageuses que Minnie. La plupart étaient des enfants d'immigrés, polonais, italiens, russes, irlandais, récemment arrivés en Amérique, qui peinaient à parler anglais. Lorsque leurs parents succombaient à la tuberculose, au choléra ou des suites d'un accident du travail, n'ayant pas de famille dans ce pays, elles n'avaient nul autre endroit où aller. Certaines étaient voleuses, pickpockets ou prostituées. D'autres, handicapées, arriérées ou non désirées. Quelques-unes avaient encore un parent qui leur rendait visite de temps en temps.

C'étaient les plus tristes. Leur mère ou leur père veuf trimait douze heures par jour dans une tannerie ou un atelier clandestin mais n'avait pas les moyens de les garder à la maison. Comme les sœurs rousses irlandaises âgées de neuf et sept ans qui pleuraient quand leur mère venait les voir le dimanche, et à nouveau quand elle s'en allait.

J'avais été choyée dans mon enfance à Deerfield, si bien que j'avais manqué me noyer dans cette mer de désespoir au début, mais j'avais vite appris à surnager. Ces deux années à la Miséricorde avaient changé ma vie. Les pauvres, les esseulées, les rejetées avec lesquelles j'ai vécu resteront gravées à jamais dans mon cœur.

Pour survivre, je me rendais utile. Je m'insinuais dans les bonnes grâces des religieuses en chantant des berceuses aux petites, en faisant la lecture aux plus âgées. Je connaissais des tas de cantiques : *Le Roc éternel, Le cercle restera-t-il ininterrompu ?, Venez à présent au Sauveur.* Des airs populaires aussi : *Après le bal, Ta-ra-ra Boom-de-ay.* Je chantais tout ce qui me venait à l'esprit.

Aucune de mes compagnes n'avait fréquenté l'école. Les sœurs m'avaient donné un exemplaire écorné des contes de Hans Christian Andersen, que je lisais à haute voix dans le dortoir à l'heure du coucher ainsi que les jours de pluie : *Poucette, La Petite Sirène, Les Habits neufs de l'empereur.* Les filles qui ne comprenaient pas l'anglais étaient apaisées par le son de ma voix. Leur conte préféré était *La Princesse au Petit Pois.*

Le jour, je travaillais comme blanchisseuse, à l'instar de ma mère jadis, dans le sous-sol de l'orphelinat. Nous nous servions de journaux pour envelopper les draps. Un matin, au bas de la page 10 du *Chicago Tribune,* en dessous d'une réclame pour les « MAISONS MODERNES SEARS, LIVRÉES PAR LE TRAIN AVEC LES INSTRUCTIONS ET TOUT L'ÉQUIPEMENT », j'étais tombée sur une annonce pour une audition de choristes au théâtre Majestic.

Je m'exprimais bien, j'avais une jolie voix, je n'étais pas désagréable à regarder, alors, déterminée à me présenter, j'attendis la tombée de la nuit et me glissai dehors par la porte de derrière en emportant mon petit baluchon et l'exemplaire écorné des contes d'Andersen. C'était la première fois de ma vie que je chipais quelque chose, mais pas la dernière, j'ai le regret de le reconnaître. À la faveur de l'obscurité, je retournai à la pension de Mme Ayers, chez qui j'avais vécu après le décès de ma mère.

— Que s'est-il passé, mon enfant ? s'était-elle exclamée.

Elle portait une robe de chambre en soie rose, ses cheveux défaits flottaient dans son dos comme une pluie noire. Je ne l'avais jamais vue comme ça. La présence d'un homme dans sa vie l'avait métamorphosée.

— Je sais que je ne suis pas à votre charge, lui avais-je répondu, mais je vous supplie de m'accorder une faveur. (J'avais lu cette phrase dans le livre d'histoires des sœurs.) Prêtez-moi votre plus jolie robe demain pour trois heures.

Elle m'avait accueillie à bras ouverts et emmenée dans mon ancienne chambre en me précisant bien que ce ne serait que pour une nuit.

Le lendemain matin, ma bienfaitrice, désormais nommée Mme Swartz, avait sorti de sa malle en bois à couvercle bombé une robe en mousseline imprimée couleur crème avec des manchettes et des empiècements de dentelle. Elle la portait le jour où elle avait épousé M. Swartz. Nous reprîmes la taille avec du fil de faufilage, et son nouvel époux, une bonne âme, commanda une calèche tirée par des chevaux pour me conduire au Majestic à trois heures.

Quand le chauffeur me déposa dans Monroe Street, en me pinçant les joues pour leur donner plus de couleur, je levai les yeux vers l'hôtel d'inspiration Art Déco, l'immeuble le plus haut de Chicago, en essayant de faire comme si j'avais l'habitude de ce genre d'endroits. J'informai l'homme avec une dent en moins planté à l'entrée que j'étais venue pour l'audition, après quoi je me trouvai un siège au troisième rang.

Sur la scène, une rousse très maquillée, gainée dans une robe en satin vert échancrée, braillait *Sweet Adeline*. J'en profitai pour regarder autour de moi. La décoration de la salle était grandiose, riche en couleurs. Bois sombre étincelant, velours rouge somptueux, avec des accents argentés. Les loges s'élevaient jusqu'au plafond. J'étais tellement sous le charme que je n'entendis pas l'homme à l'écritoire à pince m'appeler.

— Elizabeth ! Elizabeth Snyder !

C'était avant que je prenne un pseudonyme.

— Oh, c'est moi, monsieur !

Personne ne m'appelait jamais par mon prénom. Pour ma famille, j'avais toujours été « Lizbeth ».

— Vos partitions ?

Je me sentais ridicule.

— Je n'en ai pas. Je vais chanter l'air préféré de ma mère : *Oh, promets-moi.*

L'homme à la dent manquante leva les yeux au ciel, mais il s'anima quand j'entonnai sans accompagnement, avec ma voix limpide de contralto : *« Oh promets-moi qu'un jour, ensemble vers un ciel, nous emporterons notre amour. »*

Je ne retournai jamais à l'orphelinat de la Miséricorde, pas même en visite. J'avais honte de ne pas avoir dit au revoir à mes camarades, surtout les petites, mais j'avais filé sans permission, en emportant le livre de contes, et j'avais menti sur mon âge pour décrocher une place au Majestic. Je redoutais qu'on ne me laisse plus partir si j'y remettais les pieds.

11

Le Majestic

C'est au Majestic, en 1909, que j'ai fait la connaissance de Lawrence Clayton, artiste, décorateur et étudiant à l'Institut d'art de Chicago. Mon premier amour. Pendant les répétitions, j'observais ses mains quand il peignait les toiles de fond, j'admirais ses coups de pinceau délicats. Un beau jour, il proposa de me raccompagner chez moi. Nous prîmes le chemin des écoliers.

Cela devint vite une habitude. On flânait le long de la promenade et on jetait du pain aux pigeons de Washington Park. Quoi que nous fassions, nous étions heureux ensemble.

J'ai été insouciante, je dois bien l'admettre, mais n'en est-il pas toujours ainsi des jeunes amoureux ? Mes règles se firent attendre un mois, puis plusieurs autres. Comme je n'avais jamais été régulière, je ne m'inquiétais pas. Je n'avais aucune idée que j'étais enceinte jusqu'au jour où Cassandra, ma camarade de chambre, elle aussi choriste, me demanda quand je les avais eues la dernière fois.

Cela me semble bizarre maintenant que je ne me sois rendu compte de rien, que cela ne m'ait même pas traversé l'esprit, mais ma mère était morte avant ma puberté et personne n'avait pris la peine de m'éclairer sur les mystères de la vie.

Quand j'annonçai ma grossesse à Lawrence, il se montra enthousiaste, mais aussi plein d'appréhensions. Sa mère, fille de pasteur épiscopal, et son père, professeur d'histoire à l'université de l'Iowa, désapprouveraient, ça ne faisait aucun doute. Sa grand-mère lui avait laissé une petite somme qui couvrait ses frais d'études, mais il dépendait de ses parents pour le gîte et le couvert. C'est pour ça qu'il travaillait à temps partiel au Majestic.

Finalement nous ne pouvions plus attendre plus longtemps. Nous voulions nous marier, il fallait qu'il informe sa famille. (C'était plus facile pour moi, je n'avais personne à qui fournir des explications, personne pour me juger.) Mon amant rentrait chez lui pour demander la bénédiction de ses parents quand il trouva la mort dans un accident de train à Western Springs. J'appris la nouvelle par le *Tribune* alors que je mangeais des œufs mollets sur du pain de seigle. L'article, en première page, précisait l'identité des seize victimes, dont Lawrence Frederick Clayton, parmi les premiers sur la liste. J'entourai machinalement son nom d'un doigt avant de m'effondrer comme un arbre coupé à sa base. Lawrence n'était plus, sa bouche qui m'avait embrassée, ses mains qui m'avaient caressée, son esprit qui m'avait aimée…

C'est le choc qui provoqua ma fausse couche, j'en suis sûre, l'hémorragie et les terribles douleurs. C'était trop tôt. Ça n'aurait rien changé de toute façon. Même à terme, un bébé n'aurait pas survécu à une telle perte de sang.

Le professeur et sa femme, terrassés par le chagrin, n'entendirent jamais parler de moi ni de l'enfant de leur fils. Si le bébé avait survécu, je les aurais peut-être recherchés, mais quand le sang se déversa de mon utérus telle une crue éclair de la Des Plaines River, j'ai compris que tout était perdu.

La nourrice

— Je ne peux pas vous apporter votre bébé parce qu'il est mort.

Quand je me réveille dans ma petite maison de Wild Rose Road, mon oreiller est trempé de larmes. C'est ce que la surveillante du dispensaire pour femmes de Chicago m'avait dit, ces mots-là : « *Je ne peux pas vous apporter votre bébé parce qu'il est mort.* » Les babillages des autres patientes dans la petite salle d'hôpital s'étaient interrompus brutalement.

— Mort ?

J'ai la sensation de sombrer dans un tunnel sombre et glacial. C'était l'enfant que j'avais fait avec Lawrence, mon amant, décédé moins d'une semaine plus tôt.

— Des sels ! crie une infirmière.

Quand je reviens à moi, une serviette fraîche tamponne mes longs cheveux. L'infirmière se penche vers moi. Me dit-elle la vérité ? Je ne me souviens que du flot de sang et du trajet en pleine nuit à bord de l'ambulance tirée par un cheval dans les rues pavées de briques.

Pourquoi mentirait-elle ? Si elle veut un bébé, les enfants nés hors mariage, il y en a à la pelle. Je suis bien placée pour le savoir. J'ai vécu à la Miséricorde, un refuge parmi des dizaines d'autres destinés aux orphelins et aux enfants trouvés.

L'infirmière approche une chaise en raclant le parquet et s'assied à côté de moi, mais elle ne cherche aucunement à soulager ma peine. C'est un faucon lorgnant sa proie. Je n'ai que seize ans.

— Si vous vous joignez à notre personnel en qualité de nourrice, Elizabeth, me dit-elle d'un ton appuyé, vous ne seriez pas obligée de retourner à l'orphelinat, ou dans la rue. Nous vous donnerons un lit dans la chambre des autres nourrices, vous aurez de quoi manger. Nous ne prenons que des jeunes femmes saines et bien élevées. C'est un métier respectable. De plus, ajoute-t-elle d'un ton menaçant, si vous ne tirez pas le lait, vos seins vont se craqueler et s'infecter.

Mes yeux s'emplissent de larmes. J'avais prévu d'allaiter – ma pauvre mère l'avait fait, comme toutes les femmes sensées. Mais je n'ai pas d'enfant à nourrir, et voyons les choses en face, pas de toit ni de moyens de subsistance non plus. Mes amis du Majestic ne savent pas où je suis, ni ce qui m'est arrivé. Je n'ai pas remis les pieds au théâtre depuis la mort de Lawrence. Je me voyais mal entrer là-dedans enceinte jusqu'aux dents et en pleurs.

Me voilà seule au monde avec du lait dégoulinant sur mon torse. On me propose de me loger et de me nourrir convenablement. C'est la solution la plus facile. Je pose mes mains sur ma poitrine, déjà dure comme du bois. Je pensais être à court de larmes, mais le puits du chagrin est sans fond.

Nous étions trois nourrices. Wilma, Nola et moi. Wilma avait vingt ans. Elle était la plus ancienne. Quand son lait commença à tarir, elle se débrouilla pour tomber enceinte à nouveau. À la naissance, le docteur Shane porta l'enfant non désiré à sa femme qui n'arrivait pas à en avoir.

L'autre nourrice, Nola, était arrivée après moi. Les infirmières l'avaient trouvée transie de froid sur les marches de l'hôpital, avec du lait maternel gelé sur son manteau tout mince. La surveillante s'était empressée de l'embaucher. Nola avait accouché chez elle avec l'aide d'une sage-femme, mais son père lui avait pris son bébé parce qu'elle n'avait que treize ans et il l'avait vendu.

Lorsqu'on n'avait pas besoin de nous pour les tétées, on nous assignait des tâches ménagères. Pas les besognes sales, comme vider les bassins. On balayait, on faisait la poussière. L'accès aux chambres des patientes qui avaient de la fièvre nous était interdit. C'est pour ça qu'entre nous on s'appelait les « servantes de lait », à cause de ces corvées.

Je n'en concevais aucune amertume. On riait en disant ça : « Servante de lait. » On trouvait ça plus joli que « nourrice ».

12

L'avènement

Tic-tac, tic-tac... Maintenant que Bitsy est partie, j'ai pour seule compagnie mes chiens, Emma et Sasha, mon chat calico, Buster, outre la pendule noire et or de Mme Kelly. Toujours pas de changement de temps, mais lorsque je suis allée à la grange plus tôt, l'air sentait la neige. Une odeur hivernale, propre.

Quand nous nous étions installées dans la région, Mme Kelly et moi, j'avais eu l'impression d'avoir été larguée en terre étrangère. Au Groenland, ou peut-être à Madagascar. Tout me semblait singulier. J'étais à la dérive, et j'avais peur. Je vivais en ville depuis vingt ans. Je redoutais les serpents, les ours, les sconses. Les hululements de chouettes, les bruits dans la nuit. L'obscurité, l'immensité du ciel. Je me sentais si seule, sans personne autour. C'était moins étrange pour Sophie. Elle avait grandi à une soixantaine de kilomètres d'ici, à Torrington, où elle avait fait ses études d'infirmière avant d'aller vivre à Pittsburgh. De plus, elle avait continué à passer ses vacances d'été à la ferme de ses grands-parents.

Dans les premiers temps, j'avais eu du mal à m'habituer à l'absence de plomberie, d'électricité, de téléphone, mais j'avais fini par m'y faire. D'un autre côté, l'absence de machines bruyantes m'apaise. L'éclairage jaune au kérosène est reposant. Même les toilettes à l'extérieur, ce n'est pas si mal. Ça vous fait sortir, et il y a toujours quelque chose à voir dehors. Aujourd'hui, quatre colverts venus du nord ont fait halte dans le jardin. J'ai couru leur chercher de la semoule de maïs, mais quand je suis ressortie, ils avaient déjà pris leur envol.

En sortant vers dix heures pour m'assurer que la grange est bien fermée avant d'aller me coucher, je constate que le vent s'est levé. Mais toujours pas de neige. J'inspecte le ciel, comme mon père, le marin, l'aurait fait. Les nuages font la course devant la lune, effaçant les étoiles. Quand je me relève, un peu plus tard, pour me servir du pot de chambre en porcelaine que je garde, les nuits froides, derrière la porte de la chambre, je m'arrête à la fenêtre. Quelques flocons paresseux flottent dans l'air, pareils à des lambeaux de papier.

Voilà la tempête contre laquelle MacIntosh m'a mise en garde ! je songe.

Quand j'ouvre à nouveau un œil, c'est le matin. Une étrange lumière blanche inonde ma chambre. Dehors, une dentelle immaculée recouvre chaque arbre, chaque buisson, la moindre branche. Une vision de pays des merveilles. J'enfile ma robe de chambre et je cours allumer le feu en bas. Il y a bien vingt centimètres de poudre sur la barrière, et la neige continue de tomber.

— De la neige pour Noël, Sasha et Emma ! je m'exclame en dansant autour d'eux, leur faisant perdre la tête.

Je m'habille rapidement, je mets mes bottes et je sors donner à manger à Clair de lune. Puis j'emmène les chiens faire une promenade sur la colline de derrière dans l'idée de couper un petit sapin. Je n'hésite pas à me laisser tomber dans la poudreuse, bras écartés, pour y dessiner des formes d'anges.

L'année dernière à Noël, je n'avais pas d'arbre, je n'ai rien fêté du tout. Mme Kelly était morte. Ruben aussi. Je n'avais rien à célébrer. Il faisait très froid, et le sol gelé était aussi morne que mon âme.

De retour à la maison, je plante mon arbre dans un seau rempli d'eau de source, et j'entreprends de fabriquer des tortillons de papier avec des réclames colorées découpées dans les numéros de *Ladies' Home Journals* que j'ai trouvés dans le grenier. En guise de décorations, je taille des bouts de laine blanche épaisse de trente centimètres et, à défaut d'étoile, j'attache un des anges en bois de Mme Kelly au sommet de l'arbre. Tout ça me prend presque toute la journée.

— Vous ne le trouvez pas magnifique, mon sapin ? je demande à mes chiens vautrés sur le tapis tressé près du poêle.

Ils relèvent la tête d'un air intrigué, puis Emma se lève et vient me lécher la main. En revanche, Buster le chat qui somnole au fond du canapé n'a pas du tout l'air impressionné.

L'hiver dernier, je pleurais tout le temps, parce que Mme Kelly et Ruben me manquaient, à cause de Lawrence, de mes parents et de tous les autres partis longtemps avant moi. Mes larmes auraient rempli le tub. Même les femmes enceintes avaient cessé de faire appel à moi. J'aurais été bien en peine de les aider, de toute façon.

Le reste de l'hiver n'avait été qu'une longue hibernation mais, au printemps, je m'étais finalement éveillée. Sally Feder qui avait donné naissance à des jumeaux avec l'aide de Mme Kelly peu après notre emménagement était à nouveau enceinte et m'avait demandé de l'assister. C'était une grande femme calme avec de belles hanches et beaucoup d'aplomb. J'avais ramassé mon cœur meurtri, je l'avais remis dans ma poitrine et j'avais repris mes fonctions de sage-femme.

Calamité

William MacIntosh ne s'était pas trompé. Il neige depuis trois jours. Un vrai blizzard. Je ne sors que pour nourrir Clair de lune. Et puis aujourd'hui à midi, le soleil est apparu. Pareil au comte de Monte Cristo, me voilà libérée de mon cachot et je retrouve la vie.

— Allons faire de la luge, les chiens !

J'enfile à la hâte mes bottes, mon manteau, mon écharpe et des gants. Je déniche une vieille plaque de tôle ondulée dans la grange que je hisse au sommet de la colline en m'enfonçant dans cinquante centimètres de neige.

— Bonjour, le monde ! je m'exclame. Je suis ressuscitée des morts ! Bonjour bonjour !

L'écho me répond et je suis heureuse d'entendre une voix humaine même si c'est la mienne. « Eh oh ! Bonjour, bonjour ! » je répète encore et encore. Les chiens me sautent dessus, puis se roulent dans la poudreuse.

La première descente est affreusement lente. Il faut que j'aplanisse le terrain.

La deuxième, plus satisfaisante.

La troisième, une vraie partie de plaisir. Hilare, les joues en feu, je me plante en haut de la butte, ivre de fatigue. J'ai le nez qui coule et mon béret en laine est tout de travers.

La quatrième fois, je glisse comme une limace.

À la cinquième descente, je me blesse le mollet gauche avec un angle de métal rouillé.

— Et flûte ! je m'écrie à l'adresse des chiens.

Je n'ai pas encore compris ce qui s'est passé. Au début, je pense avoir déchiré mon pantalon en laine, rien de plus. Puis le sang se met à couler et la douleur vient.

— Bon sang de bonsoir ! je peste encore, et ça m'aide apparemment. Oh, Emma, regarde ce que j'ai fait !

Elle accourt et me lèche la main, puis elle flaire le sang. Je la repousse. La grange est à deux cents mètres, et la maison plus loin encore. Je grelotte déjà et mes vêtements trempés commencent à se figer. Si je pouvais trouver un bâton en guise de canne, ça me serait utile, mais je suis au milieu d'un champ. Pas d'arbres ni de taillis. J'essaie de bouger mon genou, la douleur m'arrache des larmes et je jure comme un sapeur. Mais il plie encore.

Pendant l'heure qui suit, je clopine, je rampe en direction de la maison. Les chiens suivent. Quand je me retourne, je les vois lécher le sillon écarlate dans la neige immaculée.

« C'était la veillée de Noël et partout dans la maison... » Du sang et des larmes. L'entaille est longue comme le pouce ; un lambeau de peau de cinq millimètres d'épaisseur pend. Je parviens à arrêter le saignement avec un bandage de fortune confectionné à l'aide d'un torchon de cuisine. Je songe à me recoudre moi-même avec le fil de suture que j'ai dans ma sacoche, mais elle est restée en haut. De toute façon, je ne pense pas avoir le courage de m'enfoncer une aiguille dans la peau.

Comme j'arrive à rapprocher les lèvres de la plaie, je verse de l'eau savonneuse dessus, je rince, puis j'applique une compresse imbibée d'hydraste dessus pour prévenir l'infection. Puis je mets un nouveau pansement, avec l'espoir que ça guérira. Pour finir, je me fais une attelle et je boitille jusqu'à la remise pour aller prendre le flacon d'aspirine. Sur l'étiquette, c'est marqué qu'il faut en prendre deux. J'en avale trois en priant pour que ça ne me tue pas.

En dépit de ce que j'ai affirmé à Bitsy, ce n'est jamais agréable d'être seul à Noël, même si on n'est pas croyant. L'année dernière, les fêtes de fin d'année sont passées dans un brouillard. Cet hiver, j'ai un sapin mais, avec ma blessure, je ne suis pas d'humeur à célébrer.

J'allume les lampes à kérosène, je refais le feu, et après un dîner frugal composé de pain de maïs et de haricots blancs, je m'allonge sur le canapé. Le petit arbre dans le coin a l'air si délaissé, tout enguirlandé comme une femme des rues qui ne saurait pas où aller. Emma et Sasha me regardent avec de grands yeux.

— Bon, les amis, on pourrait au moins chanter.

Le vieux livre de cantiques de ma mère est sur l'étagère avec sa Bible. Juste à portée de main.

— Quel est ton chant de Noël préféré ? je demande à Emma. (Sasha hausse les sourcils, mais ils ne font de commentaires ni l'un ni l'autre.) Bon, dans ce cas, on va tous les chanter.

« Ô, venez, fidèles, joyeux et triomphants », j'entonne. Je ne suis pas très joyeuse. Pour tout dire, je m'étouffe presque avec mes larmes au souvenir de l'époque où ma famille se réunissait autour du piano. Maman jouait tandis que mon père chantait de sa belle voix de baryton, la tête inclinée en arrière. *« Ô, venez, venez à Bethléem ! »* Il ne jouait pas encore aux cartes en ce temps-là, il ne buvait guère. C'est arrivé plus tard.

Et puis il y eut le soir de Noël avec Lawrence où nous avions déambulé le long des docks du lac Michigan en chantant des cantiques à tous ceux qui voulaient nous écouter. *« Venez Le voir, le roi des anges est né… »*

Même à Pittsburgh, les bonnes années, quand Mme Kelly, Nora et moi vivions ensemble, bien que la moitié de nos amis fussent juifs ou agnostiques, nous chantions les vieux chants de Noël pour célébrer moins la naissance de Jésus que notre espoir commun en l'avènement de la lumière dans un monde obscur.

— C'est une fête païenne ! s'esclaffait Ruben, mais il connaissait toutes les paroles et chantait plus fort que les chrétiens qui ne pratiquaient plus.

Je m'essuie les yeux du revers de la main et poursuis avec détermination mes vocalises.

« Au premier Noël, l'Ange a dit à certains pauvres bergers qui étaient dans les champs… » Je chante de plus en plus fort, chassant les souvenirs de mon esprit, un air après l'autre bannissant les fantômes des Noël passés. *« Par une froide et profonde nuit d'hiver. »*

Les chiens hurlent avec moi, debout tous les deux près du canapé à présent, levant leurs museaux comme des loups. *« Ouhh ! Ouhh ! »*, je beugle avec eux pour les encourager. Terrorisé, Buster se carapate dans l'escalier, tous ses poils dressés. *« Ô, venez, fidèles ! »*

Je braille tellement fort que je n'entends pas la voiture qui monte péniblement la colline. Ni les pas dans l'allée enneigée menant chez moi. Ni les premiers coups frappés doucement à ma porte.

13

Un visiteur

Je suis au milieu de « *Étoiles des nuits, étoiles merveilleuses* » quand les chiens se mettent à grogner et se ruent sur la porte. On frappe à nouveau. Plus fort. J'ai chaud aux joues mais mon estomac se glace.

Je n'ai rien sur le dos à part des caleçons longs, avec une jambe roulée au-dessus du genou, une chemise et le vieux kimono en soie rouge de Nora. Mes chaussettes en laine sont trouées aux orteils. Qui peut bien me rendre visite un soir de Noël ? Peut-être est-ce le traditionnel étranger dont on parle dans les livres. Je dois le laisser entrer et lui servir à dîner, ou ça me portera la poisse toute l'année prochaine. Soyons réalistes, on doit venir me chercher pour une femme en travail.

— Qui est là ?

Je serre mon kimono autour de moi et je descends la jambe de mon caleçon pour cacher ma plaie.

— C'est Daniel Hester. J'ai vu les lumières allumées.

Le vétérinaire ? Il a dû passer par là en revenant d'une visite auprès d'une bête malade. Pourtant, l'intersection entre Raccoon Lick et Wild Rose est à six cents mètres d'ici. J'ouvre la porte et je le trouve sur le porche, une bouteille d'alcool à la main. C'est totalement illégal.

— Où avez-vous déniché ça ? je demande en pointant le menton vers l'objet du délit. Vous pourriez vous faire arrêter pour avoir enfreint les lois de la Prohibition.

Il porte un trench-coat marron foncé, son chapeau brun enfoncé sur le crâne, et sent déjà l'alcool, mais il tient encore bien d'aplomb. Sans rien demander, il enlève ses bottes en caoutchouc et entre.

— C'était charmant, la musique. Vous avez une jolie voix, les chiens aussi.

Il rit de sa petite plaisanterie, exhibant de solides dents blanches. (« C'est pour mieux te manger, mon enfant », me vient à l'esprit.)

— Vous aviez une visite à faire, le jour de Noël ?

— Non, c'est juste que je me sentais seul, me répond-il sans la moindre gêne en regardant autour de lui.

— Et votre femme ?

— Ma femme ?

— La dame à la fenêtre… de votre cuisine.

— Ce n'est pas ma femme. Elle fait le ménage chez moi de temps en temps.

— Alors comme ça vous vous êtes dit que j'avais peut-être besoin de compagnie ?

— J'aime bien votre sapin de Noël, enchaîne-t-il, ignorant ma question. Ça me rappelle quand j'étais gosse. On fabriquait des tortillons en papier à l'école où j'allais, dans le nord de l'État de New York. Il faisait un froid de gueux là-haut. Jusqu'à moins vingt. Depuis que je suis installé dans le Sud, le thermomètre n'est jamais descendu en dessous de moins cinq. Qu'est-ce que vous avez à la jambe ?

En baissant les yeux sur mon mollet, je m'aperçois que du sang a imprégné mon caleçon. Ce n'est pas joli à voir.

— Que s'est-il passé ? insiste-t-il.

— Je me suis coupée avec de la tôle ondulée. Ce n'est pas grave. (Je me garde de lui parler de la luge.) Je peux marcher. Tout ce que j'ai à faire, c'est aller à la grange et revenir.

— Vous permettez que je jette un coup d'œil ?

Vous y tenez vraiment ? ai-je envie de lui répondre.

D'un autre côté, il est presque médecin. C'est un peu comme une visite gratuite à domicile.

— Si vous voulez… Allez-vous me faire payer en m'embauchant à nouveau comme assistante ?

Je trouve ma remarque drôle, mais déjà il s'active. Il me ramène au canapé, m'aide à m'asseoir, m'attrape la cheville et ôte avec précaution le pansement rudimentaire.

Dès que la plaie apparaît, nous faisons tous les deux la grimace. C'est une vilaine entaille, et les lèvres que je croyais jointes se sont écartées.

— Il faut que j'intervienne, décrète Hester en se levant pour remettre son manteau. Je vais chercher mon sac dans la voiture.

Je songe à protester, mais il est déjà parti.

À son retour, il va se laver les mains dans la cuisine, puis il s'assied dans le rocking-chair. Il plonge la main dans sa sacoche noire et en sort une de ses aiguilles à suture incurvées, une seringue et une fiole remplie d'un liquide clair.

— C'est un anesthésiant ? je demande d'un ton plein d'espoir.

Si ce n'est pas le cas, j'ai intérêt à trouver quelque chose à glisser entre mes dents, comme dans ce vieux western où le médecin donne à Tom Mix un bâton à mordre.

Hester lève les yeux.

— Vous croyez vraiment que je vais vous recoudre sans anesthésie ?

Je hausse les épaules en me disant : Pourquoi pas ? C'est ce que vous avez fait pour Clair de lune !

Vingt minutes plus tard, ma blessure est propre, saupoudrée d'une couche d'antiseptique et recousue avec du fil noir. On dirait la jambe de Frankenstein. Un pansement chirurgical blanc vient recouvrir le tout.

Hester sort un paquet de cette poudre blanche de son sac et me le tend.

— Dans trois jours, retirez la gaze et couvrez quotidiennement la plaie avec ça. Ça pourrait empêcher que ça s'infecte. Vous devez faire très attention dans la grange. Ne salissez pas la plaie.

Vous risqueriez d'attraper le tétanos et de perdre votre jambe.

Il plaisante, j'espère. Il me tourne le dos, le temps de ranger son porte-aiguille dans son sac. Le tétanos ! Je lève les yeux au ciel.

— Vous avez déjà bu un grog au rhum ? Fêtons Noël ! lance-t-il en brandissant la bouteille qu'il a apportée.

J'ai mal, et je me dis que l'alcool pourrait aider à faire passer la douleur, mais la mise en garde de Katherine MacIntosh à propos des rumeurs qui courent sur mon compte me vient à l'esprit. M. et Mme Maddock ont-ils entendu la voiture du vétérinaire monter la route ?

Je décide de faire fi de la prudence.

— D'accord.

Hester sort sur le porche et revient avec une bouteille de lait frais.

— Un cadeau de Noël, m'annonce-t-il en riant. Si vous n'aviez pas répondu quand j'ai frappé, je l'aurais laissée sur les marches… Où est le sucre ?

Je tente de me lever.

— Laissez votre jambe en hauteur. Je trouverai.

Par l'embrasure de la porte de la cuisine, je le regarde verser le lait dans une casserole puis attiser le feu sous le fourneau.

— Comment s'appellent vos chiens ? lance-t-il par-dessus son épaule.

— Emma et Sasha.

— Comme Emma Goldman ? L'anarchiste ?

— Oui. Comment le savez-vous ?

— Ma grand-mère a émigré de Russie. Sasha est le surnom qu'Emma Goldman avait donné à son amant, Alexander Berkman, n'est-ce pas ? Ma grand-mère m'a raconté l'émeute qui a eu lieu à Homestead en 1892. Que Sasha Berkman avait tenté d'assassiner Frick, l'associé de Carnegie, « l'ignoble opposant des travailleurs ».

Il prononce ces mots d'un ton railleur, et je me demande s'il se moque de lui-même, de sa grand-mère avec ses histoires, ou des syndicalistes qui ont attaqué Carnegie Steel et affronté les agents de sécurité de l'entreprise lors de combats au corps-à-corps. Si ce sont ces derniers qu'il tourne en dérision, ça me met en colère. La lutte des ouvriers et des syndicats m'est chère depuis quinze ans.

Quelques minutes plus tard, Hester revient avec deux tasses fumantes et la bouteille de rhum qu'il pose par terre près du canapé. Je suis un peu surprise, pour ne pas dire alarmée, quand il se laisse tomber sur le canapé à côté de moi, saisit ma jambe blessée et la pose sur ses genoux.

— Vous savez, les voisins vous ont peut-être vu monter la rue. Vous ne pouvez pas rester longtemps.

— J'ai éteint mes phares, riposte-t-il en ricanant.

Ça me fait sourire.

— Qu'est-ce qui vous a incité à croire que je vous laisserais entrer ?

Il hausse les épaules en détournant les yeux.

— Je n'en étais pas sûr. J'ai tenté le coup.

Le lait chaud parfumé au rhum descend facilement. C'est le premier alcool que je bois depuis le vin aux mûres que Mme Kelly a fait quand nous sommes arrivées ici telles deux veuves éplorées. Le rhum est beaucoup plus fort. Une tasse, je me dis, et je le renvoie chez lui.

Hester avale une gorgée, hoche la tête d'un air satisfait et reprend le cours de son récit.

— Ma grand-mère maternelle était donc russe, et mon grand-père polonais. En arrivant en Amérique, ils ne parlaient pas anglais ni l'un ni l'autre. Ils ont pris des cours dans le foyer à New York. C'est là qu'ils se sont rencontrés.

» Mes grands-parents paternels étaient des fermiers allemands, installés aux États-Unis depuis le XVIIIe siècle. Vous ai-je dit que nous avions une ferme dans le nord de l'État de New York ? Mes parents, eux, se sont rencontrés à l'université de Cornell.

Il me raconte tout ça comme si je lui avais demandé son pedigree.

Malgré moi, je suis intéressée.

— Ont-ils fait leurs études là-bas ?

— Mon père a étudié l'agronomie et ma mère a passé un diplôme d'enseignante. C'était dans les années 1880.

— Ma mère aussi était institutrice.

Hester attrape la bouteille et, avant que je n'aie le temps de dire quoi que ce soit, il me verse une autre rasade. Ensuite il se sert, généreusement, et fait cul sec. Les deux chiens se dressent avec admiration devant lui. Il ébouriffe leurs fourrures. Buster lui-même est redescendu discrètement. Ils doivent sentir que mon visiteur aime les animaux.

— Vous voulez chanter encore un peu ? me demande le vétérinaire en s'approchant du piano.

J'aurais dû me douter qu'il savait jouer, avec des mains pareilles.

— Pourquoi pas ?

Les effets du rhum commencent à se faire sentir.

Une heure durant, nous enchaînons les airs pendant que Hester m'accompagne au clavier.

« *Partout autour de la terre les anges du royaume de gloire battent des ailes…* »

« *Un soir le bon roi Wenceslas vit par la fenêtre la neige épaisse…* »

Au début, je reste allongée sur le canapé comme une bonne patiente, mais plus tard je boitille jusqu'au piano et je m'assieds au bout du banc pour pouvoir lire les paroles dans le recueil de chants. Nous veillons à ne pas nous toucher, pas même l'épaule. Hester sent vaguement le pin et le foin fraîchement coupé. Nous buvons un autre verre.

— Bon, c'est le dernier, ensuite vous feriez mieux d'y aller. Vous connaissez celui-là ? je m'esclaffe. (Nous sommes maintenant tels de vieux amis, feuilletant ensemble le livre de cantiques, chantant à l'unisson.) *J'ai entendu les cloches de Noël.* C'est un de mes préférés. Longfellow a écrit les paroles pendant la guerre de Sécession quand il a appris que son fils était blessé.

C'est agréable de parler avec quelqu'un qui appréciera cette anecdote, qui saura même qui est ce Longfellow. J'ai deux autres connaissances dans le comté de l'Union susceptibles de connaître ce poète de la Nouvelle-Angleterre : Mme Stenger, la femme du pharmacien, et mon amie infirmière, Becky Myers, qui ont fait des études supérieures toutes les deux. Mais ça fait des mois que je ne les ai pas vues, depuis la dernière fois que je suis descendue en ville, en novembre. Katherine MacIntosh aussi aime la lecture, mais seulement les histoires d'amour. Bitsy sait lire mais, jusqu'à maintenant, elle s'est uniquement plongée dans mon manuel médical. Elle ne le lâche pas.

— Je ne me souviens pas de celui-là. Chantez-le-moi.

J'entonne le premier verset pendant que Hester se remet au piano.

J'ai entendu les cloches le jour de Noël,
J'ai écouté les vieux chants familiers
Et les mots puissants et doux rappellent
Tant de souvenirs.
Paix sur la Terre aux hommes de bonne volonté.

Hester reprend la mélodie et se joint à moi pour le deuxième verset. Au troisième, sa voix se brise.

Et, désespéré, j'ai incliné la tête.
Il n'y a pas de paix sur la Terre, ai-je dit.
Car la haine est forte
Et se moque de la chanson.
Paix sur la Terre, aux hommes de bonne volonté.

Il s'interrompt, des larmes plein les yeux, et se lève brusquement, manquant de renverser la lampe à kérosène. Je le vois vaciller, s'agripper au piano, retomber sur le banc.

— Je ne sais pas ce qui m'arrive. (Il esquisse un sourire.) Ces vers : « Car la haine est forte et se moque de la chanson. Paix sur la terre aux hommes de bonne volonté. » L'espace d'un instant, je me suis revu dans les tranchées avec des balles sifflant au-dessus de ma tête. J'ai fait des choses dont je ne suis pas fier, tuer des hommes rien que pour survivre. Ce n'était pas mes ennemis, mais les ennemis de quelqu'un d'autre.

» Je n'ai jamais oublié ce type, un grand Allemand blond. Il avait abattu mon cheval. C'était à la bataille de Saint-Mihiel, en 1918. J'aurais pu le faire prisonnier mais, aveuglé par la rage, je l'ai passé par trois fois à la baïonnette. La fureur m'a fait perdre la tête… J'y pense parfois. Il avait une mère, bon sang ! Je n'avais aucune raison de faire ça. (Il ferme les yeux en secouant la tête comme pour chasser cette vision.) Il est temps que je m'en aille, décide-t-il et, une main posée sur le piano, il se remet debout.

— Vous feriez mieux de rester ! je m'exclame en le rattrapant de justesse pour l'empêcher de s'affaler.

Nous nous dévisageons, mais ça ne dure qu'un bref instant.

— Vous avez raison. Je ne suis pas en état de conduire. L'alcool ne me fait pas autant d'effet d'habitude.

Nous portons notre attention sur la bouteille vide.

— Vous n'avez qu'à dormir sur le canapé. Enveloppez-vous dans la couette.

Il s'y laisse tomber sans protester.

Que puis-je faire d'autre ? Je ne vais pas le renvoyer sur les routes enneigées. Il finira dans le fossé.

— Voilà un oreiller.

En lui tendant le coussin vert matelassé du rocking-chair, je me rends compte que je ne tiens pas très bien d'aplomb moi-même. Je trouverais ça amusant si je ne redoutais pas de ruiner ma réputation.

Une sage-femme est censée être « de bonne moralité ».

Le temps que je fasse sortir les chiens, qu'ils reviennent, que j'attise le feu et que j'éteigne la lampe, mon visiteur ronfle paisiblement. Je baisse la lampe au kérosène et je m'assieds sur le fauteuil à bascule. « *Douce nuit, sainte nuit* », je fredonne doucement en repensant à ce que Hester m'a dit à propos des batailles sanglantes de la Grande Guerre. « *Dors dans la paix céleste.* »

Le lendemain matin, quand je descends en boitillant avec un mal de tête carabiné, il s'est envolé.

14

Les Vanderhoff

J'avoue que je compte les jours d'ici le retour de Bitsy. Quand Mary m'a demandé d'offrir un toit à sa fille, il y a quelques mois, j'avais des réserves. Il y a quelques semaines encore, j'ai failli faire sa valise et la mettre à la porte. Noël est derrière nous, le nouvel an aussi, que j'ai passé à regarder les flocons voltiger comme des étincelles sous l'éclairage de la lanterne du porche. Je ne sais pas trop pourquoi j'avais mis la lampe Coleman là-dehors, en l'allumant au maximum. Était-ce un signal pour le vétérinaire afin qu'il comprenne que j'avais envie de compagnie ?

Il n'est pas venu, en tout cas… J'ai mangé, seule, mes haricots à œil noir, et du chou en conserve.

J'étais seule aussi quand je travaillais chez les Vanderhoff, mais ce n'est pas le même sentiment de solitude quand on est parmi des gens.

Après avoir travaillé pendant plus d'un an à l'hôpital pour femmes de Chicago, j'avais été embauchée par les parents d'un bébé né prématurément en qualité de nourrice privée, chez eux à Lake Forest. Sur le moment, cela m'avait semblé une bonne chose. J'étais mieux payée, j'avais ma chambre à moi, et le couple s'était engagé à me garder comme nurse quand je n'aurais plus de lait.

Malheureusement, la vie dans leur vaste résidence en brique de Colonial Avenue se révéla nettement moins agréable que je l'avais espéré. Les autres employés, une cuisinière et une bonne, éprouvaient du ressentiment à mon égard. Je donnais le sein au petit toutes les trois heures, comme le docteur Shane de l'hôpital l'avait recommandé, je mettais de l'ordre dans la nursery et mon petit salon voisin mais, en dehors de ça, je n'avais guère d'obligations. Quand je proposais mon aide à la cuisine, la cuisinière tournait le dos, et Beatrice Vanderhoff, ma patronne, m'expédiait en haut.

Les tétées quotidiennes signifiaient que je n'avais pas un seul jour de congé. De surcroît, le premier enfant des Vanderhoff étant mort de la petite vérole, ils s'opposaient à ce que j'emmène le petit Gerald en promenade dans son landau. Augustus Vanderhoff, avocat dans un cabinet au centre-ville de Chicago, un homme corpulent avec une moustache en guidon de vélo et un tic agaçant qui donnait l'impression qu'il vous faisait constamment des clins d'œil, possédait une vaste bibliothèque. On m'autorisait à y puiser des lectures. À part ça, jusqu'au retour des beaux jours, je me tournais les pouces.

Je vécus là pendant cinq mois, à m'ennuyer à mourir, avant de me hasarder un beau jour à explorer la maison. Un dimanche après-midi où la bonne et la cuisinière avaient pris leur demi-journée, mes patrons s'étant rendus à un thé pour une œuvre de charité à la Hull House, je montai sur la pointe des pieds au deuxième étage.

Je m'introduisis d'abord dans une tour vide dont les fenêtres donnaient dans toutes les directions. Je songeai à demander si je pouvais m'y tenir, mais c'était beaucoup trop loin de la nursery. Les trois autres pièces étaient des chambres d'amis. Pas grand-chose à voir à part des armoires, des lits douillets et des fauteuils à haut dossier en velours.

De retour au premier, j'achevai mon inspection en jetant un coup d'œil dans la chambre de mes patrons, dominée par un immense lit à baldaquin, en érable. Je n'en avais jamais vu de pareil. Je me glissai dans la pièce et m'allongeai dessus en caressant le couvre-lit d'un rose profond. Le petit Gerald dormait toujours dans son petit berceau en osier au bout du couloir. Je continuai à fouiner. C'était la première fois que je m'amusais depuis près d'un an.

J'ouvris la porte du dressing et caressai du bout des doigts la rangée de robes. J'en avais vu un certain nombre sur le dos de ma maîtresse, comme celle en satin bleue, longue jusqu'aux chevilles, aux empiècements de dentelle, une autre en velours violet foncé avec des manches gigot. La garde-robe de monsieur se trouvait tout au bout. Elle se résumait à quatre costumes sombres, quelques chemises blanches et un manteau de deuil.

Je retournai dans la chambre et m'assis devant la coiffeuse. L'odeur du parfum au lilas de Mme Vanderhoff, dans un atomiseur en verre dépoli, m'intriguait. J'en vaporisai un peu. Dans le miroir, une jeune femme pâle à force de rester enfermée, les cheveux relevés en un chignon sévère, avec des lunettes à monture d'acier perchées sur le nez, me rendait mon regard. J'eus honte un instant de me voir en train de fureter… Juste un peu.

En veillant à ne pas trop déplacer les choses, j'ôtai le couvercle du coffret à bijoux en argent estampé et, l'un après l'autre, je soulevai les colliers de ma patronne en m'imaginant que j'étais une riche débutante me préparant à aller au bal. Il y en avait un qui me plaisait particulièrement, une émeraude en pendentif au bout d'une fine chaîne en argent. Au niveau inférieur du coffret tapissé de velours, je découvris une bague en or avec un solitaire en rubis. Je le glissai à mon doigt et contemplai ma main. À cet instant, la sonnette de la cuisine retentit.

Alerte rouge ! Je me levai d'un bond, manquant de renverser le tabouret, et regardai fébrilement autour de moi en quête de preuves de mon intrusion. Je voulus remettre la bague dans le coffret, mais je n'arrivais plus à l'enlever.

Nouveau coup de sonnette à la porte de derrière. Je me léchai le doigt, tirai, léchai à nouveau. Rien à faire. C'était probablement un livreur, mais si je ne répondais pas vite, le bébé allait se réveiller. En dévalant l'escalier de service, je continuai à me lécher le doigt et à tirailler sur la bague. Au moment où je m'élançais dans la cuisine, elle glissa enfin. Je la fourrai à la hâte dans mon décolleté. Ça ferait mauvais effet qu'une humble nourrice apparaisse avec un énorme rubis rouge au doigt !

En déverrouillant la porte, je découvris, abasourdie, que la personne qui se tenait sur le seuil n'était pas un livreur, mais M. Vanderhoff.

Trahison

J'aurais dû me douter sur-le-champ que quelque chose n'allait pas, mais je suis naïve. Je l'ai toujours été.

— Merci, ma petite. Il vous en a fallu du temps. Vous êtes seule à la maison ? bafouille-t-il.

Il empeste comme s'il s'était baigné dans une cuve de gin. C'était avant le dix-huitième amendement, et l'alcool était encore légal. Je recule contre la table de la cuisine. Il ne m'a jamais appelée autrement que Mme Murphy jusqu'à présent.

— J'ai perdu ma clé. Mme Vanderhoff n'est pas encore rentrée ? s'enquiert-il.

— Non, il n'y a personne à part le petit Gerald et moi. J'ai pensé que c'était le charbonnier qui sonnait.

Pour je ne sais quelle raison, Augustus Vanderhoff trouve ça drôle.

— Le charbonnier ! Aidez-moi, mon enfant. Je me sens faible.

Je lui offre mon bras comme les hommes le font pour les dames dans la rue. Pas faible, pensé-je. Ivre plutôt.

— À l'étage, aboie-t-il tandis que nous traversons la cuisine en donnant de la bande. (En plus de la puanteur de l'alcool, l'odeur répugnante du cigare mêlée à son aftershave m'assaille les narines.) Il faut juste que j'atteigne ma chambre, marmonne-t-il.

La chambre ! J'espère qu'il est trop saoul pour remarquer d'éventuels objets déplacés. Je n'arrive pas à me souvenir si j'ai fermé la porte. S'il sombre dans l'inconscience, je parviendrai peut-être à remettre la bague à sa place.

La porte est restée ouverte. Je m'en aperçois lorsque nous franchissons l'angle du couloir en titubant. M. Vanderhoff est trop éméché pour s'en rendre compte. En entrant dans la chambre, il pivote sur lui-même pour me prendre dans ses bras et esquisse un pas de deux en roucoulant, mais ses pieds refusent de lui obéir et il s'affale sur le grand lit en m'entraînant avec lui. Je me relève vivement et redresse ma robe.

— Mes chaussures, petite.

Il est étalé de tout son long, les mains sous la nuque.

D'où lui vient donc cette expression : « petite » ? Je ne suis plus une enfant, je ne suis pas non plus une poule qu'il a ramassée au saloon. Il tend les jambes par-dessus le bord du lit.

À contrecœur, je défais les lacets de ses bottines pendant qu'il tire sur son col de chemise et déboutonne son gilet. Au moment où je tire sur la deuxième chaussure que je laisse tomber à terre, il noue ses jambes autour de ma taille et m'attire vers lui en pouffant de rire.

— Monsieur Vanderhoff ! je proteste, mon visage à quelques centimètres du sien.

Un parfum particulier émane de sa moustache graissée. Des effluves de cèdre doux, écœurant.

— Vous ne savez plus ce que vous faites !

Il me plaque contre lui.

— Je le sais parfaitement, au contraire.

Je sens son organe gonflé contre mon ventre, et la peur me donne la nausée. Cet homme ne plaisante pas, et il est plus fort qu'on pourrait le penser, malgré son état d'ébriété.

— Montrez-moi ces nichons avec lesquels le petit Gerald a le droit de jouer.

— Monsieur Vanderhoff ! je m'écrie à nouveau alors qu'il arrache les boutons de ma blouse bleu marine et palpe ma chemise en dessous.

Mon lait coule déjà. Il presse un sein et suce ses gros doigts. Nous nous battons en silence. À quoi bon appeler au secours ? Il n'y a personne dans la maison. Personne pour m'entendre. J'abats mon coude sur son nez. Il beugle.

— Sale garce ! Pour qui te prends-tu ?

Dès lors il devient brutal. Ses jambes se resserrent autour de mes hanches pendant qu'il m'arrache mon haut. Les bras coincés, j'ai recours à la seule arme à ma disposition. Je lui crache à la figure.

Pas de juron cette fois-ci, mais son regard s'assombrit. Il n'en a plus rien à faire de coucher avec moi, de sa réputation ou de sa famille. Il veut me faire mal. Il lève ma jupe et descend ma culotte de force. Instinctivement je m'attaque à ses parties intimes.

Je ne pense plus à ce que je fais. Ma cervelle a cessé de fonctionner quand il m'a attrapé un sein. Mon genou lui martèle les testicules.

— Salope ! grogne-t-il, hors d'état de nuire.

Alors qu'il se balance sur le dos, les jambes repliées, je remonte ma culotte et je fonce dans le couloir. En sanglotant, je prends dans mes bras le petit Gerald que toute cette agitation a réveillé. Puis je ferme la porte de sa chambre à clé afin que M. Vanderhoff ne puisse pas entrer, à moins de défoncer les panneaux comme un taureau en rut. S'il tente le coup, l'enfant devra être mon protecteur. M. Vanderhoff est un père, pour l'amour du ciel, et il n'est pas fou au point de m'agresser devant son fils. Je ne le crois pas, tout du moins. Juste au cas où, je m'enferme avec l'enfant dans mon petit placard et je bloque la porte avec les pieds.

Incapable de proférer un mot, j'écarte en sanglotant les pans de ma chemise déchirée pour donner la tétée au petit. Pas besoin de déboutonner. Il n'y a plus de boutons. Ils se sont éparpillés sur le dessus de lit en satin. Au moment où j'extirpe un sein, la bague en rubis tombe et atterrit sur mes genoux.

Une petite chèvre blanche comme la neige vient trouver mon petit dans son berceau la nuit, je chantonne dans l'espoir d'apaiser le petit.

Les larmes m'inondent les joues. Je redoute encore que M. Vanderhoff déniche ma cachette, me traîne hors du placard et me force à lui céder.

Ce n'est pas comme si j'étais vierge. J'ai couché avec Lawrence. J'ai eu un enfant de lui. Si je ne me débats pas trop, le viol en lui-même ne sera peut-être pas trop pénible, mais je n'en serai pas moins meurtrie. Une blessure qui commence au vagin et monte droit au cœur.

Je passe la bague à mon petit doigt. Que faire maintenant ? Impossible de retourner dans la chambre pour la remettre à sa place. Je ne peux plus rester dans cette maison. Voir M. Vanderhoff chaque jour au petit déjeuner, au dîner… Je n'arriverai plus ni à manger ni à dormir. Mon sort est scellé. Je dois partir ce soir.

Et le bébé ? Je m'essuie le visage. Mon petit bébé…

Ce n'est pas ton bébé, je me rappelle en avalant péniblement ma salive. Pas du tout, même si j'ai l'impression que c'est le mien, si c'est moi qui le nourris et prends soin de lui… Peu importe. Gerald est à eux, à la froide Mme Vanderhoff et à son cochon de mari. L'enfant leur appartient. Je baisse les yeux sur le poupon de cinq mois aux joues rebondies. Il lâche mon mamelon, un filet de lait coule le long de son menton et il me fait un sourire qui ferait fondre l'Antarctique. L'espace d'un instant, je songe à l'enlever, mais ce serait de la folie. On me pourchasserait et on m'enfermerait à vie.

Je me réveille des heures plus tard, au coucher du soleil, la tête posée sur mon manteau en laine roulé. Je suis toujours allongée par terre avec le bébé, dans le placard. J'entends des voix, puis les *clic clic* des hauts talons de Mme Vanderhoff dans le couloir. La porte de sa chambre grince. Je me fige. Verra-t-elle les boutons qui ont sauté de ma blouse sur le lit ? Dois-je tenter de lui parler du comportement de son mari ? Me croira-t-elle ? Et si elle remarque que la bague en rubis a disparu ?

— Qu'est-ce qui t'a pris de me laisser seule à cette réception ? lance-t-elle à son mari d'une voix haut perchée, lancinante. Mme Palmer elle-même a vu que tu étais ivre. Elle est pourtant à moitié aveugle. Je n'ai jamais été aussi embarrassée de ma vie…

M. Vanderhoff marmonne des excuses. Elle continue à vociférer.

J'attends, mais personne ne vient. On ne m'appelle pas non plus pour le souper. Personne ne se préoccupe du bébé.

À minuit, d'après les douze carillons de la vieille horloge en bas, je sors discrètement de ma cachette, je dépose Gerald dans son berceau et j'emballe mes quelques effets. Puis, au cœur de la nuit, pendant que tout le monde dort, je nourris le petit une dernière fois en inondant ses cheveux dorés de mes larmes, je le borde bien puis je me glisse dans l'escalier de service avec ma vieille sacoche.

Sous la pluie qui dégouline des avant-toits, je reste plantée sur le porche de derrière. J'ai quarante dollars en poche, que j'ai économisés sur mes gages hebdomadaires, la bague en rubis cousue dans l'ourlet de mon manteau, et nulle part où aller. Pas un ami au monde.

15

La sage-femme

— Qu'est-ce qui ne va pas, ma jolie ? Vous avez des ennuis ? me chuchote Colleen, la serveuse aux cheveux jaunes du café face à la gare de Pittsburgh, dont le nom est brodé sur son uniforme blanc.

Rompue de fatigue, terrifiée, j'ai pris le premier train en partance de Chicago sans me préoccuper de savoir où il allait, convaincue que la police était à mes trousses. Jusqu'à ce jour, je ne m'étais jamais éloignée de Deerfield de plus de cent kilomètres.

Un peu plus tard, un taxi me dépose devant chez Mme Kelly, à Homestead. Colleen m'a dit qu'une sage-femme à laquelle on fait appel partout en ville saurait peut-être où me trouver un emploi de nourrice. Mon lait fuit déjà. J'ai essayé à deux reprises de l'extraire dans les toilettes.

Gênée par ma tenue négligée et mes cheveux en bataille, je frappe à sa porte.

— Oui ?

C'est une grande femme brune avec un nez aquilin qui vient m'ouvrir. Elle est vêtue à la garçonne et fume une cigarette. Je ne m'attendais pas à ça.

— Bonjour. Je suis Lizbeth Snyder, nourrice à Kansas City, et je cherche du travail. (L'idée du Kansas m'était venue cinq minutes plus tôt, par crainte de la police.) Colleen, la serveuse du café près de la gare, m'a dit qu'une sage-femme, Mme Kelly, habitait ici et qu'elle pourrait peut-être m'aider à trouver une place.

— Sophie ! Descends. Il y a une fille avec du lait maternel plein son corsage.

La garçonne se révéla être Nora. Elle parlait toujours ainsi, sur un ton un tantinet vulgaire, mais elle avait grandi à Shadyside, dans une demeure victorienne, et elle était capable de s'exprimer convenablement quand elle le voulait.

Mme Kelly descend l'escalier d'un pas décidé. Une femme imposante aux cheveux bruns, grisonnants, relevés en chignon. Pas de mise à la mode pour elle. Ni grosse ni mince. Un arbre robuste sur lequel on peut s'appuyer.

— Eh bien, eh bien ! Entrez donc.

En prenant le thé dans l'appartement de Sophie Kelly et Nora Waters, situé au-dessus d'une boulangerie, je me sentis tout de suite à mon aise. Nora m'apporta une blouse de travail blanche à longues manches lui appartenant. Sophie me prêta sa brosse à cheveux. Je ne pouvais pas leur dire comment j'avais atterri à Pittsburgh, elles eurent le bon sens de ne pas me poser de questions.

Sophie insista pour que nous allions tout de suite voir une dame qui venait d'avoir des jumeaux et qui aurait peut-être besoin de mes services. Elle habitait à quelques kilomètres de là avec son mari et ses deux autres enfants, dans une grande demeure proche de Friendship. Sophie était ainsi. S'il y avait un problème, elle s'y attaquait sur-le-champ, tel un taureau fonçant sur un chiffon rouge.

Le sort voulut que la famille de Friendship n'eût pas besoin de moi, ni personne d'autre. Mme Kelly, infirmière formée à l'hôpital, devenue sage-femme, qui admirait apparemment mon courage – à moins qu'elle eût pitié de moi –, me proposa d'occuper la chambre du fond. Elle ne contenait qu'un lit, une armoire étroite et une petite table. Pas grand-chose, mais auprès de ces deux femmes je me sentis réellement en sécurité pour la première fois depuis longtemps.

C'était en 1913, juste avant Noël. Mme Kelly m'enveloppa les seins de feuilles de consoude jusqu'à ce que mon lait se tarisse, Nora me trouva un emploi sur la chaîne de production où elle travaillait à la Westinghouse. Nonobstant de multiples objections, l'Amérique se préparait à la Grande Guerre, et Pittsburgh était en plein essor. Peu m'importait que l'usine fabrique des munitions. J'avais des amies et un toit sur la tête. J'étais heureuse.

Il me fallut des mois avant de comprendre que Sophie et Nora étaient amantes. Je les surprenais parfois en train de s'embrasser dans la cuisine, et je ne parle pas d'un bisou sur la joue. Les yeux bleus de Nora brillaient quand elle plongeait la main dans le corsage de Mme Kelly. Non que je m'en offusque. J'avais connu des lesbiennes à l'époque où je travaillais au Majestic.

Quand on a allaité les bébés d'autres femmes, quand on a vécu sous le toit d'autres gens, menti sur son âge, volé des bijoux, pris la fuite sans rien qu'un manteau sur le dos, un tableau, la vieille Bible et le livre des cantiques de sa mère, on comprend que les êtres humains survivent et trouvent le bonheur comme ils peuvent.

Au début, j'appelais toujours Mme Kelly « Madame Kelly » et non pas « Sophie » parce qu'elle avait l'âge d'être ma mère, bien que quarante-quatre ans ne me semble pas bien vieux aujourd'hui. Nora, je l'appelais par son prénom. Elle n'avait que trente-quatre ans, c'était encore une jeune femme, même si maintenant que j'ai trente-six ans, je ne me sens plus si jeune.

À l'automne, nous emménageâmes dans une petite maison mitoyenne proche de Kenny's Park, baptisé par la suite Kennywood, où il y a un parc d'attraction avec des manèges. La maison en bardeaux blancs d'un étage disposait d'un vaste salon avec une baie vitrée. La cuisine était grande, et l'arrêt de tramway le plus proche se trouvait à cent mètres. Nous le prenions pour aller au travail ou en ville quand on avait envie de se rendre à un rassemblement, un concert gratuit ou un match de baseball à Forbes Field. Le trajet ne coûtait que cinq *cents* et comme Nora et moi gagnions sept dollars chacune par semaine, nous pouvions nous permettre ce luxe.

Après sa journée de travail ainsi que le week-end, Nora distribuait des tracts sur la contraception dans les rues du centre-ville. Je l'accompagnais parfois. Le soir, on allait au Crawford Grill, dans le quartier de Hill, où j'ai assisté à des concerts de Duke Ellington et d'autres musiciens de jazz locaux. Et puis il y avait les jardins et le zoo de Highland Park que Mme Kelly appréciait beaucoup.

C'était l'époque où le vendredi soir nous recevions des amis à qui on servait du ragoût irlandais et du pain fait maison. On lisait à haute voix des poèmes de Walt Whitman, des passages de Tolstoï et des pamphlets de l'Association internationale des travailleurs. Un jour, Emma Goldman est passée chez nous. Mère Jones, la syndicaliste, est venue elle aussi à plusieurs reprises.

De son vrai nom, elle s'appelait Mary Harris Jones. Elle était couturière avant que ses quatre enfants ne meurent de la fièvre jaune et qu'elle n'intègre l'UMW, le syndicat des travailleurs miniers. La plupart des gens l'ignorent. Elle portait son chagrin comme moi, sous son cœur. Si on lui avait demandé comment elle faisait face, elle n'aurait peut-être pas compris tout de suite à quoi on faisait allusion. Au bout d'un moment, elle aurait sorti le nœud de souffrance desséché enfoui en elle, qu'elle aurait regardé d'un air intrigué jusqu'à ce que la mémoire lui revienne…

John L. Lewis l'accompagnait. C'était avant qu'il ne devienne président de l'UMW. Je ne l'appréciais pas beaucoup. Il dégageait la même odeur que M. Vanderhoff et m'observait de dessous ses gros sourcils noirs. Daisy Lampkin, notre amie suffragette noire, nous présenta W.E.B. Du Bois lors de son passage à Pittsburgh pour ses affaires avec le NAACP[1]. Daisy était un boute-en-train. Je n'ai jamais vu une femme déployer autant d'énergie et de passion pour la justice.

Tard dans la nuit, nous buvions du vin fabriqué par Nora et chantions des airs de Joe Hill, *The Tramp*, *There is power in a union*, et ma préférée : *The Rebel Girl*.

« *C'est la Rebelle, c'est la Rebelle, pour la classe ouvrière, elle est une perle précieuse. Elle apporte courage, fierté et joie aux garçons rebelles qui luttent.* » Ruben est venu un jour avec Mère Jones, mais nous ne nous sommes même pas salués.

Les soirs de grand froid, quand le thermomètre descendait au-dessous de zéro et que le poêle à charbon ne suffisait pas à chauffer la maison, on dormait toutes les trois ensemble dans le grand lit de Sophie. On se blottissait sous le duvet de plume dans nos longues chemises de nuit en flanelle et on s'appelait les trois ours. Nora était le papa, bien que ce soit la plus féminine et la plus élégante d'entre nous, Mme Kelly la maman, et moi j'étais l'ourson. On riait tellement fort que Sophie devait courir sur le pot pour se soulager.

1. *National Association for the Advancement of Colored People*, association pour le progrès des personnes de couleur.

16

Rêves

J'ai été hantée par des rêves ces derniers temps. Je suppose que la venue de Hester chez moi m'a affectée.

D'abord, j'ai rêvé de Lawrence.

Nous marchons le long de la promenade à Chicago, par une chaude journée d'automne. Il est grand et mince avec des cheveux jaune paille de Suédois et des yeux bleu clair. J'ai seize ans. Quand son bébé me donne des coups de pied, je lui attrape la main pour lui montrer, puis je saute sur un banc et me hisse sur son dos. Hilare, Lawrence court en tous sens dans le parc en me tenant les jambes. J'ai l'air d'une mouette avec les bras tendus.

— Je vole !

Je me réveille, les joues humides. Il y a si long-temps que je n'ai pas été jeune et amoureuse. Des coups frappés à la porte en bas m'arrachent à mon chagrin.

29 décembre 1929. Lune obscure, une nuit sombre pour voyager.

Convoquée à l'improviste chez Mme Clara Wetsel, de Liberty. En travail pour son quatrième enfant. Hémorragie importante. Son mari et elle ne voulaient pas faire appel au docteur Blum parce qu'ils lui doivent quarante-cinq dollars depuis que M. Wetsel, J.K., a perdu son bras à la scierie.

Clara a accouché une heure après mon arrivée. Je lui ai donné un peu de tisane à l'herbe de Saint-Laurent, ce qui a contracté l'utérus que j'ai massé jusqu'à ce que tous les caillots soient sortis et que le saignement cesse. (Rappel pour le printemps prochain : Faire pousser de l'herbe de Saint-Laurent, utile pour des tas de choses, notamment débarrasser les chiens de leurs puces.) J'ai reçu une miche de pain et un boisseau de pommes de terre. Je suis retournée me coucher et me suis endormie comme si on ne m'avait jamais dérangée.

Ruben

Cette fois-ci, j'ai rêvé de mon défunt mari.

Le club polonais est plein à craquer, de sidérurgistes et de radicaux. Ça sent le tabac et la bière. Ruben est assis au bout d'une longue table, entouré d'amis.

C'est un homme de grande taille – un mètre quatre-vingt-dix –, avec une mâchoire large et un nez aplati de boxeur. Ses yeux bruns brillent d'intelligence et de bonne humeur. Il raconte les histoires les plus drôles, son rire tonitruant est contagieux. Même sans sa chemise rouge ouverte au cou, il passerait difficilement inaperçu.

Il me fait un clin d'œil et je sens le rouge me monter aux joues. En venant chercher un verre de cidre frais, il me rejoint au bar, me fait pivoter sur moi-même et me donne un baiser.

Quand je me réveille dans ma chambre glacée, je sens encore le goût de ses lèvres, sa peau contre la mienne, un peu râpeuse, le contact de ses boucles désordonnées. Je glisse ma main sur le drap à sa recherche. Il dormait toujours du côté gauche.

Mon socialiste d'époux n'a pas toujours été syndicaliste. Il n'était même pas mineur ni ouvrier, ce qui l'embarrassait chaque fois qu'on mettait la question sur le tapis. Il faisait des études à l'université de Pennsylvanie (que Hester a fréquentée aussi, maintenant que j'y pense) et écrivait pour *Pittsburgh Press.* En décembre 1907, tout jeune reporter, on l'avait envoyé faire une enquête sur l'explosion de la mine de Monongah, en Virginie occidentale, à quatre-vingts kilomètres au sud-ouest de Pittsburgh.

— J'ai passé une semaine sur place, m'avait-il raconté lors de notre premier rendez-vous au Café allemand, près du parc Point, où nous avions pris du café et des beignets. Parler aux veuves et aux prêtres qui regardaient les corps sortis un à un de la mine a changé ma vie.

» On emportait les cadavres par dizaines sur des brancards pour les conduire à la morgue où un flot ininterrompu de gens défilaient jour après jour. Trois cent soixante-deux hommes et jeunes garçons, morts, brûlés, mutilés, laissant derrière eux deux cent cinquante veuves et plus d'un millier d'enfants sans ressources. Trois cent soixante-deux ! (Il avait des larmes dans les yeux.) Chaque fois que des parents ou des amis reconnaissaient un mineur, leurs sanglots déchiraient le ciel gris…

» Je me rappelle du coroner, M. Amos, en faction depuis qu'on avait extrait la première victime. Je ne sais pas comment il tenait le coup à examiner tous ces cadavres, jour après jour, pour les cataloguer, submergé par l'immense chagrin.

» Aux abords de l'entrée de la mine et devant la morgue, une foule d'individus – principalement des femmes – grelottaient sous la pluie, bravant le froid pour avoir la possibilité d'entrevoir une dernière fois le visage des morts. La plupart d'entre eux parlaient italien, mais même sourd et muet, on aurait compris, rien qu'à leurs figures inondées de larmes.

» J'ai parlé à un des sauveteurs, un ingénieur minier envoyé de Torrington State College. Il m'a avoué que c'était tellement dangereux au fond de la mine que même les secouristes expérimentés avaient été évacués trois jours plus tôt. Une des fosses vomissait du feu, ça puait les chairs brûlées. Impossible d'atteindre les victimes. Ils étaient probablement tous morts, de toute façon…

Ruben s'était interrompu pour se mordiller la lèvre en détournant les yeux. Une bien étrange conversation pour un premier rendez-vous. Des notes de ragtime s'égrenaient sur le piano mécanique.

— Un inspecteur des mines que j'ai rencontré sur place m'a raconté ce qui se passait à la Darr Mine, dans le comté de Westmoreland, à une trentaine de kilomètres à l'est de Pittsburgh. Il m'a dit qu'il y avait un problème de ventilation là-bas. Comme d'habitude, le contremaître de la Pittsburgh Coal Company avait promis qu'on s'y attaquerait.

» Moins de deux semaines plus tard, j'étais à Darr pour faire un reportage sur les conditions de travail risquées dans les mines, quand tout a sauté. J'étais là, j'ai entendu l'explosion moi-même, j'ai senti la terre trembler, j'ai vu les femmes et les enfants essayer de déterrer leurs pères, leurs frères, leurs fils à mains nues. Je me suis joint à eux, raclant la terre jusqu'au moment où il a fallu se rendre à l'évidence. Deux cent trente-neuf mineurs avaient péri. Pas un seul survivant, même la poignée d'hommes à l'entrée... (Il s'interrompit à nouveau et planta son regard dans le mien.) C'est de la folie, bougonna-t-il en s'essuyant le visage. Dansons.

Quelqu'un mit une partition de polka sur le piano mécanique. Ma serviette tomba à terre quand Ruben me prit par les bras pour me forcer à me lever. Il était imposant, mais agile. Nous dansâmes pour échapper au bruit des explosions, aux pleurs des mères, aux cadavres de mineurs s'entassant à la morgue. Tout le monde applaudissait en nous regardant tourbillonner dans la pièce. Mes pieds ne touchaient pas terre la moitié du temps.

J'avais eu des relations avec quelques hommes avant Ruben : Lawrence, bien sûr, Michael, le souffleur de verre, et Peter, de la Confrérie des ouvriers russes. Nous étions tous anarchistes ou socialistes alors, ou inclinions dans ce sens. Ce premier soir en compagnie de Ruben, nous célébrâmes l'annonce faite par Henry Ford de limiter la journée de travail à huit heures dans ses usines. Mon amoureux regrettait de ne pas pouvoir me ramener chez lui dans sa pension voisine des aciéries, où ne logeaient que des hommes. Aussi l'emmenai-je chez moi. Nora et Mme Kelly dormaient déjà. Elles ne s'en seraient pas offusquées, de toute façon.

Oh Ruben, amour de mon cœur. Je suis tellement désolée.

17

Fugitive

Il a plu toute la nuit, la neige s'est changée en gadoue. Je ne fais rien à part relire les trois premiers chapitres du manuel d'obstétrique du docteur DeLee en me demandant quand Bitsy sera de retour. Je commence à me demander si elle reviendra. Je m'attendais à la voir juste après le nouvel an, mais quatre jours se sont écoulés depuis. Si elle ne revient pas, je serai triste. Je me suis habituée à elle.

La nuit est tombée depuis longtemps quand, allongée sur le canapé, je ferme les yeux un instant. Et là, je rêve encore. Du vétérinaire. Quelle honte ! Que fait-il dans ma tête ?

Dans mon rêve, c'est l'été. Hester et moi sommes allongés dans le grenier obscur d'une grange. Ce n'est pas la mienne. Elle est plus vaste, de la lumière filtre par les fentes entre les planches en chêne brut. Nos corps vêtus se pressent l'un contre l'autre. Il ne se passe rien d'autre, mais quand je me réveille, mon cœur bat à tout rompre et j'essaie de me souvenir de l'effet que son contact m'a fait.

Quelques minutes plus tard, j'entends le grondement d'un moteur dans Wild Rose Road. Puis on frappe à ma porte. Comme toujours, je pense d'abord à la police. Je n'ai pas oublié le soir où les Fédéraux sont venus chercher Ruben, lorsqu'on s'est cachés dans le grenier. Ni l'autre fois, après sa mort, quand c'est après moi qu'ils en avaient. En définitive, ils voulaient juste me poser quelques questions au sujet des Wobblies à la Westinghouse, mais Mme Kelly et moi avions eu tellement peur qu'on était restées cloîtrées trois jours durant. Quelque temps plus tard, on avait quitté la ville pour de bon.

J'attrape mon kimono et je me précipite à la fenêtre. Un coupé noir est garé près de la barrière. On cogne à nouveau à la porte.

— Madame Patience ! N'ayez pas peur. C'est Bitsy et Mme Katherine.

— Oh Bitsy ! Vous m'avez fait une telle frayeur !

En ouvrant, je trouve Bitsy en train d'aider Mme MacIntosh à monter les marches. Pendant que je l'aide à ôter son manteau crème à col de fourrure, Katherine se détourne.

— Où est M. MacIntosh ? je demande. Et le bébé ?

— Il n'a pas voulu me le laisser.

Quand elle relève la tête, je m'aperçois qu'elle a les deux yeux au beurre noir, un hématome sur la joue et le visage enflé à force d'avoir pleuré.

— C'est William qui vous a frappée ?

— Il ne l'a pas fait sciemment. Il avait bu et s'est mis en colère parce que j'ai refusé de venir jouer aux cartes dans sa chambre.

— Aux cartes ?

Cela me paraît une réaction exagérée, même si je sais que certains hommes ont mis leur épouse sous terre pour moins que ça.

— Pas seulement. Il sous-entendait autre chose.

Elle se laisse tomber sur le rocking-chair et, pendant que j'ajoute du bois dans le poêle, je remarque son bras. Des meurtrissures en forme de doigts entourent le poignet.

— Oh, Katherine ! Pouvez-vous remuer la main ?

Elle l'agite un peu. Il est évident que ça lui fait mal. Ses poignets sont sans doute foulés, mais pas cassés. Je pose le coussin en patchwork vert sur ses genoux et installe son avant-bras dessus, puis je me hâte de chauffer de l'eau pour faire du thé à la valériane, un relaxant qui nous fera du bien à toutes les trois. Je prépare aussi des compresses chaudes à la consoude. Il doit y avoir d'autres bleus dissimulés sous ses vêtements. On dirait qu'elle a perdu un combat contre Jack Dempsey.

Bitsy tape des pieds pour débarrasser ses bottines de la neige. Par terre, près de la porte, j'aperçois une taie en lin monogrammée appartenant au trousseau de Katherine, remplie, je suppose, d'habits et de quelques articles de toilette. J'apporte le thé et aide Katherine à s'allonger sur le canapé. Bitsy la couvre avec le duvet et lui glisse le coussin sous la tête.

Des questions bourdonnent dans ma tête comme des guêpes quand on donne un coup de pied dans leur nid, mais le moment me paraît mal choisi pour demander des détails. Katherine m'en parlera demain – si elle y arrive.

— On a volé la voiture, m'annonce Bitsy. Mama s'est plantée sur le seuil de la chambre pour bloquer la voie à M. MacIntosh, mais on n'a pas pu emmener le bébé. Il ne voulait pas le lâcher.

J'imagine Mary Proudfoot tenant tête à son maître. Elle est aussi grande que lui et pèse bien vingt kilos de plus. Je ne me fais pas de souci pour le petit Willie. Dès que son père aura sombré dans l'inconscience, Mary le prendra et lui donnera du lait de vache ou des céréales.

— Il va piquer une crise quand il s'apercevra que sa chère Oldsmobile a disparu. Il appellera sûrement le shérif.

— Nous nous occuperons de ça demain matin. (Je jette un coup d'œil par la fenêtre pour voir si quelqu'un vient.) Qui a conduit ?

— Moi, répond Bitsy. Mme Katherine m'a montré comment faire. On a roulé très lentement. C'est pour ça qu'on est arrivées si tard.

Je la regarde avec un respect renouvelé. Son intrépidité me sidère. Il m'a fallu un an pour apprendre à conduire. C'est Ruben qui m'avait donné des cours. À l'époque, le syndicat avait mis une voiture à sa disposition.

Katherine n'a pas ouvert la bouche depuis qu'elle m'a expliqué qu'elle avait refusé de… jouer aux cartes.

— Avez-vous besoin de quelque chose, Katherine ? Voulez-vous faire un brin de toilette ? Nous pouvons vous aider.

— Ma poitrine, bredouille-t-elle. Ça fait tellement mal. J'allaite encore le bébé toutes les quelques heures.

Doux Jésus ! Je me suis tellement inquiétée de ses meurtrissures que je n'ai même pas pensé à ça. Je lui caresse la joue, essuyant ses larmes au passage.

— Me permettez-vous de jeter un coup d'œil ? Si vous êtes engorgée, nous allons devoir exprimer le lait. Vous risquez une infection, sinon. Redressez-vous, je vous prie.

Je remonte son pull-over en cachemire jaune jusqu'à son menton, je dégrafe son soutien-gorge, dévoilant des seins durs comme des balles de base-ball.

— Bitsy, va me chercher un petit bol et d'autres compresses chaudes. Pensez-vous pouvoir extraire le lait vous-même, Katherine, ou avez-vous besoin d'aide ? Il faut le faire sortir d'une manière ou d'une autre, et nous n'avons pas de bébé sous la main.

La pauvre femme secoue la tête et lève ses deux poignets, pliant et dépliant péniblement les doigts pour montrer qu'elle arrive tout juste à les remuer.

— On va devoir s'en occuper, Bitsy et moi. Ça vous va ?

Katherine hausse les épaules. Je l'aide à se pencher en avant pour que ses seins pendent. Nous les enveloppons de compresses chaudes, puis je montre à Bitsy comment saisir le mamelon entre le pouce et l'index et presser. Du lait coule dans le bol, se mêlant aux larmes de Katherine.

D'aucuns diraient que c'est étrange de traire une femme comme une vache, mais je suis sage-femme et ancienne nourrice. J'ai l'habitude de toucher le corps des femmes et j'ai appris à nombre d'entre elles à allaiter. Pour Bitsy, certes, ça doit faire un drôle d'effet. Cependant, elle est toujours avide d'apprendre, et j'ai idée que l'obstétrique pourrait bien être sa vocation.

Quand on a fini, je couvre le bol de lait avec un plat à tarte et je le porte dans la réserve. Je ne sais pas trop pourquoi je le garde, mais depuis l'époque où j'ai été nourrice, j'ai toujours considéré le lait maternel comme de l'or liquide.

— Vous pouvez prendre mon lit, si vous voulez, madame Katherine, dit Bitsy à notre invitée, à bout de force. Je vais vite changer les draps.

Elle a sorti les chiens et attisé le feu.

Katherine décline sa proposition, peut-être parce qu'elle n'a pas envie de dormir dans le lit d'une personne de couleur. Je pense surtout qu'elle a peur d'avoir mal en montant les marches. Nous l'emmitouflons dans le duvet sur le canapé.

Je passe une mauvaise nuit. À deux reprises, je me lève pour remettre du bois dans le poêle et regarder par la fenêtre, redoutant ce que demain nous apportera. Je finis par prendre mon journal et écrire à la lueur de la bougie. M. MacIntosh enverra-t-il le shérif aux trousses de Katherine pour la faire arrêter, ainsi que Bitsy, à cause du vol de sa voiture ? Ou se sentira-t-il trop honteux d'avoir agressé sa femme pour faire appel à la police ? Dans la chambre voisine, Bitsy grince des dents dans son sommeil. C'est un signe d'angoisse. Elle est probablement encore plus inquiète que je le suis. Elle a conduit un véhicule volé – une négresse !

Je me rendors, je m'agite, je me réveille, passant en revue les options qui s'offrent à nous. Il faut à tout prix réunir la mère et l'enfant, mais cela peut-il se faire sans danger ? J'ai la conviction que William est à tu et à toi avec le shérif et tous les hommes de loi en ville. Quelles seront les répercussions pour Mary et Bitsy ?

William pourrait prétendre que Katherine a fait une crise d'hystérie et qu'il a dû se débattre. Il n'aurait fait que se défendre, lui et l'enfant. Les seuls témoins sont deux femmes de couleur auxquelles il y a peu de chances qu'on prête attention. J'ignore le règlement relatif aux femmes battues en Virginie occidentale mais, je sais que dans certains États, le mari est en droit de frapper sa compagne pour la remettre sur le droit chemin.

Au fin fond de la nuit, une idée se forme dans mon esprit. À peine levée, je prends Bitsy à part pour l'informer de mes intentions :

— Je vais aller chez le vétérinaire en faisant le tour par la route. Là-bas, j'appellerai chez les MacIntosh. Si Mary répond, je lui demanderai si on peut ramener Katherine chez elle sans risque.

» Je ne sais pas ce que je ferai si c'est William qui décroche. Je verrai s'il se fait du souci pour sa femme, ou s'il fulmine toujours contre elle. S'il est ivre ou fou de rage… je n'ai pas réfléchi aussi loin que ça. J'espère que les choses se sont calmées en tout cas et que nous pourrons reconduire Katherine chez elle auprès de son enfant.

— Comment fera-t-on pour rentrer quand on aura rapporté la voiture à Liberty ? s'interroge Bitsy à haute voix.

— Bonne question. Peut-être M. MacIntosh aura-t-il tellement honte qu'il nous raccompagnera. Sinon on demandera à M. Stenger, le pharmacien. Au pire, on marchera. Il n'y a que vingt-cinq kilomètres.

Bitsy me dévisage d'un air interdit. L'idée de rentrer à pied dans le froid ne la réjouit guère, et je la comprends.

— Vous voulez que je vous emmène chez le vétérinaire ? propose-t-elle.

— Non. Je sais conduire. Mon mari m'a appris. (À cet instant, je me rends compte que je ne lui ai jamais parlé de Ruben.) Il faut que quelqu'un reste auprès de Katherine, de toute façon. Si William MacIntosh débarquait ici, lâchez les chiens et gardez la porte fermée. Je serai de retour le plus vite possible.

Contourner Hope Mountain n'est pas une sinécure. En descendant la colline au-delà de chez les Maddock, je dérape sur la chaussée glissante et je m'enfonce dans le fossé d'où je parviens à m'extirper en faisant rugir le moteur. La neige est en train de fondre, il y a de la gadoue partout, ce qui rend les conditions encore plus pénibles. Je vois mal comment Bitsy et Katherine ont réussi à faire le trajet en pleine nuit.

En approchant de l'allée de Hester, je commence à me demander ce que je vais faire s'il n'est pas chez lui. Je n'y avais pas songé avant, en bonne tête de linotte que je suis. Il se pourrait qu'il soit en visite ou dans son cabinet en ville. Je me sens soulagée quand j'aperçois sa Ford dans l'allée.

Je franchis cahin-caha le pont en bois et me gare à côté de sa voiture. L'Oldsmobile rutilante, fierté de M. MacIntosh, est maculée de boue. Je remarque la présence de chaînes autour des roues de la Ford. Cela me semble une bonne idée.

Je claque la portière. Avant que je n'aie le temps de réfléchir à ce que je vais dire, Daniel Hester passe la tête par l'embrasure de la porte donnant sur la cuisine. Il porte un tablier à fleurs et s'essuie les mains avec un torchon.

— Qu'est-ce que vous faites là ? me demande-t-il en guise de bienvenue. (Nous ne nous sommes pas revus depuis le soir de Noël.) Elle est à vous ? ajoute-t-il en pointant son menton vers la Olds.

Il sait très bien que non. Il ironise.

Je redresse la tête.

— Elle appartient à mon amie, Katherine. M'autoriseriez-vous à téléphoner ? Il faut que j'appelle chez les MacIntosh. C'est assez urgent.

Il ne faudrait pas qu'il s'imagine que je suis venue le voir.

— Pas de problème, me répond-il en haussant les épaules.

Je tape des pieds sur le seuil avant de pénétrer dans une cuisine brillamment éclairée qui a vu de meilleurs jours. Des assiettes sales s'empilent un peu partout. Hester désigne l'appareil téléphonique en bois contre le mur. Mes lunettes sont toutes embuées. Il me faut une minute avant de le repérer.

— Où est votre femme de ménage ? je demande en indiquant l'état de la pièce.

— Elle m'a laissé tomber. Son mari a trouvé du travail près de Beckley. La mine de King Coal a fermé la semaine dernière, ainsi que MacIntosh n° 3, près de Delmont. C'est aussi bien. Je n'avais plus les moyens de la payer. Quand les temps sont durs, les gens m'appellent uniquement dans les cas désespérés.

Pas gêné le moins du monde d'être affublé d'un tablier, il saisit le combiné noir et tourne la manivelle pour moi. Les carillons en cuivre me semblent particulièrement sonores. Il est vrai que ça fait longtemps que je ne me suis pas servie d'un téléphone.

— Susie, dit Hester, parlant fort dans le cornet métallique fixé sur le boîtier en chêne. (Il me fait signe d'approcher.) Ici Dan Hester, à Salt Lick… Ça va bien. Et vous ? Pourriez-vous me passer la résidence des MacIntosh, à Liberty ? C'est le… (Il claque des doigts, et je lui tends le bout de papier que Bitsy m'a donné.) Le 247.

J'inspire à fond. Ça sonne une fois, deux fois, trois fois. Finalement un déclic se fait entendre et une voix féminine, grave, répond. Hester me tend le combiné.

— Résidence MacIntosh.

— Mary, c'est vous ?

— Oui ?

— Patience, à l'appareil.

— Où êtes-vous ? Bitsy et Mme Katherine sont-elles chez vous ? Elles sont parties si vite hier soir.

Je n'ai pas eu le temps de leur demander où elles allaient. Comment va madame ?

— Elle est passablement esquintée, je réponds en me tournant vers Hester pour voir s'il écoute, ce dont je ne doute pas, bien qu'il semble concentré sur les bulles de savon dans l'évier. Peut-on la ramener à la maison sans risque ?

— Bonté divine, mon enfant, je l'espère ! Je n'avais jamais vu monsieur dans un tel état. Il a jeté tout le whisky qu'il y avait dans la maison et n'a pas cessé de pleurer de la matinée. Je lui ai sonné les cloches en lui disant qu'il ne méritait pas cette gentille femme et le bébé, et qu'il devrait s'estimer heureux que Mme Katherine ne retourne pas à Baltimore, chez sa mère. Il a continué à chialer comme un veau. Je l'avais déjà vu malmener Mme Katherine, mais jamais comme ça. Il a un pied en enfer, cet homme-là, et il ne peut s'en prendre qu'à lui-même.

— On redoutait qu'il appelle la police à cause de la voiture.

— Pour ça vous n'avez rien à craindre. Il aurait trop peur de se ridiculiser en admettant ses problèmes conjugaux. Il essaie de faire bonne figure, vous savez, même si tout le monde dans le comté d'Union sait que MacIntosh Consolidated est fini. (Elle change brusquement de sujet.) J'ai nourri le petit Willie avec des céréales et du lait en conserve, mais il est très agité. Quand pouvez-vous être là ?

— Il faut que j'en parle avec Katherine, mais je suppose qu'on devrait pouvoir arriver vers midi. Je ne sais pas comment on rentrera chez nous. Pensez-vous que William serait disposé à nous raccompagner ?

— Je n'en sais rien, mon ange. Il a tellement honte. On trouvera une solution.

Hester me tapote l'épaule et désigne sa poitrine. Après quoi il attrape ses clés de voiture et les secoue pour me faire comprendre qu'il nous ramènera.

— Bon, vous voulez bien attacher des chiffons à la porte d'entrée et derrière si la voie est libre ? À tout à l'heure.

Je regarde fixement un instant le boîtier avant de me tourner vers Hester.

— Vous avez fini ?

Le vétérinaire remet le cornet sur son support, puis il pose sur la table une tasse blanche comme ils en ont au Mountain Top Diner.

— Du lait dans votre café ?

— Je ne peux rester qu'une minute.

Aussitôt après avoir versé un nuage blanc dans la tasse, il range le bocal dans son réfrigérateur électrique. Mary Proudfoot a le même chez les MacIntosh. Elle m'a affirmé que ça coûtait presque aussi cher qu'une Ford T ! À Pittsburgh, nous avions une glacière, mais à la campagne il n'y a pas de livreur de glace.

— Vous avez entendu, je suppose, dis-je en esquissant un geste en direction du téléphone.

— Difficile de faire autrement. Une querelle domestique ?

— Pire que ça. Il l'a brutalisée.

Hester secoue la tête. Je bois mon café à grandes gorgées.

— Je descends à mon cabinet dans une heure. Je vous prendrai en ville à quatre heures.

Je suis en train d'enfiler ma veste.

— Merci, dis-je et, sans réfléchir, je pose ma main sur son bras.

Je ne l'ai pas fait sciemment. J'ai tellement l'habitude de toucher mes patientes, et j'avais oublié qu'il n'en était pas une, ni même vraiment un ami.

William

On roule plus facilement une fois qu'on a rejoint la grande route. Tout de même, je suis un peu rouillée et cale à deux reprises. Bitsy propose de prendre le volant, mais je suis la plus expérimentée de nous deux. Assise devant, à côté de moi, elle me prodigue ses conseils.

Il fait bon dans la voiture. Quand je m'en étonne, Katherine, sur la banquette arrière, m'explique que la chaleur provient du moteur. On en apprend tous les jours ! Je n'étais jamais montée dans un véhicule chauffé. Pendant le reste du trajet, Katherine se borne à regarder par la fenêtre d'un air désespéré, et ça me rend triste.

Je repense à une autre arrivée intempestive d'une femme battue chez nous. Nous vivions encore à Pittsburgh. Au milieu de la nuit, Kay Dorsey était venue taper à notre porte. « Laissez-moi entrer, s'il vous plaît ! » hurlait-elle. Ce devait être à peu près à la même époque de l'année, en hiver. Le visage tuméfié, elle tenait son bébé enveloppé dans un châle. Nora l'avait emmenée à l'hôpital des femmes en taxi. Kay n'avait jamais divorcé. Le père O'Malley ne l'aurait pas admis. Nora était folle de rage.

Ce ne fut pas la seule fois…

— Je ne peux plus vivre comme ça, nous annonça la reine Nora un après-midi de la mi-décembre, alors qu'elle était en train de décorer le sapin acheté cinquante *cents* à la boutique du coin et venait de dévorer la moitié d'un gâteau au rhum. À tout le temps se cacher, à faire profil bas. Ça fait des années maintenant, et Lizbeth porte toujours du noir. Pour l'amour du ciel, c'est Noël !

Elle jetait des guirlandes argentées sur le sapin comme si c'était de la moulée pour les poules, elle qui avait la volaille en horreur.

— Combien de temps est-ce que ça va encore durer ? Ils étaient treize mille à se battre contre les troupes de la compagnie de charbon à Blair Mountain. Qu'est-ce qui lui prouve que quelqu'un l'a vue ? On ne s'amuse plus ici. Plus de fêtes ni de réunions. Je ne peux plus vivre comme ça, je vous le dis !

Elle enveloppa la pièce d'un regard noir, les lampes à gaz qui faisaient scintiller les guirlandes, le visage de son amante, blanc comme la neige.

— Je suis sérieuse, s'obstina-t-elle, je ne tiendrai pas une minute de plus. Je me sens vidée.

En y repensant, je me dis qu'elle avait peut-être juste envie de plier bagage et cherchait une excuse. Deux semaines plus tard, elle était partie à San Francisco avec la romancière Jacqueline Lyons, et on n'avait plus jamais entendu parler d'elle. Le soir de Noël, Mme Kelly n'était même pas allée à la messe. J'avais vu le cœur intrépide de mon amie se recroqueviller comme un ballon d'air chaud perdant son air. Nous étions veuves toutes les deux, désormais.

Nora avait raison. Qu'est-ce qui me prouvait que quelqu'un m'avait vue ? Autant le dire tout de go : j'ai tué mon mari pendant les émeutes de Blair Mountain alors que j'essayais de le libérer des griffes de deux brutes. C'était un accident, mais ce coup malencontreux brisa quelque chose de vital en moi : la raison, l'espoir, la sensibilité…

Pourtant, trop lâche pour faire autrement, j'ai continué à vivre. À un moment donné, j'ai pensé au suicide, pour ne plus avoir à supporter le poids du chagrin, la culpabilité, mais entre l'envie d'être morte et passer à l'acte, il y a de la marge. Et puis maintenant, je dois penser à Clair de lune et Buster, à Sasha et Emma, à Bitsy. Autant me l'avouer. Elle prendrait la chose personnellement, comme si c'était sa faute.

Le ciel sombre fait écho à mon humeur. Nous avons croisé deux cerfs en route. Je les ai désignés à mes compagnes. À l'entrée de la ville, je presse le genou de Katherine derrière moi avant de ralentir.

En passant devant le palais de justice, nous tombons sur une bande de mineurs. Le visage propre, ils portent leurs casques à lampe frontale et brandissent banderoles et pancartes.

— Ils sont en grève ? demande Bitsy.

— Je ne pense pas. Les grèves se déroulent sur les lieux de travail, généralement. Il doit s'agir d'une manifestation. Que disent les pancartes ?

Je suis cramponnée au volant, nerveuse de conduire en ville.

Bitsy lit à haute voix les inscriptions grossièrement rédigées à la main :

— *Nous exigeons des vivres et des vêtements pour les enfants des mineurs au chômage. De la nourriture gratuite pour les mineurs sans travail.*

— À qui s'adressent leurs revendications ? Qui peut les aider à l'intérieur du palais de justice ? Les services sanitaires du comté ? Les communautés religieuses ? je m'interroge à haute voix.

— William va adorer ça ! marmonne Katherine. La plupart de ces hommes viennent de ses mines. Ils ont débarqué à la maison la semaine dernière pour implorer son soutien, mais il leur a déclaré que ce n'était pas sa responsabilité. En vérité, il n'a plus un sou.

Nous avançons au pas. Soudain Thomas Proudfoot surgit de la foule. C'est le seul homme de couleur présent. Il nous adresse un grand sourire en levant plus haut sa pancarte. « *Donnez à manger à nos enfants !* »

— Misère ! s'exclame Bitsy en baissant la tête. Mama va être furieuse.

— Pourquoi ? Que fait-il de mal ? Il est solidaire de ses camarades mineurs. Le jour où j'ai aidé sa femme à accoucher, M. Wetsel m'a dit que les propriétaires avaient coupé l'électricité et fermé les magasins dans les camps. Les mineurs n'ont pas d'argent, pas de bons non plus à échanger contre des vivres ou du kérosène. Ils sont isolés dans un endroit où il n'y a plus d'embauche. Pourquoi ceux qui ont encore du travail ne soutiendraient-ils pas ceux qui n'en ont pas ?

— Il est noir, bougonne Bitsy en me jetant un regard en coulisse. C'est différent.

En me garant devant chez les MacIntosh, je suis soulagée de voir des torchons blancs pendus aux deux portes. Nous entrons par la cuisine et trouvons William assis à table, la tête basse, en train de se passer nerveusement les mains dans les cheveux. Katherine se glisse en silence à côté de lui, prend son bébé en pleurs des bras de Mary et monte à l'étage. Bitsy la suit avec la taie d'oreiller monogrammée.

Je me laisse tomber sur une chaise en face de M. MacIntosh.

— Il faut qu'on parle.

Il tressaille, rencontre mon regard avant de baisser à nouveau les yeux.

— Je sais que la situation n'a pas été facile pour vous, William, dis-je, tentant l'approche compatissante, même s'il ne m'inspire pas la moindre pitié. La situation économique pèse sur tout le monde.

Je fais comme si je n'étais pas au courant de sa faillite. Dans l'office à proximité, Mary fait mine de mettre de l'ordre sur les rayonnages.

— William, regardez-moi. (Il lève son visage mal rasé et je vois qu'il a les yeux tout rouges.) Cela ne doit jamais se reproduire. Si vous touchez à un cheveu de la tête de Katherine, j'appelle la police. Osez porter la main sur elle, je n'hésiterai pas une seconde. J'aurais probablement dû le faire cette fois-ci.

— Je mourrais plutôt que de recommencer, bredouille-t-il finalement, d'une voix si basse que je dois me pencher et sentir son haleine chargée du whisky de la veille.

— Vous feriez mieux de vous laver, de vous raser, de vous brosser les dents et d'aller répéter ça à Katherine. Je ne partirai pas d'ici tant qu'elle ne se sentira pas en sécurité.

Il se lève docilement et se dirige vers l'escalier en traînant des pieds. Je pousse un soupir.

Je m'étonne parfois. Je n'avais pas la moindre idée de ce que j'allais lui dire quand je suis entrée dans la pièce. J'espérais même ne pas le voir.

— Vous avez fait du bon travail, ma fille, chuchote Mary.

Je souris en haussant les sourcils.

— Hé, attendez une minute, William, je crie dans l'escalier, me sentant en position de force. Revenez ici. Vous devez cinq dollars à Bitsy pour le travail qu'elle a abattu pour vous pendant les fêtes !

Il regarde derrière lui comme s'il venait d'émerger du sommeil et redescend les marches une à une.

— Seigneur, j'avais oublié ! Reste-t-il de l'argent dans le bocal à biscuits, Mary ? Je n'ai plus de liquide.

En levant les yeux au ciel à son insu, Mary soulève l'abeille au-dessus d'un bocal en forme de ruche.

Elle en sort une petite poignée de pièces et un billet qu'elle étale sur la table.

— Un dollar et vingt-huit *cents.*

Ce n'est pas assez, et je ne vais pas le laisser s'en tirer comme ça.

— Bitsy a passé trois semaines ici. Vous n'avez qu'à lui payer le reste en nourriture. Mary, peux-tu préparer un sac de farine, un autre de haricots blancs et tout ce qui, d'après toi, pourrait correspondre à environ cinq dollars si on faisait les courses à l'épicerie Bittman ?

— Bonne idée, acquiesce William. Je n'ai pas envie d'aller à la banque tout de suite.

Il tend la main pour serrer la mienne. C'est alors que je remarque sa bague. En or, avec un rubis. Moi aussi j'ai un rubis, même s'il ne peut pas le savoir. Les riches sont ainsi. Ils se plaignent de l'état de leurs finances, de leurs affaires, ce qui ne les empêche pas de continuer à mener une existence de roi. Il y a une différence entre les nantis qui se lamentent d'être pauvres et la véritable pauvreté. Quand on a les moyens, on peut faire banqueroute et porter quand même un rubis.

— Merci, Patience, me dit MacIntosh en me regardant dans les yeux. Merci pour tout ce que vous avez fait.

— Je vous en prie, je réponds poliment, puis je durcis le ton : C'est plutôt Katherine que vous devriez remercier, d'avoir porté votre enfant et d'être revenue auprès de vous.

Sur le point de remonter, il hoche la tête.

— Ainsi que Mary pour avoir nourri le petit William pendant l'absence de votre femme, j'ajoute.

La cuisinière sourit en secouant la tête avant de sortir un sac de farine.

Bitsy n'en revient pas quand je lui tends l'argent. Elle le pose sur la table et recompte, puis soulève le sac de provisions que Mary a mis de côté pour nous. Il doit bien peser dans les quinze kilos. Mon amie est si excitée d'avoir été payée et moi tellement soulagée que la scène chez les MacIntosh n'ait pas mal tourné que nous nous sentons d'humeur festive.

— Allons faire des courses, je suggère. Nous avons une heure devant nous avant que le vétérinaire ne nous emmène. Tu as dit que tu avais besoin de bas.

— C'est Mme Katherine qui se charge de nos commissions, me répond Bitsy à voix basse. Il n'y a pas de mercerie pour les Noirs à Liberty. On peut acheter de la nourriture à l'épicerie Bittman, si on fait les courses pour nos employeurs, et puis il y a Friedman, à Torrington, et le catalogue Sears, mais personne à part la pharmacie Stenger ne sert les gens de couleur. Et on ne trouve pas de vêtements là-bas.

J'ai l'impression d'avoir reçu une giclée d'eau glacée en pleine figure. Je me rends compte subitement que je ne sais pas grand-chose de la vie de ma colocataire. J'ignore où Mary et elle se procurent leurs effets personnels, où elles se font couper les cheveux. Je ne sais pas s'il y a une couturière noire dans le coin, comment elles se débrouillent quand elles tombent malades.

On est en Virginie occidentale, qui a fait partie de l'Union pendant la guerre de Sécession, et non pas en Alabama ou dans le Mississippi. Il n'empêche que Bitsy et moi ne pouvons pas savourer une glace ensemble l'été – « Interdit aux gens de couleur » –, ni aller au cinéma – « Les Blancs au parterre, les Noirs au balcon » –, ni manger un sandwich au Mountain Top Diner toutes les deux.

Je renonce à faire des emplettes et me rabats sur l'acquisition d'un bidon de kérosène de huit litres à la station-service Texaco. Un peu plus tard, alors que nous nous dirigeons vers la voiture de Hester, je passe mon bras sous celui de Bitsy comme je l'aurais fait avec Mme Kelly, Nora ou Daisy Lampkin à Pittsburgh. Elle se raidit et regarde autour d'elle pour voir s'il y a quelqu'un puis tente de se dégager, mais je serre plus fort, mettant quiconque au défi de critiquer mon geste.

Je fais exprès. Nous ne sommes qu'à soixante kilomètres au sud de la frontière de la Pennsylvanie, pour l'amour du ciel ! À cent cinquante kilomètres de Pittsburgh où j'ai dansé le charleston avec des Noirs dans les clubs de jazz, où, depuis 1887, il est illégal de refuser à une personne de couleur l'accès à un restaurant, un hôtel ou un tramway.

Comme nous nous engageons dans la rue du palais de justice, je m'aperçois que la manifestation s'est dispersée. Je songe à passer à la clinique pour femmes de mon amie Becky, mais à cet instant nous tombons sur deux hommes vêtus de gros pardessus longs jusqu'aux chevilles. Bitsy tire plus fort et parvient à dégager son bras.

Leurs souliers noirs brillent. Ce ne sont pas des chaussures de campagne. Ils nous jaugent du regard. Ils doivent venir de Pittsburgh ou de Charleston. Des policiers, peut-être ? Des Fédéraux ? Par-dessus son épaule, Bitsy les regarde monter dans leur véhicule vert-de-gris. Moi, je détourne les yeux. Le shérif Hardman, un homme d'une cinquantaine d'années, mince comme un fil, avec une cicatrice en travers du menton, est adossé à un pilier en haut des marches. Il soulève son chapeau à notre adresse, sans sourire. Au premier étage, dans la prison du comté, un détenu jette un coup d'œil dans la rue à travers les barreaux.

— Viens, dis-je à Bitsy d'un ton insistant. Il ne faudrait pas qu'on rate M. Hester.

18

Sommeil crépusculaire

Alors que nous quittons Liberty, ballottés dans la Ford de Hester, je remarque au passage la maison au toit en bardeaux vert des Ott. Prudy doit accoucher dans un mois. Becky Myers l'a suivie à sa clinique. Comme je n'en ai pas entendu parler, je présume que tout se passe bien.

Je ne suis pas très à l'aise avec Prudy. La naissance de sa fille, il y a quatre ans, à Boone Memorial de Torrington, a été un désastre. Elle m'a raconté l'histoire deux fois, et il est évident qu'elle est terrifiée.

— Les médecins et les infirmières m'ont agressée, m'avait-elle déclaré à notre première rencontre.

Ce sont les mots qu'elle a employés. Non pas « épuisée » ni « mal traitée ». « Agressée ». Je crois qu'elle a voulu dire « violée ».

— Mon mari tenait à ce qu'on me prodigue les meilleurs soins. Pour mon premier enfant, nous sommes donc allés à Torrington afin que je bénéficie de l'assistance d'un obstétricien et d'un sommeil crépusculaire. J'ai été en travail pendant deux jours, dans une salle avec cinq autres femmes. Durant tout ce temps-là j'ai déliré, passant d'un rêve à l'autre. Mon mari dormait dans la salle d'attente. Il n'avait pas la moindre idée de ce qui se passait.

» Quand je me réveillais, j'entendais les autres patientes pousser des hurlements au fur et à mesure qu'elles accouchaient. On n'avait pas dû m'administrer une dose assez forte, ou alors ça ne faisait pas effet sur moi. En tout cas, contrairement à la plupart des femmes que j'ai connues qui ont expérimenté ce sommeil, je me souviens de tout. Les cris des autres me déchiraient de l'intérieur. J'étais attachée sur un lit à barreaux en hauteur. Impossible de fuir. Une patiente a réussi à se libérer. Elle est tombée. Le docteur a passé un savon aux infirmières sous prétexte qu'elles ne l'avaient pas surveillée d'assez près.

» Pour finir, ils m'ont emmenée dans la salle de travail. À ce stade, je braillais comme toutes les autres. (Elle tremblait tellement qu'elle avait dû poser sa tasse de thé.) Ils m'ont ligotée, malgré mes supplications. Plus ils s'efforçaient de me contraindre, plus je me débattais. À la fin, une infirmière m'a giflée.

» « Si vous voulez qu'on vous aide, vous feriez mieux de coopérer ! a-t-elle aboyé. Vous êtes pire qu'un enfant ! » Ça m'a clos le bec. Arrimée comme je l'étais par les poignets à la table d'accouchement, j'avais l'impression d'être Jésus sur la croix.

» Finalement, le spécialiste est arrivé, accompagné d'un jeune interne, avide d'apprendre. Avant qu'on ne me mette le masque à gaz de force sur la figure, je les ai vus tous les deux tripoter le forceps. J'ai compris ce qui m'attendait.

Prudy émit un long soupir qui lui secoua les épaules.

— Quand je suis revenue à moi dans la salle de maternité, je souffrais le martyre. J'avais l'abdomen en feu. J'ai appelé l'infirmière pour qu'elle m'examine. Elle a éclaté de rire. « À quoi vous attendiez-vous après avoir accouché d'une fille de 3,700 kilos ? » m'a-t-elle déclaré d'un ton supérieur. J'avais tellement mal, impossible de tenir mon bébé dans mes bras.

» Le quatrième jour après la naissance, une infirmière plus âgée a fini par prendre le temps de m'examiner. À son expression, j'ai compris que quelque chose n'allait pas. J'étais si enflée que plusieurs points de suture avaient sauté. Il était trop tard pour les remplacer.

» Un mois plus tard, je suis allée consulter le docteur Blum ici en ville. Il m'a dit que j'avais dû faire une réaction à l'iode contenu dans le savon dont ils se servent pour laver les patientes. Il était atterré en voyant la plaie béante. Il a fallu attendre un an avant que je puisse avoir des… enfin, vous savez, des rapports avec mon mari.

» Mon mari ne comprend pas pourquoi je veux accoucher à la maison cette fois-ci. Il ne peut pas imaginer que je refuse d'aller à l'hôpital. Je préférerais mourir !

Que pouvais-je lui répondre ? Je lui ai promis d'être là quand elle entrerait en phase de travail.

15 février 1930. Un anneau en arc-en-ciel autour de la lune.

Stanley Elton Lee, 3,300 kg, fils de Clara et Curly Lee de Hickory Hollow, proche de Liberty. Notre première famille de couleur, à l'exception de Cassie, de Hazel Patch. M. Lee a été très gentil. Il avait même apporté des couvertures pour nous tenir chaud pendant le trajet. On s'est enlisés dans une congère, et Bitsy et moi sommes sorties de la voiture pour la pousser. Nous sommes arrivés juste au moment où Clara perdait les eaux.

Le bébé est sorti vingt minutes plus tard. Cinq heures de travail. Quatrième enfant. Premier fils. J'ai vu leurs petites filles guigner dans la chambre à travers le rideau qui fait office de porte. Elles étaient si mignonnes, ça ne m'a pas gênée. Saignement réduit. Bitsy s'est rendue utile en préparant tout et en faisant la toilette du bébé. Étaient présents M. Lee, Bitsy, les filles et moi. Payée trois dollars et un gallon de sorgho qu'on appréciera sur du pain de maïs.

Prudy

C'est la fin février, la terre disparaît toujours sous un manteau blanc. L'hiver a été rude. La neige est montée jusqu'aux rebords de fenêtre à un moment donné. D'ici un mois, les pommiers devraient être en fleurs. C'est difficile à croire.

Aujourd'hui, sur l'insistance de Bitsy, nous avons fait tomber les glaçons qui pendaient de la maison, dont certains faisaient jusqu'à un mètre cinquante de long. J'ai trouvé ça amusant, en fait, et j'ai applaudi chaque fois qu'un gros se fracassait à terre.

— Le poids de la glace risquerait de décrocher les gouttières, m'a expliqué Bitsy. Et si de la glace s'amoncelle sous les bardeaux, notre toit sera fichu.

Première nouvelle ! Je n'ai pas entretenu la maison du tout l'année dernière. C'est la première fois que j'en ai une à moi. Bitsy, en revanche, a vécu en ville toute sa vie avec les MacIntosh, elle connaît ces choses-là. Sur bien des plans, elle en sait beaucoup plus que moi. Du reste, elle a fréquenté l'école cinq années de plus que moi, même si je m'estime aussi éduquée qu'elle.

Vers midi, alors que des petits flocons pareils à de la cendre froide commencent à tomber, une voiture que je ne connais pas remonte Wild Rose en crachottant. De loin, en la voyant déraper dans la gadoue, je me dis que ça pourrait être Katherine, à nouveau en fuite. Mon cœur se glace lorsque, à l'approche du véhicule, je me rends compte que c'est une Ford, et non pas une Olds.

Elle s'arrête près de notre boîte aux lettres. Un inconnu vêtu d'un trench sombre à doubles boutons en sort. Il observe la maison depuis le portail en poussant son chapeau gris en arrière. L'allée n'a pas été déblayée. Nous avons si peu de visites l'hiver. À quoi bon !

L'espace d'un instant, je crois reconnaître un des hommes de loi que nous avons croisés devant le palais de justice. Je me souviens des mois qui avaient suivi la tragédie de Blair Mountain, durant lesquels neuf cents mineurs avaient été inculpés de meurtre avec préméditation et trahison contre l'État de Virginie occidentale. Pendant que nous faisions profil bas, l'amertume de Nora n'avait fait que croître. Ça fait presque huit ans maintenant, mais je redoute encore qu'on retrouve ma trace.

— Bonjour ! crie notre visiteur. Je suis bien chez la sage-femme ?

Bitsy et moi portons des pantalons, de grandes bottes en caoutchouc et des bonnets en laine. Il ne peut pas savoir que nous sommes des femmes.

— Oui. C'est moi. Patience. La sage-femme. Venez.

Faute de savoir à qui nous avons affaire, nous nous précipitons dans la maison pour y mettre de l'ordre. Un percepteur ? Un prédicateur venu sauver mon âme ? Certainement pas un voyageur de commerce. Par un temps pareil ! L'inconnu fait halte sur le porche pour débarrasser ses chaussures de la neige, puis il frappe doucement. Il prend la parole avant même d'être entré dans le salon.

— Je suis J.B. Ott, le mari de Prudy. Elle m'a demandé de venir vous chercher. Les douleurs se rapprochent. Je n'y connais rien. La dernière fois qu'elle a eu un bébé, nous sommes allés à l'hôpital de Torrington.

Je me tourne vers le calendrier de la pharmacie Stenger pendu à un clou sur le mur de la cuisine et je vois que j'ai entouré le 16 mars comme la date de délivrance pour Mme Ott. Elle a deux semaines d'avance si c'est vraiment ce qui se passe, mais cela n'a rien d'inquiétant.

— L'avez-vous laissée toute seule ? Y a-t-il quelqu'un auprès d'elle ?

— Elle a deux amies avec elle, ainsi que l'infirmière du service public. Je lui ai promis d'être de retour le plus vite possible.

Il se balance nerveusement sur ses talons, pressé de se remettre en route.

— A-t-elle perdu les eaux ?

— Elle ne me l'a pas dit.

— À quelle fréquence les contractions ont-elles lieu ?

Il a l'air perplexe.

— Je ne sais pas vraiment. Elles ne sont pas très rapprochées encore.

Bitsy est déjà allée chercher ma sacoche. Je cours à l'étage, j'enfile une robe et je lui dis de se changer aussi. Nous nous couvrons bien avant de foncer vers l'auto.

— Votre domestique vient avec nous ? demande M. Ott au moment de démarrer.

— Ce n'est pas ma domestique, je réponds d'un ton sec avant de me mordre la langue. Bitsy est mon assistante. Elle participe à tous les accouchements.

Le trajet se fait sans histoire. Nous ne croisons personne. Comme nous traversons le pont qui enjambe la Hope, je remarque que la glace est en train de se rompre. En dessous de nous, d'énormes morceaux s'entassent, puis se désintègrent avant de faire la course autour des rochers qui jaillissent des flots comme des dents.

L'intérieur de la résidence en brique des Ott avec ses moulures blanches qui lui font ressembler à une maison en pain d'épice est tel qu'il est resté dans mon souvenir. Des napperons blancs un peu partout : sur les bras des fauteuils, le dos du canapé, les tables en acajou étincelantes. Je sais qu'ils ont une fille de quatre ans, mais je ne la vois nulle part. Pas trace d'un jouet non plus. On l'a envoyée chez sa grand-mère, j'imagine.

J'entends qu'on discute en haut. Sans attendre qu'on m'invite à monter, je grimpe deux par deux les marches de l'escalier.

— Bonjour, dis-je aimablement à Prudy et aux dames rassemblées autour d'elle dans la chambre de maître.

Mme Wade, qui a assisté à une naissance à laquelle j'ai participé avec Mme Kelly, se croit utile alors qu'elle ne fait que nous gêner. Priscilla Blum, la femme du médecin, nous explique qu'elle est la meilleure amie de Prudy. Je découvre Becky assise dans un rocking-chair en train de tordre son mouchoir. Je lui souris, mais elle ne me rend pas mon sourire. Ses traits sont crispés par l'anxiété.

— Vous feriez mieux de vous reposer, je vous le dis ! Ce bébé ne viendra pas avant minuit ! déclare Mme Wade.

Elle se tourne vers moi, espérant mon soutien, mais je ne souffle mot. Je veux d'abord évaluer la situation. Elle lève les yeux au ciel.

— Comment vous sentez-vous ? je demande à Prudy.

Elle est vêtue d'une robe de chambre en chenille bleue. Ses cheveux à hauteur d'épaule, tout ébouriffés, pendent lamentablement.

— Oh ! Pas bien, pas bien du tout, Patience. Je ne sais pas quoi faire ! C'est sans répit ! Quand je m'allonge, j'ai mal au dos. Quand je me lève, les douleurs se rapprochent… Que faire ? Aidez-moi.

Je secoue la tête. La journée va être longue.

Tout l'après-midi, ces dames rôdent dans la chambre comme des mouches autour de fruits. Je fais s'allonger Prudy pour l'examiner, mais avant que je n'aie le temps de vérifier la fermeté de son ventre ou de déterminer l'emplacement du bébé, elle pousse des hurlements, et ses amies l'aident à se relever. Quand je suggère qu'elle essaie de se balancer dans le fauteuil à bascule, Mme Wade et Mme Blum lui conseillent de se coucher sur le côté.

Quand je lui montre comment faire des petits bonds sur place pour que le bébé se mette dans la meilleure position possible, elles lui disent de s'agenouiller et de prier. D'après mon rapide examen, les battements de cœur sont réguliers et les contractions ont lieu toutes les six minutes.

Becky ne participe guère. Je ne sais pas trop en quoi consiste son rôle. Peut-être juste un soutien moral, dans la mesure où elle a suivi la patiente à la clinique. Elle doit se demander comment elle s'est trouvée mêlée à tout ça. Bitsy aussi reste en retrait. Assise dans le coin près de la cheminée, elle lit *Up from Slavery*[1], un de ses livres préférés. De temps à autre, nos regards se croisent, sans rien exprimer. Nous savons toutes les deux que la situation nous échappe, mais nous n'avons pas encore trouvé le moyen d'y remédier.

Je suis Charles Lindbergh volant dans l'obscurité sans instruments. La réaction de Prudy aux accès de douleur est tellement exagérée, il se pourrait fort bien qu'elle n'accouche que dans un jour ou deux. À la réflexion, je ne suis même pas sûre que la tête du bébé soit descendue.

En définitive, je décide de procéder à un examen vaginal, ce qui me mettra hors la loi une fois de plus. Je jette un coup d'œil dans la direction de Becky, consciente qu'elle connaît le statut de la sage-femme dans notre État. Cependant, les informations que je peux obtenir par ce biais sont vitales.

— J'ai besoin de vous examiner plus à fond, Prudy. Si vous voulez bien vous allonger sur le lit et descendre votre culotte, je pourrai vous dire, en palpant à l'intérieur, où vous en êtes.

Elle finit par céder. Après avoir enfilé mes gants, je trouve la tête du bébé, bas dans le bassin, mais le col n'est qu'à moitié dilaté. Dès que j'ai terminé, Prudy saute du lit et recommence à geindre.

— C'était horrible ! Je ne supporte pas d'être sur le dos. Je n'arrête pas de me revoir, bras et jambes écartés, ligotés sur la table d'accouchement,

---

1. *Up from Slavery, ascension d'un esclave émancipé*, de Booker T. Washington.

et ce forceps en métal brillant entre les mains du médecin.

Tandis que des ombres se glissent dans la chambre à l'approche de la nuit, la situation ne fait qu'empirer. Les plaintes de Prudy se changent en cris perçants. On croirait entendre un chien qui se serait coincé la queue dans une porte. C'est à vous donner la chair de poule.

— Je ne peux pas faire ça ! Je n'y arriverai jamais. Arrêtez ça, Patience ! Faites que ça s'arrête.

Le teint blême sous l'effet de l'angoisse, les deux dames venues la soutenir lui essuient le front. Becky se tamponne les yeux.

— On devrait l'emmener à l'hôpital, déclare Mme Blum, toute pâle, ses yeux verts brillant de larmes.

Mme Wade acquiesce d'un signe de tête. Becky se lève d'un bond.

— Je suis d'accord, enchérit-elle, et je n'en reviens pas. Quelque chose ne va pas. Un problème de disproportion ou de dystocie, sûrement.

La peur monte dans la pièce comme une fusée. J'aimerais que Becky s'abstienne d'employer des termes aussi forts. Je comprends ce qu'elle veut dire, ce qui n'est pas le cas des autres. En gros, elle a conclu que le bébé ne passera pas le col et que ce travail est un gaspillage périlleux.

— Je ne crois pas qu'il soit coincé, je proteste. D'après ce que je vois, le dos est devant et le fœtus n'est pas très gros.

— Je n'irai pas ! braille Prudy. Plutôt mourir.

À cet instant, la poche des eaux se rompt.

Où est Mme Kelly quand j'ai besoin d'elle ? Où est Mme Potts et sa présence apaisante ?

Une naissance sous l'eau

En voyant la mare de liquide clair par terre, une idée me vient.

— Le travail est presque fini, mesdames. Le moment est venu pour Prudy de prendre un bain. Elle doit se préparer pour l'accouchement.

Elles me dévisagent d'un air interdit. C'est la première fois qu'elles entendent parler d'un bain avant une naissance ! Becky se renfrogne. Ça ne lui dit rien à elle non plus. Maintenant que j'y pense, c'est nouveau pour moi aussi !

— Allez remplir la baignoire. Assurez-vous que l'eau est chaude, mais pas trop. Ensuite, descendez à la cuisine aider Becky à en faire bouillir encore et à stériliser les compresses dans le four.

Bitsy me décoche un regard noir en posant son livre sans ménagement. Elle sait qu'un bain ne fait pas partie de la procédure habituelle, que les compresses qu'on a apportées dans la sacoche ont été stérilisées et sont enveloppées depuis des jours dans du papier journal. Elle s'en est occupée elle-même. Je lui décoche un petit sourire dans l'espoir qu'elle comprenne qu'il s'agit d'un stratagème destiné à calmer la patiente et à éloigner ces fouineuses.

La salle d'eau des Ott est plus agréable que celle des MacIntosh. Le sol est dallé de vert, les murs sont carrelés jusqu'à mi-hauteur, dans des tons verts plus pâles. Il y a un W.-C., un lavabo et une baignoire blanche étincelante, avec des pieds en forme de griffes. Quand j'ai aidé Prudy à aller aux toilettes plus tôt, voyant que j'admirais la baignoire, elle m'a expliqué que son mari lui en avait fait cadeau à l'occasion de leur mariage, il y a cinq ans.

— Il y a même un chauffe-eau au gaz, m'avait-elle précisé.

Elle est dans le bain à présent, avec de l'eau chaude jusqu'à la poitrine. Je m'agenouille à côté d'elle et je lui mouille le dos.

— Vous avez moins mal, Prudy, n'est-ce pas ? Ça fait un petit moment que vous ne criez plus.

— C'est vrai. Ça doit être l'eau chaude. Mais je sens venir une autre contraction ! s'écrie-t-elle en rejetant la tête en arrière. Versez-moi de l'eau, plus vite que ça ! Plus d'eau ! m'ordonne-t-elle.

Je l'asperge avec un bol en cuivre, aussi vite que je le peux, et cette fois-ci elle cesse de geindre pour n'émettre plus qu'un faible râle.

Ça me fait penser à Clair de lune. J'ai complètement oublié ma pauvre vache enceinte. Elle a absolument besoin de boire et de manger. Je ne connais qu'une seule personne à qui je peux demander assistance, une personne à laquelle je suis de plus en plus redevable.

J'appelle Bitsy, restée dans la chambre. Elle continue de se faire discrète. Je comprends finalement pourquoi. Elle ne se sent pas à son aise parmi les dames de la société de Liberty, à qui, il y a quelques mois encore, elle servait le thé dans le salon des MacIntosh.

— Peux-tu venir auprès de Prudy ? Verse-lui de l'eau sur le dos et les épaules quand elle a mal. Elle te dira ce qu'elle veut.

Je descends rapidement. Au moment où je pénètre dans la cuisine, tous les visages se lèvent vers moi. Becky, devant l'évier, se tourne à demi. M. Ott est là aussi. Il s'extirpe des pages du *Torrington Times*. Je remarque un paquet de Lucky Strikes sur la table et une cigarette allumée au coin de sa bouche.

— Prudy va bien. Bitsy est auprès d'elle. Elle prend un bain. Ça la détend. Avez-vous le téléphone ?

Je débite ça à toute vitesse, pressée de retourner auprès de ma patiente.

— Je n'en crois pas mes oreilles, chuchote Mme Wade. Prendre un bain en plein travail, et cette négresse avec elle !

Ce commentaire me met en rage, mais là encore, je me mords la langue. Inutile de provoquer une querelle. Elles ne changeront pas d'avis, de toute façon. Les mineurs blancs et noirs et leurs familles travaillent côte à côte depuis des décennies, mais ces dames de la haute n'ont probablement jamais eu d'amie noire – ni même une employée de couleur. La plupart des familles de Virginie occidentale n'emploient pas de nounous ni de domestiques. Au mieux, elles ont peut-être eu une cuisinière et un saisonnier, le plus souvent venus d'une ferme, et vraisemblablement blancs.

M. Ott repousse sa chaise qui racle le sol et me mène au téléphone, dans l'entrée.

— Il faut que je demande à quelqu'un de s'occuper de mon bétail, dis-je comme si j'avais tout un troupeau, alors qu'il n'y a en fait que Clair de lune et les poules.

Je saisis la manivelle et la tourne trois fois comme j'ai vu Hester le faire. Une voix de femme me répond.

— Susie ? (J'ai dit son nom au hasard et apparemment je suis tombée juste.) Ici Patience Murphy, la sage-femme. Je suis chez M. Ott et j'ai besoin de parler à Daniel Hester, le vétérinaire, à Salt Lick. Je ne connais pas son numéro. Pouvez-vous me mettre en relation ?

— Un instant.

J'entends un bourdonnement en fond sonore, puis quatre brèves sonneries. Hester finit par décrocher.

— Ici Hester. Animaux, grands et petits.

Ça me fait sourire.

— Ici Murphy. Femmes, grandes et petites.

Je n'ai pas pu me retenir. Je trouve ça drôle.

— Patience ?

Ça me plaît qu'il m'appelle par mon prénom.

— Pardon. Juste une petite plaisanterie. Écoutez, Bitsy et moi sommes à Liberty auprès d'une patiente en plein travail. Cette dame, Mme Ott, la femme du maire, va accoucher ce soir et… je suis désolée de faire appel à vous, mais vous êtes la seule personne à qui je peux m'adresser. Vous serait-il possible d'aller nourrir Clair de lune et lui donner à boire ? Comme elle attend un enfant, je ne voudrais pas qu'elle reste trop longtemps sans manger.

— Un *enfant* ?

— Vous voyez ce que je veux dire. Je vous rémunérerai comme vous le souhaitez. (Je reformule ma phrase :) Je veux dire que je viendrai avec vous en visite, quand vous voulez…

— Je peux y aller. Pas de problème. Vous voulez que je m'occupe aussi des poules ?

— Ça ne vous ennuie pas…

Un hurlement assourdissant m'interrompt.

— Patience ! crie Bitsy.

Toutes les têtes se relèvent. Mme Wade et Mme Blum se bousculent sur le pas de la porte.

— Ne bougez pas d'ici ! je siffle à leur adresse, lâchant le combiné au bout de son cordon avant de monter les marches quatre à quatre. Ne poussez pas, Prudy ! Dites-lui de souffler, Bitsy !

Une fois dans la salle de bains, j'attrape le menton de ma patiente.

— Ne poussez pas. Il faut qu'on vous remette au lit.

Prudy secoue frénétiquement la tête. Ses cheveux mouillés volent en tous sens, nous aspergeant d'eau, tels mes beagles quand ils sortent du ruisseau. Elle agrippe le côté de la baignoire et se remet à pousser. Je serre son menton plus fort.

— Écoutez-moi, Prudy ! Soufflez, comme ça. Hou ! Hou ! Bitsy, passe-moi ma sacoche !

Dès la contraction passée, j'explique ce qui se passe à la jeune femme, ainsi qu'à ses amies agglutinées sur le seuil.

— Vous éprouvez le besoin de pousser, c'est normal. Vous n'avez jamais ressenti ça avant parce qu'à l'hôpital vous étiez plongée dans un sommeil crépusculaire, puis sous un masque à gaz quand le docteur a extrait le bébé. Nous devons vous sortir de la baignoire et vous ramener…

Avant que je n'aie le temps de finir, Prudy beugle à nouveau en écartant instinctivement les jambes. Ce n'est plus la femme guindée qui a disposé des napperons en dentelle partout dans sa maison. Bitsy court me chercher mes gants. Je me démène pour les enfiler.

Je comprends qu'on n'arrivera jamais à la sortir du bain et à la rallonger à temps dans son lit au bout du couloir. C'est son deuxième enfant. Le train a quitté la gare et fonce au bas de la colline. Je me penche au-dessus de la baignoire, je plonge les mains dans l'eau chaude et je les place autour de la tête du bébé que je tiens fermement. En l'espace d'une minute, l'enfant est né. Je le sors de l'eau avec le cordon toujours attaché. Dès qu'il est à l'air, il vagit.

— Une serviette, je demande d'un ton désinvolte, comme si les choses se produisaient toujours ainsi.

En levant les yeux, je vois Becky, rayonnante, me tendre une serviette propre. Toute la souffrance et l'angoisse des dernières heures se sont effacées de son visage.

— Mon bébé, mon bébé, réclame Prudy, les bras tendus, et sans hésiter, je lui confie son nouveau-né encore mouillé.

— Maintenez-le sous l'eau, sauf son petit visage.

Un peu interloquée à l'idée de submerger le bébé, Becky reprend la serviette. À cet instant, l'enfant cesse de vagir et ouvre un œil sur le monde.

Bitsy me donne les ciseaux, je coupe le cordon. En me retournant pour les déposer dans le lavabo, je découvre M. Ott sur le seuil en train d'essuyer ses larmes, les yeux rivés sur Prudy et leur nouveau fils.

— Je t'aime, articule-t-il à l'adresse de sa femme quand elle relève la tête. (Ils échangent un long regard et nous nous estompons comme les images floues sur les bords d'une vieille photo de famille.) Je t'aime, répète-t-il, plus fort.

25 février 1930. Un croissant de lune sombre.

Naissance de Harrison Ott, 3,600 kg, second enfant de Prudy et J.B. Ott, de Liberty. Travail de huit heures. La mère était dans tous ses états. Elle a eu sa fille au Boone Memorial Hospital sous sommeil crépusculaire, avec l'aide d'un masque à gaz et de forceps. Le petit, lui, est né dans la baignoire ! L'eau a semblé détendre la patiente. Le bébé allait très bien. Bitsy et moi en avons parlé plus tard. Au fond, le fœtus est dans l'eau tout le temps. Il a probablement trouvé la situation confortable.

Pas de complications. Ni déchirements vaginaux. Bien que Prudy ait été très tendue pendant le travail, elle est restée dans l'eau chaude à donner la tétée devant nous tous.

Étaient présentes, à part Bitsy et moi, Becky Myers et deux amies de la patiente, Mme Wade et Mme Blum, la femme du docteur, qui n'ont pas cessé d'être dans nos pattes. J'espère qu'elles ne comptent pas venir à trop d'autres accouchements. Le père a assisté à la naissance depuis la porte de la salle d'eau ! Il m'a payé dix dollars, ce qui par les temps qui courent est une belle somme. Du coup, on s'est senties riches.

PRINTEMPS

19

Dégel

Une semaine de pluies abondantes, et des pans de vert apparaissent. Les glaçons fondent dès qu'ils se forment ; des pousses de crocus violets et jaunes jaillissent de terre.

Hier, alors que Bitsy venait de partir chasser le dindon sur les plats près de la Hope River, j'ai vu quelque chose bouger par la fenêtre de la cuisine.

Je m'imagine que c'est M. Maddock qui travaille sur la route mais, en y regardant de plus près, je me rends compte que la charrette tirée par deux mules a dépassé la boîte aux lettres de mes voisins et continue à monter la pente à bonne allure. Emma se met à aboyer, Sasha se joint à elle. Le véhicule s'arrête devant ma barrière et le conducteur met pied à terre pour attacher ses bêtes.

— Mme Potts a dit qu'il fallait venir vite. (C'est le révérend Miller, le pasteur de la chapelle baptiste de Hazel Patch.) La fonte des neiges a provoqué une inondation à la Wildcat Mine. Douze mineurs sont coincés à l'intérieur. On redoute un effondrement. (Il est hors d'haleine, le pauvre homme.) Il va y avoir des blessés, et il n'y a pas de médecin dans les parages. Elle a insisté pour que vous veniez tout de suite.

Sans même songer à protester, j'enfile à la hâte des bottes en caoutchouc, j'attrape ma sacoche et je griffonne un petit mot à l'intention de Bitsy avant de grimper sur la charrette. Le révérend fait demi-tour, j'ai à peine le temps de m'asseoir qu'il fouette déjà ses mules.

— J'ai dû venir avec la charrette. Une voiture n'aurait jamais pu passer dans cette gadoue, m'explique-t-il.

En dehors de ça, il ne dit pas grand-chose. Nous prenons Salt Lick Road pour contourner la montagne, dérapant fréquemment dans la bouillasse. Au pont, nous croisons Daniel Hester qui rentre de la ville. Nous nous écartons pour le laisser passer. Je lui fais signe de s'arrêter. Il n'est peut-être pas médecin, mais il s'est bien débrouillé pour me recoudre la jambe.

— Attendez ! je lance au révérend. Monsieur Hester ! j'appelle en me dressant. Il est arrivé un malheur à la Wildcat Mine. Une inondation. Des hommes sont coincés à l'intérieur. On craint un éboulement. Il risque d'y avoir des blessés. Pouvez-vous venir ?

— Il n'y arrivera pas dans cette auto, me glisse le pasteur. C'est pour ça que je n'ai pas pris la mienne.

Les routes sont pleines d'ornières. Dites-lui de monter avec nous.

— Vous avez entendu ? Le révérend dit que les routes sont mauvaises. Votre Ford T ne passera pas.

— Faites-moi de la place pour que je puisse faire demi-tour, me répond sans hésiter Hester. Je m'approcherai autant que possible de Wildcat. Je vais vous précéder, comme ça vous pourrez me récupérer au passage au cas où je m'enlise. Si je parviens jusqu'au camp, on aura un véhicule supplémentaire pour emmener les blessés à l'hôpital.

Miller s'exécute en reculant dans l'allée du vétérinaire.

Une demi-heure plus tard, nous montons la colline menant à un camp de mineurs qui ressemble fort au premier que j'ai visité, en plus dilapidé, si tant est que ce soit possible. Une foule se masse autour de l'entrée béante de la mine où une sirène d'alarme hurle inlassablement. La peur ambiante est palpable.

— Seigneur Jésus ! s'exclame une malheureuse aux cheveux gris. Mon fils est là-dedans.

Elle tombe à terre, puis se relève et tente de se frayer un chemin à travers la cohue. Deux femmes la retiennent.

— Laissez-moi ! Il faut que je le trouve !

Ces dernières ne sont autres que Mildred Miller et Emma, les dames de Hazel Patch qui ont organisé la petite fête après l'accouchement de Cassie.

Je constate que Thomas est là aussi, à côté de Izzie Cabrini, en plein conciliabule avec une bande de mineurs blancs et noirs, tous coiffés de casques.

Face au désastre, la couleur de la peau et la nationalité ne comptent plus.

Hester m'avait dit que la mine de King Coal avait fermé. Ils doivent travailler à Wildcat maintenant. Le vétérinaire a réussi à passer, malgré l'état de la route. Arrivé bien avant nous, il se tient à proximité du groupe, alerte.

J'aperçois Grace Potts, assise, les mains jointes en prière, sur une caisse de dynamite vide près d'un amoncellement de neige crasseuse. Je m'approche. Dieu merci, quelqu'un arrête enfin la sirène. Mon cœur ralentit un peu. Une Italienne tend un châle à la vieille sage-femme.

— Oh, trésor, s'exclame Mme Potts en me voyant, je suis si contente de vous voir… et cet homme… comment s'appelle-t-il déjà ? On m'a dit qu'il soignait les animaux. Une sorte de docteur. Dieu soit loué ! Thomas Proudfoot, le petit Italien et Byrd Bowlin, l'un des jeunes qui fréquentent notre chapelle, s'apprêtent à descendre dans la fosse où l'eau s'est amoncelée à trois mille pieds à l'intérieur de la mine et mille pieds sous terre. Les parois commencent à s'effondrer. Un étai s'est déjà abattu sur un malheureux. Les mineurs de ce côté-ci de l'eau ont réussi à le sortir en creusant la terre. Ils ont ramené ce pauvre bougre. Il était à moitié enfoui sous la boue.

Elle désigne un corps recouvert d'une couverture grossière près duquel sont agenouillées une femme et une petite fille en pleurs. Je suis sur le point de me précipiter vers elles, mais Mme Potts me retient.

— Pas maintenant, trésor.

Deux autres femmes chétives sanglotent non loin de là, appuyées l'une contre l'autre.

— Pas maintenant, me répète Mme Potts. Laissez-leur du temps.

Elle a raison, je le sais. Même si je suis avide de les consoler, d'absorber une part de leur chagrin, ce n'est pas mon rôle.

Hester s'approche, l'air grave, en se frottant le menton.

— Ils sont en train de monter des câbles et des cordes qu'ils vont attacher au dernier pilier qui tient encore. Ensuite une poignée de gars vont descendre. Ils tenteront de contourner l'éboulis à la nage pour essayer d'atteindre les mineurs coincés. C'est extrêmement dangereux.

Il se tourne vers les trois courageux sur le point d'entrer dans la mine. Thomas est devant, encordé à Cabrini, lui-même attaché au jeune mineur que Mme Potts a mentionné, un grand Noir étroit d'épaules d'environ vingt-cinq ans.

— Je n'y connais rien en matière de droit minier, mais cet endroit est un vrai capharnaüm, tempête Hester en faisant les cent pas. Vous avez vu ces étais tout de travers ? C'est forcément contraire au règlement.

Je me lève et lui prends spontanément la main. Il a l'air étonné, mais se laisse faire. J'ai tellement peur pour ces familles. Si j'étais croyante, je m'agenouillerais et prierais.

Résurrection

Le soleil traverse le ciel peu à peu, incendiant au passage les fenêtres des cabanes de mineurs, puis il plonge derrière les montagnes à l'ouest. On entend le gargouillement de la neige qui fond. J'ai salué ce son printanier ce matin. À présent, je l'ai en horreur ; il signifie que davantage d'eau s'accumule dans la fosse.

Delfina Cabrini qui porte son bébé contre elle sous un châle arrive avec du café dans des gobelets en métal mouchetés de bleu pour Mme Potts et moi. Hester va s'entretenir avec le shérif Hardman qui vient d'arriver, accompagné d'un petit détachement. En reconnaissant parmi eux les deux policiers de la ville que Bitsy et moi avons croisés devant le palais de justice, je baisse vivement la tête. S'agit-il de Fédéraux chargés d'enquêter sur la contrebande d'alcool ? Sont-ils à mes trousses ? L'émeute de Blair Mountain remonte à des années, mais j'ai la conviction que mon portrait figure quelque part sur un avis de recherche jaune. Quand on a été une radicale, lorsqu'on a vécu parmi les radicaux, manifesté dans les rues et passé quelques jours derrière les barreaux, on est à jamais sur ses gardes.

L'obscurité se déverse dans le vallon. Des lanternes apparaissent ici et là. Je trouve une autre caisse de dynamite vide que je traîne près de Mme Potts, sans cesser de tourner le dos aux hommes de loi. Tant de fois j'ai attendu ainsi, pétrie d'angoisse devant l'entrée d'une mine pendant que Ruben tenait tête aux patrons. J'arrivais toujours à savoir, rien qu'en l'observant, s'il était en colère. Il enfonçait ses mains dans ses poches pour empêcher ses gros poings de s'abattre sur la figure de quelqu'un.

— *Merveilleuse Grâce, quelle douce voix que celle de celui qui a sauvé un misérable comme moi*, entonne la vieille sage-femme avec une voix de contralto. *Jadis j'étais égaré, mais je me suis retrouvé. J'étais aveugle mais à présent je vois.*

Mildred, Emma et une poignée d'autres femmes de Hazel Patch se joignent à elle, imitées par trois autres dames blanches, le vétérinaire et moi. C'est étonnant comme la musique apaise, guérit, redonne du courage, surtout lorsqu'on chante à plusieurs.

De nombreux dangers, épreuves et pièges, nous avons déjà traversés. C'est la Grâce qui nous a préservés jusqu'ici… et c'est Elle qui nous mènera chez nous.

Quelque chose bouge à l'entrée de la mine. Soudain un cri déchirant s'élève au milieu de la foule massée autour. Hester attrape son sac, me saisit le bras et m'entraîne, mais la nouvelle victime que Izzie Cabrini porte comme une poupée de chiffons sur son épaule n'a plus besoin de nos services. C'est un homme brisé, au visage gris, couvert de boue. Il a les yeux grand ouverts. Je détourne mon attention. Hester s'approche pour lui prendre le pouls. Il secoue la tête, confirmant que c'est peine perdue… Izzie continue son chemin. Ce corps inerte est le deuxième mineur fracassé par l'éboulis.

La foule fait un mouvement en avant. D'autres mineurs sont extraits, cinq au total, chancelant, boitant, traînant des pieds, en larmes. Je cherche Thomas des yeux. Son visage sombre n'est peut-être pas visible dans l'obscurité. Soudain je le vois apparaître en clopinant, portant un sixième mineur blessé dont le bras gauche pend lamentablement de son épaule. Un autre corps brun jaillit de nulle part. C'est Bitsy qui se rue sur son frère en criant : « Dieu soit loué ! »

D'où sort-elle ? Comment est-elle arrivée jusqu'ici ? La dernière fois que je l'ai vue, elle descendait Wild Rose en direction des rives de la Hope River, armée de son fusil, avec la ferme intention d'abattre un dindon sauvage pour le dîner. Elle a dû rentrer à la maison, voir mon mot, entendre la sirène au loin et, craignant pour Thomas, elle aura couru toute seule dans les bois.

Hester me fait signe.

— Par ici, Patience.

Les femmes du camp ont installé des paillasses par terre. Il est agenouillé à côté d'un homme qui a une vilaine entaille à la tête.

— Nettoyez la plaie et pansez-la. Elle est pleine de boue. Lavez-la soigneusement. Je vais examiner cet autre gaillard. Il a le bras cassé, on dirait.

Personne ne se préoccupe de savoir qui on est, ni si nous sommes qualifiés. Ils sont contents de nous avoir. Bitsy arrive en trottinant avec ma sacoche ; elle en sort un savon antiseptique et des chiffons propres. Mme Potts apporte un flacon de teinture d'échinacée et du whisky. Quand je la vois sortir audacieusement la bouteille de dessous son châle, j'en reste sans voix.

— Je l'ai depuis que mon mari est mort en 1919, avant la Prohibition, m'explique-t-elle. (Le blessé tend la main vers la bouteille.) Certainement pas ! objecte-t-elle en le repoussant. C'est pour nettoyer les plaies, et ça va brûler un peu. (Elle verse quelques gouttes sur l'entaille de huit centimètres qu'il a au front.) Faites-lui un bon pansement. Ça arrêtera de saigner.

— Patience ! m'appelle Hester.

Bitsy finit les soins puis elle ramasse notre matériel et nous nous rendons là où on a besoin de nous.

— Son bras n'est pas cassé, il est juste luxé, m'explique le vétérinaire. Je vais essayer de le remettre en place. Ça lui épargnera une hospitalisation coûteuse et le voyage pénible jusqu'à Torrington sur des routes cahoteuses. Je veux que vous lui teniez fermement l'épaule droite. Vous serez peut-être obligée de vous agenouiller dessus.

Le blessé, blême de douleur, lève les yeux vers moi.

— Comment vous appelez-vous ?

— Farley Tuggs.

— Ça va aller, Farley, lui dis-je pour le rassurer. M. Hester est très doué.

En réalité, je n'ai pas la moindre idée de ce que nous sommes en train de faire.

Je cale les branches de mes lunettes derrière mes oreilles, j'appuie le bras de l'homme le long de son flanc avant de bloquer son épaule avec mes genoux, comme le vétérinaire m'a demandé de le faire. De sa propre initiative, Bitsy prend la tête de Farley entre ses mains pour la protéger tout en empêchant le pauvre diable de s'agiter. Mme Potts apparaît à cet instant. Cette fois-ci, elle accorde au patient une gorgée de whisky pour atténuer ses souffrances et celles plus grandes encore à venir.

— Prêt ? demande Hester.

Le mineur ferme les yeux.

Hester lui plie l'avant-bras en travers de l'abdomen, puis oriente l'épaule vers l'extérieur. Lentement, avec régularité, il la fait pivoter d'avant en arrière. Les larmes forment des petits ruisseaux blancs sur les joues noircies par le charbon du malheureux, mais il ne profère pas un son, se bornant à se mordre la lèvre jusqu'à ce qu'elle saigne. À l'instant où l'épaule déboîtée se remet en place dans l'articulation, il lâche un cri.

— Ce n'était pas si terrible ! déclare-t-il ensuite. Merci, Doc.

Le soulagement est instantané. Il se redresse, souriant. Il me fait penser à une femme juste après une naissance. « Ce n'était pas si terrible ! » C'est la peur de la douleur plus que la douleur elle-même qui nous atteint.

— Pourriez-vous lui fabriquer une attelle ? demande Hester à deux hommes parmi la cohue agglutinée autour de nous. Il faut stabiliser tout son côté gauche.

Il se relève et se dirige vers son prochain patient, assis par terre, cramponné à sa jambe. Une femme au visage baigné de larmes, son épouse sans doute, s'agite autour de lui. Elle est déjà allée chercher une cuvette d'eau chaude dans leur masure. La jambe n'est pas cassée, mais lacérée jusqu'à l'os. Sous mes yeux ébahis, Hester entreprend de la recoudre par couches.

Une heure plus tard, le pire est passé. On déplore la mort de deux mineurs, mais les autres ont survécu. S'ils ne sont pas trop esquintés, ils retourneront travailler dès que l'eau se sera retirée et qu'on aura consolidé les parois. Ils ont des familles à nourrir et sont payés à la tonne. On ne prodigue pas de soins médicaux dans le camp. Il n'y a pas de prestations d'invalidité non plus. Ni d'assurance-vie pour les familles des défunts. Je regarde autour de moi en quête d'un responsable. S'il y a un contremaître dans les parages, je ne le vois nulle part. Il semble que Thomas et les mineurs aient tout organisé de leur propre initiative.

Pendant vingt ans, le syndicat des mineurs s'est battu afin d'améliorer la sécurité dans les mines, pour obtenir une augmentation en cas de travaux dangereux et des rémunérations en espèces sonnantes et trébuchantes plutôt que des bons à utiliser dans le magasin de la compagnie. Ils ont remporté victoire après victoire, mais tout cela avait un prix : les syndicalistes subissaient des sévices lors des émeutes, certains y ont même laissé la vie.

Quand la production d'acier a chuté après la période d'essor, le besoin de charbon a baissé d'autant. Les effectifs du syndicat se sont réduits. Les propriétaires des mines ont recommencé à traiter les mineurs comme de la marchandise. Nous voilà assis sur la terre détrempée à soigner les mineurs non syndiqués de la Wildcat Mine.

Rares sont ceux qui se souviennent du massacre de Matewan, en 1920, quand les mineurs s'étaient battus bec et ongles pour défendre leurs familles et leurs maisons. Tout aussi rares sont ceux qui se rappellent l'émeute de Blair Mountain, survenue un an et demi plus tard, au cours de laquelle treize mille mineurs avaient livré bataille en une guerre ouverte.

Bitsy décide de passer la nuit auprès de Thomas, dans sa petite cabane. Au moment où Hester s'apprête à partir, Becky débarque dans une ambulance maculée de boue. Elle s'est retrouvée enlisée près du pont, nous explique-t-elle. Tandis que nous lui racontons tout ce qui s'est passé, elle se félicite, je le vois bien, que cette tragédie lui ait été épargnée.

À l'instant où je me détourne, prête à partir, Mme Potts m'arrête d'un geste.

— Merci d'être venue, jeune fille. Le Seigneur veillait sur nous aujourd'hui. Ça aurait pu être pire. Merci à vous aussi, jeune homme.

J'entends d'ici Hester se dire : *Jeune homme ?*

J'imagine pourtant qu'aux yeux d'une vieille dame nous faisons l'effet de perdreaux de l'année.

20

Remboursement

Encore hantée par ces scènes de chaos et de mort à la mine, je remplis la bouilloire avec des mains tremblantes. Par la fenêtre de la cuisine de Hester, je vois que la neige a recommencé à tomber. Elle ne reste pas encore au sol mais emplit l'air. La porte claque. C'est Hester qui revient avec deux seaux de lait frais qu'il entreprend de filtrer au-dessus de bidons de dix litres. Il sent mon regard fixé sur lui.

— Vous en voulez un peu ?

— Je n'ai pas de quoi payer.

Il hausse les épaules et remplit un bocal de liquide blanc encore tiède à mon intention.

La sonnerie de son téléphone nous fait sursauter tous les deux.

— Hester à l'appareil. Que se passe-t-il ?... Depuis combien de temps ? D'accord, j'arrive dès que possible. Ça risque de me prendre une heure.

Il me jette un regard en coulisse.

— Vous voulez rembourser une part de ce que vous devez encore à mon cabinet ?

J'aime la manière dont il dit « le cabinet », au lieu de parler de lui personnellement.

— Ce soir ? Euh... je suppose que oui.

J'ai accepté qu'il me ramène de Wildcat Mine et je ne voyais pas d'inconvénient à ce qu'il traie sa vache avant de me raccompagner chez moi, mais fatiguée, sale, je n'ai désormais qu'une envie, c'est de rentrer. Mais comment pourrais-je lui refuser ça ? Je lui suis redevable. Il m'a rendu tellement de services.

— Il faut d'abord que je me change. Que se passe-t-il ?

— Hilda, la chienne de M. Dresher, le fermier allemand qui habite de l'autre côté de Clover Bottom, est sur le point de mettre bas. Elle est restée dans son panier toute la journée à fouiner dans ses couvertures, à se lécher. Il comptait la laisser tranquille jusqu'à demain matin, mais depuis une heure elle pantèle constamment. Ça l'embarrasse un peu, mais il tient à ce chien comme à un membre de sa famille. Il a beaucoup de bétail, c'est un de mes meilleurs clients. Le devoir m'appelle.

Le trajet le long de Salt Lick puis jusqu'à Wild Rose se passe sans encombre. Il y a de la boue partout, mais nous réussissons à ne pas partir dans le décor. En arrivant, je me rue hors de l'auto.

— J'en ai pour une minute. Vous êtes sûr d'avoir besoin de moi ?

— Je vais nourrir vos chiens et vos poules pendant ce temps-là, et donner de l'eau fraîche et du fourrage à Clair de lune. C'est bien qu'elle soit pleine. Pas besoin de la traire.

Il saute au bas du véhicule et claque sa portière. Vu son empressement, j'en conclus que la chienne est en danger et que je lui serai utile d'une manière ou d'une autre… À moins qu'il ait juste envie d'avoir de la compagnie. Quoi qu'il en soit, je ne suis pas en position de chinoiser.

En moins de dix minutes, j'ai enfilé un pantalon propre et mon vieux chandail vert, je me suis lavé la figure et les bras. Nous voilà de retour dans la voiture à descendre cahin-caha Salt Lick, en direction de Liberty cette fois-ci. Alors que nous roulons dans les rues désertes, je remarque que la voiture gris métallisé des policiers de la ville, toujours garée devant le tribunal, est immatriculée en Virginie.

De l'autre côté de Delmont, nous nous engageons sur la 92, une route de terre moins cahoteuse. À un kilomètre au-delà de la petite gare de Clover Bottom, nous tournons à droite et franchissons un pont en bois, accédant ainsi à une vaste cour de ferme. Une lampe électrique s'allume sur le porche, et un homme bedonnant affublé de bretelles noires sort de la maison blanche à un étage. Si ma présence au côté du vétérinaire l'étonne, il n'en laisse rien paraître.

— Salut, vieille branche, lance-t-il chaleureusement à l'adresse de Hester. C'est par ici.

Dans le sillage du fermier, nous traversons le vestibule pour gagner un salon confortable dominé par une radio en bois de près d'un mètre cinquante de haut. Gene Austin roucoule *Carolina Moon*. Je n'ai jamais vu un poste aussi énorme, plus grand que celui des MacIntosh, avec la sonorisation intégrée et des pieds en bois sculpté. À la vue de cet appareil coûteux, je songe que, même en ces temps difficiles, M. Dresher doit bien s'en sortir.

— Oh, ma chérie ! m'accueille son épouse minuscule vêtue d'une robe de maison à carreaux roses, puis elle me débarrasse de mon manteau comme si j'étais quelqu'un d'important. On est tellement contents que vous ayez pu venir.

Elle doit me prendre pour la sœur de Daniel Hester. Ou bien sa femme.

Je pensais que Hilda serait un gros berger allemand, un golden retriever ou un précieux chien de berger noir et blanc. C'est un adorable bâtard aux pattes courtes, au pelage blanc, duveteux, qui vient vers nous en se dandinant. Ses flancs palpitent à au moins cent vingt battements la minute. Je ne sais pas trop ce qui est normal chez les chiens, mais ça me paraît curieux. La pitoyable petite chienne trébuche ; elle lèche la main du vétérinaire. Hester s'installe sur un tabouret pour lui palper l'abdomen, puis il me fait signe d'approcher. Je m'assieds par terre près de lui.

— Touchez-la. Elle est pleine de chiots, ronde comme un ballon de basket. Et regardez ! Vous voyez le liquide qui s'écoule ?

Je glisse mes mains le long des flancs de l'animal. Sa queue pend lamentablement entre ses petites pattes, et ses grands yeux bruns me fixent, pleins d'espoir. *Désolée, mon toutou, je suis une sage-femme pour humains. Je ne vois pas du tout ce que je peux faire pour toi.*

— Qu'en pensez-vous ? demande le fermier en se penchant pour lui caresser la tête.

— Quelque chose doit faire obstruction, grommelle Hester. Je vais commencer par l'examiner. Pourriez-vous m'apporter de l'eau chaude, du savon et une pile de serviettes ? Je voudrais l'allonger.

Il porte le petit animal dans la cuisine. J'étends deux serviettes sur la toile cirée de la table puis, pour avoir l'air de me rendre utile, j'ouvre la sacoche du vétérinaire et je fouille à l'intérieur. Je verse un peu du savon liquide antiseptique que j'y ai trouvé dans une bassine. Hester se lave soigneusement les mains, prend la température de la chienne, après quoi il tend un doigt pour que je l'asperge de savon et le plonge en elle. Hilda ne regarde même pas derrière elle, tellement elle est mal en point.

— C'est un gros gaillard, dit-il en dégageant son doigt. Et il est vivant. Voyez vous même.

À son tour il m'enduit le doigt de savon et j'imite son geste. Ça n'a rien à voir avec un examen du vagin d'une femme. Celui de la chienne est minuscule. En outre, ce qui se présente est plein de bosses. Je n'ai pas la moindre idée de ce que je palpe et je me demande comment il peut être sûr que le chiot est vivant, jusqu'au moment où je sens une petite gueule s'ouvrir, et une petite langue.

— Il m'a léchée ! je m'exclame.

— Pouvez-vous attraper quelque chose ? Vos doigts sont plus fins que les miens.

— Attraper quoi ? dis-je en fronçant les sourcils.

— Essayez, chuchote-t-il, le dos tourné aux Dresher qui se tiennent respectueusement à distance près de la porte de la cuisine. Je ne veux pas me servir du forceps. Si on n'y arrive pas, je vais être obligé de la ramener au cabinet pour lui faire une césarienne. Elle est en si piteux état. Elle risque de ne pas s'en sortir.

Je réfléchis en prenant une grande inspiration.

— Si vous pouviez lui soulever les pattes avant, la soutenir d'une manière ou d'une autre, la partie qui se présente descendrait plus facilement. Il m'est arrivé de faire s'accroupir mes patientes pour faciliter l'accouchement.

Les fermiers ne nous quittent pas des yeux. Ils s'imaginent sans doute que nous collaborons ainsi tout le temps.

Bien que sceptique, le vétérinaire obtempère. Il saisit l'animal sous ses pattes de devant et lui hausse la tête et le tronc d'une vingtaine de centimètres.

— Un peu plus ?

Il la remonte encore de dix centimètres. Hilda a tout du caniche de cirque. Le museau du petit chiot coincé à l'intérieur descend de deux centimètres. Il me lèche à nouveau le bout du doigt. Ça me donne une idée. J'enfonce mon doigt un peu plus profondément, je retourne ma main et insère le bout de mon index dans sa gueule avant de tirailler sur la mâchoire. Mme Kelly avait fait quelque chose de similaire un jour à Pittsburgh quand une Irlandaise, Jennie O'Hare, s'apprêtait à accoucher d'un bébé qui se présentait par le visage. Il fallait procéder très délicatement.

En souriant, je lève les yeux vers Hester puis vers les mines inquiètes des Dresher.

— Il bouge !

Hilda le sent aussi, et ses poussées reprennent un peu de vigueur. Je sais qu'elle ne me comprend pas, mais je ne peux pas m'empêcher de m'exclamer, tout excitée :

— Pousse, petite maman. Pousse de toutes tes forces.

Mme Dresher joint ses encouragements aux miens. Elle approche une chaise, prend le menton de la petite chienne dans le creux de sa main et concentre toute son énergie vers elle.

— Pousse, ma chérie. Tu vas y arriver !

Son sourire tordu aux lèvres, Hester secoue la tête. Bientôt, on voit l'extrémité d'un museau noir surgir à l'ouverture. Sans lâcher prise, je continue à tirer avec douceur jusqu'à ce que la partie la plus large d'une tête de bonne taille apparaisse. La poche des eaux se rompt. Après cela le vétérinaire couche la chienne de côté pour qu'elle reprenne son souffle.

Le chiot est immobile. Je suis sur le point de me précipiter pour lui souffler dessus, mais Hester m'écarte d'un petit coup de coude et rapproche le petit animal de la tête de sa mère qui entreprend de le lécher avec application jusqu'à ce qu'il se tortille et se mette à respirer.

Les autres naissances se font sans difficulté. Quatre autres chiots sortent les uns après les autres, dans leur poche.

Quand tout est fini, alors que Hilda, dans un état stable, se repose, Hester et moi, chacun à son tour, allons nous laver dans la salle d'eau. Pendant ce temps-là, Mme Dresher nous sert du thé et du gâteau dans le salon. Dans un silence complice, nous contemplons les petits chiens bruns et blancs dans leur panier près de l'âtre avec leur mère, qui couinent et se démènent pour avoir la meilleure place pour téter. George Olsen braille *A precious little thing called love* à la radio. « *Quelle est l'unique chose qui m'incite à dire que le Ciel est tout près ? Une petite chose précieuse baptisée amour.* » Je songe qu'en ce qui concerne leur venue au monde et les sentiments qu'elles éprouvent envers leurs bébés les bêtes ne diffèrent guère des humains. Les yeux de la chienne sont envahis d'amour.

De retour dans la Ford, Hester et moi roulons sans dire un mot. En traversant Liberty en sens inverse, je vois la voiture des policiers étrangers garée devant la pension de Mme Barnett. Ont-ils élu domicile dans la région ? Finalement, Hester remonte lentement Wild Rose Road. La journée a été longue.

— Je vous suis reconnaissant d'être venue avec moi, me dit-il d'un ton cérémonieux. Votre compagnie est toujours un plaisir.

L'espace d'un instant, je m'imagine que nous revenons d'un bal de bienfaisance à l'Oneida Inn.

— Je suis épuisée, mais c'était intéressant…, je déclare tandis que nous nous arrêtons devant chez moi. Voulez-vous entrer ?

— Pour un autre grog au rhum ?

Il sourit. Je vois ses dents blanches briller dans l'habitacle obscur de la voiture.

— Pas de chance. Plus de rhum, je réponds d'un ton taquin.

— Je ferais mieux d'y aller, alors.

Il me tapote le bras. Je sens la chaleur de son corps à travers sa veste.

— Roulez doucement, dis-je en ouvrant la portière.

— Vous me connaissez !

Il relance son moteur et fait demi-tour en exécutant un dérapage contrôlé dans la gadoue, digne d'un coureur automobile.

Les chiens aboient furieusement derrière la maison, mais je reste sur le porche jusqu'à ce que je voie l'ambre de ses phares arrière disparaître au tournant.

21

Cinq corbeaux

Bitsy n'est pas rentrée à la maison depuis l'effondrement à la mine. Le premier soir après la catastrophe, elle a dormi chez Thomas. Aujourd'hui, c'est dimanche. Elle a dû rester là-bas pour aller à l'église, et peut-être aussi pour un petit repas communautaire. On la comprend. Je sais que sa famille lui manque.

Elle m'a souvent demandé de l'accompagner à l'office, mais ma foi en Dieu est aussi mince que la mousseline qui sert à filtrer le lait. Les fidèles de Hazel Patch sont noirs, mais leur couleur de peau n'a rien à voir. Ce sont de vrais croyants, et je ne me sentirais pas à ma place.

Hier, cinq corbeaux se sont posés l'un après l'autre sur une branche du chêne nu devant la fenêtre de la cuisine. Je les ai observés en buvant du thé à la menthe. Ils m'ont rendu mon regard.

C'était étrange. Il est rare qu'ils s'approchent ainsi de la maison. J'ai eu la sensation qu'ils me communiquaient un message, si ce n'est que j'étais incapable de l'entendre.

Un autre jour passe. Toujours pas de nouvelles de Bitsy. Ça fait trois jours. On vit dans un monde libre, mais le bruit de ses pas me manque, même les cognements du tisonnier dans le poêle à six heures du matin. Alors que je m'apprête à me coucher, les chiens se mettent à grogner. Quelqu'un frappe à la porte. Je n'ai pas entendu de bruit de moteur. Mon visiteur a dû venir à cheval ou en charrette. À contrecœur, je me rhabille, je descends et j'allume une lampe à kérosène.

— Madame Patience, fait une voix de femme.

Elle frappe à nouveau, et quand j'ouvre la porte brusquement, elle manque de s'affaler sur moi.

— Ruth Klopfenstein, se présente-t-elle. Je suis navrée de vous réveiller, mais nous habitons à Bucks Run, de l'autre côté de Hope Ridge, et ma belle-sœur, Molly, est en travail.

Elle ne doit pas avoir plus de vingt ans. Habillée tout en noir, elle porte un foulard sombre sur la tête et des lunettes à monture d'acier, comme les miennes. C'est une solide fille de ferme aux cheveux cendrés qui brillent sous l'éclairage au kérosène.

— Grand-mère a dit que quelque chose n'allait pas, qu'il fallait que je vienne vous chercher. Ça fait une heure qu'on tourne. On s'est trompé de route la première fois.

— Est-ce son premier enfant ? Depuis combien de temps a-t-elle des contractions ? je demande.

— C'est son premier. Ça a commencé hier. Ma grand-mère n'est pas sage-femme, mais elle nous a tous mis au monde mes frères et sœurs et moi, ainsi que nos quatre cousins. C'est la première fois qu'elle est prise de court.

Épatant, je me dis. Attendez d'avoir des ennuis, et puis appelez la sage-femme ! Mais comment l'éconduire ? Une vie est en jeu, peut-être deux. J'attrape ma sacoche et je cours dehors, regrettant que Bitsy ne soit pas là pour partager cette aventure nocturne avec moi. Je suis devenue dépendante d'elle, il faut bien l'avouer.

Dans le boghei maculé de boue, je découvre un vieil homme, tout de noir vêtu lui aussi, avec des lunettes à monture d'acier, un chapeau à bord mou enfoncé sur la tête. Ruth ne prend même pas la peine de me présenter. Je saute à bord. Nous faisons le trajet en silence.

Il nous faut près d'une heure pour contourner Raccoon Lick dans la gadoue en passant devant chez Hester. Nous montons ensuite Bucks Run sur huit cents mètres environ avant de bifurquer sur un chemin menant à une cuvette que je n'ai jamais visitée auparavant, dont je n'ai même jamais entendu parler. Quatre maisons en rondins bordent le ruisseau en crue. Une étroite prairie s'étend jusqu'au pied de la montagne. Les habitations sont éclairées. J'imagine qu'elles appartiennent toutes aux Klopfenstein. Nous nous arrêtons à la première, une solide bâtisse en bois d'un étage avec un long porche devant. Sans attendre d'y être invitée, je saute au bas de la charrette et me précipite vers la porte, déjà ouverte.

— Bonjour. Je suis Patience Murphy, la sage-femme.

Je continue à trouver que c'est un peu exagéré de me qualifier de « sage-femme », comme si je jouais un rôle dans une pièce. Mon expérience est tellement limitée comparée à celle de Mme Kelly et de Mme Potts.

— Je suis Mme Klopfenstein, la maman de Molly.

Une dame, au visage fatigué et inquiet, blême sous l'éclairage du kérosène, me prend par la main. Elle remonte ses verres sur l'arête de son nez et me conduit à une chambre côté façade. Je passe rapidement en revue ses occupants. La patiente sur le point d'accoucher est jeune. Elle ressemble trait pour trait à Ruth. Même visage rond auréolé de cheveux dorés. Elles pourraient être jumelles. Sauf que sa crinière humide de transpiration lui colle sur le crâne. Elle n'ouvre même pas les yeux quand sa mère nous présente.

— Voilà la sage-femme, mon enfant, annonce celle-ci avant de reprendre sa place.

Ruth en fait autant. Elles sont cinq, sur des chaises à dossier droit rangées le long du lit, toutes en noir et arborant les mêmes lunettes rondes. Une famille de myopes, à l'évidence. Cinq corbeaux noirs.

Je me tourne vers la plus âgée, qui doit être la grand-mère, une petite chose aux cheveux blancs serrés en chignon. Elle est efflanquée, plate comme une limande. Ses bras brunis n'auraient aucun mal, néanmoins, à soulever une balle de foin.

— Ruth m'a dit que vous aviez prévu d'accoucher votre petite-fille, mais il y aurait un problème. Que se passe-t-il ?

La vieille femme pince les lèvres. Elle se lève et m'entraîne dans la cuisine, une pièce tout en longueur avec une cheminée au bout. Je remarque une grande table garnie d'une toile cirée, un évier équipé d'une pompe manuelle en métal, un fourneau en fonte contre le mur.

— Le bébé ne vient pas. C'est aussi simple que ça. La petite Molly est entrée en travail il y a deux jours et semblait progresser. Elle a eu des contractions toute la nuit, à l'aube, elle était à bout de forces. Vers l'heure du souper, je me suis lavé les mains et je l'ai explorée. La tête était là, le col était à moitié dilaté mais, depuis qu'elle a perdu les eaux, tout s'est arrêté. Le bébé est toujours vivant, ça, je le sais. On l'a vu bouger.

Je prends une grande inspiration en essayant d'avoir l'air compétente.

— Avez-vous songé à l'emmener à l'hôpital de Torrington ? Les médecins là-bas pourraient faire une opération…

La vieille femme secoue vigoureusement la tête. À croire que je lui ai proposé d'aller faire un tour en enfer.

— Avez-vous essayé de lui administrer des herbes ? (Elle hausse les épaules.) Bon, je vais faire ce que je peux, mais si le bébé est trop gros, je n'y peux rien. Laissez-moi étudier la situation. Quand a-t-elle perdu les eaux ?

— La nuit dernière, à minuit.

Je fais le calcul. Ça fait déjà vingt heures. Mme Kelly disait que le soleil ne devait jamais se coucher deux fois de suite quand une femme est en travail.

Molly

De retour dans la chambre, je trouve la patiente allongée sur le côté, une serviette mouillée entre les jambes. Au début, je crois qu'elle dort, mais quand je lui effleure l'épaule, ses yeux bleus s'ouvrent brusquement.

— Molly, je suis Patience Murphy, la sage-femme. Votre grand-mère m'a dit que vous étiez en travail depuis longtemps et que les douleurs avaient l'air de s'espacer et de s'affaiblir. Je vais essayer de voir ce qui ne va pas. Pourriez-vous vous mettre sur le dos ?

Elle n'a plus d'énergie mais, avec mon aide, elle roule sur elle-même. Je pose la main sur son ventre en attendant une contraction. J'attends, j'attends. Si elle en a, elles sont trop faibles. Je ne sens rien. L'utérus est épuisé.

Sous les yeux des cinq autres femmes dont le regard bleu pâle me suit derrière les verres ronds, je déplace mon stéthoscope jusqu'à ce que je repère enfin le cœur du bébé, juste en dessous du nombril, là où il doit être. La main levée, je compte les battements pour indiquer le rythme aux autres, puis j'enfile mes gants stérilisés.

— Voilà mes doigts, je préviens avant de les glisser dans l'ouverture.

D'abord, je trouve la tête, comme la grand-mère me l'avait dit, sauf qu'elle n'est pas inclinée. Je sens la fontanelle juste au milieu. DeLee appelle ça la position militaire. La tête est dressée comme celle d'un soldat au garde-à-vous, et non pas fléchie.

— Molly s'est-elle levée à un moment ou à un autre ? je demande aux cinq corbeaux, histoire de gagner du temps.

— Pas depuis qu'elle a perdu les eaux, me répondent-elles en chœur.

— Pas du tout ?

— Pas depuis que l'eau a coulé, scandent-elles derechef à l'unisson.

Ça fait vingt heures !

— Une fois que la femme a perdu les eaux, il ne faut jamais la lever de peur que le cordon étouffe le bébé, déclare la grand-mère.

J'ai déjà entendu ça, que le cordon pouvait descendre en premier, mais une fois que la tête du fœtus à terme est engagée dans le bassin, il y a peu de risques que ça se produise. Il n'y a aucune raison d'immobiliser la patiente alors que de petits déplacements pourraient soulager la douleur, renforcer les contractions et aider le bébé à se mettre dans une position propice.

— Est-ce qu'elle a bu ?

— Nous avons essayé de lui faire sucer un mouchoir imbibé d'eau sucrée, mais elle détourne la tête, me répond à nouveau la grand-mère.

Pas étonnant que Molly n'ait plus de contractions. Il faut autant d'énergie pour accoucher que pour charger une charrette de petit bois. Elle tourne à vide. Je souris intérieurement, contente d'avoir défini la marche à suivre – sustenter la patiente, une affaire de liquides et de nourriture –, mais il me faut agir vite. On a déjà perdu trop de temps.

— Molly, je pense que votre vessie est pleine. Ça pourrait empêcher le bébé de sortir.

Quand vous êtes-vous soulagée pour la dernière fois ?

Elle pose les yeux sur sa mère, attendant qu'elle réponde à sa place.

— On lui a mis une serviette entre les jambes pour qu'elle ne soit pas obligée de se lever. Il y a plusieurs heures de ça, et la serviette est à peine humide.

Je fais la grimace. Ce n'est pas bon signe.

— Apportez-moi un pot de chambre. Nous devons la lever. La vessie ne se vide pas facilement quand on est allongé.

Les cinq corbeaux me dévisagent d'un air incrédule.

— Le pot de chambre ! je répète.

Elles croisent les bras sur leurs poitrines, la mine sombre, pareilles aux juges de la Cour suprême sur le point de rendre un verdict – non favorable. Finalement, Ruth, la plus jeune, se lève lentement et sort de la pièce. Elle revient avec un pot en émail blanc muni d'une poignée en fer, comme on en vend pour deux sous à la quincaillerie Mullin. Elle le pose près du lit, sans un mot, avant de retourner s'asseoir.

— Bon, mesdames, je vais avoir besoin de votre aide pour lever Molly. Il va aussi falloir la faire boire un peu. Du bouillon de poule, de préférence, ou bien du thé au gingembre avec une feuille de framboisier, du ginseng et du miel pour lui redonner des forces. Auriez-vous ça sous la main ?

Mme Klopfenstein hoche la tête.

— Ruth, aidez-moi. Les autres, allez préparer le fricot !

À peine ai-je prononcé ces mots, je les regrette. On croirait entendre un contremaître dans un camp de bûcherons. N'empêche, elles se lèvent et se dirigent vers la cuisine.

Restées seules avec Molly, Ruth et moi nous démenons pour la lever, l'asseoir sur le pot, changer les draps.

— Vous avez pu faire pipi ? je demande en tapotant les oreillers.

— Un peu. (Ce sont les premiers mots qu'elle prononce.) Et j'ai une contraction. Pas comme hier soir. Une petite.

Je lui tâte le ventre. Elle a raison. Son utérus essaie de se contracter. Dès qu'elle est à nouveau allongée, la grand-mère lui fait boire un peu de bouillon et du thé au gingembre sucré. Pendant ce temps-là, j'essaie de déterminer quoi faire ensuite. J'envisage de lui administrer de la teinture d'actée à grappes noires, mais Mme Kelly me mettait toujours en garde en disant que ça pouvait provoquer des contractions trop fortes et qu'on devait seulement s'en servir en dernier recours.

Énergie masculine

Soudain, j'ai une idée.

— Je sais que vous êtes très fatiguée, Molly, mais je pense que ce serait bien que vous marchiez un peu.

Elle ne bronche pas, et je surprends des échanges de regards interloqués entre les cinq dames d'honneur qui ont repris leurs postes. Elles se demandent sans doute ce qui les a pris de faire appel à cette sage-femme démente. Je tente une approche positive même si j'improvise au fur et à mesure.

— Molly, la tête de votre bébé est bien engagée dans le bassin, mais elle n'est pas inclinée comme il faut, si bien qu'elle n'arrive pas à sortir. (Elle se tourne lentement vers moi.) Si vous vous remuez un peu, l'enfant se déplacera et les contractions pourraient revenir. Si vous restez allongée là, en revanche, vous serez enceinte à jamais.

Je ne dis pas ce que je pense vraiment : vous finirez par avoir de la fièvre, le bébé mourra… et vous avec.

— Donnez-nous un coup de main, Ruth. Madame Klopfenstein aussi, venez. Mettez-vous chacune d'un côté.

La vieille dame secoue la tête mais obtempère.

— À présent, Molly, redressez-vous. Où est son mari ?

— Chez les voisins avec les autres hommes. Leur place n'est pas ici, déclare la grand-mère.

— Écoutez, je sais que les hommes sont exclus d'ordinaire, mais dans des situations comme celle-là, il est bon que le père du bébé vienne voir sa femme et l'encourage. (Personne ne bouge.) Dans quelle maison est-il ? Je vais aller le chercher moi-même.

Le corbeau tout raide au milieu de la rangée qui, je le remarque à cet instant, est enceinte et a une jambe atrophiée, se décide finalement à réagir. Elle boitille en direction de la porte. Le tour est joué !

— Une brosse à cheveux ? je demande à Mme Klopfenstein tout en ajustant mes lunettes qui ont glissé au bout de mon nez. Des rubans ? Un gant de toilette chaud ?

Toutes mes compagnes binoclardes s'activent à présent, comprenant ce que je cherche à faire : il s'agit de rendre Molly présentable.

Mme Kelly m'a dit un jour que coiffer une femme en couches l'aide à concentrer son esprit sur son corps. Je m'en charge donc moi-même, peignant ses mèches emmêlées avant de tresser des nattes. Quand c'est chose faite, nous lui mettons ses lunettes pour qu'elle voie. Ses yeux bleus semblent s'accommoder rapidement.

La porte d'entrée s'ouvre soudain et un homme arborant les verres à monture d'acier familiaux, vêtu d'un pantalon noir et d'une chemise blanche avec des bretelles noires, entre à contrecœur dans le sillage de la jeune femme enceinte. Il ressemble tellement à Molly et à Ruth qu'il me vient à l'idée qu'ils pourraient bien être cousins.

— Voilà Levi, annonce sa sœur.

Je le prends par le bras pour le guider vers le lit.

— Ça va, Molly ? bredouille-t-il.

— Venez, Levi, dis-je. Vous devez vous approcher d'elle. Cela prend du temps, mais elle va bien. Ces dames sont fatiguées. Nous devons nous reposer. Appelez-nous s'il se passe quelque chose, d'accord ?

Avant que quiconque ne s'avise de protester, je chasse les corbeaux abasourdis de la chambre.

— Qu'est-ce que c'est que cette histoire ? s'exclame la grand-mère. La naissance est une affaire de femmes.

— Ne vous inquiétez pas, je la rassure, comme si je savais de quoi je parlais. Parfois, quand la patiente est épuisée, la vigueur masculine peut stimuler l'utérus.

Bitsy se moquerait de moi. *La vigueur masculine ! Stimuler l'utérus !* Où est Bitsy quand j'ai besoin d'elle, au fait ?

— Pourriez-vous nous faire du thé ? je demande à la tante tout en consultant la montre de Mme Kelly, toujours pendue à mon cou.

J'ai l'intention de laisser le jeune couple dix minutes avant d'aller jeter un coup d'œil.

Ces dames recommencent à s'activer. Du thé fait son apparition sur la table ainsi que des biscuits et de la confiture de mûres maison. On entend des voix dans la chambre. Un chant, me semble-t-il. Se pourrait-il qu'ils chantent ? Nous relevons toutes les yeux. Je fais signe à mes compagnes de rester tranquilles avant de retourner dans le couloir sur la pointe des pieds. Dans la chambre, sous la lampe, Levi tient Molly dans ses bras et la berce doucement.

— *Oh, Shenandoah, il me tarde de t'entendre tout là-bas, rivière qui roule,* fredonne-t-il à son oreille.

La tête posée sur son épaule, Molly semble en paix. Soudain, elle ouvre grand les yeux.

— Mmmmmm, gémit-elle, en une plainte mêlant le plaisir et la souffrance.

— *Oh, Shenandoah, il me tarde de t'entendre. Tout là-bas, je suis retenu, de l'autre côté du grand Missouri,* continue Levi.

Molly cesse de geindre et sombre à nouveau dans une transe, mais deux minutes plus tard sa plainte reprend. On dirait qu'ils chantent en duo, lui, les paroles et la mélodie, elle, la basse.

— Aidez-moi, s'exclame-t-elle soudain. Ça vient !

Levi fait un bond en arrière comme s'il avait mis les pieds dans un nid de serpents à sonnette.

— La sage-femme ! braille-t-il.

— Je suis là.

La grand-mère se précipite dans la chambre et entreprend de préparer le lit.

— Allongez-la. Allongez-la ! ordonne-t-elle comme si elle redoutait que le bébé tombe à terre.

— Pas tout de suite, je réplique. Levi, au travail ! Remettez-vous à chanter. Ne poussez pas tout de suite, Molly. Vous pouvez vous pencher sur le bébé, mais ne poussez pas encore. Il n'est pas encore temps. C'est impossible.

Je m'accroupis en enfilant mes gants en caoutchouc. Le col est un peu ouvert, mais on ne voit rien encore.

Trop effrayé pour regarder, Levi a les yeux rivés au plafond, mais il n'en continue pas moins à fredonner bravement. *« Là-bas je suis retenu, de l'autre côté du grand Missouri. »*

En l'espace de quelques minutes, les gémissements se changent en grognements, et une tête ronde, chauve, apparaît à l'ouverture.

— On peut l'allonger maintenant, j'annonce. La tête est juste à l'entrée.

Tout le monde se réjouit quand on remet Molly au lit, mais j'ai à peine le temps de sortir mon matériel.

— Oh non ! s'écrie la jeune femme. Il sort. Il sort !

Elle a raison.

— Bon, Molly, c'est le moment, maintenant. Poussez comme si votre vie en dépendait. Comme si la vie de votre enfant en dépendait. Je vais vous tenir les fesses pour éviter une déchirure.

Tout le monde se joint à mes encouragements, y compris Levi qui s'est glissé hors de la pièce et affalé dans le couloir entre-temps.

— Pousse, Molly ! Fort ! Tu vas y arriver, crie-t-il. (J'aperçois ses longues jambes et ses bottes de fermier dans l'embrasure de la porte.) POUSSE ! hurle-t-il, et Molly s'exécute.

Après deux autres contractions violentes, le petit garçon est né, vagissant, tout rose. Je le dépose dans les bras de sa mère.

— Dieu soit loué ! s'exclame la grand-mère en prenant les lunettes de Molly avant de glisser délicatement les branches derrière ses oreilles.

— Mon bébé ! Mon bébé ! Oh, Levi, notre enfant ! sanglote Molly en embrassant le petit.

Les autres femmes tombent à genoux, en prière. Je m'agenouille moi aussi, pour inspecter l'utérus en attente des dernières contractions destinées à expulser le placenta.

Levi se faufile dans la chambre, le regard toujours détourné, et se met lui aussi à genoux.

— Seigneur, prie-t-il à voix haute, merci de Votre bonté et du don que Vous nous avez accordé.

Il ajoute quelque chose que je ne saisis pas.

Une lumière m'élève l'âme quand je sors le placenta. Elle nous élève tous.

7 mars 1930, quart de lune montante.

Wyse Klopfenstein, fils de Molly et Levi Klopfenstein, de Buck Run, 3,200 kg. Présentation de la tête en position militaire. La jeune patiente a eu des contractions pendant deux jours, jusqu'à l'épuisement. Elle ne s'était pas levée depuis près de vingt-quatre heures, et je me rends compte que ce qu'on fait ou ne fait pas pour la mère influence le cours de l'accouchement. Immobiliser la patiente au lit sans la laisser se restaurer ou sortir de son lit pour se soulager ralentit tout le processus, et puis l'utérus s'épuise.

Est-ce parce qu'on l'a fait se lever pour aller sur le pot, boire un bouillon au ginseng et du thé à la framboise, ou parce qu'on a appelé son mari dans la chambre, on ne le saura jamais. En tout état de cause, en l'espace d'une heure, après quatre poussées, le bébé est sorti. Pas de déchirures. Ni d'hémorragie. Je me suis retrouvée à genoux à balbutier des remerciements avec les membres de la secte qui, comme je l'ai appris plus tard, est une variante du culte des Amish de l'ancien Ordre.

22

À cheval donné…

C'est la Saint-Patrick aujourd'hui, un grand jour pour nous à l'époque où nous vivions à Chicago. Pour Mme Kelly aussi, c'était une fête importante, et je m'étais vite habituée aux soirées qu'elle donnait, où on mangeait du ragoût irlandais accompagné de galettes à la levure, et parfois même d'un peu de whisky. Au petit déjeuner, j'ai chambré gentiment Bitsy parce qu'elle ne portait pas de vert, mais elle n'a pas compris l'allusion. Ça m'a fait du bien de l'avoir à nouveau auprès de moi. À l'exception des trois jours passés avec Thomas, elle n'a jamais quitté la ferme, hormis pour se rendre à l'église le dimanche. Je suis un peu jalouse de sa relation avec son frère et la communauté de Hazel Patch, je l'avoue. C'est inconvenant et je me sens mesquine.

En attendant, c'est le printemps, ce qui me met en joie. Le pommier est en fleur, un vent tiède s'engouffre dans la vallée, et ce soir ce sera la pleine lune. Bien qu'il soit encore tôt pour planter, nous avons déjà retourné la terre ; nous sommes pressées de nous y mettre. Dès la vaisselle du petit déjeuner terminée, nous allons dans le potager entouré d'une clôture en barbelé pour empêcher les cerfs d'entrer. Bitsy emporte *l'Almanach du vieux fermier* que sa mère, la Grande Mary, nous a prêté ; je prends les houes et les râteaux. Mary nous a donné la moitié des graines qu'elle a récupérées l'année dernière.

Ce sera ma troisième récolte et, même si le travail physique harassant et le fait de me retrouver couverte de boue et baignée de sueur ne m'enchantent guère, je m'émerveille encore du miracle qui se produit quand on regarde germer les graines qu'on a mises en terre. Bitsy a aidé sa mère dans son potager toute son enfance. C'est moins excitant pour elle.

Courbées en deux, nous semons les cultures précoces : petits pois, choux, carottes et betteraves. Bitsy me montre quelques astuces pour planter régulièrement. Une fois le risque de gelée passé, nous ajouterons du maïs, des haricots, des tomates, des courges et des patates. Quand je me redresse pour soulager mon dos endolori, je découvre avec surprise une Ford T en train de gravir Wild Rose Road. Je crois voir un cheval attaché à l'arrière. C'est Daniel Hester. En allant à sa rencontre, je coince mes cheveux au creux de ma nuque et m'essuie le visage du revers de la main.

— C'est un peu tôt pour démarrer le potager, non ? lance-t-il en sortant de sa voiture.

— Pas si l'on en croit l'almanach, riposte Bitsy en levant le menton. C'est la pleine lune ce soir. On va avoir un printemps précoce. Il n'y aura plus de gelée. *L'Almanach du vieux fermier* se fonde sur la science pour faire ces prédictions.

Je m'étonne qu'elle traite le vétérinaire en égal. Si souvent avec les Blancs, elle ravale ses mots, abonde docilement dans leur sens. « Oui, monsieur », « Oui, madame. »

Hester a l'air sceptique. Il coupe court à la conversation car sur la route, le cheval est en train de s'affaisser.

— Pas question, Étoile ! Debout, tout de suite ! ordonne-t-il en se précipitant à l'arrière de la Ford. Elle fait ça chaque fois que je m'arrête, ajoute-t-il en attrapant la corde.

Je m'approche et effleure le museau de l'animal qui hennit et détourne la tête. C'est une magnifique jument baie avec une étoile sur le front.

— Que lui arrive-t-il ?

— Elle appartient à Mme Dresher, la fermière dont la chienne a eu des petits. Elle souffre d'une fourbure, une maladie des sabots qu'on appelle aussi laminite. (Il attend de voir si je comprends ce qu'il veut dire, mais je me borne à hausser les épaules.) Les sabots se déforment, c'est très douloureux et difficile à soigner. Dresher voulait que je l'abatte ce matin, mais je n'ai pas pu. Je lui ai demandé s'il était d'accord de me la donner à la place. Pour voir si j'arrivais à la remettre en forme.

Il se penche pour attraper un des sabots avant de la jument. C'est la première fois de ma vie que je vois le dessous d'un pied de cheval et j'ai presque la nausée en découvrant du sang et ce qui ressemble à de l'os faisant saillie. Comme je suis sage-femme, peu de choses me dérangent. N'empêche, je frémis.

— Berk. (Je plisse le nez.) Que s'est-il passé ?

En appui sur mon épaule, Bitsy garde le silence.

— On ne sait pas très bien. Elle boitait l'année dernière, mais ils n'ont pas jugé bon de faire appel à moi. En ces temps difficiles, la plupart des fermiers, même les nantis, s'abstiennent de m'appeler jusqu'à ce que la situation devienne critique. Au bout d'une semaine, elle a recommencé à marcher normalement. Et puis il y a quelques jours, elle a mangé des céréales destinées au bétail.

» Tout le problème est là, à mon avis. Sous l'effet d'une alimentation trop riche, les intestins de l'animal libèrent des toxines qui circulent dans le flux sanguin pour se déposer finalement sur le sabot, provoquant un abcès. La même chose se produit parfois en cas de rétention du placenta, mais ça fait des années qu'Étoile n'a pas mis bas… La maladie de Cushing peut aussi avoir ce genre de conséquences, mais d'une manière plus chronique. (Je l'écoute avec un intérêt mitigé ; Bitsy, elle, est retournée au potager.) En bref, c'est un mal très pénible et le plus souvent mortel, mais j'ai pensé à vous.

— À moi ?

— Oui. Si vous aviez le temps, Bitsy et vous, je pense qu'on pourrait la retaper. Vous auriez un bon cheval comme ça. Ça vous serait utile, non ?

Je regarde la jument chanceler sur ses pattes avant, les yeux révulsés de douleur. Je n'y connais rien aux chevaux, et je doute que Betsy en sache beaucoup plus que moi.

— Que faudrait-il faire ?

— Eh bien, je peux vous montrer comment lui bander les pieds, pour commencer. Vous devrez changer régulièrement les pansements et l'emmener à la rivière trois fois par jour pour qu'elle reste un moment les pieds dans l'eau. Curer le sabot nu, le temps que la corne repousse. Son box doit être impeccable et il faudra lui donner du fourrage faible en glucides. Du foin, ça ira, un peu d'herbe aussi peut-être, mais surtout pas de céréales. Votre pré conviendrait bien, je pense. L'herbe n'a pas l'air trop riche.

Je parcours du regard les cinq hectares de verdure parsemée de fleurs sauvages blanches et jaunes qui entourent la grange. L'herbe me paraît plutôt riche, mais je ne suis pas fermière.

— Que peut-il arriver de pire ? reprend Hester. Elle n'y survivra peut-être pas, certes, mais si sa santé s'améliore, au bout de deux mois environ, elle sera à vous. C'est une bonne bête.

Je passe les mains le long des flancs de la jument, comme si je savais que chercher. Elle n'a pas l'air en mauvaise forme et n'a pas le dos creux. Je sens sa vitalité sous mes doigts. Hester a reconnu que cette maladie des sabots risquait de lui être fatale. Ai-je envie de soigner un animal auquel je vais m'attacher… pour le regarder mourir au bout du compte ? Je prends subitement ma décision, faisant fi de la prudence.

— Bon, on va s'en occuper. Bitsy, on a un cheval. Il est très malade, mais M. Hester pense qu'on peut le guérir. Qu'en penses-tu ?

— C'est comme vous voulez, madame Patience.

Pas de servilité, Bitsy. Tel est le message que mes yeux lui envoient. J'aurais peut-être dû la consulter d'abord. J'ai enfreint une règle en quelque sorte, et elle me remet à ma place. C'est drôle comme ce « madame Patience », dans ce cadre où nous vivons en égales, suffit à me faire comprendre que quelque chose ne va pas.

— Parfait, s'exclame Hester qui n'a rien remarqué de notre échange. Je viendrai deux fois par semaine tailler les sabots nus, promet-il. Et nous ne lui mettrons plus de fers. Plus jamais.

Nous emmenons Étoile dans la grange et nettoyons le box, puis le vétérinaire nous montre comment lui bander les pieds.

Une fois qu'il est parti, Bitsy rentre à la maison préparer le dîner. Je reste seule dans la grange à contempler notre nouvelle acquisition. Étoile tourne vers moi des yeux bruns humides de ce qui me paraît être des larmes.

— Ça va aller, ma douce, dis-je comme si je parlais à une de mes patientes.

On a un cheval !

20 mars 1930. Pas de lune, ciel couvert. Un brouillard tellement épais qu'on pourrait le manger à la cuiller.

Eula Mary Mayle, fille de Carl et Ruby Mayle, de Upper Raccoon Creek. 2,900 kg. Troisième enfant. Pas de problème. Bitsy et moi avons failli arriver trop tard. Ruby a ri en disant qu'elle nous avait attendues, mais qu'elle n'en pouvait plus ! Carl lui avait ordonné de se retenir vu qu'il était hors de question qu'il attrape lui-même le satané bébé. Présents : rien que Bitsy, le couple et moi. Ils nous ont donné une poule et une couverture tricotée main qui nous sera fort utile l'hiver prochain.

Twyla

Le premier élan du printemps est passé, et il a recommencé à pleuvoir à verse. Il y a un mois, nous étions coincées par la neige. Désormais, c'est l'argile rouge et la boue qui nous entourent.

Hier, c'était Pâques. Quand Thomas est venu la chercher en charrette, Bitsy m'a suppliée de l'accompagner à la chapelle de Hazel Patch. J'ai refusé sous prétexte que je n'étais pas d'humeur et je suis restée à travailler dans le potager… J'ai eu la surprise de les voir revenir quelques heures plus tard.

— Mme Potts n'était pas à l'église ce matin, mais elle a prié une voisine de nous prévenir qu'elle avait besoin de nous à Liberty pour un accouchement, m'annonce Bitsy.

Je fais la grimace. Ce n'est pas que je n'ai pas envie d'aider la vieille sage-femme, mais j'ai le sentiment d'être enrôlée de force, une fois de plus. C'est une belle journée de printemps et j'ai de la besogne à abattre à la ferme.

— Que se passe-t-il ? je demande, sachant déjà que je vais céder.

— C'est Twyla, la fille de Nancy Savage, intervient Thomas. Nancy est la cuisinière du juge Hudson, et sa fille, Twyla, est leur employée de maison. Elle est entrée en travail. Elle n'a que quatorze ans, elle pleure depuis hier et refuse d'aller à l'hôpital. La femme de Hudson était tellement bouleversée, elle s'est évanouie. Quant à son mari, il est parti en claquant la porte. Mme Potts a veillé la petite toute la nuit. Le juge a déclaré qu'il ne voulait pas d'une fichue négresse braillant dans sa maison à son retour.

À la manière dont Thomas serre les mâchoires, on voit qu'il est vraiment fâché.

— Mme Potts a insisté pour que Bitsy vienne aussi. Elle dit qu'elle arrivera peut-être à calmer Twyla.

— Qui est le père ? Y a-t-il un père ?

— Personne ne le dit, mais on pense que c'est Marvin, le fils du juge Hudson qui fait ses études à Princeton. Il est rentré l'été dernier. Ça correspondrait.

Je soupire. Je ne peux pas refuser ça à Mme Potts, mais une gamine de quatorze ans n'est peut-être pas assez grande pour donner naissance à un bébé d'une bonne taille, et je ne connais même pas la famille.

Une heure plus tard, dans un cliquetis de sabots, nous entrons dans Liberty après avoir franchi le pont qui enjambe la Hope River sortie de son lit. Deux petits garrots aux plumes noires et blanches, à la tête bouffante fauve et violette, se balancent sur les flots. Bitsy n'a pas eu le temps de se changer et je pense être à peu près présentable moi-même. J'ai mis une robe bleue vieille de dix ans, et Bitsy porte une tenue jaune à fleurs dont elle a hérité de Katherine MacIntosh. Nous avons des tabliers dans la sacoche pour l'accouchement.

Ce pauvre Thomas ! Il ouvre à peine la bouche. On fait sans arrêt appel à lui. Je me demande comment on rentrera ce soir, sachant qu'il doit prendre la relève de la nuit à la mine.

Nous entrons discrètement dans la maison blanche de style colonial des Hudson, par la porte de derrière. Une vaste véranda avec des balancelles, des plantes en pot et du mobilier en osier orne la façade. Avant même de pénétrer dans la cuisine, un cri retentit et, pour je ne sais quelle raison, il me vient à l'esprit que l'acte à l'origine de cette grossesse n'était peut-être pas consensuel. Le fils du juge doit avoir dix-huit ou vingt ans. Un adulte. Twyla n'a que quatorze ans. Elle est à peine sortie de l'enfance.

Mme Hudson, dont les cheveux bruns sont striés de gris et relevés en chignon, est assise à une longue table en érable, une compresse froide sur la tête. Elle ne prend même pas la peine de se lever. La cuisinière, Nancy Savage, une femme mince à la peau couleur café qui tranche avec son uniforme blanc, nous accueille. À l'étage, la plainte reprend.

Thomas ôte son chapeau et s'incline devant la femme du juge. « Madame Hudson. » Il adresse un hochement de tête à Nancy qui doit avoir à peu près son âge.

— Madame Nancy, voici Patience Murphy, la sage-femme de Hope Ridge, et son assistante, Bitsy, ma sœur.

— Soyez bénies ! s'écrie la cuisinière en se levant. J'espère que vous arriverez à calmer la petite. Elle va se déchirer ou perdre le bébé si elle ne prend pas un peu sur elle.

— Merci d'être venues, murmure à son tour Mme Hudson en nous jetant un coup d'œil de dessous sa compresse. Prenez leurs affaires, Nancy, et montrez-leur le chemin de l'escalier de service. J'espère que vous pourrez faire quelque chose. Elle a fait fuir mon mari et, si ça continue comme ça, je vais devoir m'en aller moi aussi.

D'après les gémissements que j'entends, les douleurs surviennent toutes les quatre minutes. Mme Kelly disait toujours qu'il fallait laisser les femmes en travail trouver leur voie. « C'est leur voyage, disait-elle. On ne peut pas leur montrer la route. » Elle a peut-être raison, mais je n'ai jamais compris à quoi bon hurler. En dépit de mon nom, je suis loin d'être aussi patiente qu'elle l'était elle-même.

Nancy pousse nerveusement la porte de la chambre d'amis.

— Twyla, chuchote-t-elle, les autres sages-femmes sont arrivées.

Un oreiller vole dans la pièce et s'abat sur mon visage. Ça ne fait pas mal, mais je suis tout de même légèrement offensée.

— Allons, Twyla, cesse de te comporter de la sorte ! Ces gentilles dames vont t'aider à sortir le bébé.

Nancy redescend l'escalier furtivement, ne sachant plus à quel saint se vouer, ce qui peut se comprendre.

— Je ne veux pas d'un bébé ! braille Twyla après elle.

Voilà où est le problème. Il est difficile d'endurer les douleurs de l'enfantement quand on n'a pas envie d'être mère.

— Bonjour, Twyla, dis-je, pleine de bonne volonté.

Elle me tourne le dos et recommence à geindre. C'est une toute petite chose – à peine un mètre cinquante probablement –, avec des cheveux bouclés, en bataille, des yeux clairs, presque dorés, qui détonnent dans son visage brun. Mme Potts est assise dans un rocking-chair dans le coin, les mains sur ses genoux. Elle en a manifestement par-dessus la tête, mais une sage-femme ne saurait renoncer. Elle ne peut pas abandonner sa patiente tant que l'enfant n'est pas né et que la mère et lui ne sont pas stables.

— Oooooooh, beugle Twyla.

Bitsy me surprend en posant la sacoche pour se précipiter à son chevet et lui plaquer une main sur la bouche. Elle tapote le bas de son visage, si bien qu'on croirait entendre une chouette effrayée. « Oooooh ! Oooooh ! Ooooooh ! » La fillette écarte brutalement cette main qui la bâillonne.

— Qui êtes-vous ?

— Je suis l'assistante de la sage-femme, et je suis là pour vous aider à reprendre vos esprits, déclare Bitsy d'un ton ferme.

Mme Potts et moi échangeons un long regard, choquées par tant de hardiesse.

— Ah ouais ! Vous avez déjà eu un bébé ? J'ai l'impression que mon foutu corps est en train de se déchirer.

Sa grossièreté ne me gêne pas, j'ai entendu pire dans les piquets de grève, mais Mme Potts fait la grimace.

Bitsy riposte du tac au tac.

— Eh bien, non je n'ai jamais eu de foutu bébé, mais je sais qu'il ne faut pas lutter contre les contractions. Elles l'emportent toujours. Vous êtes en train de tout gâcher. L'enfant serait né depuis longtemps si vous ne vous débattiez pas contre lui. Vous lui faites peur en poussant des cris comme ça, vous ne vous en rendez donc pas compte ? Ils entendent tout, vous savez.

Je souris en me disant que Bitsy a parfaitement exprimé les choses. *Vous faites peur au bébé.* Je reprendrai sa formule la prochaine fois que j'aurai une patiente déchaînée.

Une autre contraction arrive avant que ma collègue et moi n'ayons le temps de vérifier la position du fœtus. Twyla recommence à hurler. Sans se laisser démonter, Bitsy la musèle de nouveau et, cette fois-ci, elle lui tapote la bouche si vite que le « Ooooooh » devient un cri de guerre indien. Twyla pouffe de rire. Elle a trouvé son maître. Bitsy lui éponge le visage avec une serviette fraîche. Les braillements cessent.

— Merci d'être venue, me chuchote Mme Potts. Je me fais trop vieille pour ça. Ça ne me dérange pas quand la patiente fait les choses sérieusement, mais cette fille se démène, et il n'y a pas de père. Vous êtes au courant ?

— Thomas nous l'a dit.

Elle secoue la tête.

— On y a passé la nuit. Je l'ai examinée une fois, il y a quatre heures. Le col n'était qu'à moitié dilaté, mais la tête était très basse. Vous feriez peut-être bien de vérifier à nouveau. Pour voir ce que vous en pensez. Si elle ne progresse pas, il va falloir l'emmener à l'hôpital de Torrington, même si elle beugle et tape des pieds. Il ne faudrait pas qu'il arrive quelque chose.

Je m'approche de la patiente pour la première fois.

— Twyla, je souffle d'une voix douce de peur de la perturber à nouveau ou de recevoir un autre oreiller en pleine tête. Je m'appelle Patience. Mme Potts et moi pensons que vous êtes sur le point d'accoucher. J'aimerais vous examiner après la prochaine contraction pour voir si le bébé est descendu.

Je ne lui précise pas l'alternative : devoir la mettre de gré ou de force dans une voiture et la conduire à l'hôpital de Torrington, à quatre-vingts kilomètres d'ici, où on l'attachera. Ensuite on lui mettra un masque et on l'ouvrira pour sortir le bébé. (Le docteur Blum pourrait s'en charger, mais il ne s'occupe pas des femmes de couleur.) Les Hudson sont une famille respectable des montagnes et, même par ces temps difficiles, ils couvriraient les frais d'une césarienne.

Mme Kelly m'avait raconté l'histoire de la toute première césarienne réussie. Elle a eu lieu en Virginie occidentale, dans le comté de Mason, à la fin du XVIIIe siècle. Un médecin avait opéré sa femme, victime d'une dystocie. Le médecin en question, un certain docteur Bennett, n'avait que du laudanum en guise d'anesthésiant. Étonnamment, la mère et l'enfant avaient survécu.

Bitsy persuade Twyla de s'allonger et d'écarter les jambes. J'enfile mes gants stérilisés et j'attends. À la fin de la contraction suivante, je m'agenouille au bord du lit. Mme Potts a raison. La tête est tout en bas, et je découvre avec satisfaction qu'il ne reste plus qu'un anneau de col.

— Vous y êtes presque !

— C'est bien ce que je pensais, gazouille Bitsy. Elle est tellement grincheuse, je me doutais que ça n'allait pas tarder.

En souriant, Mme Potts, avec des gestes las, commence à sortir son matériel d'accouchement. Elle se tourne vers mon assistante.

— Voudriez-vous vous charger de l'accouchement, trésor ?

Je lève les sourcils, étonnée et un tant soit peu vexée. Je ne veux pas la contredire, mais je ne suis pas sûre que Bitsy soit prête… D'un autre côté, elle n'a pas du tout l'air nerveuse.

— Eurghh ! grogne Twyla. J'ai besoin d'aller aux toilettes !

J'attrape le pot de chambre à fleurs et je l'aide à s'accroupir dessus. Je sais que c'est la tête qu'elle sent descendre, et non des selles. Et après ? Qu'est-ce que ça peut faire si elle pense qu'elle a besoin de déféquer ? Tout le monde se détourne le temps qu'elle reste à croupetons, sa longue chemise de nuit blanche couvrant le récipient.

— Voulez-vous que j'appelle votre mère, ou Mme Hudson ? Il n'y en a plus pour longtemps, je lui lance par-dessus mon épaule pendant que nous disposons les ciseaux stérilisés, de la ficelle et des compresses pour les avoir à portée de main.

C'est tout ce dont nous avons besoin, mis à part de l'huile d'olive. La vieille sage-femme va se rasseoir dans son rocking-chair.

— Non, me répond la fille d'un ton ferme avant de gémir à nouveau. Je veux qu'il n'y ait que nous.

Elle a les yeux écarquillés, je pense qu'elle a compris qu'elle n'est pas seulement en train d'évacuer des selles.

Encore une dizaine de contractions et puis :

— Hiiiiiii. Ça brûle. C'est horrible. (Twyla se relève et glisse la main entre ses jambes.) C'est la tête, s'exclame-t-elle et, pour la première fois, elle sourit.

Bitsy et moi nous penchons pour vérifier. Effectivement, la tête est presque sortie. Une touffe de cheveux noirs épais pend de deux centimètres environ.

— Vous avez raison, Twyla.

Tandis que nous allongeons la patiente, Bitsy prend les choses en main, disant exactement ce que j'aurais dit moi-même.

— Le bébé arrive, et je vais avoir besoin que vous coopériez le temps que je fasse sortir la tête. Poussez et soufflez en même temps. C'est comme ça qu'il faut faire. Poussez un peu… soufflez un peu. (Elle s'assied sur un tabouret au bord du lit, entre les jambes de la fille.) Poussez un peu. Soufflez un peu.

Twyla obéit et la tête apparaît, si lentement que je me demande comment la patiente le supporte. Finalement je vois une oreille, et puis la tête entière. J'essuie le petit visage avec un chiffon propre, ainsi que l'intérieur de la bouche. Puis, sans attendre d'instruction venant de moi ou de Mme Potts, mon habile apprentie fait pression sur la tête pour libérer l'épaule du haut, puis soulève le petit corps afin de dégager le derrière. Un nouveau-né tout mouillé lui tombe sur les genoux, s'époumonant déjà.

Mon amie tend le bébé tout brun à la jeune maman, mais celle-ci, épouvantée, lève les mains.

— Non ! Il est tout visqueux.

J'ai remarqué que certaines mères apprécient d'avoir leur nouveau-né tout mouillé contre elles tandis que d'autres ont peur du mucus. Mme Potts secoue une serviette pour la déployer et y enveloppe le bébé avant de le poser sur la poitrine de Twyla. D'un geste hésitant, celle-ci effleure la petite chose qui se tortille dans ses bras, sidérée que quelque chose de vivant soit sorti d'elle.

— Tout va bien, là-haut ? appelle Nancy Savage du vestibule.

La porte s'entrouvre, Mme Hudson jette un coup d'œil dans la pièce. Nancy est juste derrière elle.

— C'est si tranquille mais… on a cru entendre un bébé crier.

Twyla sourit.

— Regarde, mama ! J'ai réussi. J'ai réussi !

21 avril 1930. Lune argentée dans un ciel mauve au crépuscule. Les arbres se détachent en silhouettes noires.

Matthew Hudson Savage, garçon en bonne santé, né à 18 h 15, hier soir. Fils de Twyla Savage, âgée de quatorze ans, qui était dans tous ses états quand on est arrivé. Elle hurlait comme une folle ! Accouchement par voie basse, spontané, effectué par

Bitsy. Sans difficulté. 3,350 kg. Mme Potts était également présente. Père inconnu. Pas de déchirure. Saignement minime. Premier accouchement. Twyla a refusé d'allaiter, et il n'y a rien eu à faire pour la convaincre.

23

Avertissement

Comme Thomas est déjà retourné à son travail à la Wildcat Mine, je laisse Bitsy au chevet de notre patiente et je vais à pied au cabinet de Hester pour voir s'il peut nous ramener à la maison. Avant de partir, j'essaie de convaincre Twyla de donner la tétée, mais elle refuse. Mme Hudson est déjà prête, un biberon à la main, comme on en trouve dans le catalogue Sears Roebuck. Ça me fait mal au cœur, mais si j'ai appris une chose, c'est bien que si une mère n'a vraiment pas envie d'allaiter, cela ne sert à rien d'insister. Elle n'y arrivera pas, et tout le monde sera malheureux, y compris l'enfant.

En traversant Main Street, je vois Becky Myers sortir de l'épicerie Gold en compagnie de Priscilla Blum, la femme du médecin. Les cheveux noirs de Becky, coupés depuis peu au carré, voltigent dans le vent printanier. Ses yeux bruns écartés brillent.

Mme Blum porte une longue écharpe couleur lavande qui flotte derrière elle. Elles ont l'air tellement fraîches toutes les deux que j'éprouve une pointe de jalousie. Becky est mon amie, mais jamais je ne vivrai dans leur monde de mode et de coiffures élégantes.

— Bonjour, Becky, je crie, ravalant mon ressentiment, après avoir attendu que l'épouse du docteur ait bifurqué dans une autre rue. J'avais justement l'intention de te rendre visite. Tu as le temps ? (Elle habite à un pâté de maisons de là, au coin de Sycamore.) Je ne resterai que quelques minutes. Je te raconterai l'accouchement de Twyla Savage. Ensuite, il faut que je trouve le moyen de rentrer chez moi.

Je la prends gentiment par la taille comme je le fais avec Bitsy, sans la moindre gêne ni le sentiment d'enfreindre une loi tacite.

— C'est un beau garçon. Ses cheveux doivent bien faire cinq centimètres de long. Pourrais-tu aller la voir chez elle cette semaine ? je babille, encore tout excitée par cette naissance heureuse.

— J'espère que ça ira pour Twyla, me répond-elle. À un moment donné, elle a déclaré qu'elle ne voulait pas de ce bébé. Ce qu'elle aimerait en fait, c'est retourner à l'école.

Je fronce les sourcils.

— Sa mère ne pourrait-elle pas s'occuper du petit pendant qu'elle va en classe ?

— Elle travaille pour les Hudson. D'après ce qu'on raconte, le juge cherche une famille pour adopter l'enfant. Une famille noire.

Nous montons les marches menant à son porche ordonné où trônent deux fauteuils en rotin à haut dossier et pénétrons dans sa cuisine aux carreaux blancs. Pendant qu'elle prépare le thé, je regarde distraitement par la fenêtre en me demandant quelle famille noire pourrait bien le prendre en charge. Twyla était si fière d'elle à la fin. Ça me désolerait qu'on lui enlève son enfant.

Becky change de sujet.

— Écoute, Patience, il y a une chose dont je voulais te parler depuis que Bitsy Proudfoot s'est installée chez toi.

Tous mes sens en alerte, je me fige, ma tasse à mi-chemin de ma bouche.

— De quoi s'agit-il ?

— Tu es au courant que le Klan est en train de se réorganiser dans le comté de l'Union ?

J'ai un mouvement de recul, comme si elle m'avait giflée.

— Le Ku Klux Klan ?

Pourquoi est-ce que je lui pose la question ? Tout le monde sait qu'il n'y a qu'un seul Klan, ce groupe d'hommes suprématistes, cagoulés de blanc, qui imposent leur pouvoir par le biais de l'intimidation et de la violence. Anticatholiques, antisémites, anticommunistes, anti-Noirs.

— J'ai entendu dire qu'ils étaient en perte de vitesse depuis quelques années. De quatre millions, ils se sont réduits à quelques centaines de milliers dans le Sud profond.

— Le Sud *et* les Appalaches. Partout où les gens sont pauvres et opprimés, les membres du Ku Klux Klan cherchent quelqu'un à malmener. Voilà ce qui se passe dans nos contrées, et je ne veux pas que tu en fasses les frais.

— Tu t'imagines que je suis une cible ?

Je suis sous le choc. Moi qui pensais faire profil bas, perdue dans la campagne…

— Ouvre les yeux, Patience. Tu es loin de passer inaperçue. Tout le monde sait qui tu es. Les temps sont durs. Ces types cherchent à déverser leur frustration par tous les moyens, et tu te trouves mêlée à un groupe de nègres un peu… suffisants. On jase, tu sais. Tu vis avec une Noire, pour l'amour du ciel ! Tu te promènes avec elle bras dessus bras dessous. Je serais plus prudente si j'étais toi.

— Qui sont ces gens « suffisants » dont tu parles ? Thomas et Bitsy ?

— Thomas, Bitsy, le révérend Miller et tous les gens de son église. Mme Potts est acceptée à cause de ses aptitudes. Elle a accouché des tas de femmes, tant blanches que noires, dans le comté, mais on dit que le pasteur prône l'égalité, et les Blancs n'apprécient guère.

— Je ne suis pas responsable de ce que les gens disent quand ils sont en chaire ni où que ce soit. Du reste, je partage son point de vue. (Becky et moi n'avons jamais parlé politique auparavant, elle ignore à quel point cette question d'égalité compte à mes yeux.) Certains pensent peut-être que les Noirs sont inférieurs, mais nous savons, toi et moi, que ce n'est pas vrai, je poursuis. Les Proudfoot et les Miller sont aussi intelligents et capables que n'importe lequel d'entre nous, voire plus. Si nous voulons voir le monde changer, nous devons le changer nous-mêmes, et si j'ai envie de prendre Bitsy par le bras, rien ne m'en empêchera.

— Laissons tomber, marmonne mon amie en portant sa tasse dans l'évier. Je regrette d'avoir abordé le sujet. J'essaie juste…

À cet instant le téléphone contre le mur de la cuisine se met à sonner.

— Allô ? répond-elle. D'accord, je vais l'en informer, déclare-t-elle d'un air contrarié. C'était Bitsy. Elle est au cabinet de M. Hester. Il va vous raccompagner.

— Je suis désolée, Becky. Je n'ai aucune envie de me disputer avec toi. Seulement, j'ai de la peine à croire qu'en 1930 le Klan puisse encore poser un problème. La Virginie occidentale s'est battue avec le Nord pendant la guerre de Sécession. Juste ciel ! On n'est pas en Georgie ni au Mississippi. Pourquoi est-ce que tout le monde ne serait pas fier et libre, quelle que soit sa couleur de peau ?

Becky s'assied devant la fenêtre en secouant la tête et contemple les jonquilles le long de son allée. Elle ne se donne même pas la peine de venir m'embrasser pour me dire au revoir. Je me penche vers elle et l'étreins rapidement quand même.

— Tu es trop naïve, Patience. Il faut que tu regardes la réalité en face. Tout le monde n'est pas aussi gentil que toi.

Aussi gentil que moi ! Si elle savait.

Le trajet de retour en compagnie de Bitsy et de Hester se fait dans le silence. Nous sommes tous les trois plongés dans nos pensées. Je n'arrête pas de me demander ce que Becky a voulu dire par « suffisant ». Son attitude me choque, elle qui est une femme éduquée. Je me trompe peut-être. Moi qui vis dans mon petit monde, que sais-je de ce que les MacIntosh, les Hudson, les Blum pensent au fond ?

C'est lors de la grève spontanée de la Westinghouse en 1916 que, pour la première fois, j'ai vu des travailleurs blancs et noirs, hommes et femmes, manifester ensemble. Avant ça, les employeurs tendaient à nous monter les uns contre les autres. Si les Blancs débrayaient pour obtenir de meilleures conditions de travail ou des horaires moins astreignants, on se servait de Noirs comme briseurs de grève. Si les membres du syndicat composé uniquement d'hommes cessaient le travail pour toucher plus, les patrons embauchaient davantage de femmes. À l'usine de munitions de la Westinghouse, cependant, six mille ouvriers, dont trois cents femmes et quelques dizaines de Noirs, avaient manifesté côte à côte.

Au deuxième rang de l'orchestre du Dish Pan Drum Corps qui ne comptait que des femmes, juste devant la fanfare, Nora et moi avions marché, bras dessus bras dessous, fières et heureuses aux côtés des sœurs Rosenberg et de Daisy, notre amie suffragette de couleur, clamant à tue-tête : « Solidarité pour toujours ! Solidarité pour toujours ! Solidarité pour toujours ! L'union nous rend forts ! » On nous avait appréhendées et jetées en prison toutes les cinq ce jour-là au moment où les policiers nous ordonnaient de nous disperser, mais vingt-quatre heures plus tard nous avions recouvré la liberté. Daisy Lampkin venait pourtant d'une famille fortunée, et son mari était un riche restaurateur.

Malgré ma détermination à ne pas me laisser démonter par la mise en garde de Becky, j'ai l'estomac noué et je me demande ce qu'elle me cache. J'aimerais retourner auprès d'elle pour l'interroger. Avec qui parle-t-elle de moi ? Que disent-ils ?

Menace

M. Hester ne vient plus qu'une fois par semaine examiner Étoile. Le plus souvent, il va directement à la grange et repart sans s'arrêter à la maison, mais hier il avait de bonnes nouvelles à m'annoncer.

— Étoile se remet bien, m'affirme-t-il en se lavant les mains dans l'évier à la cuisine. Ses sabots peuvent supporter davantage de poids. Vous continuez à l'emmener à la rivière trois fois par jour ? Vous pouvez essayer de la monter si vous en avez envie.

— Elle semble apprécier la rivière. Elle aime bien rester dans l'eau et moi j'ai plaisir à passer du temps sur la berge. Je m'allonge dans l'herbe et je contemple les nuages sans me sentir inutile pour autant. (Je lui sers une tasse de thé de sassafras, puis je lui désigne une chaise.) Le murmure de l'eau m'apaise. Ça me rappelle mon enfance sur les rives de la Des Plaines River.

Hester hoche la tête comme s'il comprenait mais déjà il s'apprête à retourner auprès de la jument avec laquelle il se sent assurément plus à l'aise.

— Commencez à la monter dans le pré. Ensuite vous irez jusqu'à la Hope.

— Je ne suis jamais montée à cheval. Si Bitsy sait y faire, nous irons ce soir. Mais puis-je vous poser une question ?

Il hausse les épaules, intrigué par mon changement de ton.

— C'est un peu bizarre de vous demander ça, mais avez-vous entendu des rumeurs au sujet du Ku Klux Klan ?

Il souffle sur son thé, sans rien répondre, boit une gorgée. J'enchaîne :

— Je reconnais que c'est une question étrange, c'est juste que Bitsy et moi n'avons jamais abordé la question de la race. D'une certaine façon, j'ignore tout de son monde. Nous nous comportons comme si tout ça n'avait aucune importance, et c'est le cas pour moi, mais la semaine dernière Rebecca Myers, l'infirmière qui habite en ville, m'a dit que le Klan était en train de se réorganiser en Virginie occidentale. Est-ce vrai ?

Hester hausse à nouveau les épaules, les yeux rivés sur la fenêtre.

— C'est possible. Le mois dernier j'étais invité à une réunion du Rotary Club à l'Oneida Inn. J'y suis allé avec Dresher, l'ancien propriétaire d'Étoile. Il apprécie mon travail et voulait m'aider à élargir ma clientèle, mais je ne crois pas que j'y retournerai.

» Je les ai entendus jaser à propos des gens de Hazel Patch en disant qu'ils avaient formé une coopérative agricole, qu'ils achetaient des marchandises en gros à l'association des fermiers de Torrington et qu'ils s'arrangeaient même pour se faire envoyer du fourrage de Pittsburgh à bord d'un bateau à vapeur sur la Mon River. La communauté locale n'apprécie pas du tout, surtout les commerçants.

Nouveau haussement d'épaules.

— C'était surtout les hommes qui se plaignaient. Les affaires vont mal. Tout le monde se sent menacé. Une autre mine importante a fermé, la Minute Man, à l'est de Liberty. William MacIntosh en est le copropriétaire.

— Mais pensez-vous que le Klan pourrait s'en prendre à moi, à Bitsy et moi ? je l'interroge sans détour. Becky dit que des rumeurs circulent. Est-ce réel ou ces gens racontent-ils des sornettes ?

— C'est de la médisance. Ça passera. Qu'est-ce que vous pouvez y faire, de toute façon ?

Sa remarque m'interpelle. Il a raison. Que puis-je faire ? Chasser Bitsy ? Prétendre qu'elle est ma domestique et la traiter comme telle ? Aller trouver le shérif Hardman ? Il fait sans doute partie de la bande. Appeler le rédacteur du journal pour qu'il les dénonce ? Il se pourrait qu'il soit des leurs lui aussi.

24

Magda

En caressant du bout des doigts les tulipes gaufrées sur la couverture de mon journal, je laisse échapper un gros soupir. C'est la fête des Mères, et je suis triste. Il en va toujours ainsi ce jour-là.

Partout dans le pays, les familles sont réunies autour de mamans, à déguster du poulet frit et des boulettes. Si elles n'ont pas les moyens d'acheter un poulet, elles partagent un bon ragoût de haricots blancs. Les enfants apportent à leur mère des bouquets de fleurs sauvages – des phlox roses et blancs cueillis sur le bord de la route, des iris jaunes qui poussent sur les berges, des campanules des bois –, mais moi, je n'ai pas d'enfants pour me témoigner de l'affection ni de foyer maternel où retourner.

Bitsy est partie à vélo passer la journée avec la Grande Mary et Thomas à Liberty. Hester a trouvé un collègue à Delmont pour s'occuper de ses clients ; il a pris le train pour aller rendre visite à sa mère près de Buffalo.

La fête des Mères n'existait pas lorsque nous vivions dans la maison blanche à Deerfield. C'est devenu une fête nationale plus tard, en 1910, grâce à une dame de Grafton, en Virginie occidentale, d'après ce que j'ai entendu dire. C'est à moins de cent kilomètres de Liberty.

Je regrette de ne pas avoir pu célébrer cet événement à l'époque. J'aurais aimé apporter des fleurs à ma mère, la remercier des innombrables fois où elle m'a bordée dans mon lit, lu des histoires, où elle a passé un fer chaud sur les draps les froides nuits d'hiver, cousu mes robes, mais il y a des années qu'elle n'est plus de ce monde.

Mme Kelly a été une deuxième mère pour moi. Elle m'a accueillie à bras ouverts alors que j'étais seule, sans toit ni ressources. Elle m'a appris tout ce que je sais sur les accouchements et les travaux de la ferme. J'ai vécu treize ans auprès d'elle, aussi longtemps qu'avec ma mère.

J'ai failli être maman moi-même. J'ai senti l'enfant de Lawrence remuer en moi, jusqu'au jour où je les ai perdus tous les deux. Mon petit garçon est enfoui dans un coin de mon cœur. Un petit monticule de douleur à gauche du sternum. Je ne peux même pas aller fleurir les tombes de ma mère ou de Mme Kelly. Maman est enterrée loin d'ici, à Deerfield, et ma chère Sophie a pour ultime demeure le caveau familial à Torrington.

Assez ! Que penseraient-elles de cette façon de m'apitoyer sur mon sort ! Je n'ai pas besoin d'enfants. Ou d'une mère. Je n'ai qu'à aller me cueillir un bouquet moi-même.

« *Une petite chèvre blanche comme la neige vient trouver mon petit dans son berceau la nuit.* » En m'élançant dans le pré, j'entonne cette vieille berceuse. « *La chèvre trottera au marché et rapportera des amandes et des raisins secs pendant que maman veillera…* » Je continue à chanter jusqu'au ruisseau où les amélanchiers sont en fleur.

Le premier soir où j'ai entendu cet air, j'ai assisté à ma toute première naissance…

— Tenez la lampe bien droit, ordonne Mme Kelly. S'il vous plaît !

Je tremble comme une feuille dans la tempête. J'ai beau agripper la poignée en métal de la lanterne à deux mains, les ombres dansent.

J'aurais préféré rester dehors dans l'obscurité, mais Mme Kelly m'a dit qu'elle risquait d'avoir besoin de moi. Où aurais-je attendu, de toute façon ? Seule dans l'allée ?

Couchée sur une paillasse dans une cabane au bord de la rivière, la mère, épuisée, émet un grognement profond. Pour éviter de regarder, je fixe mon attention sur les toiles d'araignée au plafond, les journaux placardés aux murs afin de bloquer le vent, mais le ventre blanc de la patiente brillant comme la pleine lune attire irrésistiblement mon regard.

Je viens à peine de faire la connaissance de Mme Kelly. Nous allions voir la mère de jumeaux dans l'espoir qu'elle aurait besoin de mes services quand un petit garçon a accouru en suppliant la sage-femme de le suivre.

À présent, il est adossé contre la porte, dans les ombres. Son pantalon est déchiré. Il a une oreille déformée. C'est peut-être de naissance, à moins que quelqu'un l'ait frappé.

— Buster, lance Mme Kelly, rends-toi utile.

L'enfant approche d'une démarche traînante.

— Tiens la lanterne. Elizabeth, agenouillez-vous et serrez les mains de la patiente. Ça lui donnera du courage.

Comme Buster, je n'ai aucune envie de participer, mais il est difficile d'opposer un refus à Mme Kelly. Je m'accroupis, si bas que j'ai le visage de la patiente en face de moi.

— À la prochaine contraction, dit-elle, je veux que vous poussiez de toutes vos forces.

Elle jette un coup d'œil à la montre qu'elle porte autour du cou, attachée à un ruban. Avant le grognement suivant, la femme écarte les jambes et pose son menton sur sa poitrine. Je comprends qu'elle donne tout ce qu'elle a.

— Comment vous appelez-vous ? je chuchote quand elle me lâche.

— Magda, répond-elle en soufflant pour écarter ses cheveux de ses yeux qui jettent des étincelles vertes sous l'éclairage au kérosène.

— Moi, c'est Elizabeth. Vous pouvez m'appeler Lizbeth. Comme tout le monde.

Buster endure stoïquement la position inconfortable, son bras tendu brandissant la lanterne en métal, aussi stable qu'une branche de chêne. Les larmes laissent des traînées sur son visage crasseux. Il ne doit pas avoir plus de neuf ans.

Mme Kelly est près du poêle en train de chauffer de l'eau et de préparer des serviettes propres et des ciseaux quand, à la contraction suivante, la patiente crie quelque chose que je crois être du polonais. Soudain le bébé jaillit. Comprenant ce qui se passe, la sage-femme se précipite. L'instant d'après, elle me tend le nouveau-né. Je suis bien forcée de prendre cette petite chose visqueuse qui se tortille en vagissant. Le cordon est toujours attaché. L'odeur de la naissance me donne des haut-le-cœur. J'aime maintenant cette odeur suave, aux relents de terre.

À mon tour, je tends l'enfant à Magda qui est retombée sur sa couche.

— Voilà votre bébé, lui dis-je.

Buster pose la lampe et se rue hors de la cabane. Mme Kelly ferme la porte d'un coup de pied pour empêcher le froid d'entrer, mais j'entends le petit garçon sangloter.

En un quart d'heure, on a remis de l'ordre dans la pièce. Un Buster hoquetant me montre le chemin de la pompe au bout de l'allée. Je rapporte de l'eau.

— C'est fini maintenant, je le rassure alors que nous revenons sur nos pas. Ta maman va bien. As-tu un papa ?

Il pointe le menton vers la voie ferrée.

— Il vient de prendre son service de nuit à la Pittsburgh Steel.

C'est bien, me dis-je, ils ont quelqu'un pour prendre soin d'eux.

Quand nous partons, Magda repose, apaisée, sous un duvet en patchwork bleu et brun tout usé. Assis sur le lit près d'elle, Buster touche du bout des doigts son minuscule petit frère.

Sa maman relève la tête et pour la première fois je remarque qu'elle a un bec-de-lièvre. Léger. Elle n'en ressemble pas moins à une image de la Madone que j'ai vue dans le livre d'arts de Lawrence.

— Nous vous payerons quand Zarek aura son premier salaire, dit-elle à Mme Kelly avec un accent prononcé.

— Pas la peine, répond Sophie. Vous avez plus besoin de l'argent que moi. Achetez un pantalon neuf à Buster, et prenez soin du bébé. Contentez-vous de l'allaiter. Pas de lait de vache ni de gruau. Je viendrai vous voir la semaine prochaine.

Elle passe sa main dans la tignasse du gamin et tapote la joue de la maman.

Je l'aide à enfiler son gros manteau, je jette ma cape bleue sur mes épaules et je prends sa sacoche. Dans la nuit glaciale, nous gagnons l'arrêt du tramway. En me retournant, dans l'allée pavée, baignée d'une lueur dorée, je vois la lueur de la lanterne éclairer la fenêtre à quatre carreaux et j'entends Magda chanter : *« Une petite chèvre blanche comme la neige vient trouver mon bébé dans son berceau la nuit… »*

25

Un éclair soudain

Quand je reviens du pré avec mon bouquet d'amélanchiers blancs et de phlox roses, un véhicule remonte Wild Rose. Ça ne peut pas être Hester. Il a pris le train hier. Ni Katherine MacIntosh, à moins que Bitsy l'accompagne et qu'elle ait à nouveau pris la fuite. Le shérif ?

Je cours à la maison verrouiller mon journal et le cacher sous un coussin du canapé. Je flanque mes fleurs dans un bocal avant de pendre mon kimono à son clou derrière la porte de la cuisine. Becky Myers peut-être, venue prendre de mes nouvelles après tout le mouron qu'elle s'est fait à cause du Klan ? En fait, il y a plus de chances que ce soit un père cherchant une sage-femme.

Quelle n'est pas ma surprise de voir Mildred Miller et Mme Potts descendre de la voiture noire toute défoncée. Elles portent leur tenue du dimanche :

des robes foncées avec un col en dentelle blanc immaculé. Des chapeaux blancs encadrent leurs visages. La vieille femme marche avec une canne. Sa compagne l'aide à monter les marches du perron.

— Je ne vais pas y aller par quatre chemins…, m'annonce Mme Potts une fois installée sur le canapé.

— J'aime beaucoup votre maison, l'interrompt Mme Miller. C'est si joli, si propre, et puis ça sent bon. Ça doit être vos fleurs. Bitsy est-elle là ?

— Elle est allée en ville passer la journée avec sa mère, Mary Proudfoot.

Mme Potts reprend :

— Mon cœur fait des embardées et ça me provoque des étourdissements. Le docteur dit qu'il est faible. Il pense que je devrais arrêter de courir dans tous les sens pour mettre des bébés au monde.

— Elle est tombée la semaine dernière dans le jardin, intervient Mme Miller, et elle est restée par terre deux heures avant qu'un des fils Bowlin passe par là.

— J'ai trébuché sur un vieux pied de tomate ! Ça peut arriver à tout le monde. Ce qu'il y a, Patience, c'est que j'ai besoin de votre aide. Vous êtes jeune, vous êtes forte, je pourrais vous adresser mes patientes. Je continuerai à venir aux naissances la journée, par sympathie, si je me sens bien, dès lors que les routes ne sont pas trop mauvaises. Le docteur dit qu'il me reste encore quelques années à vivre si je fais attention.

Elle lance ça d'un ton tellement désinvolte : *quelques années à vivre.* J'en reste comme deux ronds de flan. Mildred a les yeux rivés au sol.

— Y aura-t-il beaucoup de naissances ? je demande, m'obligeant à en revenir à des considérations pratiques. D'ordinaire, je fais deux accouchements par mois. Jusqu'à trois, depuis que les temps sont durs. Les gens qui trouvaient jadis qu'une naissance à domicile était vieux jeu font appel à moi maintenant, parce qu'ils n'ont pas les moyens d'aller à l'hôpital ou qu'ils ont entendu des histoires saumâtres à son propos.

— C'est à peu près pareil pour moi. Deux ou trois par mois, mais la plupart de mes patientes sont noires. Elles ne vous donnent pas autant de fil à retordre que les Blanches. Elles ont plus de cran.

Son commentaire me fait sourire. Elle a probablement raison, si l'on exclut la petite Twyla, qui n'a pas cessé de hurler.

— Je suis honorée, madame Potts, mais comment vous dire… Bitsy et moi devons gagner notre vie. Nous ne pouvons pas travailler pour rien. Ces gens-là nous paieront-ils ? Partagerons-nous les gains, vous et moi ?

J'ai le sentiment d'être grippe-sou rien qu'en abordant la question. Mme Kelly disait que mettre des enfants au monde était un acte sacré, pas très loin de la communion, mais les sages-femmes ne vivent pas d'amour et d'eau fraîche. Même si nous cultivons nos légumes et les mettons en conserve, il nous faut tout de même du charbon, du kérosène, de la farine de maïs et du sucre.

La vieille femme glousse.

— Nous partagerons, évidemment, à moins qu'on nous donne une poule ! Et si je ne viens pas à l'accouchement, vous pourrez tout garder.

— Les familles m'accepteront-elles ? Elles sont habituées à vous. Voudra-t-on de moi ? Je suis blanche, nouvelle. La confiance est une chose importante.

— C'est pourquoi je viendrai avec vous au début, dans la mesure du possible… Cela fait plus de soixante ans que j'exerce les fonctions de sage-femme au sein de cette communauté, que je mets au monde des bébés blancs ou noirs un peu partout dans le comté. Si je dis que vous savez y faire, ils me croiront.

Pendant que je réfléchis à tout ça, je sers à mes visiteuses du thé au sassafras dans mes plus belles tasses bleues et blanches. Si on nous paie pour ces accouchements, ça changerait beaucoup de choses. De toute façon, comment pourrais-je refuser ?

— Vous êtes d'accord, alors ?

— Je suis honorée, je répète en me demandant dans quoi je me suis fourrée.

Mildred Miller contemple le tableau accroché au mur derrière le canapé.

— Est-ce vous, au bord de la mer ? J'y suis allée une fois en allant visiter ma cousine en Caroline du Sud. L'eau était froide et salée. Ça ne m'a pas plu.

— Oui. J'avais quinze ans. Le père de mon enfant a peint ce tableau. Ce n'est pas la mer, mais le lac Michigan, près de Chicago. Il n'est pas salé.

— J'ignorais que vous aviez un enfant, intervient Mme Potts. Il doit être grand maintenant.

— Il est mort. À la naissance. Ils sont décédés tous les deux à quelques jours d'intervalle.

Mildred laisse échapper un petit hoquet.

— C'est ce qui fait de vous une bonne sage-femme, murmure Mme Potts en posant sa main veinée sur la mienne. Vous connaissez la valeur de la vie, la perte. Mon père disait qu'elles ne font qu'un, comme la ronce et la rose. La vie et la mort… la ronce et la rose.

Rejeté

Les larmes ont le don d'humaniser les gens, quoique je ne pleure pas beaucoup moi-même.

C'est ma visite à Liberty aujourd'hui qui me fait penser à ce genre de choses. Je m'y suis rendue à bicyclette pour voir comment se portaient Twyla et son bébé. Bitsy est restée à la maison ; elle est allée pêcher à la rivière. « Je n'ai pas envie d'aller en ville », m'a-t-elle dit. Elle en a eu assez de Twyla pour un bon mois.

À mon arrivée, j'ai trouvé le juge et son épouse dans le salon en train de prendre le thé avec Mme Stenger, la femme du pharmacien. Je me suis contentée de les saluer avant de monter voir Twyla et le petit Mathew qui a déjà pris cinq cents grammes. Ensuite j'ai voulu m'éclipser par la cuisine en empruntant l'escalier de service. J'avais la main sur la poignée de la porte quand Nancy Savage, la maman de Twyla, m'a arrêtée.

— Elle s'en sort bien, n'est-ce pas ?

— Très bien. Twyla s'est vite faite à la maternité.

— C'est pour ça que ça m'est insupportable.

— Comment ça ? De quoi parlez-vous ?

— Le juge a l'intention de donner l'enfant à une autre famille. Le petit Mathew doit partir, d'après lui. Sinon Twyla et moi devons quitter notre emploi. Il n'y a pas de place pour un bébé sous son toit, qu'il dit. Il sous-entend un bébé *noir*.

— Qu'en pense Mme Hudson ? Ça me paraît injuste. Ce n'est pas au juge de décider. Cet enfant n'est pas à lui.

— Elle désapprouve, mais elle dit que c'est lui le patron.

Sa maîtresse l'appelle depuis le salon :

— Nancy, pourriez-vous apporter du thé, mon ange ?

La cuisinière mordille ses lèvres gercées.

— Tout de suite ! crie-t-elle en se saisissant de la théière. Priez pour nous, madame Patience, chuchote-t-elle avant de s'éloigner, des larmes plein les yeux.

Avant de rentrer chez moi, le cœur lourd, je décide d'aller voir Becky à sa clinique pour femmes et enfants dans le bâtiment du palais de justice. Je suis curieuse de savoir ce qu'elle pense de cette affaire. Elle y a fait allusion auparavant, mais j'avais refusé de prêter foi à de telles rumeurs. Nous ne nous sommes pas vues depuis notre prise de bec au sujet du Klan, il y a des semaines de cela.

— Bonjour, je lance en entrant dans la salle d'attente déserte. Il y a quelqu'un ?

Personne derrière le bureau de la réceptionniste, ce qui ne me surprend pas. La clinique a un budget restreint, et Mme Cooper, la secrétaire, ne travaille qu'à temps partiel. Je m'assieds, prête à attendre quelques minutes, supposant que Becky doit être dans la salle d'examen avec une patiente.

Pour tuer le temps, j'inspecte la petite pièce où flotte une vague odeur de lysol. C'est là que Becky donne ses cours. Les affiches attirent mon attention. La jaune, près de la porte d'entrée, vante les bienfaits du maïs : UN ALIMENT POUR TOUTE LA NATION, SERVEZ-EN À CHAQUE REPAS. On voit une jolie brune en train de confectionner un pain au maïs. J'ignorais que le maïs était si sain ! Je ferais bien d'en planter davantage l'année prochaine.

Il y a un autre avis au-dessus du bureau, avec une bordure orange. Un homme éternue dans un mouchoir : TOUSSER ET ÉTERNUER PROPAGE LES MALADIES. J'en repère encore un autre à proximité des toilettes : ÉLIMINEZ LA TUBERCULOSE ! Le père Noël tient une lettre à la main avec le fameux timbre de Noël conçu par l'Association nationale contre la tuberculose afin de collecter des fonds. Je pousse un gros soupir. Ma mère et ma grand-mère en sont mortes toutes les deux.

Un son étouffé me parvient de la salle d'examen. Je lisse ma jupe, m'attendant à voir apparaître Becky et sa patiente, mais la porte reste obstinément close. Puis j'entends un geignement. Un raclement de chaise, une autre plainte.

— Becky ? (Pas de réponse.) Becky ? je répète, en haussant un peu la voix.

Je me lève et me rapproche. Nous sommes amies, elle et moi, mais c'est son lieu de travail et je ne veux pas la déranger. Tout de même, je trouve étrange qu'elle ne me réponde pas. Elle est peut-être malade… Je vais jusqu'à la porte et je colle l'oreille contre le battant.

— Becky ? Est-ce que ça va ?

Elle se racle la gorge.

— Une minute…

Je retourne m'asseoir mais elle n'apparaît pas. Il est trois heures dix d'après la montre de Mme Kelly. Cinq minutes plus tard, elle n'est toujours pas sortie. Pour finir, je frappe deux petits coups et j'entrouvre la porte.

— Becky ? je chuchote. C'est Patience. Puis-je entrer ?

— Oh, c'est toi… Oui. Entre. Tu ferais bien de voir ça.

Ce n'est pas la réponse que j'attendais. Je me faufile dans la pièce et referme derrière moi.

— Est-ce que ça va ?

Je vois bien qu'il n'en est rien. Elle a la peau marbrée, les yeux rouges. Des larmes coulent le long de ses joues.

— Que se passe-t-il ?

Elle se tourne de côté en pointant le doigt vers la table d'examen. C'est alors que je le vois. Allongé sur une petite couverture, un minuscule garçon, plus petit qu'une poupée et, à l'évidence, mort. Il a la peau si fine qu'on voit les vaisseaux sanguins à travers. Son visage est foncé, meurtri.

— En arrivant ce matin, bredouille Becky d'une toute petite voix, j'ai trouvé une boîte attachée à la poignée de la porte avec de la ficelle. La salle d'attente était pleine, j'ai attendu que tout le monde soit parti pour l'ouvrir. J'ai failli m'évanouir en le voyant. C'était tellement triste. Je n'ai jamais rien vu de pareil. Crois-tu qu'il était vivant quand on l'a déposé ici ? Qu'il est mort parce que je n'ai pas ouvert la boîte tout de suite ?

Elle se remet à sangloter en touchant délicatement le petit. Je l'imite, mais il est si froid, si raide, je retire prestement ma main.

— Je ne pense pas, Becky ! Vraiment. Regarde-le. Il était très précoce. Je doute qu'il ait respiré. Ses poumons n'étaient pas formés. J'ai déjà vu des enfants nés prématurément. Celui-ci n'était pas prêt à voir le jour. Tu n'y es pour rien, je t'assure… Mais à qui appartient-il ? Pourrait-il s'agir d'une de tes patientes ou d'une des miennes ?

— Je n'en sais rien. Peut-être à une famille itinérante qui aurait entendu parler de la clinique. Des gens en route pour Pittsburgh, en quête de travail.

Elle joint les mains comme pour prier et recommence à pleurer. Un bras autour de ses épaules, je pleure aussi, mais pas tout à fait pour les mêmes raisons.

Je pense au bébé que j'ai perdu. Son petit corps aurait-il ressemblé à celui-ci, si fragile, si peu préparé à vivre sur cette terre ? Je ne sais même pas où on l'a enterré.

On frappe à la porte extérieure du cabinet.

— C'est le facteur ! lance une voix grave.

Becky se lève d'un bond pour protéger l'enfant de son corps même si le visiteur ne peut en aucun cas le voir, la porte de la salle d'examen étant fermée.

— Merci, James, crie-t-elle en retour. Posez le courrier sur le bureau. Je suis avec une patiente. (Dans un murmure, elle ajoute :) Qu'allons-nous faire de lui ?

Nous nous laissons toutes les deux tomber sur nos chaises. Déconcertée, je fais la grimace.

— On ne peut pas le… jeter, précise-t-elle. Il faut l'enterrer comme il se doit.

— On pourrait demander au shérif de se charger de lui.

— Certainement pas ! Si on l'informe, ils organiseront une chasse à l'homme. Il voudra savoir d'où vient ce bébé, et on fouillera les tentes des vagabonds qui campent le long du fleuve. Quelqu'un risque de se retrouver en prison.

J'ai saisi. Ce n'est pas vraiment mon problème, je suis juste venue en visite, mais je sais quoi faire.

— Confie-le-moi.

— Pardon ?

— Je vais le ramener à la maison. Je l'enterrerai sur mon terrain. Tu ne peux pas t'en charger. Tu vis en ville, tu as des voisins. À la campagne, personne n'en saura rien.

Un long silence s'ensuit. Becky essuie ses larmes.

— Tu serais prête à le faire ?

— Allons, ça n'a rien de compliqué. Enveloppe-le dans la couverture et remets-le dans la boîte. J'ai un panier sur ma bicyclette.

Becky propose de me raccompagner chez moi, mais je l'en dissuade. Par la suite, je me suis rendu compte que ça aurait été plus judicieux. J'ai dû passer, avec mon carton, devant le shérif qui descendait les marches du tribunal. J'ai croisé Mme Stenger aussi, qui sortait de chez le juge Hudson. Il m'a fallu m'arrêter pour la saluer. Après ça, c'est Bitsy qu'il s'est agi d'éviter.

— Je me demandais quand tu serais de retour, me crie-t-elle depuis le porche alors que je franchis le portail, mon vélo à la main. Qu'est-ce qu'il y a dans ce paquet ?

J'envisage de lui répondre sans détour : un bébé mort, prématuré, mais je ne sais pas comment elle le prendrait. Je préfère mentir.

— Des restes de l'épicerie. M. Bittman allait les mettre à la poubelle. Il me les a donnés pour les poules. Je vais les leur porter dans la grange.

— On dîne dans un quart d'heure, me répond-elle en retournant à l'intérieur. J'ai attrapé plein de poissons.

Le trou que je creuse derrière la grange n'est pas grand, mais il doit être profond pour que les renards et les ratons laveurs ne sentent pas le bébé et le déterrent. Cela me prend cinq minutes. Ensuite je m'agenouille près de la tombe, les mains jointes sur ma poitrine. Un moment de silence pour la maman qui a perdu son enfant, une femme quelque part, aux seins pleins et au cœur si lourd qu'elle sombrerait au fond de la Hope River si elle sautait dedans.

Je n'ai jamais pu aller me recueillir sur la tombe de mon fils prématuré. Je ne sais même pas s'il a été enterré convenablement, ou si on s'est borné à le jeter. Je pose une pierre plate sur la terre retournée, je l'enfonce légèrement avec le pied en essuyant mes larmes avec ma manche. Ce sera ma pierre tombale secrète pour les deux enfants.

Après cet enterrement dramatique, et probablement illégal, d'un nouveau-né prématuré non identifié, je n'ai pas eu le temps de parler à Bitsy de Twyla jusqu'à ce matin. On est dans le jardin où on s'apprête à battre le tapis du salon à l'aide de deux tapettes faites maison avec du fil de fer trouvé dans la cave. On a pendu le lourd tapis sur la corde à linge. Le soleil fait des apparitions entre de gros nuages blancs et gris.

— Comment allait Twyla ? me demande Bitsy avant d'abattre sa tapette.

Bang ! Bang ! Un nuage de poussière nous enveloppe. Je me rends compte qu'on aurait dû faire ça depuis longtemps.

— Ça va bien. Elle était faite pour être mère, à voir la manière dont elle cajole son petit, mais la situation est compliquée avec le juge.

— Comment ça ? Je parie qu'il ne supporte pas que l'enfant pleure, mais tous les nouveau-nés pleurent. C'est comme ça. Mama dit que ça leur fait du bien.

— Il a décidé de confier le petit à une autre famille. Ce n'est pas juste. J'ignore si Twyla est au courant. C'est Nancy qui me l'a dit. M. Hudson ne veut pas d'un bébé chez lui. Soit on le fait adopter, soit il les jette tous dehors. Il devrait avoir honte. Ça me met en colère rien que d'y penser.

Bitsy reste plantée là.

— Il ne veut pas d'un bébé noir sous son toit, c'est ça qu'il veut dire.

— Il ne peut pas faire ça, si ?

— Il est chez lui.

Un nuage sombre cache le soleil. Bitsy jette sa tapette par terre et retourne à grands pas vers la maison. Sans dire un mot. Elle se tient bien droite, mais je pense qu'elle est en larmes.

— Bitsy ? Bitsy !

Pas de réponse. Même quand je rentre avec le tapis, elle refuse de me parler. Elle est recroquevillée au bout du canapé, les yeux fixés sur les pages de *Up from Slavery*.

Je suis dans la grange un peu plus tard en train de nettoyer les box d'Étoile et de Clair de lune quand j'entends tout un raffut. Les chiens aboient, une charrette approche, montant rapidement la route. Un gamin d'à peine treize ans court jusqu'à la clôture.

— M'dame ! (Le jeune garçon aux cheveux flambant roux et au visage criblé de taches de rousseur se présente :) Je suis Albert Mintz, de Horse Shoe Run. C'est mon père qui m'envoie. Il est allé chercher Mme Potts en camionnette, mais maman a vraiment mal. Il m'a dit d'essayer de votre côté aussi. Faut que quelqu'un vienne vite. Elle a entendu dire que vous étiez les assistantes de Mme Potts.

— Est-ce loin ? Avons-nous le temps de nous laver ? dis-je en essuyant mes mains sales sur l'arrière de mon pantalon.

Le mioche écarquille les yeux, sentant que sa réponse est cruciale.

— Ça m'a pris un bon bout de temps pour arriver ici, et j'ai été aussi vite que j'ai pu. On sera trois dans la charrette au retour. Vous feriez bien de venir comme vous êtes. C'est le septième enfant de maman.

Bitsy se secoue pour s'extirper de sa mauvaise humeur et court chercher ma sacoche. Nous sommes en tenue de travail. Je sors rapidement deux tabliers à fleurs du tiroir du bas de la cuisine et j'embarque quelques torchons mouillés pour nous débarbouiller en route.

Tandis que nous dévalons Wild Rose en direction de Salt Lick, nous faisons de notre mieux pour nous rendre présentables. Ça m'ennuie que notre premier accouchement en qualité de renforts de Mme Potts se passe ainsi. Elle qui est toujours impeccable dans sa robe noire, avec son tablier et son turban blancs immaculés. Mais à quoi bon en faire tout un plat ?

Aux abords de Horse Shoe Run, il se met à pleuvoir à verse. Bitsy glisse la sacoche sous le banc, je m'assieds sur les tabliers pour les garder au sec, bien que cela n'arrange pas grand-chose à l'affaire. Nos cheveux nous collent sur le crâne, de l'eau nous dégouline dans le cou. Albert, lui au moins, a un chapeau de paille sur la tête.

Moins de vingt minutes plus tard, nous arrivons devant une ferme délabrée, à la façade brute, située à l'entrée d'une gorge. Les toilettes occupent une dépendance. Trois petits garçons dont un aux cheveux roux, comme Albert, nous regardent approcher depuis le porche.

Avant même d'atteindre la maison, je sens que quelque chose ne va pas. Bitsy et moi échangeons un regard en serrant les mâchoires. Les visages crasseux des garçonnets sont striés de larmes. Une femme geint à l'intérieur de la maison. C'est le son que j'ai entendu quand j'ai annoncé la tragique nouvelle à Katherine MacIntosh au sujet de son bébé, une plainte qui vous va droit au cœur.

Prenant mon courage à deux mains, je gravis les marches deux par deux et je pousse la porte. Bitsy m'emboîte le pas.

— Madame Mintz ! C'est Patience, la sage-femme. Monsieur Mintz ? Madame Potts ?

Les gémissements reprennent, aigus, répétitifs. Ils me guident le long d'un couloir obscur jusqu'à une chambre où une femme est assise par terre, tenant dans ses bras ce qui ressemble à un nouveau-né sans vie. Je m'approche et prends le petit corps encore attaché au cordon ombilical tout mou. Il est recouvert d'un liquide brun foncé, collant. Des matières fécales de bébé. DeLee parle de méconium. Ce n'est pas bon signe.

— Bitsy, noue le cordon et coupe-le. Recouche la mère et commence à lui masser l'utérus, je lance d'un ton impérieux.

Je nettoie l'intérieur de la bouche de l'enfant avec un coin de ma chemise et je souffle dedans. *Allez, bébé, allez.* Pas de réaction. Je sais déjà qu'il n'y en aura pas. L'enfant est froid et le mucus qui le recouvre est déjà sec. Je m'obstine malgré tout et continue à souffler. Je pose ma main sur sa poitrine. Pas de pouls. Je n'abandonne pas. Toujours rien, mais je ne peux pas m'arrêter.

— Madame Patience ?

C'est Bitsy, à côté de moi, qui secoue la tête pour me signifier que c'est inutile. Ma jeune apprentie elle-même a compris. J'espère qu'elle se rend compte, par la même occasion, que ce que nous faisons pour gagner notre vie revient à marcher sur le fil du rasoir : d'un côté, la vie, de l'autre la mort.

— Mon bébé. Mon bébé ! gémit à nouveau la mère.

J'entends du bruit dehors. Quelques instants plus tard, Mme Potts entre en boitillant, aidée de sa canne et suivie d'un homme mince en salopette qui doit être le père.

Son regard se pose sur moi près du lit, avec son bébé mort dans les bras.

— Qu'avez-vous fait ? (Il se retourne brusquement vers Mme Potts.) Qu'a-t-elle fait ?

Sa femme lève une main pâle.

— Ernest, dit-elle d'une voix faible. Ernie…

Il ne l'écoute pas.

Je fais une nouvelle tentative. *Allez !* Je n'arrive pas à y croire.

— C'est inutile, ma chérie, confirme la vieille femme. Cet enfant est mort depuis longtemps. Donnez-le-moi.

Elle enveloppe le nouveau-né inerte dans une couverture et la tend à sa mère. Je n'ai jamais vu ça. Donner un bébé mort à sa mère !

— Cessez de pleurer, Gladys, ajoute Mme Potts. Votre petite fille est retournée auprès de Jésus. Chantez-lui une chanson.

Gladys lève vers elle de grands yeux brillant de larmes, mais elle obéit :

— *Balance-toi, doux chariot,* commence-t-elle d'une voix faible, *venu pour me ramener à la maison.*

— *Balance-toi, doux chariot,* reprend Bitsy qui vient de sortir le placenta, de sa propre initiative.

Maculé de matière brune visqueuse, il gît sur une serviette blanche imprégnée de sang.

— Apportez-moi un bol, Ernest, et un pot d'eau chaude, ordonne Mme Potts. Nous allons avoir besoin de draps propres aussi.

Les dents serrées, l'homme quitte la pièce d'une démarche raide.

— Le bébé était déjà né quand je suis arrivée, madame Potts. Je n'y suis pour rien, je le jure ! Quand Bitsy et moi sommes entrées, Mme Mintz était assise par terre et le tenait dans ses bras. J'ai fait tout ce que j'ai pu, croyez-moi.

Nos regards se portent sur la mare d'eau mêlée de sang au milieu du parquet.

— Je sais, trésor. On voit bien d'après le cordon que le bébé était en mauvaise posture.

Elle nous montre le tortillon de chair, avec un nœud et trois caillots de sang violet à l'intérieur. Connaître la cause du décès ne me tranquillise pas pour autant.

Quand M. Mintz revient et s'assied près de son épouse, la vieille sage-femme lui met le cordon sous le nez.

— Vous voyez ça, Ernest, c'est un nœud. Votre petite fille a fait la boucle elle-même en remuant dans le ventre de sa mère. Je ne vous laisserai pas incriminer la nouvelle sage-femme. Ces choses-là arrivent, ce n'est la faute de personne.

Mintz me jette un coup d'œil hostile avant de se tourner vers sa femme.

— Je regrette, je regrette tellement, se lamente-t-il en écartant ses cheveux roux de son visage pour lui caresser la joue. Si seulement on avait eu l'argent, je t'aurais emmenée à l'hôpital…

— Allons, Ernest, l'interrompt Mme Potts, n'allez pas vous faire des reproches non plus. Je vous l'ai déjà dit, l'heure de cette petite était venue. Certains d'entre nous ont droit à quatre-vingt-dix années sur cette bonne terre. D'autres, à neuf jours seulement. Votre petite n'a même pas eu neuf minutes. Les médecins de l'hôpital n'auraient rien pu faire. Rien qu'à la voir, je peux vous dire qu'elle était morte depuis deux jours. Le Seigneur donne et reprend. Votre tâche consiste à prendre soin de votre femme. Facilitez-lui la vie d'ici à ce que son cœur se rétablisse.

Une fois le sang nettoyé et le lit refait, je m'aperçois que les ombres des montagnes se sont abattues sur la pièce. Mme Potts, Bitsy et moi allons dans la cuisine laver le petit corps sans vie, laissant le couple seul. La vieille dame enveloppe l'enfant dans une couverture propre puis elle va trouver les enfants.

— Venez, les garçons, les appelle-t-elle en s'asseyant dans le rocking-chair sur le porche. Je veux que vous voyiez votre petite sœur morte. Ce n'est qu'une toute petite chose, mais Jésus l'a reprise de bonne heure. C'est un ange maintenant.

Blêmes de chagrin, les quatre garçons se rassemblent autour d'elle.

— Maman pleurait, chuchote l'un d'eux. On ne l'avait jamais entendue pleurer avant.

— J'aurais dû amener Mme Patience ici plus tôt, dit Albert. J'ai essayé.

— Ne te blâme pas, mon fils ! Tu as fait ce que tu pouvais. C'est tout ce que Dieu nous demande.

Albert s'essuie les yeux.

Le plus jeune effleure la main du bébé avant d'effacer ses larmes à son tour.

— Regardez ses doigts. Ils sont minuscules.

14 mai 1930. Trois quarts de lune.

Bébé de sexe féminin, mort-né. Angel Mintz, fille d'Ernest et de Gladys Mintz, de Horse Shoe Run. Un nœud et trois caillots dans le cordon qui, de surcroît, ne comportait que deux vaisseaux sanguins. Mme Potts dit qu'il y en a trois d'habitude… L'enfant semblait parfaite autrement, mais ne pesait que 2,250 kg. Elle était couverte de matières fécales, de la tête aux pieds. J'ai essayé de la faire respirer, mais il était trop tard. Elle était probablement morte avant les premières contractions, selon Mme Potts.

Étaient présentes : Bitsy, Mme Potts et moi. Pas de rémunération. Je n'en attendais pas. Bitsy était très affectée elle aussi. Elle a déclaré qu'elle s'en retournait à Hazel Patch avec Mme Potts. Je vais devoir aller au tribunal remplir un certificat de décès. J'espère qu'on ne me tiendra pas pour responsable.

Été

26

3 juin 1930. Lune argentée. Un orage avec des éclairs à l'ouest.

Thomas est venu nous chercher à nouveau en charrette. Il roulait vite dans la tempête. Il a apporté deux cirés qu'il avait dû emprunter à des mineurs. Tellement grands que Bitsy et moi nagions dedans. Pas le temps de discuter. Il nous a conduites à la Wildcat Mine, de l'autre côté de la montagne, où nous avons accouché sans problème Gincey Huckabee, l'une des femmes dont le mari avait péri dans l'effondrement au printemps. Les propriétaires de la mine lui ont permis de rester dans sa cabane, parce qu'elle était veuve et enceinte. Gincey a beaucoup pleuré quand son petit garçon est né. C'était si triste que son mari ne soit pas là. Bitsy et moi avons pleuré à chaudes larmes nous aussi. Enfant mâle, 2,850 kg. Porte le nom de son père : Harold Huckabee junior.

Le printemps a cédé le pas à l'été. Aujourd'hui, Bitsy et moi avons emmené Étoile à la rivière pour qu'elle broute pendant que nous pêchions. Je l'ai montée au début ; Bitsy marchait à côté de nous. Ensuite on a fait l'inverse. C'était la première fois qu'on sortait du pré, et ça s'est très bien passé pour la jument. À la voir maintenant, on a du mal à croire qu'elle était dans un état pitoyable il y a quelques mois encore.

Après nous être reposées sur la berge, nous avons ramassé des brassées de plantes : pissenlits, bourse à pasteur, ail des bois, cresson. Bitsy dit que les orties se mangent aussi, mais il faut les cueillir toutes jeunes pour qu'elles soient tendres, et les faire cuire à gros bouillons.

Je serais prête à essayer n'importe quoi de comestible à ce stade. Notre garde-manger est presque vide, tout comme la cave à légumes. À part quatre bocaux de haricots verts de l'année dernière et une poignée de carottes, il ne nous reste plus que quelques dizaines de pommes de terre qui ont commencé à germer. On va en avoir besoin pour les semis. Même si les pois sont montés, il n'y a rien à récolter encore dans le potager.

La semaine dernière, deux jours durant, on a eu droit à du lièvre, plutôt filandreux mais pas trop mauvais dans une soupe. C'est incroyable la multitude de bêtes que j'ai pu manger cette année : du lièvre, du raton laveur, de l'opossum, du canard, du cerf, de l'écureuil, du dindon sauvage… Comme Clair de lune était pleine et ne donnait plus de lait, en dehors du gibier, notre apport en protéines se limitait à deux œufs, les bons jours.

Cette pénurie de lait et de viande me donne l'impression d'être pour ainsi dire sans ressources. J'oublie que j'ai le rubis de Mme Vanderhoff et la broche en forme de lune de Katherine Macintosh, cachés en haut de l'armoire dans une vieille boîte rouge de levure. Je me suis fait la promesse de ne pas les vendre à moins de me trouver dans une situation désespérée. Je n'en suis pas encore tout à fait là, semble-t-il. Même si je me décidais à le faire, à qui m'adresser ? Qui aurait de l'argent liquide à me donner en contrepartie ?

En nous promenant le long du rivage, Bitsy et moi découvrons trois tentes plantées sous les arbres. À voir les deux premières – des toiles goudronnées attachées aux toits de deux camionnettes toutes cabossées –, j'en conclus que leurs occupants sont en route avec tous leurs biens. La troisième, un simple abri, se trouve à quatre cents mètres environ en aval. Un vieil homme arborant une barbe poivre et sel d'une semaine est en train de faire du feu. Nous le contournons et nous arrêtons à un endroit où la rivière fait un coude. Pendant que Bitsy prépare ses cannes à pêche, j'attache Étoile à un arbre de façon à ce qu'elle puisse se promener au bord de l'eau et brouter à son aise.

— Hé, Patience, regardez-moi ! s'écrie Bitsy.

Elle enfile stoïquement un asticot au bout de son hameçon. J'essaie de l'imiter, mais ça me demande un effort. Le ver est encore vivant, il se tortille. Je suis déjà allée à la pêche, mais cela fait des années, quand j'étais petite fille, et mon père se chargeait toujours des appâts pour moi.

Bitsy me prodigue quelques conseils sur la manière de lancer la ligne et de la laisser glisser doucement le long de la berge à l'ombre. Ensuite elle me remet une vieille boîte à tabac contenant trois autres asticots qu'elle a déterrés elle-même dans le jardin avant de remonter un peu la rivière dans ses grandes bottes en caoutchouc.

— On se retrouve ici quand le soleil sera à son zénith, m'indique-t-elle. Bonne chance.

En la regardant manier habilement sa canne à pêche, je mesure à quel point je suis devenue dépendante d'elle. Jadis j'étais sa bienfaitrice. Désormais, c'est l'inverse.

Je patauge dans l'eau pendant des heures sans rien attraper. De guerre lasse, je m'assieds dans l'herbe en laissant pendre ma ligne, l'hameçon dérivant dans le courant. C'est une belle journée ensoleillée. Des petits nuages blancs cotonneux flottent dans l'azur au-dessus de moi, et je me mets à jouer à un jeu auquel je m'adonnais, enfant, qui consiste à chercher des animaux dans le ciel. Là un cheval… et là une poule… une tête de cochon. Des églantiers rampent le long des bois. Leur doux parfum emplit l'air.

Un tiraillement au bout de ma canne interrompt brusquement mes rêveries. Au début, je pense qu'elle s'est accrochée quelque part. Je tire sur le manche, mais elle n'est pas coincée. Bon sang, j'en tiens un ! Je me lève en titubant et je recule vers les taillis.

— Bitsy ! j'appelle, mais elle est à des kilomètres.

J'agite frénétiquement la gaule en bois de saule, faite maison, jusqu'à ce qu'un éclair argenté surgisse au-dessus des flots. Oh mon Dieu ! Il est encore vivant ! Cela me surprend, je ne sais pas pourquoi. La truite mouchetée, brun argenté, gît à présent sur le rivage. Elle fait bien trente centimètres de long. Je vois ses branchies s'ouvrir et se fermer tour à tour tandis qu'elle se noie dans l'air.

Je dois la tuer pour abréger ses souffrances. J'attrape une pierre et je lui tape sur la tête jusqu'à ce qu'elle cesse de gigoter. Ensuite, pour éloigner les mouches, je la replonge dans l'eau sans détacher l'hameçon.

— Il y a des gens qui les jettent vivants dans un seau d'eau froide. Ça les garde frais, commente une voix grave derrière moi.

En me retournant, je découvre un des hommes aperçus près des tentes, un type mince, à la peau basanée. Il a jailli des buissons, un chapelet de poissons sur l'épaule.

Je songe que l'endroit n'est peut-être pas très sûr pour une femme seule, mais il me paraît plutôt inoffensif. Je lui souris.

— C'est ma première prise. Je n'ai pas beaucoup d'expérience… Vous vous en êtes bien sorti vous-même, on dirait.

Il brandit une dizaine de truites brunes et arc-en-ciel.

— C'est pour ça qu'on fait halte ici, pour pêcher et se reposer quelques jours. Je suis avec ma femme, mes deux gamins, mon frère et sa famille. Nous sommes en route pour Pittsburgh. J'm'appelle Earl

Cook. Je viens de Beckley. On a entendu dire que Carnegie Steel embauchait.

Il s'assied dans l'herbe et se roule une cigarette.

— Le voyage est long. On a décidé de prendre un peu de répit. La banque nous a pris notre ferme le mois dernier. Il n'y a plus de travail chez nous.

Je m'étonne qu'il me raconte tout ça, et je me dis qu'il n'y aura peut-être rien pour lui non plus à Pittsburgh, même si je le garde pour moi. Il lui reste sa camionnette, sa famille et l'espoir… ça pourrait être pire.

C'est midi, le soleil est à son zénith. M. Cook et moi allons chacun notre chemin. Il descend la rivière en direction de son camp. Je me mets en quête de Bitsy. Elle a fait un feu un peu plus bas ; elle a déjà vidé ses poissons au bord de l'eau. Quatre truites disposées sur une pierre plate attendent d'être grillées. La mienne est la plus grosse, près d'un pied de long, et j'en suis fière.

— Jolie, commente Bitsy avant de me montrer comment nettoyer la créature.

Je regarde les entrailles de mon poisson dériver dans le courant. Cette histoire d'autonomie commence à prendre des proportions extrêmes !

Bitsy m'explique ensuite la manière d'embrocher la truite sur une branche de saule verte bien droite et de la tenir au-dessus des braises. Elle a tout ce qu'il faut pour notre festin dans son sac à dos, y compris des plats à tarte en guise d'assiettes, des fourchettes et du sel. Assises sur le rivage, au milieu de la verdure, nous faisons un souper délicieux, et je constate que, décidément, les choses pourraient être pires.

27

Une valse

Il fait une chaleur étouffante ce soir. Je dors en bas sur le canapé devant la porte grande ouverte. Soudain j'entends une voiture remonter Wild Rose en toussotant. Je viens d'éteindre la lampe, j'ai verrouillé mon journal et je l'ai glissé sous un coussin.

Cette arrivée ne mc dit rien qui vaille. Ces derniers temps, chaque visite est synonyme d'ennui ou d'un nouvel accouchement, et je suis encore perturbée par la perte subie par Mme Mintz. Comme si c'était ma faute, même si je sais que je n'y suis pour rien.

— Madame Patience, appelle une voix d'homme depuis le jardin.

J'enfile à la hâte le kimono de Nora et je me plante derrière la moustiquaire dans l'obscurité.

— Oui ?

— Mon nom est Pete Dyer. Mon frère John dit que le travail de sa femme, Hannah, a commencé. Il m'a envoyé vous chercher.

— J'arrive tout de suite.

Bitsy descend déjà l'escalier à pas lourds alors que je me précipite à l'étage pour m'habiller.

— Je vais laisser de quoi manger aux bêtes, me dit-elle.

Dix minutes plus tard, nous voilà installées à l'avant d'une camionnette Ford T, toute cabossée, haute sur ses roues. Un engin idéal pour les routes secondaires truffées d'ornières depuis la Dépression. Le comté n'a pas d'argent pour les réparer.

Chez les Dyer, une ferme en pierre juchée sur une butte qui surplombe la Hope River, nous découvrons, éberluées, Hannah et son mari, John, âgés d'une vingtaine d'années, en train de danser la valse dans le salon au son du gramophone. Je reconnais l'air : *Le Beau Danube bleu.*

Après avoir échangé un regard, nous laissons la sacoche près de la porte et nous installons dans le canapé en cuir à haut dossier pour les regarder. Je n'en crois pas mes yeux. Soit Hannah n'est pas en travail, soit on nous a fait venir beaucoup trop tôt.

Elle porte une chemise de nuit blanche qui voltige autour de ses chevilles quand le couple tourbillonne. Ses longs cheveux noirs raides flottent derrière elle. Elle est pieds nus. Son mari aussi. À l'évidence, ils ont pris des cours de danses de salon. Il me revient qu'ils ont fait leurs études à l'université d'État de Torrington, lui d'agronomie, elle de littérature, et que John et son frère cadet ont hérité de la ferme de leurs grands-parents, dans les basses terres, quand leur grand-mère a succombé à une crise cardiaque il y a un an de cela.

Les deux jeunes gens se mangent des yeux, alors, même si je suis un peu froissée d'avoir été appelée si tôt alors que je pourrais être en train de dormir tranquillement sur mon canapé, j'attends la fin du morceau sans broncher. Ça ne dure pas longtemps. Le disque continue de tourner, mais Hannah se fige bientôt au milieu d'une pirouette et articule deux mots : « Mon dos. »

John s'assied dans une bergère en nous faisant un petit signe de tête comme s'il venait de s'apercevoir de notre présence puis entreprend de masser le sacrum de son épouse. Il pétrit, il caresse, pas seulement le bas de son dos. Ses fesses aussi, ses cuisses. Bitsy détourne les yeux, mais je suis sidérée d'assister à ce que la plupart des gens estiment devoir réserver à la chambre. La musique résonne toujours. Dès que la douleur est passée, le couple s'embrasse et se remet à danser.

— Il y a du cidre sur la table et des muffins tout frais, lance gaiement Hannah en nous jetant un coup d'œil par-dessus son épaule, sans cesser de tournoyer dans la pièce.

Bitsy et moi prenons le chemin de la cuisine.

— Qu'en penses-tu ? Est-elle en travail ?

Bitsy hausse les épaules avec philosophie avant de mordre dans un muffin si doré qu'il doit être pur beurre.

— Il faut croire. Vous voulez danser ?

— Je ne pense pas.

— Je suis sérieuse.

Elle m'attrape par la main et m'entraîne dans le salon. C'est la première fois que je l'entends rire depuis que je lui ai parlé du bébé de Twyla. Un, deux, trois ! Un, deux, trois ! Elle m'enlace la taille et nous voilà parties. Un, deux, trois !

— Allez-y de bon cœur ! nous encourage Hannah.

Elle est rose de plaisir, en sueur, ravissante. Au bout de quelques minutes, je commence à me sentir toute guillerette moi-même. Un, deux, trois. Un, deux, trois.

Quand ai-je dansé pour la dernière fois ? Sans doute à mon mariage avec Ruben, dans la salle de réunion du syndicat. Nous ne nous fréquentions que depuis six mois, mais les tambours de la guerre grondaient déjà et on ne perdait pas son temps à l'époque.

La France, l'Allemagne, la Russie, le Royaume-Uni, la Hongrie… le monde entier était impliqué. L'engagement des États-Unis n'était plus qu'une question de temps. Ruben était isolationniste, comme beaucoup de gens en ce temps-là. « Nous enverrons nos garçons comme chair à canon, voilà tout », protestait-il. Non qu'il fût pacifiste. C'est juste qu'il ne voyait pas en quoi le conflit en Europe nous regardait.

En y repensant, je crois que les années passées auprès de mon mari, Ruben Gordesky, ont été les plus heureuses de ma vie. Une danse. C'est le souvenir que j'en ai. Six courtes années…

Hannah

En tourbillonnant jusqu'au vertige, Bitsy et moi manquons de nous heurter à l'autre couple de danseurs qui s'est arrêté brusquement à cause d'une autre contraction, plus pénible cette fois-ci apparemment.

— Ouh là ! Il vient de se passer quelque chose !

La jeune femme soulève sa chemise et regarde d'un air intrigué la tache humide sur le plancher en pin usé.

— Ça doit venir du bébé. Je vais chercher une serviette, dit-elle à son mari. Ensuite j'aimerais qu'on essaie un charleston. Mets le disque de Syncopatin' Sal.

Elle monte l'escalier tant bien que mal en serrant sa chemise de nuit entre ses jambes, pareille à une femme en train de piétiner du raisin.

Je la suis en faisant signe à Bitsy d'apporter la sacoche.

— Si vous n'y voyez pas d'inconvénient, Hannah, j'aimerais contrôler les battements de cœur du bébé et déterminer sa position. Quand est-ce que vos douleurs ont commencé ?

Accroupie sur le palier du premier, cramponnée à la balustrade, elle ne répond pas.

— Eh ben dis donc ! s'exclame-t-elle au bout d'un moment. Elle était dure, celle-là. Il va falloir que je danse plus vite pour suivre le rythme.

Avant d'avoir le temps de sortir une culotte propre de sa commode, elle est assaillie par une autre contraction, puis une autre encore. Je jette un coup d'œil à ma montre. Trois minutes d'écart. Les choses évoluent plus vite que je le pensais.

Bitsy s'empare d'un pichet à fleurs et verse de l'eau dans la cuvette en porcelaine posée sur un guéridon. Je me lave les mains, puis je demande à

Hannah de s'allonger pour que je puisse ausculter le bébé et m'assurer qu'il a la tête en bas. À la contraction suivante, avant que je puisse en évaluer la force, Hannah me tourne le dos et se démène pour se lever.

— Je ne peux pas faire ça allongée ! proteste-t-elle, me semblant pour la première fois quelque peu dépassée.

Son mari gravit les marches quatre à quatre, aide sa femme à se relever et la serre contre sa poitrine. Il a mis un air plus lent sur le gramophone, *Black Mountain Blues,* de Bessie Smith.

Cette chanson me rappelle des souvenirs. Elle nous avait permis, à Ruben et moi, de gagner un concours de danse dans un bar clandestin de McKeesport. On ne pouvait imaginer musique plus scandaleuse que le jazz et le blues au début des années 1920. Nous faisions partie de l'avant-garde, et ces courants musicaux accompagnaient la révolution. Je me souviens avec émotion des clubs du Hill District, à Pittsburgh, où Noirs et Blancs dansaient ensemble. Aujourd'hui les gens peuvent écouter ces airs chez eux, grâce à leur Victrola. Le monde dans lequel nous vivons ne finit pas de m'étonner.

Je secoue la tête. À quoi bon sombrer dans la nostalgie, ou essayer de convaincre Hannah de rester couchée. Elle ne se laissera pas faire.

Bitsy étale du journal stérilisé sur le lit pour y disposer des compresses, puis elle dégage la commode afin d'y poser notre matériel. Elle met à l'écart la teinture contre les hémorragies de Mme Potts et un flacon contenant de l'olive d'huile.

— N'oublie pas de prévoir une cuvette pour le placenta, je lui rappelle.

Elle lève les yeux au ciel pour me signifier qu'elle y aurait pensé toute seule.

Sur les murs en plâtre blanc de la vaste pièce, des photographies d'ancêtres à la mine austère nous observent depuis leurs cadres noirs, ovales. Que penseraient de tout ça ces gens du siècle dernier ? Le père dans la salle d'accouchement ! La mère en train de danser ! Des notes de blues suaves montant du poste dans le salon !

Les Dyers ont l'électricité, mais pas de toilettes à l'intérieur. Ça ne gêne aucunement Hannah. Pour une jeune femme éduquée, elle est aussi naturelle qu'une paysanne et n'a aucun scrupule à s'accroupir sur le pot en émail blanc. Je n'ai rien à faire pour le moment. Je me repose donc sur une chaise confortable à haut dossier, les yeux fermés, en savourant la chanson de Bessie jusqu'à ce qu'on ait besoin de moi. Je n'ai guère entendu de musique ces derniers temps. Pas depuis Noël, quand j'ai chanté avec Hester. Je suis presque assoupie quand le bruit que j'attendais parvient à mes oreilles.

— Eurhh ! (En ouvrant brusquement les yeux, je vois Hannah assise sur le pot, et son mari, agenouillé devant elle.) Eurhh ! gémit-elle. Faut que je fasse mes besoins.

— Non, non, Hannah ! C'est le bébé qui arrive. Il est temps de vous remettre au lit. Remue-toi, Bitsy ! Il nous faut de l'eau chaude.

— Mais je ne veux pas m'allonger. Ce n'est pas possible. Ça fait mal quand je suis couchée, proteste Hannah.

Je pourrais la forcer, mais elle rebondirait tel un ballon de caoutchouc. Je soupire, frustrée. Ce ne serait pas la première fois que je laisse une femme pousser debout, mais je ne veux pas en faire une habitude. Qu'en penseraient les gens du coin si ça s'ébruitait ? Et Mme Potts, que dirait-elle en apprenant que je permets à mes patientes d'accoucher comme des indigènes ?

— Que voulez-vous faire, alors ? Vous tenez à accoucher debout ?

Je me souviens de la jeune Amish. Nous en étions presque arrivées là, jusqu'à ce que la grand-mère insiste pour qu'elle retourne se mettre au lit.

— Eurrh ! Oui !

— Est-ce possible ? me demande John d'un ton plein d'espoir. Je la tiendrai.

Hannah a si chaud qu'elle envoie promener sa chemise de nuit.

J'enfile mes gants stériles en secouant la tête. Ces jeunes, ils ont des idées bien à eux !

Lorsque Bitsy revient avec une bouilloire fumante et une cuvette pour le placenta, elle éclate de rire en voyant notre patiente toute nue en train de pousser au milieu de la chambre.

— Elle refuse de se coucher, je lui explique. Peux-tu me passer l'huile ?

J'attrape un oreiller pour m'agenouiller par terre derrière Hannah. Bitsy me verse de l'huile tiède sur les doigts. Quand je vérifie, je constate avec stupeur que la tête est déjà presque sortie.

— Ralentissez, Hannah ! je crie. Ralentissez, ou vous allez vous déchirer. Faites quelque chose pour attirer son attention, John !

Il prend le visage de sa femme entre ses mains et l'oblige à planter son regard dans le sien.

— Regarde-moi, Hannah ! Regarde-moi !

— Pourquoi ? aboie-t-elle. Je suis en train d'essayer d'accoucher, je te signale !

— La sage-femme dit que tu dois arrêter de pousser. Qu'il te faut ralentir, sinon tu vas te déchirer.

— Pour l'amour du ciel ! Qu'est-ce que vous voulez que je fasse ?

Bitsy se rapproche et lui explique la marche à suivre.

— Poussez un peu. Soufflez. Poussez encore un peu, puis soufflez de nouveau.

En l'espace de dix minutes, je me retrouve au milieu d'une mare de liquide amniotique tiède avec une petite fille vagissante sur les genoux.

— Mon bébé !

Des larmes coulent le long des joues de Hannah quand elle me prend le bébé rouge betterave des bras pour l'envelopper dans sa chemise de nuit. Le cordon toujours attaché pend entre nous tel un pont suspendu.

— Ma chère femme ! bredouille John.

— Vous voulez bien vous allonger, maintenant ? dis-je, et Hannah obéit.

Le disque est fini, et le raclement de l'aiguille du gramophone me tape sur les nerfs.

— Pourrais-tu arrêter ça, Bitsy ? je demande en pointant le menton dans la direction du bruit.

Elle trottine en bas. Quelques minutes plus tard, elle revient en dansant sur quelques mesures de *Oh, Gee ! Oh, Gosh !*, un air de ragtime bien connu. Je ne peux pas m'empêcher de sourire. John la prend par la main, et ils dansent le Lindy Hop, sous les yeux de Hannah qui brandit son enfant.

— Tu vois, ma chérie, dit-elle à la petite fille qui gigote au bout de ses bras. Tu seras danseuse comme ton papa et Bitsy ? (Reprenant soudain son sérieux, elle ajoute :) Je pense qu'on va l'appeler Mary. C'est joli, vous ne trouvez pas ? Un nom simple, mais c'est aussi celui de la mère de notre Sauveur.

— Oui, dis-je en pensant à Mary Proudfoot. C'est un nom ravissant. Courageux, fort, fier.

19 juin 1930. Quart de lune décroissante dans un ciel clair.

Naissance de Mary Dyer, fille de John et Hannah Dyer, de Stony Creek. 2,600 kg. Les parents ont dansé durant tout le travail. Bitsy et moi nous sommes jointes à eux ! Hannah a accouché debout. J'ai cru qu'elle allait se déchirer, mais ça s'est bien passé, en définitive. Perte de sang en dessous de la normale.

Bien que très naturelle tout du long, Hannah a eu quelque difficulté à allaiter, ce qui m'a étonnée. Le bébé tétait avec vigueur, mais sa mère a des mamelons très plats. Si j'avais su, je lui aurais dit de tirer sur la pointe au cours du dernier mois pour se préparer. On ne peut pas le faire plus tôt de peur de provoquer des contractions. Il faut que je pense à examiner les futures mamans qui viennent me trouver pour prendre des dispositions, et que je demande à Becky d'en faire autant, puisqu'elle suit une partie de mes patientes à sa clinique.

Étaient présents Bitsy, votre servante et John, le mari. Reçu un jambon et la promesse d'une corde de bois à l'automne. La naissance était si amusante, je m'en serais chargée gratuitement.

28

Une ville fantôme

Nous récoltons enfin des légumes dans le jardin, des petits pois que nous mangeons sans les éplucher, de la salade, des blettes. Nous nous régalons aussi du jambon donné par Hannah et nous pêchons, mais il ne nous reste plus qu'une tasse de farine, nous n'avons plus de sucre et notre bocal à argent est vide, à quelques sous près. Je les regarde à présent, éparpillés sur la table, tout en enfilant mes chaussures de ville.

— On ne peut pas vivre que de poisson et de baies, j'ai déclaré à Bitsy ce matin. Je vais descendre à Liberty. Je trouverai peut-être du travail. Si on ne nous paie pas pour les accouchements, il va bien falloir qu'on trouve de l'argent quelque part. Je dois déposer les derniers certificats de naissance au tribunal, de toute façon. Ça rapporte vingt-cinq *cents* pièce. C'est déjà quelque chose.

Bitsy court au premier me chercher quelque chose de joli à revêtir. Quand elle m'aide à tresser mes cheveux, je comprends que notre situation financière la préoccupe autant que moi. Elle veut mettre toutes les chances de notre côté en me donnant des airs de lady.

Je ne suis pas très optimiste, mais en sortant mon vélo de la grange, je me dis que Becky Myers ou M. Stenger, le pharmacien, connaîtront peut-être quelqu'un de malade ou de blessé dont Bitsy et moi pourrions prendre soin. En passant devant la ferme des Maddock, j'aperçois Mme Maddock assise dans un rocking-chair sur son porche. Je lui fais signe mais je roule si vite dans la pente que je manque de tomber. Aucune réaction de sa part. Une heure plus tard, après avoir rangé mon vélo derrière la station-service Texaco et m'être essuyé le visage avec un chiffon mouillé, je longe Main Street sans me presser.

Les rues sont désertes. Voilà des semaines que je ne suis pas venue en ville, et Liberty me semble abandonnée. Quelques voitures passent, puis un boghei tiré par une jument fatiguée. Personne en dehors de ça, à part quatre mineurs au chômage en train de fumer sur un banc devant le palais de justice : deux Noirs et deux Blancs, dont un me siffle. Les deux hommes de couleur se lèvent aussitôt et s'éloignent. Ils n'ont pas besoin qu'on les accuse d'avoir harcelé une Blanche.

Je suis soulagée que les sifflements ne reprennent pas lorsque je ressors de la salle des archives du comté. C'était déjà assez embarrassant d'avoir à demander un certificat de décès pour l'enfant des Mintz. Pourtant, l'employée ne m'a posé aucune question. J'en conclus que la nouvelle a déjà circulé. Elle m'a remis cinq pièces de vingt-cinq *cents*. Une pour chaque formulaire.

De retour dans la rue, avec l'argent tintant dans ma poche, je songe un instant à m'acheter un cornet de crème glacée. Comment cela coûte-t-il ? Cinq *cents* ? Mais le magasin de glaces est fermé. Le Mountain Top Diner aussi. L'épicerie de Bittman, elle, est encore ouverte. J'y fais halte pour acheter un sac de farine, une boîte de saindoux et cinq livres de sucre. Une folie, certes. À la fin, il ne me reste plus que deux pièces dans mon porte-monnaie. On ne tiendra pas longtemps avec ça.

Heureusemcnt, l'enseigne en fer-blanc de guingois dans la vitrine de la pharmacie indique OUVERT. En pénétrant dans le magasin presque vide, je tombe sur Mme Blum, l'épouse du médecin, en train de se renseigner sur le remède aux herbes de Lydia E. Pinkham. Des cheveux blonds, brillants, encadrent son visage dont la pâleur fait ressortir ses yeux en amande d'un vert inhabituel. Elle me fait un vague signe de tête comme si j'étais une étrangère. Nous nous sommes pourtant rencontrées à maintes reprises. Pas de « Bonjour, Patience », ni de « Comment allez-vous ? ».

Je prends un exemplaire du *Torrington Times* dans le tourniquet près de la porte vitrée et je parcours les gros titres. Un retrait massif des dépôts à la Brotherhood Bank de Berkeley Spring a contraint l'établissement à fermer ses portes. C'est la huitième banque de Virginie occidentale à faire faillite en deux semaines. L'assemblée législative de l'État est en session extraordinaire pour discuter de l'économie. Je n'étais au courant de rien. Sans radio ni journaux, mon monde se limite à la vallée entre Hope Ridge et les montagnes qui se dressent de l'autre côté de la Hope River. Même là, je suis loin de savoir tout ce qui se passe. Je ne connais même pas mes voisins les plus proches, les Maddock.

La caisse enregistreuse tinte et se ferme brutalement. Le pharmacien tend son paquet à Priscilla Blum. Je m'approche du comptoir.

— Bonjour, Patience. Que puis-je pour vous ?

Il espère que je vais acheter quelque chose de coûteux : des gants en caoutchouc, du savon noir, ou une nouvelle brosse à cheveux.

— Je n'ai besoin de rien, monsieur Stenger. Je me demandais juste comment allait votre mère et si elle, ou quelqu'un d'autre de votre connaissance, aurait besoin de mes soins. (J'hésite avant d'ajouter :) Je pourrais échanger mes services contre de la nourriture. Les temps sont durs et…

Le rouge m'incendie les joues, comme des braises attisées dans le poêle.

Stenger frotte sa petite barbiche auburn, striée de gris, puis il enfonce ses poings dans les poches de sa blouse blanche.

— Maman nous a quittés en janvier. Je pensais que vous le saviez. Une pneumonie l'a emportée.

— Je suis désolée… Je l'ignorais. Nous avons été bloquées par la neige presque tout l'hiver. C'était une charmante vieille dame… J'espère qu'elle n'a pas souffert. (En me raclant la gorge, je fixe la pancarte rouge sur le mur derrière lui, vantant les bienfaits de la poudre Himrod contre l'asthme.) Connaîtriez-vous d'autres personnes qui auraient un parent malade ?

Stenger secoue lentement la tête.

— Eh bien, si vous entendez parler de quelqu'un…

Je savais que mes chances étaient minces mais, tout de même, je suis déçue. Je me dirige vers la maison de Becky quand une Ford T tourne au coin de la rue en trombe. Rebecca Myers en personne est au volant. Je n'en crois pas mes yeux.

Au bord de la rivière

— Monte, m'ordonne-t-elle.

— Bonjour à toi ! Que se passe-t-il ? J'ai laissé ma bicyclette près de la station Texaco.

J'imagine qu'elle va proposer de me raccompagner et, cette fois-ci, j'accepterai. Je pourrais l'interroger sur d'éventuelles possibilités d'emploi pendant le trajet.

— Oublie ton vélo. Je te le rapporterai plus tard. Il y a un problème près du fleuve. Je viens de contacter l'hôpital, mais le docteur Blum est à Delmont, à une réunion médicale. Dieu merci, je suis tombée sur toi.

Dès que je suis à bord, Becky fait demi-tour au milieu de Main Street pour prendre la direction du pont qui enjambe la Hope River en bordure de la ville.

— Que se passe-t-il de si urgent ?

Je me cramponne au cadre de la portière tandis qu'elle fonce dans les rues presque vides en zigzaguant.

— Tu verras. (La voiture mord le bas-côté et rebondit sur le gravier.) Tu as entendu ?

Difficile de ne pas entendre ce hurlement perçant.

Becky freine brusquement. Nous descendons à la hâte et elle m'entraîne vers le pont à travers les hautes herbes. La plainte monte, retombe. Monte à nouveau, s'interrompt.

— C'est quelqu'un qui pleure. Une femme ou un enfant.

La scène qui nous attend me surprend. Trois hommes, deux Blancs et un Noir, sont accroupis autour d'un petit feu derrière un des piliers du pont. Leurs tentes soutenues par des poteaux et recouvertes de cartons empilés se serrent les unes contre les autres sur une petite butte surplombant la rivière. Il est clair qu'ils sont installés là pour un bout de temps. En nous voyant arriver, ils se dressent d'un bond.

— Quelqu'un a-t-il besoin de soins ? je demande d'un ton autoritaire.

Becky me présente :

— C'est la sage-femme.

Le plus âgé, un homme d'une cinquantaine d'années affublé d'un bonnet de laine comme un vendeur de journaux, s'avance en désignant la plus petite tente.

— C'est la fille, dit-il. Elle attend un enfant. Moi, je suis Will Carter.

— Vous êtes le père ?

Je m'adresse à lui, mais les deux autres secouent la tête aussi. Pendant qu'ils se présentent à leur tour, je regarde autour de moi. Le spectacle n'est pas très engageant. Des boîtes de conserve jonchent le sol ; j'aperçois des vêtements pendus sur une corde entre deux arbres. Un vieux tuyau jaillit du tonneau en métal qui fait office de fourneau.

— On n'est pas parents. Aucun d'entre nous. La fille s'est jointe à nous à Cool Springs. À l'embranchement de MacIntosh, des brutes nous ont chassés en menaçant de s'en prendre à nos vies. Du coup, on va à Torrington en passant à travers champs. La fille a fui son mari à Beckley. Une gentille petite. Bonne cuisinière avec ça, même avec not' fourneau de fortune. Elle nous appelle ses « chevaliers en armure étincelante ». Vous pouvez l'aider ?

— Est-elle seule là-dedans ?

— On n'a pas de femmes avec nous, m'explique le jeune Noir.

— Pas d'argent non plus, marmonne le troisième gaillard.

Un autre cri retentit, suivi d'un gémissement. Becky me tire par la manche.

— Tu ferais mieux de l'examiner.

J'écarte les pans de la tente.

— Bonté divine ! je m'exclame en écarquillant les yeux.

La fille, une petite créature blême de seize ans à peine, est couchée sur le côté avec la tête du bébé à moitié sortie. Elle n'essaie même pas de pousser. Elle est allongée là à sangloter. Le problème, c'est que les tissus tout autour de la tête de l'enfant sont cramoisis et tout gonflés, comme si elle était là depuis longtemps.

— Elle s'appelle Docey, m'informe Becky.

— Seigneur, Docey, depuis combien de temps est-ce que ça dure ?

Becky s'est agenouillée près d'elle et tente de mettre un peu d'ordre sur la paillasse souillée. Elle ramasse les chiffons trempés de sang du bout des doigts et les jette dehors.

— Depuis combien de temps la tête est-elle sortie ? je répète.

Docey ouvre des yeux d'un bleu vert surprenant, pareil à la rivière en hiver, quand la glace commence à se fendre. Elle secoue la tête d'un air hébété, à croire que le temps ne signifie plus rien pour elle. Elle est trop exténuée pour parler, mais pas pour pleurer.

— Hiiiiiii ! Ouuuuh ! gémit-elle à la prochaine contraction, sans faire le moindre effort pour pousser. Ça brûle, c'est horrible. J'ai l'impression que je vais me fendre en deux.

— C'est son premier, m'indique Becky. Elle me l'a dit lorsque je suis arrivée. C'est le juge Hudson qui m'a appelée. Tous les gens qui ont traversé le pont aujourd'hui l'ont entendue hurler, semble-t-il. Au bout de la troisième plainte, il a tenu à ce que quelqu'un vienne jeter un coup d'œil. Pour je ne sais quelle raison, il a pensé à moi plutôt qu'au shérif.

Je ne l'écoute que d'une oreille. Si je n'agis pas rapidement, la patiente risque effectivement de se fendre jusqu'au rectum. Elle n'en mourra pas, mais elle en gardera des séquelles à vie.

— Ça va aller, Docey. Vous pouvez y arriver… On va avoir besoin de compresses chaudes.

Je ressors et je me mets à aboyer des ordres, tel Napoléon.

— Où est l'eau chaude ? L'a-t-on fait bouillir ? Allez chercher du bois. Il va me falloir une cuvette propre, de la ficelle et un couteau stérilisés. Quelqu'un a ça ?

Le Noir sort son canif et l'essuie avec le bas de sa chemise à carreaux.

— Ça fera l'affaire. Plongez-le dans l'eau chaude… Avez-vous du saindoux ?

Cessant toute activité séance tenante, les hommes s'empressent d'accomplir les tâches qui leur sont assignées.

— Du saindoux ?

— Oui. Vous en avez ? De la graisse de porc. N'importe quoi.

Les braillements reprennent de plus belle sous l'abri. Will, le plus âgé, fouille dans un sac de toile et en sort une boîte en fer ornée d'un cochon souriant.

— Patience ! crie Becky. Patience ! (En retournant sous la tente, je la trouve dans un état d'anxiété tel qu'on a l'impression que c'est la première fois qu'elle assiste à une naissance.) Ne me laisse pas ! supplie-t-elle.

Qu'apprend-on à ces gens-là à l'école d'infirmières ?

— Improvisez une table basse juste devant la tente pour poser l'eau, le saindoux et le couteau ! je hurle à l'adresse des gars.

Docey s'égosille de plus belle.

Elle est toujours sur le flanc, la tête du bébé n'a pas bougé. J'envisage de sonder son cœur, mais est-il encore en vie ? Je ferais mieux de me concentrer sur la manière de le sortir. Je fais signe à Becky de tenir la jambe du dessus de la fille. Elle s'exécute avec des mains tremblantes.

— Il faut arrêter de hurler comme ça, Docey. Vous faites peur au bébé.

Je me souviens que Bitsy avait dit la même chose à Twyla. Ça avait fait mouche. Docey n'en continue pas moins de crier, mais elle baisse d'un ton.

— Le bébé est coincé à l'ouverture, mais je vais le tirer de là. Il faudra pousser quand je vous le dis. Même si ça fait mal, vous devez pousser, mais seulement un peu à la fois. Dès lors qu'on sera prêtes, tout sera fini en quelques minutes.

Je me dis que mon optimisme est peut-être déplacé. Et si ce n'était pas le gonflement qui empêchait le bébé de sortir ? Ses épaules pourraient être coincées derrière l'os pubien.

En jetant un coup d'œil dehors, je vois les hommes en train de fabriquer une petite plate-forme à l'aide de deux rondins. Le barbu m'apporte la boîte de saindoux ; le plus jeune me montre fièrement son couteau de chasse plongé dans la casserole de porc aux haricots blancs fumante.

Espoir

Docey n'en finit plus de beugler en agitant la tête en tous sens.

— Ça va aller, ça va aller, je murmure d'un ton apaisant.

— Ça va aller, m'imite Becky en lui tapotant le bras comme si elle avait affaire à un animal dangereux prêt à mordre.

— Tout va bien se passer. Vous aurez bientôt votre bébé dans les bras, j'ajoute.

Je fais signe à Becky d'aller chercher les compresses chaudes. Elle en essore une, contente d'avoir quelque chose d'utile à faire.

— La chaleur devrait assouplir les tissus enflammés et aider la maman à se détendre, je lui explique.

Ça semble faire effet. Entre deux poussées, j'arrive à glisser deux doigts à l'intérieur. À la contraction suivante, le progrès est net.

— Regardez, le bébé arrive !

Le crâne poilu sort un peu plus.

Sans pouvoir se contenir, les hommes encouragent maintenant la mère à grands cris.

— Vas-y, petite ! Tu vas y arriver. Tu es notre championne.

Toute mon attention est concentrée sur cet anneau de feu enflé, si étroit. Je forme une couronne avec les mains en priant pour que le bébé soit toujours vivant.

— Je vois ses oreilles. Encore quelques poussées, et la partie la plus large sera sortie. Poussez un peu. Soufflez.

Au prochain effort, les choses s'accélèrent. J'ai eu tort de m'inquiéter pour les épaules. Une petite fille rouge, vagissante, vole sur mes genoux, suivie d'une giclée de sang, puis du placenta !

Docey ouvre grand ses yeux verts quand elle se rend compte que c'est l'enfant, et non pas une autre douleur déchirante.

— Mon bébé ! Mon amour !

Ce sont les premiers sons qui sortent de sa bouche en dehors des cris de douleur.

— Nom de Dieu ! marmonne un homme derrière moi en jetant un coup d'œil sous la tente. Pardon.

Ses compagnons ne peuvent y résister. Il faut qu'ils regardent eux aussi. Je leur cache la mère mais leur laisse entrevoir le nouveau-né.

Will éponge son visage avec un foulard bleu tout chiffonné.

— Comment z'allez l'appeler ?

Trop occupée à examiner le bijou qu'elle tient dans ses bras, Docey ne répond pas tout de suite.

— Quel est le nom de ce fleuve ?

— La Hope, répondons Becky et moi à l'unisson.

— Elle s'appellera comme ça. Hope[1].

Vingt minutes plus tard, j'accepte la tasse de café bouillant que me proposent les hommes à nouveau réunis autour du feu. Becky est restée dans la tente pour montrer à la jeune maman comment allaiter. Ses mains ont cessé de trembler. L'accouchement est un événement primitif, pas très ragoûtant au fond. Tout le monde ne le supporte pas. Ce n'est pas la première fois que je le constate.

— Comment allez-vous prendre soin de Docey ? Qu'aviez-vous prévu de faire exactement ? Elle ne peut pas voyager dans cet état. Et il fait trop froid pour que le bébé vive sous tente.

Un vent glacial s'est levé et plisse la surface de l'eau.

— On savait pas qu'elle était si proche du terme, se défend Will. On s'est dit qu'on allait

1. « Espoir », en anglais.

rester ici quelques jours pour la laisser se reposer, puis on serait allés à Torrington, dans une église par exemple, où on aurait trouvé quelqu'un pour prendre soin d'elle. Et puis ce matin, elle a commencé à avoir mal.

Je réfléchis aux différentes possibilités. Elles pourraient rester là en essayant de trouver un moyen d'avoir un peu plus chaud. À moins qu'on emmène la maman et son bébé chez nous…

À cet instant, Becky sort la tête de la tente et me surprend en disant :

— Elle n'a qu'à venir chez moi. Je m'occuperai d'elle jusqu'à ce qu'elle soit remise.

Elle tend le saindoux et les torchons inutilisés aux « pères ». Je sais qu'ils ne le sont pas vraiment, mais leurs mines réjouies me donnent cette impression.

Will éteint sa cigarette et range le mégot dans sa boîte à tabac avant de nouer les lacets de son sac.

— Je vais avec elle, me dit-il. Les autres resteront ici pour garder nos affaires. On n'a pas grand-chose, mais si on se fait voler, on sera totalement démunis.

Je me tourne vers Becky.

— Certainement pas, proteste-t-elle. Je n'ai qu'une seule chambre libre et elle est pour Docey et le bébé.

À l'évidence déçus, les gars baissent tristement la tête comme si on venait de leur annoncer que leur grand-mère préférée était passée de vie à trépas.

— Désolée, persiste Becky en secouant la tête. Vraiment. Il n'y a pas de place pour vos tentes et vos affaires, mais vous pourrez lui rendre visite tous les jours.

En entendant ça, ils applaudissent. Moins d'une heure plus tard, nous avons installé Docey et Hope dans la Ford en haut de la colline. Becky a donné son adresse aux hommes.

En fin d'après-midi, je retraverse le pont sur mon vélo en pédalant à bonne vitesse pour rentrer chez moi. Will et ses compagnons me saluent au passage. Ce sont de bons travailleurs, au chômage, qui ont joué de malchance, et non pas des clochards ni des vagabonds, comme le prétendent certains. Dans mon esprit, Docey incarne Marie, et eux sont les Rois mages venus d'Orient.

20 juin 1930. Lune obscurcie par les nuages.

Naissance de la petite Hope, près de la rivière. Fille de Docey, originaire de Beckley, en Virginie occidentale (je n'ai pas saisi son nom de famille).

Becky Myers, l'infirmière, m'a menée à une tente plantée sous le pont. La tête du bébé était sortie depuis des heures, et les tissus entourant le vagin étaient enflés, épais, rouges. Grâce à des compresses chaudes et à du saindoux, j'ai réussi à sortir la tête sans déchirure. On a emmené la mère et l'enfant chez Becky. Étaient présents, en dehors de Mme Myers et moi-même, les trois voyageurs qui campaient avec la jeune fille. Les gars m'ont dit que Docey, la maman, avait fui un mari violent et qu'ils l'avaient prise sous leur aile. Je crains que l'avenir ne soit pas très rose pour elle.

Sur le chemin du retour, en descendant Salt Lick, je décide au dernier moment d'aller rendre une petite visite au vétérinaire. Lui qui sillonne la campagne, il saura peut-être s'il y a du travail pour moi quelque part. En dehors de la naissance de ce beau bébé et des quelques sous qu'on m'a donnés au palais de justice, la journée n'a pas rapporté grand-chose. J'en profiterai pour me désaltérer.

Voyant sa Ford noire garée dans l'allée, je franchis le pont en tenant mon vélo à la main. Sous moi, la rivière gargouille sur de l'ardoise aussi lisse qu'un trottoir. Je songe un instant à enlever mes chaussures pour patauger dans l'eau claire. Des becs-à-ciseaux flottent. Un vairon surgit, puis disparaît. À cet instant, je me rappelle que je ne suis pas venue là pour flâner.

Pas trace du vétérinaire ni dans la cour ni dans la grange. Je me dirige vers l'entrée de sa ferme.

— Y'a quelqu'un ?

Je vais frapper à la porte de derrière, m'attendant à ce qu'elle s'ouvre à la volée. Pas de réponse. Il doit être là puisque sa voiture est dans l'allée… La main en visière, je scrute les prés environnants avant de frapper à nouveau. Plus fort.

— Ouais ? fait une voix étouffée à l'étage.

Je redescends les marches du porche et lève les yeux vers la fenêtre ouverte.

— Monsieur Hester ?

— Ouais.

— C'est Patience Murphy.

— Qu'est-ce que vous voulez ? Que se passe-t-il ? ajoute-t-il d'un ton adouci. Vous avez des problèmes avec Étoile ou Clair de lune ?

— Non. Elles vont bien. Qu'est-ce qui ne va pas ? Pourquoi ne venez-vous pas m'ouvrir ?

Un silence s'ensuit, qu'emplissent les stridulations des cigales.

— Je suis mal en point.

— Je peux monter ?

Nouveau silence, comme s'il essayait de déterminer dans quelle mesure il est prêt à lever le voile sur sa vie privée. Nous ne sommes pas vraiment amis, même si nous avons vécu des choses ensemble.

— D'accord… C'est ouvert.

La vaisselle déborde dans l'évier à la cuisine. Un seau à lait sale est posé sur le comptoir. Au-delà du mur du téléphone, des marches à pic mènent au premier. Devant la pièce que je suppose être la chambre de Hester, il y a un pot en porcelaine blanc, sans couvercle, rempli à ras bord d'un liquide jaune foncé. Ça empeste.

Je me penche instinctivement pour remettre le couvercle puis je donne deux coups à la porte avant de pousser le battant. Hester gît dans un grand lit à baldaquin sens dessus dessous. Une barbe de trois jours obscurcit son visage tuméfié. Il a le bras gauche en écharpe. Sa jambe et son pied nus, violacés, reposent sur un coussin.

— On dirait que vous vous êtes battu avec un taureau, et que le taureau a gagné !

Je plaisante mais, en réalité, je suis sous le choc.

Hester me désigne une chaise.

— Je me suis bagarré, et vous avez raison, j'ai perdu, mais pas contre un taureau.

Il remarque mon regard rivé sur une bouteille d'un alcool clair sans étiquette… Du gin, ou peut-être de la vodka…

— Un remède contre la douleur, s'excuse-t-il.

— Que puis-je faire pour vous ?

J'aimerais changer ses draps, lui faire sa toilette. Panser ses plaies. J'ai trouvé un emploi d'infirmière, mais ça ne me rapportera pas un sou. Il a l'air tellement pitoyable.

— Rien. Ça va.

— Vous êtes sûr ? Vous n'êtes même pas capable de vider votre pot de chambre. Que faites-vous pour la traite ?

— Pas grand-chose. Je m'en suis occupé une fois par jour, et il m'a fallu une heure pour aller à la grange et revenir.

Il tousse en se tenant les côtes sous son bras blessé. Je secoue la tête.

— Que vous est-il arrivé ? Vous plaisantiez quand vous disiez que vous vous êtes battu, n'est-ce pas ?

C'est à son tour de secouer la tête.

— Trois types me sont tombés dessus près de Burnt Town. Les frères Bishop. Vous n'en avez probablement jamais entendu parler.

Je me penche pour redresser ses oreillers en plissant le nez. Il sent la sueur, quelque chose d'autre… le foin…

— Comment vous êtes-vous retrouvé dans cet état ? Ils ne vous ont pas raté, dites-moi.

— Ils m'ont demandé de venir soigner leur cheval. Quand je suis arrivé là-bas, ils étaient ronds comme des barriques, tous les trois. Ils sont quatre frères, des petits fermiers qui fabriquent de l'alcool de contrebande. Celui à qui j'ai affaire d'habitude (Hester pointe le menton vers la bouteille), l'aîné, Aran, n'était pas là.

» Bref, il était presque trop tard quand ils m'ont appelé, comme toujours. La plupart des fermiers s'y prennent ainsi à la dernière minute, dans l'espoir d'économiser de l'argent et que le mal dont souffre l'animal disparaîtra comme par enchantement. Les frères Bishop étaient de méchante humeur. L'alcool a cet effet sur certains hommes, et puis ils se faisaient du souci pour leur bête.

Hester tente de se mettre sur le côté pour mieux me voir, mais les larmes lui viennent aux yeux et il renonce, fixant désespérément le plafond à la place.

— Ça remonte à quand ?

— À deux jours. Ils m'ont fait venir parce que leur cheval préféré, Diable…

— Diable ? Vous plaisantez ? Les frères Bishop ont un cheval qui s'appelle Diable ?

Je trouve ça drôle, mais lui ne rit pas.

— Oui… Diable avait des coliques.

— Attendez une seconde.

Je descends rapidement pour allumer le poêle à gaz. Je pompe un peu d'eau dans une grosse casserole que je mets à chauffer.

— Qu'est-ce que vous êtes allée faire ? me demande-t-il quand je reviens.

Pour la première fois, je remarque les tableaux et les gravures encadrés qui ornent les murs blancs : des chevaux de course, de ferme, de chasse. Quelques originaux, des reproductions. J'avise une photographie passée de Hester jeune en uniforme militaire, à côté d'une charrette tirée par deux chevaux. Les bêtes portent des masques à gaz. Je détourne les yeux.

— J'ai fait chauffer de l'eau pour que vous puissiez faire votre toilette.

Il sourit pour la première fois. Un sourire tordu.

— Je ne sens pas très bon, hein ?

— Vous empestez, je réponds en hochant la tête.

La dernière fois que j'ai senti une odeur pareille, c'était au printemps 1920, le jour où Ruben était rentré à la maison après s'être occupé d'organiser les mineurs à Matewan. Cela faisait une semaine qu'il n'avait pas pris de bain ni n'avait changé de vêtements. En me racontant comment la situation avait dégénéré à Tug Fork, il avait pleuré.

— Trois mille hommes ont signé la pétition du syndicat à l'église communautaire en sachant pertinemment que ça risquait de leur coûter cher, m'avait-il expliqué après que je lui eus lavé le dos et les cheveux et fait enfiler une chemise de nuit propre.

En cas d'échec des négociations avec les propriétaires de la mine, ils avaient toutes les chances de perdre leur travail. Et c'est précisément ce qui s'était passé. La Stone Mountain Coal Company a riposté par des tirs massifs. Ils n'ont pas hésité à chasser femmes et enfants de leurs cabanes sous la pluie. Pour faire le sale travail, le propriétaire a fait appel à l'agence de détectives Baldwin-Felts, ces brutes de Bluefield, armés de mitraillettes. Les mineurs, eux, avaient des fusils et des pistolets. Ils étaient prêts. Ils ne faisaient même pas encore la grève. On était juste en train de s'organiser. Une fusillade a éclaté dans Main Street. On n'a pas pu savoir qui avait tiré en premier, le shérif Hatfield ou un des frères Felts, mais dix hommes y ont laissé la vie. C'était absurde.

Étonnant comme une simple odeur peut faire ressurgir des souvenirs aussi forts. Je repense à tout ça en rangeant la chambre. C'était la première fois que Ruben prenait part à un combat armé. Il n'a plus été le même ensuite. Dès lors, il portait toujours un colt sur lui.

Le vétérinaire gémit à nouveau avant de reprendre le cours de son histoire.

— Bref, le cheval était déjà en piteux état quand je suis arrivé. C'est leur bête préférée. Il caracole toujours en tête du défilé du 4 Juillet à Liberty avec des rubans rouges, bleus et blancs sur la queue. Ils l'avaient fait marcher autour de l'enclos. Sur le point de rendre l'âme, couverte de sueur, la bouche écumante, la pauvre bête pliait les genoux pour essayer de se coucher. Ce n'était pas bon signe.

» Un cheval qui a des coliques, il ne faut jamais le pousser, m'explique-t-il. Cela peut provoquer une torsion des intestins et lui être fatal. En comptant ses respirations et en voyant ses yeux blancs de peur, j'ai compris que Diable n'en avait plus pour longtemps. J'étais fou de rage mais j'ai essayé de ne pas le montrer. « Depuis combien de temps est-ce que ça dure ? » je leur ai demandé. « Depuis ce matin », m'a répondu le plus jeune, Beef.

» Un gaillard d'un mètre soixante-cinq, dans les cent kilos, tout en muscles. Rien dans la cervelle. Il avait une planche d'un mètre cinquante de long dans les mains et, de temps en temps, il en flanquait un coup sur la croupe du cheval pour l'obliger à avancer. J'étais horrifié. « On vous a appelé trois fois », a-t-il ajouté.

» J'avais repéré un baril d'alcool de contrebande près de l'entrée de la grange. Ils sentaient tous le whisky à plein nez. Il mentait. J'avais passé la journée chez moi à lire le dernier numéro de la *Gazette de l'Éleveur*. Je n'ai reçu qu'un seul appel d'eux et je me suis mis en route aussitôt. J'ai continué à examiner l'animal sans rien dire. Il avait une forte fièvre – plus de quarante degrés –, et son pouls était faible, ce qui n'est jamais de bon augure. Les chevaux ne supportent pas le stress aussi bien que d'autres grands animaux. Je leur ai posé les questions habituelles à propos de la progression de la maladie, quand ça avait commencé, ce qu'ils avaient fait. Ils avaient essayé l'huile de castor, mais Diable était toujours bloqué. Il m'a bien fallu leur dire la vérité.

» « Cette bête est constipée depuis plus longtemps que ça. Regardez-la. Elle souffre atrocement. Je peux lui donner un sédatif et essayer de lui mettre une sonde gastrique, mais je ne vous promets rien. Ses intérieurs sont déjà très enflammés. Elle risque de ne pas s'en sortir. » Beef, celui qui avait la planche, m'a alors lancé, d'un ton railleur : « Est-ce qu'on va devoir payer s'il passe l'arme à gauche ? »

Hester secoue la tête.

— Je n'ai rien pu faire. Pendant que les frères me tarabiscotaient à propos de mes honoraires, le cheval a commencé à s'affaisser. On a essayé de le retenir à nous tous, mais c'était un molosse. Il s'est écroulé dans la grange et ça a été terminé. J'ai sorti une seringue pour lui administrer une dose d'adrénaline… mais son cœur avait déjà cessé de battre.

» Beef s'est remis à lui taper dessus avec sa planche, et là, mon sang n'a fait qu'un tour. J'ai bien vu qu'il était malheureux. Les joues baignées de larmes, il a continué à s'acharner sur l'étalon. « Lève-toi, sale bête ! criait-il. Lève-toi », répétait-il en postillonnant tout en s'essuyant les yeux. J'ai dit : « Lève-toi ! »

» Un de ses frères se bidonnait en se tenant les côtes. Personne ne faisait mine de l'arrêter, alors j'ai perdu mon sang-froid, ni plus ni moins. J'ai attrapé la planche pour la jeter à l'autre bout de l'enclos mais à ce moment-là j'ai glissé sur de l'huile de castor. C'est comme ça que je me suis foulé la cheville.

Il désigne son pied violacé et je fais la grimace, me demandant comment j'aurais réagi, à sa place. Je n'aurais pas supporté de voir un homme se déchaîner sur un cheval mort. Ça m'aurait rendue folle de rage, moi aussi. Cette noble bête gisant là… alors qu'on aurait pu la sauver.

— À partir de là, les choses ont dégénéré… Beef s'est jeté sur moi. Je l'ai chopé par la jambe. On a roulé dans le foin et l'huile de castor, tous les deux bouleversés après avoir vu le cheval mourir sous nos yeux. À califourchon sur sa bedaine, je lui ai asséné une pluie de coups de poing. C'est alors qu'un autre s'est emparé de la planche et me l'a flanquée sur le dos… Il n'a pas arrêté jusqu'à ce qu'Aran, le frère aîné, débarque. Celui à qui j'achète de l'alcool. Il est à peu près normal.

» Il tenait un seau d'eau qu'il apportait au bétail. En un clin d'œil, il a pris la mesure de la scène – le cheval mort, la bagarre – et nous a expédié le contenu de son seau en pleine figure. J'ai profité de la confusion pour me relever et ficher le camp. J'ai attrapé mon chapeau, je suis sorti dans la cour en titubant et j'ai boitillé aussi vite que j'ai pu jusqu'à ma voiture. J'entendais Aran leur crier après pendant que je lançais le moteur. Les autres se bornaient à ricaner.

— Avez-vous consulté un médecin ?

— Non.

— Pourquoi ? Vous avez peut-être quelque chose de cassé ?

Je me lève et me dirige vers la cuisine, déterminée à y mettre un peu d'ordre.

— Les gens des professions médicales ne se font pas soigner, vous le savez aussi bien que moi, me répond Hester. Je n'ai rien de cassé, à part mon âme. Le pire pour moi, c'est le cheval. Cette mort inutile d'une bête magnifique. (Il s'essuie les yeux.) Salopards !

Pendant la demi-heure qui suit, je fouille dans son armoire pour trouver un slip propre et je l'aide à faire sa toilette. Bien que méticuleux dans son métier, il est aussi désordonné que Ruben. Les tiroirs sont remplis de tout un enchevêtrement d'habits en vrac. Les chaussettes sont toutes dépareillées. J'arrive à peine à faire la différence entre le propre et le sale.

Non sans peine, nous ôtons son attelle. Il me laisse l'aider à savonner le haut de son corps, son cou, son dos. Il arrive à bouger le bras gauche, bien qu'il soit couvert de bleus du coude jusqu'à l'épaule. Il a probablement raison de dire qu'il n'est pas cassé.

Pendant qu'il se lave au-dessous de la ceinture, je descends ranger la cuisine et faire chauffer une boîte de haricots au porc de la marque Van Camp's que j'ai trouvée dans la remise. Pendant qu'il mange, assis sur une chaise, je change ses draps. À la fin, il s'écroule dans son lit comme un sidérurgiste après une journée de labeur.

— Que prévoyiez-vous de faire ? je lui demande en souriant une fois ma mission d'infirmière terminée.

J'ai posé une carafe d'eau de deux litres sur sa table de chevet. Son pot de chambre, étincelant maintenant, est à portée de main.

— Que voulez-vous dire ?

— Comment pensiez-vous vous en sortir tout seul dans cet état ? Aviez-vous l'intention d'appeler quelqu'un ? Le docteur Blum ? Becky Myers ?

— Sûrement pas ! Blum a eu un grave accident de voiture la semaine dernière en rentrant d'une visite nocturne. Son véhicule est tombé dans un ravin le long de Bluff Creek. Le révérend Miller était sur la route lui aussi. C'est lui qui l'a trouvé. La voiture est irréparable. Blum m'a annoncé qu'il déclarait forfait. Il n'a plus envie de vivre comme ça, de multiplier les visites de jour comme de nuit, qu'il pleuve ou qu'il vente, au péril de sa vie, pour trois sous. Dès qu'il sera remis sur pied, il compte partir avec sa femme à Charlottesville. Son frère a un cabinet là-bas. Ils vont travailler ensemble.

Je soupire en pensant aux futures mamans du comté de l'Union, en particulier celles qui ont des problèmes, à la manière dont ce départ va les affecter. Ce qui ne m'empêche pas d'en revenir à mes moutons.

— Alors, dites-moi, que prévoyiez-vous de faire ? je répète. Comment comptiez-vous panser vos blessures et prendre soin de vos bêtes ? Vous alliez croupir là pendant que vos animaux mouraient de faim ? Vous êtes à peine capable d'aller chercher de l'eau ou de vous préparer à manger à moins de descendre sur les fesses.

Ses yeux rient.

— J'attendais la venue d'un ange de miséricorde, me dit-il.

30 juin 1930

Appelée de nouveau à la ferme des Klopfenstein, cette fois-ci pour mettre au monde le quatrième enfant d'Elvira et Moses Klopfenstein (un garçon de 3,200 kg). Elvira est la tante de Ruth, celle qui boite et que j'ai rencontrée chez eux lors de la première naissance. La grand-mère a décidé de me laisser me charger de l'accouchement.

Les femmes étaient assises à nouveau en rang d'oignons au chevet de la patiente, tout de noir vêtues, avec leurs lunettes rondes sur le nez et des foulards autour du cou. Sauf que cette fois-ci Molly aux cheveux cendrés allaitait son enfant. Tout le monde s'est réjoui qu'Elvira accouche rapidement, et au lit. J'étais contente que Bitsy soit là pour faire leur connaissance. Personne n'a paru choqué qu'elle soit noire. Je suppose que le bruit a vite couru. Délivrance rapide. Pas de déchirures. Perte de sang modérée. Bitsy a sorti le placenta.

29

Jour de l'Indépendance

Pendant toute la semaine, Bitsy et moi avons rendu visite au vétérinaire, matin et soir. On a trait sa vache, nourri et donné à boire à son cheval et à ses poules, vidé son pot de chambre et essayé de maintenir sa maison à peu près en ordre. Chaque fois que je lui fais la cuisine, il me suggère d'emporter quelques provisions chez moi. Je me sers, prenant un sac de farine de maïs, un bocal de lait, un peu de sucre et une demi-boîte de saindoux.

Le septième jour, il va beaucoup mieux. Je le trouve assis à sa table en bas en train de lire un manuel vétérinaire. Il a mis des vêtements propres. J'aperçois une canne appuyée contre sa chaise. Il la brandit.

— J'ai trouvé ça dans le placard quand j'ai emménagé. J'ai bien fait de ne pas la jeter. Je n'aurais jamais pensé en avoir besoin un jour.

Il traverse la pièce en boitant pour aller chercher un journal qu'il déploie sur la toile cirée.

— Samedi prochain, c'est la fête du 4 Juillet à Liberty. (Il me montre l'annonce.) Vous voulez que je vous conduise en ville, Bitsy et vous ? On pourrait y passer la journée. Assister au défilé et aux feux d'artifice.

Je hausse les épaules en pensant au dernier 4 Juillet où je suis allée, à Washington. Depuis lors j'évite ce genre de célébrations.

— Pourquoi pas.

En le voyant se renfrogner, je me dis que j'ai dû le blesser.

— Ça me ferait plaisir, je rectifie en m'efforçant de me montrer un peu plus enthousiaste. On va bien s'amuser.

Quelques jours plus tard, nous attendons le départ de la parade devant la pharmacie Stenger.

— Quelle élégance ! commente Hester, admirant ma robe et mes collants blancs.

Il ne devait pas se douter que je possédais ce genre de tenues. Il m'a presque toujours vue en pantalon. Comme c'est jour de fête, j'ai mis le petit chapeau rouge de Mme Kelly. Hester aussi a fière allure avec sa chemise bleu pâle aux manches retroussées, un panama en paille ornée d'une bande noire sur la tête.

— Vous voulez un soda ?

Il désigne la glacière en métal rouge avec le fameux symbole blanc de Coca-Cola devant l'épicerie Bittman. Je jette un coup d'œil à l'écriteau : cinq *cents* la bouteille.

— Non merci.

Pour cette somme-là, on peut acheter une belle miche de pain. Tout sourire, Hester se dirige malgré tout vers le magasin et nous en achète une bouteille chacune, après quoi il nous trouve un endroit pour nous asseoir sur les marches du palais de justice. Son extravagance me hérisse, mais je n'en savoure pas moins le soda glacé.

Je parcours la rue des yeux, remarquant au passage les garçons en salopettes rapiécées, les petites filles dans leurs robes de seconde main, les grandes personnes dont l'inquiétude se lit sur le visage. Il y a tellement de boutiques fermées. Même la quincaillerie Mullin où j'ai acheté de la peinture bleu pervenche jadis pour rafraîchir ma porte d'entrée a une pancarte À VENDRE en devanture.

Des battements de tambour se font entendre au bout de la rue, puis de la musique. La foule s'anime et tous les regards se tournent vers Sycamore. C'est la fanfare du lycée de Liberty qui joue *Stars and Stripes Forever*. Ils défilent fièrement le long de Main Street, suivis d'un détachement d'hommes de couleur de l'American Legion, puis de la fanfare du lycée d'Oneida et du All Negro Drum Corps, plein d'entrain, venu de Delmont. Les vétérans de la guerre de Sécession leur emboîtent le pas, à une certaine distance.

Nous nous levons comme tout le monde en l'honneur des anciens soldats qui passent devant nous dans leurs uniformes en lambeaux. Mme Kelly m'avait expliqué qu'à l'époque où la Virginie occidentale s'était séparée de la Virginie, en 1863, les gens de la région étaient profondément divisés. Ces vétérans doivent bien avoir dans les soixante-dix ans.

Quatre d'entre eux sont en bleu, les trois autres en gris.

Je m'essuie les yeux du revers de la main en voyant la colonne d'enfants avec leurs vélos et leurs animaux de compagnie festonnés de rouge, blanc, bleu qui avancent derrière eux. Une petite fille tient en laisse un chien déguisé en Oncle Sam. Hester me jette un regard en coulisse, mais ça m'est égal. J'ai beau me considérer comme une citoyenne du monde, il y a quelque chose qui m'émeut dans les manifestations de patriotisme toutes simples. Inévitablement, j'ai une boule dans la gorge, et je ne sais même pas pourquoi. Peut-être parce que, quand j'étais jeune à Deerfield, le jour de l'Indépendance était un véritable événement.

De bonne heure ce jour-là, mon père et moi allions au parc près du fleuve. Nous étalions des couvertures sur la pelouse afin de se garder une place en prévision du pique-nique. La Troupe hongroise de polka jouait dans le belvédère.

— Voilà les chevaux, s'exclame Hester, me tirant de ma rêverie.

Des juments, des étalons, des poneys et même des mules caracolent devant nous, leur pelage étincelant, leurs sabots briqués. Ils ont des rubans dans la crinière et autour de la queue.

— Vous voyez ce cheval pie, reprend Hester, attirant mon attention sur une magnifique bête blanche et brune. Elle boite légèrement, vous avez remarqué ? Elle s'est déchiré la patte arrière gauche l'année dernière en enjambant une barrière de barbelé. Une sacrée opération. Il a fallu deux heures et j'ai dû employer du chloroforme. Voilà Mme Dresher qui monte sa nouvelle jument Mustang en amazone, ajoute-t-il.

Deux hommes en longues tuniques blanches arborant des masques en pointe – de piètres imitations de l'accoutrement du KKK – crânent sur les chevaux qui ferment la marche, des étalons noirs. Un frisson parcourt la foule, puis quelqu'un éclate de rire et tout le monde en fait autant, à part le vétérinaire et moi. J'ai la mâchoire tellement crispée, j'arrive à peine à articuler :

— C'est pour de vrai ?

— Non, ils font le pitre pour attirer l'attention, c'est tout. Le comité de la parade n'admettrait jamais la moindre référence au Klan.

Tandis que la foule se disperse, Hester glisse son bras sous le mien et m'entraîne vers un chariot bleu derrière lequel un vendeur est en train de tisser des sortes de filaments roses. Une délicieuse odeur de sucre chaud embauche l'air. « BARBE À PAPA », indique l'écriteau.

— Vous voulez goûter ? me demande mon compagnon pour essayer de me faire oublier ce que je viens de voir.

— Non ! Vingt-cinq *cents*, c'est beaucoup trop cher. Vous m'avez déjà acheté un Coca.

En réalité, j'ai encore mal au cœur d'avoir vu ces hommes en tenue du Ku Klux Klan. Et si Bitsy les avait remarqués ? Elle est quelque part dans cette multitude avec la Grande Mary. Et si Thomas et Mme Potts se trouvaient eux aussi dans les parages ? Je grince des dents si fort que je redoute qu'elles se cassent.

— Ne vous faites pas de souci pour ça, rétorque le vétérinaire en sortant une pièce de sa poche qu'il tend au vendeur. L'argent est fait pour être dépensé.

À l'instant où ce dernier lui remet une drôle de boule de coton rose au bout d'un bâton, je vois les épaules de Hester se raidir. Il tourne brusquement la tête vers trois malabars en salopettes qui se dirigent droit vers nous depuis le trottoir d'en face.

— Salut, le véto ! Alors, on a tué des canassons ces derniers temps ? braille celui qui a un tissu blanc sur l'épaule.

— Les frères Bishop, marmonne Hester en me prenant par la main. Allons-y.

Émeutes raciales

La dernière fois que j'ai fui un défilé du 4 Juillet, c'était à Washington. En 1919. La veille, Ruben devait se rendre à une réunion syndicale avec Samuel Gomper. Ça lui avait donné des idées.

— Pourquoi ne m'accompagnes-tu pas ? m'avait-il proposé avec son enthousiasme coutumier. On en profitera pour prendre un petit congé.

— J'ai déjà vu des feux d'artifice et des parades.

— Certes, mais pas à Washington. Il faut vivre ces festivités là-bas au moins une fois dans sa vie. Ce sera l'aventure. On peut loger chez les Gomper.

Nous avions de l'argent, à l'époque. Je travaillais encore à la Westinghouse. Je me débrouillai pour soutirer un jour de repos à mon superviseur. Quant à Ruben, il était employé à plein temps par le syndicat. On avait fait nos bagages et, le lendemain, on avait pris le premier train Capitol Limited, à l'Union Station.

Les temps étaient difficiles aux États-Unis après la Grande Guerre. On s'était acharné à attiser la flamme du patriotisme afin de contrecarrer la répugnance des Américains à rallier ce que la plupart considéraient comme un conflit européen. Une fois rendus à la vie civile, les soldats se mettaient en quête de travail et n'en trouvaient aucun.

Pendant ce temps-là, en Russie, porté par la vague de la révolution, Lénine menaçait de faire main basse sur le monde. Quelques anarchistes ayant fait sauter des bombes en Amérique, tout le monde s'imaginait qu'un Bolchévique se dissimulait dans chaque placard. Les Fédéraux étaient même venus frapper à notre porte un soir, cherchant Ruben. Nora les avait charmés dans son kimono en soie rouge pendant que Mme Kelly et moi allions cacher mon amoureux dans le grenier.

Les exécutions sommaires de Noirs avaient repris dans le Sud. Soixante victimes en 1918, et d'autres lors d'émeutes partout dans le pays l'année suivante – dont certains portant encore l'uniforme. La situation était différente à Pittsburgh. On avait rendu la ségrégation illégale, et un certain apaisement se faisait sentir dans les relations interraciales, non que Blancs et Noirs se mêlent facilement, hormis dans les milieux des radicaux et des musiciens.

J'aurais dû me douter que la situation s'envenimerait, mais cela ne m'était même pas venu à l'esprit jusqu'à ce que je lise les gros titres du *Washington Post*, resté sur la table de la salle à manger des Gomper : « 13 SUSPECTS ARRÊTÉS LORS D'UNE CHASSE AUX

NÈGRES », « UN PETIT DÉTACHEMENT AUX TROUSSES DU VIOLEUR NOIR DE DEUX FEMMES BLANCHES. »

— Qu'est-ce que c'est que cette histoire ? avais-je demandé à l'épouse du leader syndicaliste.

Sa théière en argent à la main, elle était en train de me servir une tasse pendant que les hommes discutaient au salon.

— Ne faites pas attention à ces sornettes, ma chère.

— Pourquoi ?

— C'est un tissu de mensonges concoctés par des journalistes qui rivalisent entre eux pour s'assurer les meilleurs titres à sensation. Les relations interraciales sont déjà assez tendues comme ça à Washington, avait-elle ajouté en me passant le sucre. La presse ne fait que mettre de l'huile sur le feu.

Pour illustrer son propos, elle me montra une pile de journaux posés sur le buffet en chêne sculpté : des exemplaires du *Washington Times*, de l'*Evening Star* et du *Washington Herald*.

« LA PETITE TROUPE TOUJOURS À LA POURSUITE DU NÈGRE... » « DES DÉTACHEMENTS D'HOMMES BLANCS AIDENT LA POLICE À TRAQUER L'AGRESSEUR DE COULEUR... », « DÉMON NOIR À NOUVEAU RECHERCHÉ ! »

— Y a-t-il donc eu tant de viols ?

Elle secoua la tête.

— Personne que je connaisse, mais cette ville est en train de se changer en une poudrière raciale. Le travail est si rare qu'on voit d'anciens sammies[1] mendier dans Pennsylvania Avenue. Les vétérans blancs en veulent amèrement aux quelques

1. Sammies : nom donné aux soldats qui débarquèrent en France lors de la Première Guerre mondiale, en référence à l'Oncle Sam.

Noirs qui ont réussi à trouver un emploi… même très mal rémunéré, de messager, de garçon d'ascenseur.

Un épisode survenu le lendemain à la parade m'avait permis de comprendre ce qu'elle avait voulu dire. Alors que l'US Navy Band défilait en grande tenue devant nous, trois Blancs s'étaient jetés sur un Noir en uniforme. Ils l'avaient traîné dans une allée où ils l'avaient battu. Ruben avait réussi à les mettre en fuite. Nous avions porté le malheureux dans une rue latérale où nous avions pris un taxi pour le conduire à l'hôpital Walter Reed General. Nous n'avions plus la moindre envie d'assister aux feux d'artifice après ça. Dès le lendemain, nous reprenions le train.

Blottis l'un contre l'autre dans le wagon à regarder les paysages de la Virginie, du Maryland, de la Virginie occidentale et de la Pennsylvanie défiler tour à tour sous nos yeux, nous luttions pour nous cramponner au rêve que nous avions de l'Amérique.

Une semaine plus tard, dans le *Washington Times*, on avait lu qu'une bande de Blancs s'en étaient pris à un autre Noir près de Howard University. Ils l'avaient pendu comme une vache à l'abattoir avant de le fusiller. Après ça, l'enfer s'était déchaîné. Mme Gomper avait raison. Des émeutes avaient éclaté à Washington. Au bout du compte, quatre hommes avaient trouvé la mort dans les rues de la capitale du pays de la liberté et des braves… Mais ça, c'était il y a dix ans.

Tandis que Hester et moi quittons précipitamment Main Street, nous éloignant de la foule en direction de son cabinet, les trois frères nous observent, de la haine dans les yeux.

30

10 juillet 1930. Pleine lune ascendante. Tel l'œil unique et aveugle du ciel.

Naissance de Joy Mayo, 3,950 kg, quatrième fils de Phoebe et Delmar Mayo, de Panther Branch. En arrivant à leur ferme, j'ai compris qu'on était venues trop tôt. Phoebe courait dans tous les sens pour essayer de mettre de l'ordre dans son petit logis. Bitsy et moi lui avons donné un coup de main. Bitsy s'est même débrouillée pour que les petits battent les tapis pendus sur la corde à linge. À la fin, j'ai dû dire à leur mère de monter se coucher. Elle s'épuisait. Il n'y avait pas vingt minutes qu'elle était allongée que nous avons entendu un cri. Le temps qu'on monte, un bébé braillait tout ce qu'il savait sur le lit entre ses jambes, dans une mare ensanglantée.

Le placenta avec le cordon, court et épais, reposait sur sa petite tête mouillée comme une casquette. J'ai cru mourir de rire. Pas de ruptures ni même de déchirures. Légère hémorragie, mais de l'herbe de Saint Laurent et un massage ont réglé le problème. Le père, M. Mayo, est rentré un peu plus tard et s'est exclamé : « Eh bien, en voilà un joyeux luron ! » Seules Bitsy et moi étions présentes, et nous n'avons pas fait grand-chose. Reçu un gros poulet. Nous étions de retour à la maison pour le souper !

Un orage

Le jardin nous fournit de bons légumes en grande quantité. Notre table en regorge : pois, salade, chou frisé, tomates, haricots, courges jaunes d'été, pommes de terre nouvelles, oignons. Les patates remplacent le pain car on est à nouveau à court de farine et de semoule de maïs. Voilà trois semaines que nous ne sommes pas allées en ville, mais nous nous passons volontiers des tristes nouvelles liées à l'économie en déroute, des visions d'hommes affamés quémandant du travail, des itinérants arpentant les routes menant vers le nord et l'est dans l'espoir de trouver du travail, accompagnés de leurs femmes et de leurs enfants malingres.

Le soir, comme le soleil se couche tard, Bitsy et moi nous installons sur le porche pour feuilleter les numéros de *Ladies' Home Journals* datant des années 1920 que j'ai trouvés dans le grenier. Une époque prospère. Les gens s'imaginaient alors qu'elle durerait toujours. L'argent facile. Des femmes faciles dans leurs jupes *flappers* courtes. J'en portais moi-même, avec des bas en soie et des porte-jarretelles, quand Ruben et moi sortions dans les clubs de jazz de Pittsburgh. On dansait toute la nuit dans les salles enfumées, bruyantes. En ville, j'ai remarqué que les jupes rallongeaient à mesure que la bourse et tout le reste chutaient.

Clair de lune n'a toujours pas vêlé, mais quand Hester est venu l'examiner, il nous a annoncé que ça n'allait pas tarder. Pendant qu'il se lavait les mains à la cuisine, il nous a donné des instructions pour qu'on sache quoi faire le moment venu.

— Le premier indice, nous a-t-il expliqué, c'est l'agitation. Gardez-la dans la grange. Si vous la laissez sortir, elle risque d'aller errer dans les bois à la recherche d'un endroit sûr pour mettre bas.

J'ai tout noté à la hâte sur un papier d'emballage.

— Ensuite sa vulve se détendra. Cela pourrait se produire quelques jours avant le vêlage.

— *Se détendra* ?

— S'ouvrira, si vous préférez. Puis la poche des eaux se rompra. À partir de ce moment-là, il faudra la contrôler plusieurs fois par jour. Venez me chercher quand vous pensez qu'elle est prête.

— Vous allez accoucher Clair de lune ? me suis-je écriée sur le ton de la plaisanterie.

— Je vais l'aider à mettre bas, a-t-il répondu sans se départir de son sérieux.

Jour après jour, le soleil tape du matin au soir. Il fait une telle chaleur que Emma et Sasha se cachent sous le porche ; les poules se couvrent de poussière. Quarante degrés ! C'est ce qu'indique le thermomètre en fer-blanc *Homme sur la lune* accroché sur le côté de la grange. D'ordinaire dans les montagnes, même en juillet, il ne fait jamais guère plus de vingt-cinq degrés. Cette pauvre Clair de lune qui est pleine ! Son vagin ne s'est pas encore « détendu », mais elle est agitée, ça c'est sûr.

Debout à six heures, on a désherbé le potager pendant les quelques heures moins chaudes avant l'aube, mais, dès neuf heures, on a juste envie de se réfugier dans la réserve si fraîche. À dix heures, on a fini. En guise de récompense, on va promener Étoile au bord de la rivière, on s'ébat dans l'eau claire de moins en moins profonde, on cueille des framboises.

Vers cinq heures, alors qu'on est en train de se sécher, un vent chaud se lève et des nuages noirs tourbillonnent au-dessus des cimes.

Bitsy et moi levons les yeux et reniflons l'air comme des bêtes sauvages.

— Bitsy ! Tes cheveux ! Ils se dressent sur ta tête.

L'atmosphère est chargée d'électricité. Ce n'est pas bon signe.

— Les vôtres aussi ! réplique-t-elle.

En passant une main dans ma tignasse, je sens des mèches hérissées autour de mon visage.

Soudain l'enfer se déchaîne. D'abord vient le tonnerre, secouant les cieux à l'ouest. Des grondements profonds si proches que la terre tremble. Nous arrivons à la grange juste avant que le ciel se déchire. Je pousse Étoile à la hâte entre les portes. Quand nous rentrons à la maison, nos habits sont trempés et nos cheveux pendent comme des bouts de ficelle.

Par les fenêtres de devant, je vois des éclairs transpercer les nuages noirs. La foudre s'abat sur un arbre de l'autre côté de la vallée ; le craquement se répercute sur des kilomètres. Je jette un coup d'œil à Bitsy.

— Pitié, Seigneur ! s'exclame-t-elle avant d'enfouir sa tête sous le duvet en patchwork.

En fuite

Quelques heures plus tard, l'orage s'étant réduit à des battements de tambour réguliers, alors que Bitsy et moi sommes en train de préparer le souper, la porte d'entrée s'ouvre brusquement et va cogner contre le mur.

— À l'aide ! crie quelqu'un.

À cause de la pluie, nous n'avons pas entendu la voiture arriver, ni les coups frénétiques à la porte. Katherine s'engouffre dans la maison. Ses cheveux sont collés sur son crâne. Les yeux rouges, elle porte son bébé en pleurs contre elle et une valise à la main. J'aperçois une berline foncée dehors, près de la clôture.

— Oh, Patience ! Bitsy ! Je vous en supplie, cachez-moi. (Elle se met à arpenter la pièce comme un renard en cage.) Il va venir me chercher cette fois-ci !

Bitsy lui prend l'enfant et tente de l'apaiser. J'aide Katherine à enlever sa combinaison en soie trempée et je l'enveloppe dans mon kimono. Pendant que nos pommes de terre et nos blettes frites refroidissent, nous faisons du thé et je m'évertue à calmer notre visiteuse affolée.

C'est en m'asseyant sur le canapé près d'elle que je remarque les nouvelles meurtrissures sur sa gorge. Quatre marques de doigt de chaque côté. Sentant mon regard sur elle, Katherine effleure son cou délicat.

— Il m'a attrapée par derrière pendant que je faisais mes bagages. Mary est montée en courant en lui criant de me lâcher. Elle a fini par le frapper avec mon miroir en argent, à trois reprises. La glace s'est brisée en mille morceaux. Il y en avait partout par terre. (Elle se remet à pleurer.) J'ai couru chez les Stenger au bout de la rue, mais il n'y avait personne. Je suis retournée à la maison en catimini, j'ai pris les clés pendues au mur de la cuisine et j'ai volé la voiture de William. Mais il y a du jeu dans une roue. J'ai failli atterrir dans un fossé.

J'ai envie de lui demander ce qui a provoqué cette nouvelle querelle conjugale. Son mari avait-il encore bu ? Ces scènes se sont-elles reproduites régulièrement depuis l'ultime altercation dont j'ai eu vent ? Au fond, peu importe. Le petit William et elle sont ici, chez moi et, à un moment donné, ce soir ou demain, M. MacIntosh arrivera à cette conclusion.

— Mary l'a-t-elle assommé ou juste étourdi ? Était-il conscient quand vous êtes partie ?

— Il était juste étourdi, mais encore ivre. Mary a refusé de venir avec moi. Je l'ai suppliée, mais elle n'a rien voulu entendre. Elle est restée plantée au-dessus de lui avec ce qui restait du miroir à la main… Il faut que je prenne un train pour Baltimore.

Elle jette des coups d'œil désespérés autour d'elle, comme si elle s'attendait à voir apparaître une locomotive et un wagon devant la maison.

— Je pensais qu'il changerait, reprend-elle, que son ivrognerie et ses crises résultaient de la tension qu'il subissait, mais je commence à penser qu'il a un côté méchant, que ses ennuis ont exacerbé. Je l'ai déjà vu frapper des employés. Il s'en prend à moi maintenant. Je retourne dans ma famille. C'est fini. J'en ai assez supporté.

La pluie a recommencé à tomber, fouettant la maison de biais. Elle gronde si fort que nous devons élever la voix. Vu la tempête, il y a peu de chances que le mari en colère vienne ce soir, avec ou sans le shérif. Il faudra qu'on emmène Katherine loin d'ici au matin.

Je prends une grande inspiration.

— Voulez-vous manger quelque chose, Katherine ? Nous avons ce qu'il faut. William ne viendra pas ici tant qu'il pleut à torrent. Les éléments sont trop démontés. D'ici demain matin, nous vous aurons mise à l'abri.

Je dis ça d'un ton assuré, mais en suis-je si sûre que ça ? Qui sait ce que cet homme enragé est capable de faire ?

— On se compromet beaucoup trop, marmonne Bitsy après être allée ranger la voiture dans la grange, hors de vue.

Assises à la table de la cuisine, nous mangeons notre plat réchauffé. Katherine est en haut. Épuisée, elle dort sur mon lit avec le petit Willie.

— Que veux-tu dire ?

— Les gens de couleur doivent éviter d'avoir maille à partir avec la loi.

— On ne peut pas renvoyer Katherine et son bébé dans la tempête.

Bitsy hausse les épaules.

— Elle aurait dû rester chez les Stenger ou se réfugier chez le shérif. Ça va mal finir.

Ce revirement me surprend et me contrarie quelque peu.

— Songe à ta maman. Elle n'a pas hésité à se porter à son secours et à frapper M. MacIntosh pour la sauver.

— Vous pensez qu'elle aura encore du travail demain ? Elle aura de la chance de ne pas se retrouver en prison pour coups et blessures. Une Noire frappant un Blanc, vous vous rendez compte ?

Elle repousse sa chaise, dépose son assiette dans l'évier et monte lourdement l'escalier. Chacun de ses pas résonne comme un avertissement.

Encore des ennuis

Toute la nuit, je reste éveillée sur le canapé, les yeux rivés sur la fissure au plafond, à essayer de décider quoi faire. Nous avons la voiture de William, mais Katherine dit qu'elle ne marche pas bien. Je redoute de faire la route jusqu'à Torrington. Et si je perdais le contrôle ? On risquerait de finir dans le fossé. Il y a un passage dangereux près de la rivière, où la berge est en pente. Oserais-je demander à Hester de me rendre encore un service ? À qui d'autre m'adresser ? Où cacher Katherine si les forces de l'ordre viennent ?

La pluie se calme, puis cesse. Encore quelques éclairs loin vers l'est. L'aube. Des aboiements de chien. Le grondement lointain d'une voiture. Bon sang ! MacIntosh n'a pas perdu de temps. Je cherche mes lunettes à tâtons, je me frotte les yeux bien que je n'aie guère dormi et m'approche de la fenêtre. Tout en bas de Wild Rose, juste après la ferme des Maddock, une berline noire monte lentement la côte. Elle dérape un peu, s'enfonce dans une ornière, en ressort et poursuit sa route tant bien que mal.

— Bitsy ! Katherine ! Réveillez-vous ! On a de la compagnie.

Je grimpe les marches quatre à quatre, ouvre à la volée les portes des chambres.

— Quelqu'un arrive dans une auto noire.

Katherine passe une main sur son visage meurtri comme si elle s'extirpait d'un cauchemar pour plonger dans un autre.

— Allons ! je lui chuchote en la secouant gentiment par le bras. Remuez-vous.

Bitsy a déjà enfilé son pantalon. Elle s'empresse de ranger les affaires de Katherine et du bébé dans la valise.

— Emmène-les dans la grange par la porte de derrière, je lui ordonne. Restez cachées là-bas. Surveillez ce qui se passe à travers les fentes et tenez-vous prêtes à filer dans la montagne avec Étoile si quelqu'un s'approche. Chevauchez jusqu'à Hazel Patch aussi vite que possible. Le révérend Miller vous protégera. Oubliez la voiture. Notre visiteur, qui qu'il soit, vous poursuivra.

Bitsy ne se fait pas prier. Katherine et son enfant ont disparu par la porte de derrière avant même que le véhicule ne s'immobilise devant le portail. Ce n'est pas William MacIntosh, mais le shérif et un des policiers de la ville.

Je plie le duvet à la hâte et je le range au bout du canapé, puis je cherche autour de moi tout objet appartenant à Katherine. Avisant la couverture du bébé par terre, je l'expédie sous le piano et j'ouvre la porte d'entrée pour accueillir mes visiteurs à l'instant où ils atteignent le porche.

— Patience Murphy ? dit le shérif.

Grand, aux yeux très bleus, il fait partie de ces hommes qui peuvent manger tout ce qu'ils veulent sans jamais prendre un gramme. Il est rasé de frais et il a une cicatrice en travers de son menton.

— C'est moi.

— Shérif Hardman, de Liberty.

Il ouvre sa veste et me montre son insigne. C'est une simple formalité. Nous nous sommes croisés en ville. Je me tourne vers son acolyte, attendant qu'on me le présente, mais il reste aussi silencieux que le mont Rushmore.

— Votre employée de couleur est-elle là ? enchaîne Hardman.

Cela me déconcerte. Pourquoi cherche-t-il après elle ? Bitsy avait peut-être raison, le simple fait d'être noire fait de vous une criminelle.

— Elle vit ici, effectivement. (Je n'aime pas la façon dont il a dit : « Votre employée de couleur », mais je préfère ne pas relever, j'ai déjà assez d'ennuis comme ça.) Mais elle n'est pas là.

— Pourriez-vous me dire où je peux la trouver ? Mary Proudfoot, sa mère, a eu un accident. On a dû l'emmener d'urgence chez le médecin.

— Un accident ?

Où Bitsy pourrait-elle être de si bon matin ? Quel prétexte vais-je pouvoir alléguer ? Mais le shérif ne pousse pas son interrogatoire plus avant.

— Mme Proudfoot a fait une chute dans l'escalier chez son employeur. M. MacIntosh l'a trouvée inconsciente ce matin et conduite chez le docteur. Il semblerait qu'elle soit tombée dans la nuit.

Du coin de l'œil, je vois l'autre policier descendre les marches du porche, contourner la maison et regarder la grange. Sasha et Emma se mettent à grogner.

— Du calme, je leur ordonne, regrettant de ne pas leur dire d'attaquer.

Le type revient vers nous.

— Un accident ? Mary ? Est-ce que ça va ?

— Nous ne savons pas. L'infirmière m'a appelé en insistant pour que j'informe ses proches. Elle a aussi un fils. Thomas Proudfoot.

— Bitsy est partie à la pêche de bonne heure, sur les rives de la Hope River, je bredouille, espérant que cette fable soit à peu près plausible. Quant à Thomas, il habite au camp de la Wildcat Mine.

Le shérif se racle la gorge.

— Il y a autre chose. La femme de M. MacIntosh, Katherine, et leur jeune fils ont disparu. Vous ne seriez pas au courant par hasard ? M. MacIntosh nous a dit que vous étiez amies, elle et vous.

— Pas vraiment amies, je réplique. J'étais sa sage-femme… Je n'ai pas eu de nouvelles d'elle ces derniers temps.

Un pieux mensonge. Nous n'avons pas le téléphone, donc pas de nouvelles. Ce qui ne signifie pas qu'elle ne se cache pas dans la grange !

— Bon, je dois m'en retourner. Dites à cette Proudfoot que le docteur a dit qu'il fallait faire vite. (Les deux hommes regagnent leur voiture.) Oh, et prévenez-moi si Mme MacIntosh réapparaît. Son mari est terriblement inquiet.

Au moment de monter à bord, le policier de la ville au visage taillé dans le granit se fige.

— Vous n'êtes pas du comté de l'Union, n'est-ce pas ?

— Pas à l'origine, non. Pourquoi me posez-vous la question ?

Il hausse les épaules.

— Vous n'avez pas l'accent du coin.

Je suis l'auto des yeux jusqu'à ce qu'elle disparaisse. Une tache noire dans la brume près de la rivière. Puis je m'élance à toutes jambes vers la grange.

La fuite

Deux heures plus tard, je ramène la Olds de M. MacIntosh à Liberty. Hester me suit de près dans sa Ford avec à son bord Katherine, Bitsy et le bébé. Il est encore tôt, je vois de la vapeur s'élever de la rivière quand je gare le véhicule derrière la station Texaco avant de glisser les clés sous le siège. Après quoi je monte avec les autres. Bitsy s'apprête à aller rendre visite à sa mère. Pendant ce temps-là, nous filerons en direction de Torrington où Katherine prendra le train pour Baltimore.

— Embrasse Mary de ma part, dis-je à Bitsy quand nous la déposons dans Main Street pour lui faire gagner du temps. Nous serons de retour tard ce soir.

Tapie sur le plancher à l'arrière de la voiture avec son bébé, Katherine glisse la main sous son soutien-gorge et en sort une petite liasse de billets pliés – l'argent de son évasion. Sans se redresser, elle tend la main par la fenêtre et en agite quelques-uns sous le nez de Bitsy.

— Vous en aurez besoin pour payer le docteur, chuchote-t-elle. Et acheter de quoi manger… Remerciez votre maman de ma part, du fond du cœur. Je suis sûre qu'elle est tombée en voulant empêcher William de me courir après. J'en ai la conviction.

Puis Hester et moi sur la banquette avant et Katherine et le bébé toujours cachés à l'arrière prenons la 92 en direction du nord et de Torrington. La route est jonchée de feuilles arrachées aux arbres par la tempête. À deux reprises, nous devons sortir de la voiture pour écarter de grosses branches.

— Merci de votre aide, je chuchote à l'adresse du vétérinaire.

— Ce n'est rien, bougonne-t-il en haussant les épaules.

— Je ne savais pas à qui d'autre m'adresser.

— Ce n'est rien, répète-t-il en tournant ses yeux gris vers moi un bref instant, les mâchoires serrées sous l'effet de la concentration.

Je n'arrête pas de regarder par-dessus mon épaule, m'attendant à tout instant à voir surgir M. MacIntosh, voire le shérif, lancé à nos trousses, mais il n'y a rien derrière nous à part une longue chaussée en bitume à deux voies. Déserte.

À la tombée de la nuit, nous nous retrouvons dans une cabane quelque part dans les faubourgs de Torrington. La dernière disponible dans le refuge de Riverview. Le prochain train pour Baltimore ne part pas avant sept heures du matin et nous nous efforçons de tirer le meilleur parti de la situation.

À bout de forces, Katherine s'effondre sur l'unique lit de la pièce et s'endort en allaitant Willie. Je remonte la couverture sur eux. La pauvre femme est au bout du rouleau. J'avais pensé qu'on dormirait ensemble dans le grand lit, que Hester prendrait le petit, mais je n'ai pas envie de la réveiller pour la forcer à déménager. Le vétérinaire non plus, apparemment.

— Je vais me mettre là, chuchote-t-il en désignant le fauteuil en tapisserie tout défoncé près de la porte.

Je fais la grimace. Ce siège m'a l'air très inconfortable. Il ne fermera pas l'œil de la nuit.

— Non, je vais m'y installer, moi. C'est moi qui vous ai entraîné dans cette histoire.

— Ce n'est pas grave.

Je pousse un soupir. Je suis éreintée, et pas vraiment d'humeur à ergoter.

— Bon, partageons le grand lit, alors. (Je tire le drap tout raide et la couverture indienne à rayures rouges et noires). On n'a qu'à rester habillés.

Je me sentirais coupable de profiter du grand lit pendant qu'il passe la nuit assis. Même en échangeant nos places à mi-parcours, nous n'aurons pas droit à plus de quatre heures de sommeil d'affilée, l'un et l'autre.

Hester a l'air sceptique, mais finalement il hausse les sourcils et sourit.

— Comme vous voulez. On s'est déjà mis hors la loi en aidant Katherine à fuir avec l'enfant du magnat du charbon. Dormir ensemble ne pourrait pas nuire davantage à nos réputations.

Nous enlevons nos chaussures. Rien d'autre. Je vais dans la minuscule salle d'eau dégrafer mon soutien-gorge. À mon retour, Hester éteint la lampe.

— Bonne nuit, murmure-t-il en me tournant le dos.

Je déglutis avec peine. C'est la première fois que je dors à côté d'un homme depuis… depuis la mort de Ruben. Et je sens nettement la chaleur de son corps à travers la couverture.

Devant la petite fenêtre, l'enseigne au néon clignote : PAS DE CHAMBRE LIBRE. Rouge, puis vert. Rouge. Vert. Rouge. Vert. Hester s'agite dans son sommeil.

Oh Ruben ! Pourquoi sommes-nous allés à Blair Mountain ? En ravalant mes sanglots, je m'essuie le visage avec un coin de la couverture, mais mes larmes n'en finissent pas de couler.

31

Perdue

— Vous pensez qu'elle va se débrouiller ? je demande à Hester tandis que le train s'éloigne.

Katherine continue à agiter la main par la fenêtre du wagon Pullman. On croirait une mère partant en vacances avec son enfant. Le sommeil lui a fait du bien. Elle a meilleure mine.

— Bien sûr. J'ai expliqué la situation au contrôleur, un gars gentil qui m'a dit qu'il connaissait Thomas Proudfoot. Il m'a promis de veiller sur eux. Tant que la police ne fouille pas le train à Cumberland, tout ira bien.

— J'espère qu'elle nous écrira. Je le lui ai demandé. Je veux avoir la certitude qu'elle est en sécurité.

Hester s'est montré très prévenant à mon égard ce matin, m'aidant à enfiler mon chandail, tirant ma chaise au Minnie's Breakfast Diner, m'ouvrant les portes. Je crains qu'il m'ait entendue pleurer pendant la nuit.

Nous sommes sur la route du retour, à mi-chemin, chacun perdu dans ses pensées, quand il me pose une question qui me surprend.

— Avez-vous jamais été frappée par un homme ?

— Pourquoi me demandez-vous ça ?

— Certains hommes s'estiment en droit de le faire.

— Pas ceux que je connais. Mes amis croient à l'égalité entre les sexes.

Sauf M. Vanderhoff, me dis-je… Mais ça, c'était il y a longtemps. De toute façon, nous n'étions pas amis.

Il est trois heures et demie quand nous arrivons à Liberty.

— Où va-t-on ? demande Hester.

Je hausse les épaules.

— À l'hôpital.

La clinique du docteur Blum, un bâtiment en brique d'un étage, se situe un peu à l'écart de la rue sur une petite place bordée d'arbres. Une jeune femme en uniforme coiffée d'une toque trône à la réception. Les infirmières ne portent apparemment plus de tabliers.

— Nous venons voir Mme Proudfoot. Je suis le docteur Hester, et voici Patience Murphy.

La fille semble perplexe. Elle se demande probablement qui est ce docteur Hester. Je tente de dissimuler mon sourire derrière ma main. J'avais oublié que les vétérinaires se faisaient appeler docteur.

L'infirmière baisse les yeux sur la planche à pince posée devant elle. Elle fait glisser son doigt le long d'une courte liste.

— Nous n'avons pas de patiente de ce nom… Vous devez faire erreur.

— Elle est peut-être déjà partie. Le docteur Blum est-il là ? ajoute Hester. Pourriez-vous consulter le registre des sorties ?

— Le docteur Blum ne travaille plus ici. Il est parti il y a quatre jours, pour la Virginie. Les infirmières s'occupent de nos malades, ainsi que le docteur Holden, de Delmont, quand il peut venir.

Ses ongles coupés courts parcourent une autre liste.

— Pas de Proudfoot ici, insiste-t-elle en secouant la tête d'un air agacé.

— Elle a fait une chute, nous a-t-on dit, et souffre peut-être d'une commotion cérébrale.

— Êtes-vous parents ?

— Juste des amis, j'interviens. Vous vous souviendriez d'elle, j'en suis sûre. Une femme de couleur, grande. Vous pourriez peut-être demander à la surveillante.

Une lueur passe dans les yeux de la petite infirmière.

— Une Négresse ? (Nous hochons la tête.) Impossible. Nous ne servons pas les Nègres.

Mon sang ne fait qu'un tour.

— Venez, bougonne Hester en m'attrapant par le bras.

Je vois bien qu'il est furieux. C'est la manière dont elle a dit « servons », comme s'il s'agissait d'un marchand de glaces ou d'un salon de coiffure.

Une fois dehors, près de sa voiture, Hester s'exclame :

— Alors … où est-elle ?

— Je n'en ai pas la moindre idée. J'avais entendu dire que Blum n'accouchait pas les Noires dans son hôpital, mais j'ignorais qu'il ne soignait pas les gens de couleur non plus, même en cas d'urgence.

— Maudit soit ce Blum ! Bon, allons-y.

Nous remontons dans la Ford et dévalons la rue jusqu'à son cabinet.

À l'intérieur de la bâtisse blanche portant une plaque sur sa façade : DANIEL HESTER, VÉTÉRINAIRE, DOCTEUR D'ANIMAUX, GRANDS ET PETITS, il me fait asseoir dans la salle d'attente.

— C'est pas trop tôt ! s'exclame l'imposante femme corsetée, au teint clair, assise derrière le bureau de la réception. (Ses cheveux gris sont tirés en arrière. Elle en impose, même à Hester, on dirait.) M. Rhodes a appelé trois fois, il était drôlement remonté. Sa meilleure vache laitière refuse de se lever et de manger. Il veut que vous veniez le plus vite possible. Faudrait penser à me laisser des messages pour que je sache où vous trouver. Je vous ai cherché toute la matinée.

— J'ai besoin du téléphone, madame Amstrong, répond son patron en s'emparant du combiné. Dites à Rhodes, s'il rappelle, que je serai là dans une heure.

Il ne m'était pas venu à l'esprit qu'il risquait de perdre des clients en se lançant dans cette aventure avec nous. J'étais tellement obnubilée par les problèmes de Katherine, j'en ai même oublié mes propres responsabilités. J'ai passé mentalement en revue les futures mamans qui approchent du terme et j'en ai conclu que ça irait pour elles. Je l'espère en tout cas... J'aurais au moins pu informer Mme Potts de mon départ. Cela dit, je ne pensais pas que ça prendrait toute la nuit.

Hester tourne la manivelle du téléphone.

— Stenger ? Ici Hester... Mary Proudfoot, la cuisinière de William MacIntosh, a fait une chute. On l'a emmenée chez le médecin. Nous sommes passés à la clinique de Blum. Elle n'y est pas... Le médecin noir ? Je suppose... Comment s'appelle-t-il ? Robinson ? D'accord. Oui, je sais où c'est.

Cinq minutes plus tard, nous sommes de retour dans la voiture, en route pour Mudtown. C'est le quartier de Liberty où vivent la plupart des Noirs. Une centaine d'entre eux peut-être. Des terres basses, d'anciens marécages. Je n'y suis jamais allée, pas même pour un accouchement. Au moment de traverser Main Street, je remarque que la voiture de M. MacIntosh est toujours à la station-service, mais on l'a avancée jusqu'au poste des mécaniciens.

Nous traversons la voie ferrée. Hester se range bientôt devant une jolie maison en bardeaux blancs dotée de sa propre plaque : HARPER ROBINSON. J'ignorais qu'il y avait un médecin noir à Liberty. Mme Kelly le savait-elle ? Nous n'avons vécu ici qu'une année avant qu'elle ne nous quitte, et nous ne mettions au monde que des enfants blancs, à l'époque. Elle n'aurait donc pas eu besoin de ses services.

Depuis que je vis en Virginie occidentale, jusqu'à ce que je fasse la connaissance de Bitsy et de Mme Potts, je n'avais fréquenté que des Blancs.

« Fréquenté » n'est pas vraiment le terme qui convient. Je ne frayais ni avec des Blancs ni avec des Noirs. Je me bornais à observer. Une fois de plus, je vois à quel point ces deux mondes sont séparés, comme la main droite et la main gauche, ignorant chacune ce que fait l'autre.

Nous descendons de voiture tous les deux, mais Hester m'avertit d'un regard qu'il tient à gérer la situation. Je me rassieds donc sur le siège en cuir en laissant la portière ouverte, et je regarde une bande d'enfants jouer dans la rue.

Les autres maisons sont nettement plus petites que celle de Robinson et toutes identiques à l'exception de quelques améliorations effectuées depuis leur construction : une clôture ici, un porche là, des volets. Vingt ans plus tôt, tous ces logements bâtis pour les ouvriers qui ont construit la voie ferrée pour le Baltimore et l'Ohio appartenaient aux chemins de fer. En ce temps-là, de 1900 à 1920, la Virginie occidentale était en pleine effervescence. Mme Kelly m'avait raconté toute l'histoire. Je ne l'ai vue que trois fois en colère. Notamment ce jour-là.

— Ils ont rasé tout l'État, m'avait-elle expliqué. Les arbres qui n'avaient pas été abattus sont partis en fumée dans les incendies de forêt qui ont suivi.

Cet épisode mis à part, il y avait eu la fois où M. Finney avait battu sa femme enceinte, et puis quand ces gamins des rues s'étaient moqués d'une fille invalide. Sophie les avait mis en fuite.

Sur le porche, Hester discute avec un homme à la peau sombre dans les soixante-dix ans portant un costume noir, un gilet et une cravate. Ils échangent une poignée de main comme des professionnels après une consultation. Le gentleman qui doit être le docteur Robinson ajuste ses lunettes à monture en corne, oriente son regard vers la voiture et hoche la tête. Bientôt Hester revient s'installer derrière le volant.

— Lui non plus ne sait pas où se trouve Mary, c'est ça ?

Hester passe les mains dans ses cheveux courts et se racle la gorge.

— Mary est partie.

— Où ça ? Chez les MacIntosh ? Ne me dites pas qu'elle est retournée là-bas ?

— Non, je veux dire… Elle est morte. Elle est à l'Emmanuel Funeral Home. Elle est décédée deux heures après qu'on l'a transportée chez le docteur Robinson, avant l'arrivée de Bitsy. Hémorragie cérébrale, d'après lui, mais ce sera au coroner du comté d'en décider. Elle a succombé sur la table d'opération avant que Robinson ne puisse faire quoi que ce soit.

Hester prend ma main posée sur mes genoux, pareille à une des truites sans vie de Bitsy.

Ce n'est pas possible. Pas Mary Proudfoot ! Une femme si forte, si courageuse ! Une chute dans l'escalier n'a pas pu la tuer. Elle était censée préparer des beignets au maïs, du poulet frit et des biscuits pour toujours ! J'ai affreusement chaud tout à coup. Je veux sortir de la voiture, mais Hester a déjà démarré et le docteur Robinson est toujours sur le porche en train de nous regarder.

— Où est Bitsy, alors ? je hurle, comme si le vétérinaire l'avait cachée.

C'est à moi que j'en veux. Comment ai-je pu laisser une chose pareille se produire ? Qu'est-ce qui m'a incitée à penser qu'il était plus important d'emmener Katherine au train, loin de la ville, que de soutenir Bitsy et sa famille ? Parce que Katherine est blanche ? Si c'est le cas, je me méprise.

— Robinson pense qu'elle est chez Miller, à Hazel Patch. Le révérend et sa femme sont venus la chercher quand le médecin les a appelés. Je peux vous y conduire plus tard, mais je dois aller soigner cette vache d'abord... M. Rhodes doit être fou de rage. J'aurais dû m'y rendre il y a des heures. Si vous m'accompagnez, je vous emmènerai à Hazel Patch ensuite, avant de rentrer.

Je suis impatiente de rejoindre Bitsy, mais il ne me laisse guère le choix.

— Allons-y ! dis-je en agitant la main pour qu'il démarre.

Trois heures plus tard, après un interlude pénible avec un fermier furibard au cours duquel le vétérinaire a posé une sonde gastrique à la vache malade et soulagé son intestin bloqué avec de l'huile de castor, nous passons devant chez lui sur le chemin de Hazel Patch. Nous n'avons rien mangé de la journée, le soleil est couché, mais Hester est trop bien élevé pour s'engager dans son allée et me laisser couvrir à pied les derniers quatre kilomètres.

Je me rends compte qu'au cours des dernières quarante-huit heures il s'est trouvé mêlé à des histoires qui ne le concernaient pas, avec des gens qu'il connaissait à peine, facilitant l'évasion de Katherine avant de se lancer à la recherche de Mary et Bitsy. Voilà qu'à présent il me conduit chez le pasteur. Entre le chagrin d'avoir perdu Mary Proudfoot, la culpabilité d'avoir abandonné Bitsy et mon inquiétude pour elle en ce moment de douleur, je traîne ma tristesse derrière moi comme une cape noire.

Thomas

La nuit est tombée depuis longtemps quand nous arrivons à Hazel Patch, mais les lumières sont encore allumées dans la grande maison du pasteur.

— Voulez-vous entrer ? je demande à Hester.

Il doit être épuisé et il est grand temps pour lui de rentrer souper et prendre soin de ses animaux, mais il me surprend en ouvrant sa portière.

— Au point où j'en suis… J'ai rencontré les Miller lors de l'effondrement de la mine à Wildcat, rappelez-vous ?

Nous frappons doucement. Mme Miller vient nous ouvrir. Elle porte une longue robe en chenille verte et une résille dans les cheveux. Derrière elle, j'aperçois Bitsy assise sur le canapé en velours fauve en compagnie du pasteur et d'un jeune homme noir de grande taille que je me souviens avoir vu descendre dans la fosse avec Thomas et M. Cabrini à Wildcat. Une unique lampe garnie d'un abat-jour en soie vert pâle éclaire la pièce.

— Bitsy ! (Je me précipite vers elle, je tombe à genoux et je porte ses mains à mes joues, telle une suppliante implorant le pardon.) Je suis vraiment, vraiment désolée. Pour ta maman et plus encore de ne pas avoir été là auprès de toi.

Bitsy me lisse les cheveux comme si j'étais une enfant. Sans un mot, elle essuie mes larmes, puis les siennes, qui se mêlent sur sa main brune.

Mildred Miller tire deux autres chaises pendant que son mari se lève pour accueillir Hester.

— Puis-je vous proposer un café ? demande Mildred.

— Volontiers, répond Hester. Merci.

— Pas pour moi.

J'ai envie de rentrer à la maison en emmenant Bitsy avec moi et de la mettre au lit.

J'explore la pièce des yeux.

— Où est Thomas ?

Pas de réponse. Tout le monde échange des regards en évitant le mien.

— Il est allé à Liberty, répond finalement le grand gaillard assis sur le canapé, d'une voix très grave.

Mildred revient dans le salon avec un plateau : du café et un verre d'eau.

— Pour s'occuper des préparatifs de l'enterrement ?

Je ne comprends pas ce qui se passe et il est évident qu'on ne va pas dans un salon funéraire à cette heure-ci de la nuit.

— Il est parti vers neuf heures sur sa mule, me répond Bitsy. Pour se rendre chez William MacIntosh. Il sait que Katherine a pris la fuite, il est au courant pour les coups, la bagarre. Je lui ai dit que, à mon avis, William avait poussé maman dans l'escalier. Je n'aurais jamais dû… Si seulement j'avais tenu ma langue…

— Ne recommencez pas, mon enfant ! intervient Mme Miller d'un ton plein de douceur. Vous n'y êtes pour rien. Prions pour que votre frère ait un peu de jugeote.

Je m'écroule puis m'adosse contre le canapé, maintenue par les genoux de Bitsy.

— Voulez-vous que je retourne en ville le chercher ? propose Hester.

— On a déjà essayé, répond le jeune homme.

Je me tourne finalement vers lui.

— Je suis Patience Murphy. Et voici le docteur Hester, vétérinaire.

Je ne l'ai jamais appelé docteur auparavant. J'ignore pourquoi je le fais maintenant.

Le jeune homme hoche la tête. Hester se lève pour lui serrer la main.

— Byrd Bowlin. Je vous ai vu à Wildcat pendant l'inondation... Thomas est mon ami, mais il n'a pas à aller trouver MacIntosh à Liberty. C'est un bon moyen pour un Noir de se retrouver la tête tranchée.

Je comprends ce qu'il veut dire. L'année dernière encore, un mineur de couleur a été abattu dans le comté de Mingo parce qu'il avait fait preuve d'insolence envers le shérif. Ce dernier, lui, n'a jamais été inquiété. Ils appellent ça de la légitime défense. Cela s'est passé dans le sud de l'État. Le comté de l'Union a une frontière commune avec la Pennsylvanie et se situe au nord de la ligne Mason-Dixon. C'est un endroit plus civilisé.

— Le révérend et moi avons déjà sillonné la ville en voiture sans parvenir à le trouver, reprend Byrd. On sait qu'il a fait halte dans un bar clandestin pour Noirs derrière la mercerie Gold. Le barman nous a dit qu'il était passablement éméché et qu'il lançait des accusations. On a perdu sa trace après ça.

Un bar clandestin pour Noirs à Liberty ? Ça doit vouloir dire qu'il y en a un aussi pour les Blancs ? Je suis vraiment déconnectée de la réalité, décidément.

— On est passés trois fois devant chez MacIntosh, pensant qu'on verrait peut-être sa mule dans les parages, mais la maison était plongée dans le noir. On n'a jamais pu mettre la main sur lui. Il a dû s'arrêter pour cuver sous un arbre quelque part le long de Salt Lick sur le chemin du retour.

À cet instant, des pas résonnent sur les marches du porche. Tout le monde lève les yeux. Les hommes se dressent, sur le qui-vive. Nous autres femmes restons assises, espérant voir apparaître Thomas, peut-être ivre, mais en un seul morceau. Le pasteur ouvre la porte. Ce n'est pas Thomas. Sous le choc, je reconnais le shérif Hardman.

— B'soir, fait-il avec un hochement de tête. (Son regard bleu perçant balaie la pièce tandis qu'il ôte son chapeau.) Puis-je vous parler, mon révérend ?

Plutôt que de l'inviter à entrer, Miller sort sur le porche. Daniel Hester les suit, ce que je trouve étrange. Il imagine sans doute pouvoir se rendre utile d'une manière ou d'une autre. Byrd n'a pas bronché, mais Bitsy lui lance un regard appuyé et désigne la porte de derrière. Il se passe des choses qui m'échappent dans cette maison.

J'ai fréquenté des communistes, des radicaux, des suffragettes, des anarchistes, mais le niveau d'impuissance dont souffrent les Noirs au sein d'une communauté blanche est une chose nouvelle pour moi. Même ceux que le révérend Miller a pris sous son aile tremblent, redoutant qu'on leur reproche quelque chose… Ou tout.

J'aimerais rejoindre les hommes sur le porche pour comprendre de quoi il retourne, mais je suis clouée sur place. Hardman est-il venu à cause de Thomas ? Y a-t-il du grabuge en ville ? La police cherche-t-elle toujours Katherine ? Ou est-ce après moi qu'ils en veulent ?

Byrd se dirige d'un pas désinvolte vers la cuisine. La pompe manuelle grince. De l'eau coule dans l'évier. Une tasse tinte contre le comptoir. Bitsy se lève et, l'instant d'après, je la vois près de la porte de derrière en train d'embrasser Byrd tendrement. Il la tient par la taille. Dans d'autres circonstances, j'aurais été heureuse de voir qu'elle a un bien-aimé, mais ce soir je crains pour lui et j'ai mal pour elle.

Sa mère est morte. Son frère a disparu. Et maintenant elle expédie son amoureux dans la nuit, pour son bien.

— Les voilà, chuchote Mme Miller en se retournant vivement après avoir lâché le coin du rideau de dentelle.

Je suppose que ça ne se fait pas trop d'épier ainsi pour une femme de pasteur.

Un moteur gronde puis la porte s'ouvre à la volée.

— Thomas est-il sain et sauf ? s'empresse de demander Bitsy.

Le révérend semble très âgé tout à coup, et Hester à bout de forces.

— D'après ce qu'on en sait, oui, répond-il, mais la police le cherche. Ils ont entendu dire qu'il était dans le bar pour Noirs hier en début de soirée à vitupérer..., puis un voisin a raconté avoir vu un homme de couleur proférer des menaces sous les fenêtres de MacIntosh.

— Ils sont allés au bar clandestin ? je m'exclame. La police va sûrement fermer l'établissement.

Effaré par ma naïveté, Hester lève les yeux au ciel.

— Son adjoint est passé devant chez William à plusieurs reprises hier soir, mais les lumières étaient éteintes. Il n'y avait personne aux abords. Hardman est venu ici pour enjoindre Thomas de rester hors de la ville le temps de se calmer.

À la peur et au chagrin succède l'épuisement qui nous tombe dessus à tous en même temps. Mme Miller bâille. Le pasteur consulte sa montre. Hester a une main sur la poignée de la porte. Je me tourne vers Bitsy.

— On ferait mieux de rentrer.

— D'accord, répond-elle tristement, puis elle embrasse le révérend et son épouse avant de se diriger vers la porte.

— Je suis vraiment désolée, je répète encore et encore, sur la banquette arrière de la voiture où je la serre contre moi.

C'est seulement à mi-chemin de Wild Rose Road que je pense tout à coup à Clair de lune. Je lui ai laissé du fourrage hier, mais elle n'avait rien mangé à part ça. A-t-elle mis bas ? Je prends rapidement congé du vétérinaire.

— Merci pour tout.

Je mets Bitsy au lit puis je vais nourrir les chiens qui me font la fête. Quand je ressors finalement par la porte de derrière, je tombe sur le vétérinaire en train de remettre le verrou à la porte de la grange.

— Clair de lune va bien, m'informe-t-il. Elle avait assez d'eau et n'a pas encore vêlé. Je lui ai mis un peu de foin et j'ai jeté de la moulée aux poules. À la voir, je dirais qu'elle ne va pas tarder à avoir son petit. Gardez-la à l'œil.

Dans la nuit tiède, nous promenons tous les deux nos regards sur le pré éclairé par la lune. Sa clarté est si vive, l'herbe paraît verte. Nous sommes entourés de verdure. J'entends la Hope River chuchoter au loin. Je m'incline imperceptiblement vers Hester – un remerciement tacite. Il m'enlace. Sa chemise est encore imprégnée de l'odeur des bêtes. La lune presque pleine joue à cache-cache avec les nuages.

32

Un réconfort dans la nuit

Les journées ont passé lentement depuis la mort de Mary. Est-ce la troisième ? La quatrième. Je recompte. Katherine est venue chez nous mardi, le soir de la tempête. Mary a fait une chute cette nuit-là ; elle a succombé de bonne heure mercredi matin. Nous n'avons appris son décès qu'en fin de journée. Donc, nous sommes… (Je consulte le calendrier de Stenger.) Vendredi ou samedi ? Tout est flou. La mort a cet effet-là. Elle arrête le temps.

Les mauvaises herbes ont envahi le potager, mais je n'ai pas le courage de m'y atteler. Bitsy et moi nous sommes rendues à Wildcat par deux fois avec Étoile. Personne n'a vu Thomas. Les Miller ont accompagné Bitsy à Liberty pour prendre les dispositions en vue des funérailles, mais impossible de mettre Mary en terre avant dimanche. L'Emmanuel

Funeral Home doit s'occuper d'un autre enterrement à Delmont le samedi. Dieu merci, ce sont de bons embaumeurs, sinon Mary commencerait à sentir. Des nuages noirs planent sur nous tel un linceul, mais la pluie ne vient pas.

En me réveillant en pleine nuit, j'entends Bitsy pleurer de l'autre côté de la cloison. Ce bruit me transperce le cœur, faisant ressurgir ma propre peine, pour ma mère… pour Lawrence, Ruben, Mme Kelly, pour tous ceux que j'ai perdus.

J'allume une lanterne, j'enfile le kimono rouge et je descends à la cuisine. Quand je remonte dans la chambre de Bitsy, je ne prends même pas la peine de frapper, ni de lui demander l'autorisation de m'allonger avec elle. Je la pousse un peu, je tapote les oreillers libres, puis je lui tends ce qui reste du vin de mûres de Mme Kelly. Adossées à la tête de lit métallique, nous finissons la carafe en silence, compatissant l'une pour l'autre.

— Merci, murmure Bitsy en roulant sur le côté.

Je me blottis contre elle en lui enlaçant la taille, comme je l'avais fait avec Katherine le jour où on avait cru son bébé mort. Nos corps souples s'emboîtent.

Bitsy me baise la main, la pose contre sa joue. Je comprends le sens de son geste : nous sommes davantage que des femmes vivant sous le même toit, partageant la même vocation, plus que des amies, et cela me donne envie de pleurer. Un sanglot reflue de cette poche profonde de solitude sous mon cœur.

Le matin venu, Bitsy se lève à l'aube, comme d'habitude. En buvant du thé et en mangeant le pain fait maison que Mme Miller a tenu à nous donner quand nous avons quitté Hazel Patch, nous évitons de parler de la veille. Je presse une main contre mon cœur qui palpite en pensant au vin de mûres. Bitsy m'explique qu'elle a toujours le billet de dix dollars dont Katherine lui a fait cadeau et que les gens de Hazel Patch vont payer pour l'enterrement. Nous sommes en fonds, sans que cela nous procure la moindre joie. Mary Proudfoot s'en est allée, Katherine aussi. Quant à Thomas… nous ne savons toujours pas où il est passé.

En proie à une migraine de la taille du lac Michigan, je me traîne à la grange et découvre, ébahie, Clair de lune en train de lécher une copie miniature d'elle-même. Vu les événements des derniers jours, sa mise bas était loin de mes préoccupations.

— Bitsy ! je hurle. (Clair de lune se tourne vers moi avant de reporter son attention sur son veau.) Bitsy ! Bitsy !

Elle se glisse dans la grange et s'adosse avec moi contre la paroi du box.

C'est une femelle et elle a déjà commencé à téter en cognant sa petite tête noire et blanche contre le pis de sa mère.

Nous décidons de l'appeler Soleil.

Mauvaises nouvelles

— Tu t'y connais en veaux ? je demande à Bitsy. Sommes-nous censées traire Clair de lune tout de suite, ou attendre qu'elle ait suffisamment de lait ? Je n'avais pas pensé à ça.

Nous sommes en train de faire la vaisselle de midi, chacune dans son monde.

— On pourrait demander à M. Hester. Il a peut-être un vieux manuel vétérinaire à nous prêter. Pourquoi n'allez-vous pas le trouver avec Étoile ?

J'inspire à fond avant de vider lentement mes poumons. Cherche-t-elle à se débarrasser de moi ? A-t-elle la gueule de bois elle aussi ? À moins que son chagrin pèse sur elle au point que le silence soit l'unique refuge où elle trouve un peu de réconfort ?

Au sommet de la crête d'où les falaises de grès tombent à pic, je m'arrête pour contempler les collines en échiquier, les rectangles vert émeraude, couleur de mousse, dorés, les bois, les champs de céréales. Ça fait du bien de s'éloigner de la ferme et du fardeau qu'est la tristesse de Bitsy. Cette petite escapade me rend à moi-même. Ça n'atténue en rien la peine, mais cela met les choses en perspective. Des vaches noires et blanches, de la même race que Clair de lune, paissent ici et là, si petites depuis là-haut qu'on dirait des jouets. J'entends le sifflement d'un train au loin.

Il y a trente ans, toute cette région était une forêt vierge peuplée de chênes, de peupliers, d'érables, de châtaigniers, de sapins et d'épicéas, dont certains faisaient plus de trente mètres de haut. À l'avènement des chemins de fer, les industriels ont tout rasé. Désormais, de petits fermiers gagnent tant bien que mal leur vie en labourant le sol pauvre de ces versants escarpés, des creux. La Hope River qui se faufile entre les arbres au fond de la vallée étincelle comme un tapis de billes de verre.

En descendant la colline à califourchon sur Étoile, j'aperçois Hester en train de décharger du foin d'une charrette. Il a l'air d'un vrai fermier dans sa salopette en jean bleue.

— Bonjour.

Je mets pied à terre avant d'attacher ma monture à un arbre. Hester jette un coup d'œil dans ma direction, le visage fermé. Il doit penser que je vais encore lui attirer des ennuis.

— Clair de lune a eu son veau cette nuit.

— Tout va bien ? (Il plante sa fourche dans la terre et s'éponge le visage avec un foulard rouge.) Vous auriez dû venir me chercher.

— Je l'aurais fait mais çà s'est passé au milieu de la nuit.

Comment lui avouer qu'au milieu de la nuit Bitsy et moi étions à moitié saoules, si bien que j'ai oublié d'aller voir comment se portait ma vache.

— Le petit est magnifique. Noir et blanc, comme elle. C'est une femelle. Elle tète, mais je me suis rendu compte que j'avais omis de vous demander s'il fallait traire ma vache tout de suite ou attendre. Auriez-vous un vieux manuel que je pourrais consulter ?

— Entrons. J'ai quelque chose à vous montrer.

Il n'a pas répondu à ma question. J'en conclus qu'il va me prêter une brochure ou un vieux bouquin sur l'élevage.

Dans la cuisine obscure, je pompe de l'eau pendant qu'il fait un brin de toilette. Les comptoirs sont nets, pour une fois. Pas d'assiettes sales empilées dans l'évier. Quand il redescend, propre, peigné, vêtu d'une chemise de travail bleue à manches courtes sous sa salopette, il me tend un exemplaire du *Liberty Times* de la veille. Je n'ai pas à m'interroger sur ce qu'il veut me faire lire. Le gros titre est criant : « MAGNAT DU CHARBON RETROUVÉ ÉTRANGLÉ CHEZ LUI. »

— Merde ! je marmonne avant de me mordre la langue, moi qui n'emploie pas ce genre de vocabulaire grossier, d'ordinaire.

Je lis le premier paragraphe à haute voix.

— « Le corps de William MacIntosh, propriétaire de MacIntosh Consolidated Mines, a été découvert par une voisine, Mme Dyke, habitant au 104 High Street, à Liberty, vers neuf heures vendredi matin. »

Je jette le journal sur la table.

— Je ne veux pas en lire davantage.

Hester me résume le reste.

— Le journaliste explique que MacIntosh a été trouvé dans sa salle à manger avec une corde autour du cou. Il y avait une chaise renversée à ses pieds, mais il a été impossible de déterminer s'il s'était suicidé ou s'il a été assassiné. Il n'a pas laissé de mot. L'enquête criminelle est en cours.

— Et merde, je répète, sans faire la grimace cette fois-ci. Vous pensez que c'est Thomas ?

Hester hausse les épaules.

— La veille de sa mort, souvenez-vous, quelqu'un a déposé une plainte au bureau du shérif selon laquelle un Noir aurait appelé William à cor et à cri devant chez lui pour qu'il sorte. Et puis écoutez ça. (Il lisse le journal et reprend la lecture à haute voix :) « Le shérif Hardman enquête en parallèle sur une disparition en relation avec cette affaire.

Mme Katherine MacIntosh et le jeune fils du couple ont été portés disparus trois jours avant la mort du propriétaire minier. Si vous disposez du moindre renseignement concernant l'un ou l'autre événement, contactez le bureau du shérif dans les plus brefs délais. La dissimulation d'informations dans une importante affaire de meurtre s'entend comme une forme de complicité. »

— Merde ! Merde ! je m'écrie, à croire que je sois incapable de maîtriser ma langue. Qu'allons-nous faire, pour l'amour du ciel ? Bitsy et moi sommes allées deux fois à la Wildcat Mine, on a interrogé tout le monde, mais personne n'a vu Thomas. Ça ne lui ressemble pas de disparaître comme ça. S'il ne vient pas au service funèbre pour Mary demain, on va vraiment s'inquiéter. Vous pensez que c'est lui qui a fait le coup ?

Hester s'approche de l'évier pour remplir deux verres d'eau glacée.

— Buvez ça.

J'en suis presque à m'arracher les cheveux.

— Thomas aurait-il vraiment pu tuer William ? j'insiste.

— On peut comprendre qu'il ait perdu son sang-froid s'il pense qu'un employé éméché a précipité sa mère dans l'escalier.

— Mais Thomas… n'est pas comme ça. Je ne pense pas, en tout cas. Faut-il dire à Hardman que nous savons ce qu'il est advenu de Katherine ? Elle n'a pas disparu, elle est rentrée chez sa mère à Baltimore pour échapper aux griffes de son ivrogne de mari. On risque de s'attirer des ennuis si on lui cache la vérité.

Mon esprit saute d'une idée à l'autre comme de l'huile qui crépite dans une poêle chaude.

— Inspirez à fond, m'enjoint Hester. (J'essaie, mais je ne fais qu'avaler une goulée d'air.) On devrait attendre d'avoir parlé à Thomas, de connaître sa version des faits, qu'on nous fournisse davantage de détails. Dans l'armée, on apprend à *sentir* les hommes, ceux qui sont capables d'exploser comme un boulet de canon, ceux en qui on peut avoir confiance. Si Thomas a tué MacIntosh, le salopard l'a bien mérité.

Une heure plus tard, je trouve Bitsy assise sur les marches de notre perron en train de fixer tristement un point à cinquante centimètres devant elle tout en caressant distraitement la tête d'Emma. Je lui tends l'exemplaire du *Liberty Times*. Sa réaction me surprend.

— C'est bien fait ! (À mesure qu'elle lit l'article, son visage brun vire peu à peu au gris.) Ils vont croire que c'est Thomas le responsable ! Il n'aurait jamais fait une chose pareille. Il est chrétien. Il a peut-être proféré des menaces, mais il m'a toujours dit qu'il ne croyait pas à la loi du talion.

Elle relit l'article une seconde fois. J'en fais autant, par-dessus son épaule.

Poussière, tu retourneras à la poussière

— Attends, laisse-moi t'aider.

J'attache Étoile à une barrière et je redresse le collier de Bitsy. J'ai mis ma plus belle robe foncée, bleu marine avec des imprimés à fleurs, et je me suis fait un chignon. Bitsy porte sa robe noire avec de la dentelle blanche sur les manches et le col. On dirait une jeune Mme Potts. Nous ôtons toutes les deux nos pantalons et enfilons des souliers plus élégants, puis nous nous essuyons le visage avec un chiffon que Bitsy a apporté dans un panier. Je passe mon bras sous le sien pour la soutenir et nous nous dirigeons vers la petite chapelle blanche.

— Regarde comme il y a du monde ! je chuchote.

Je suis étonnée par le nombre de bogheis et autres véhicules garés le long de la route et sur la grande pelouse voisine du cimetière. J'aperçois le corbillard aux rideaux à franges violettes et la voiture noire du shérif Hardman avec « POLICE » peint en blanc au pochoir sur le côté.

Nous franchissons les portes en chêne, escortées par un placeur en tenue sombre qui nous conduit au premier rang, juste devant le cercueil. Je suis soulagée de voir que Thomas est déjà là. Il porte une chemise blanche toute simple au col ouvert. Il se lève pour serrer sa sœur dans ses bras. Des larmes inondent son visage aux traits puissants. Bitsy sanglote elle aussi. Nous pleurons tous quand Mildred Miller, à l'orgue, attaque *Plus près de toi, mon Dieu*, sans regarder sa partition.

Entre deux cantiques, je parcours la chapelle du regard. Mme Potts est là, ainsi qu'une dizaine d'autres dames que je ne reconnais pas. Certaines doivent venir de l'église A.M.E. de Liberty. Je ne dénombre que trois autres Blancs. Je suis sous le choc quand je découvre Katherine MacIntosh en compagnie d'un homme d'une soixantaine d'années. Son père probablement, ou son frère. Elle a dû rester quelques jours à Baltimore et revenir en apprenant la mort de son mari. Daniel Hester est là lui aussi, assis tout seul sur un banc au fond.

Comme c'est la première fois de ma vie que je prends part à un service funèbre pour Noirs, je ne sais pas à quoi m'attendre. En dehors des chants, toutefois, cela se déroule exactement comme ceux auxquels j'ai assisté. Et il y en a eu plusieurs. Rien que des femmes, je me rends compte… Ma mère, ma grand-mère, et puis Mme Kelly.

Le corps de mon père a disparu dans le lac Michigan. Celui de Lawrence, brûlé vif, fut rendu à sa famille en Iowa après avoir été extrait du train accidenté. Quant à Ruben, on l'a enterré près de Blair Mountain avec les autres dépouilles de mineurs que personne n'avait réclamées. J'ai toujours pensé que j'irais me recueillir sur sa tombe un jour, mais ça ne s'est jamais fait. Sans doute parce que je redoutais que quelqu'un me reconnaisse si je m'aventurais dans le sud de l'État. Et parce que j'imagine que je verrais le sang de mon bien-aimé sur le sol. Une tache brune. Tout ce qui resterait de lui.

— Les cendres aux cendres, la poussière à la poussière, psalmodie le révérend Miller.

Et je les pleure tous, Mary Proudfoot et les autres, disparus depuis longtemps. Pas William MacIntosh, toutefois, même si je devrais. Il a dû être un type bien, jadis. Katherine m'a dit qu'il prenait grand soin des roses, des azalées et des arbres à papillon devant chez lui.

Une fois le service religieux terminé et le cercueil de leur mère enfoui sous terre, Thomas attire Bitsy sous un grand noyer noir pour parler avec elle. Ne voulant pas m'imposer, je me dirige vers Katherine, Hester et l'autre homme blanc.

— Je vous présente mon oncle, le révérend Martin… Patience Murphy, ma sage-femme, dit Katherine.

Elle a les yeux secs, le regard morne. Comment prend-elle la mort de son mari ? Pense-t-elle qu'il s'est suicidé… ou qu'on l'a assassiné ? Estime-t-elle Thomas responsable ? S'en soucie-t-elle ? Je sonde son visage. Un masque indéchiffrable.

Aussi difficiles qu'aient été leurs relations, William a été son amant, son mari. Ils ont eu deux enfants ensemble ; elle le connaissait intimement. Celui qu'elle pleure sans doute, ce n'est pas le mari égocentrique, irascible, violent qui se considérait comme un échec, mais l'être doux qui adorait les fleurs.

— Est-ce que ça va ? je lui chuchote pendant que Hester et Martin contemplent les champs alentour en faisant des commentaires sur la sécheresse et les récoltes.

Je tire un peu sur la manche de sa robe en lin gris clair pour l'entraîner vers un banc sur le côté de la chapelle.

— Ça va ? je répète. Ça doit être dur. Le décès de William est un tel choc.

Elle baisse les yeux sur ses mains blanches soigneusement manucurées en tripotant une bague qui, je le remarque, n'est pas son alliance.

— Je ne suis pas vraiment choquée, me répond-elle, à mon grand étonnement. C'était un homme bien autrefois, il y a de cela des années, quand il me faisait la cour… (Elle secoue lentement la tête.)

Mais nous ne formions pas un couple heureux, vous le savez. Il avait déjà menacé d'attenter à ses jours, à plusieurs reprises… chaque fois que j'essayais de m'en aller.

» Je n'étais pas de retour à Baltimore depuis plus de quelques heures qu'il a commencé à appeler. Il était ivre et m'a suppliée de revenir. Rien n'avait changé. « Reviens, bredouillait-il inlassablement au téléphone. Tu m'appartiens. Je ne peux pas vivre sans toi. » Cela va vous paraître cruel, mais je ne suis même pas triste… J'ai l'impression d'être soulagée d'un grand poids.

Elle plante ses yeux dans les miens, attendant une réaction. Une femme d'acier.

Les lèvres serrées, je lui rends son regard.

— Il fallait que vous partiez. Il n'y avait pas d'autre solution, pour l'enfant et pour vous. On ne peut pas laisser un homme vous manipuler ainsi… Il y avait un article dans le journal, qualifiant sa mort de louche. L'avez-vous lu ?

Elle écarte la question d'un geste comme si elle chassait des mouches.

— Oh, ça !

— Vous ne pensez pas qu'il ait pu s'agir d'un acte criminel ?

— Jamais de la vie ! William avait des armes disséminées un peu partout dans la maison. Si un intrus s'était introduit chez nous, il l'aurait abattu, à coup sûr.

En levant les yeux, je vois Bitsy déambuler dans le cimetière, telle une somnambule. Tout en haut de la colline, derrière la chapelle, une chemise blanche se faufile entre les chênes et les érables. Thomas a décidé de rentrer par le chemin des écoliers, probablement à cause de la présence du shérif Hardman.

Katherine se lève et va embrasser Bitsy.

— Je ne saurais vous dire à quel point je suis navrée. Votre mère était une sainte. Sans elle, j'aurais pu être tuée le soir où j'ai quitté le domicile conjugal. Des gens comme elle, on n'en fait plus.

Bitsy se mouche. Elle est à court de larmes.

— Merci, Katherine. Vous comptiez beaucoup pour Mama, vous et le bébé. Elle s'inquiétait pour vous.

Du coin de l'œil, je vois Mme Potts approcher prudemment sur la pelouse en s'aidant de sa canne.

— Il y a une réception chez les Miller, nous annonce-t-elle.

Son regard passe sur mes deux compagnes avant de se poser sur moi. J'inspire à fond, consciente que je devrais y aller pour soutenir Bitsy, mais je suis fatiguée et j'ai envie de rentrer. Bitsy me facilite la tâche.

— Ne vous inquiétez pas, me dit-elle. Byrd Bowlin a promis de me raccompagner. Vous feriez bien d'aller voir comment vont Clair de lune et son veau.

— Je suis vraiment désolé, intervient le révérend Martin, mais nous devons nous en retourner nous aussi.

Hester propose de me reconduire, mais je suis venue avec Étoile. J'étreins tour à tour Bitsy et Katherine.

— Nous reverrons-nous avant votre départ pour Baltimore ?

— J'aimerais beaucoup, me répond-elle, mais je dois m'occuper de ce qui reste de nos biens, et ramener la dépouille de William à Baltimore par le train. Ses funérailles auront lieu jeudi prochain. Des parents à lui vont venir de Boston.

Je la serre à nouveau dans mes bras en essayant de lui communiquer un peu de force. Puis je vais chercher ma monture derrière l'église.

En arrivant à l'embranchement de Horse Shoe Run, je fais la grimace à la vue de la voiture du shérif, garée là.

— Où sont Bitsy et son frère ? me demande-t-il de son ton bourru.

— À la réception donnée chez le pasteur.

Je mens sciemment, sachant que Thomas est déjà de l'autre côté de la montagne pour ainsi dire, à se glisser entre les épicéas, telle l'ombre d'un renard gris.

— À propos, enchaîne Hardman, j'ai parlé avec Mme MacIntosh avant l'enterrement. Pourquoi ne pas nous avoir signalé qu'elle était retournée à Baltimore après une querelle domestique ?

Il me regarde de travers.

— On avait peur. Nous redoutions que William tente de la trouver. Nous voulions la protéger.

30 juin 1930. La lune presque pleine navigue entre les nuages qui filent dans le ciel.

Naissance de Daniel Withers, 3,150 kg, septième enfant d'Edith et Manley Withers, de Hog Hollow. Bitsy et moi l'avons mis au monde ensemble, mes mains posées sur les siennes. Les Withers font partie de la communauté baptiste de Hazel Patch.

Mme Potts ne se sentant pas très bien, elle n'est pas venue.

Étaient présentes, en dehors de Bitsy et moi, les deux filles aînées, Ida et Judith, âgées de dix et douze ans. Bitsy leur a montré comment couper le cordon ombilical. Quand on a posé le bébé sur sa poitrine, Edith a déclaré que les douleurs après l'accouchement étaient pires que le travail en lui-même. Je lui ai fait remarquer qu'il valait mieux qu'il en soit ainsi parce que ça empêche de saigner. Ils nous ont payé deux dollars, plus un jambon fumé par leurs soins. Ça nous a fait du bien à Bitsy et moi, cette arrivée d'une nouvelle vie après le décès de Mary.

33

Sécheresse

Des nuages gris plats pèsent sur nous comme une chape. Chaque matin, je scrute le ciel en quête d'un changement de temps. L'air est chargé d'humidité, mais la pluie refuse de venir.

Ce matin, nous avons commencé à arroser les pieds de maïs et de haricots. Les légumes racines, comme les pommes de terre et les carottes, sont suffisamment enfouis dans la terre pour trouver leur propre humidité. Bitsy m'assure que les tomates résistent mieux à la chaleur. Chacune chargée de seaux d'eau, nous faisons la navette entre la source et le potager, octroyant un litre à chaque plante assoiffée.

— Ce n'est qu'une goutte d'eau dans l'océan, dis-je en plaisantant à mon amie, mais ça ne la fait pas rire.

— On n'aura encore pas de pluie aujourd'hui, lance-t-elle, posant son seau avant de creuser le dos, les yeux clos.

— Comment le sais-tu ?

— Pas de brise. Le vent se lève toujours avant la pluie.

— Le dieu de la pluie pourrait bien déclencher une inondation pour se moquer de tout le travail que nous avons abattu.

Je prends la chose à la légère. Bitsy secoue la tête et se remet à arroser. Ma référence à un dieu de la pluie l'a peut-être offensée. Depuis l'enterrement de sa mère, elle lit la Bible tous les jours. À deux reprises en passant devant sa chambre, je l'ai surprise à genoux en train de prier.

Quelques centaines de seaux plus tard, en fin d'après-midi, les bras endoloris, le dos en compote, Bitsy lève les yeux vers le soleil qui a du mal à percer la brume.

— Je crois que je vais faire un tour avec Étoile.

Je fronce les sourcils, mais garde mes pensées pour moi. Une nouvelle visite à Wildcat. Va-t-elle prendre des nouvelles de Thomas ou voir son amoureux, Byrd Bowlin ?

Une demi-heure plus tard je me traîne péniblement en haut des marches du porche avec mon panier de haricots verts quand j'entends une charrette tirée par un cheval monter la route à tombeau ouvert. La poussière est si dense, je n'arrive pas à discerner mon visiteur. C'en est fini de mon bain dans l'eau fraîche du ruisseau ! Je transpire tellement, j'arrive tout juste à me supporter.

— On a besoin de vous à Black Springs ! me crie le jeune conducteur avant même d'avoir tiré sur les rênes.

— Que se passe-t-il ?

— M. Hart a dit qu'il fallait faire vite. Sa femme saigne.

— Je ne connais pas de Mme Hart. Va-t-elle avoir un enfant ?

— Elle en porte un, si c'est ce que vous voulez dire. Il est toujours dedans.

— D'accord, je bougonne. J'arrive tout de suite.

« Fantastique », je maugrée en courant à l'étage enfiler ma robe à fleurs gris-bleu de tous les jours. Juste au moment où Bitsy s'éclipse, il y a une urgence. Heureusement, Clair de lune et son veau sont dans le pré où ils peuvent paître et boire l'eau du ruisseau, et les poules sont enfermées dans leur enclos. J'attrape ma sacoche et, au dernier moment, je noue un foulard sur ma tête.

— Dépêchez-vous, madame, s'il vous plaît. M. Hart était dans tous ses états.

Je sens que ça ne va pas être une partie de plaisir.

Kitty

Une heure plus tard, dans un nuage de poussière, nous nous arrêtons devant une ferme de plain-pied à la façade brute. La bâtisse est en deux parties : une cuisine d'un côté, l'habitation de l'autre, séparées par un passage couvert. Deux femmes blanches nous font des signes frénétiques depuis le porche ombragé. La plus petite, rondelette, est ceinte d'un tablier à carreaux rouge taché. Elle pleure à chaudes larmes. On dirait une albinos : des cheveux blancs, le teint blafard, des yeux rosis, larmoyants.

— Venez. Venez. Hâtez-vous, me crie-t-elle. Que Dieu nous vienne en aide !

La scène dans la chambre est encore plus terrible que tout ce que j'aurais pu imaginer. Du sang partout par terre, sur le lit, maculant la mère qui respire à peine. Il y a même des empreintes de main sanguinolentes sur son ventre. Quelqu'un a dû essayer d'extirper le bébé.

— Enfer et damnation ! je marmonne, le regrettant aussitôt.

Mme Kelly ou Mme Potts s'exprimeraient-elles ainsi ? Les deux dames qui m'ont accueillie rôdent près du lit. Une troisième femme aux cheveux gris, vêtue d'une robe verte couverte de sang, est agenouillée près de la patiente. Pas trace de M. Hart.

— Vous êtes la sage-femme ? me demande la plus âgée. (Je hoche la tête.) Le bébé est coincé. C'est en train de la tuer. On a bien essayé, mais impossible de le sortir de là.

— Coincé, coincé, coincé, répète l'albinos en agitant les mains devant sa figure.

J'observe la patiente. Quelque chose ne va pas. Ses jambes inertes sont deux fois trop épaisses, gonflées d'eau. Une petite tête poilue est visible entre ses cuisses. Elle saigne profusément. Je pourrais prendre le temps de vérifier le rythme cardiaque du bébé, mais qu'est-ce que ça prouverait ? Il est peut-être déjà mort et, si je ne fais pas quelque chose rapidement, la mère aussi succombera.

— Tenez-lui les jambes écartées, j'ordonne.

Les femmes, en pleurs toutes les trois, s'exécutent néanmoins. J'ouvre ma sacoche à la hâte et attrape des gants et des ciseaux stérilisés. Je n'ai jamais eu besoin de m'en servir jusqu'à présent, mais, cette fois-ci, ça risque d'être nécessaire.

— Depuis combien de temps est-elle en travail ?

J'entame mon examen sans perdre un instant pour essayer de comprendre pourquoi le bébé n'est pas venu.

— Trois jours, me répondent-elles en chœur.

Comme Hester me l'a fait remarquer, quand les temps sont durs, les familles s'abstiennent de faire appel à nous tant qu'on n'est pas au bord de la catastrophe. Si ce n'est qu'en l'occurrence, il s'agit d'une épouse, d'une sœur, d'une fille.

— A-t-elle déjà eu des enfants ? je poursuis en enduisant d'huile ma main gantée avant de saisir le petit crâne.

Je sens une oreille juste en dessous de l'os pubien. Je comprends maintenant. La tête essaie de sortir de côté au lieu de faire face au sacrum. Cela se produit parfois quand le fœtus est tout petit. Je tente de la tourner, mais elle est vraiment coincée.

— C'est son premier, me répond la dame rondelette.

— A-t-elle atteint son terme ?

Je déballe les ciseaux et fais une petite entaille rapide. Les yeux verts de la patiente s'ouvrent brusquement.

— Elle a un mois d'avance. Elle devait accoucher à l'automne.

— Depuis combien de temps pousse-t-elle ?

Le trio échange des regards.

— Quatre heures, je dirais, répond l'aînée.

Pas étonnant qu'elle soit molle comme une nouille cuite.

— Bon, petite maman. (J'effleure la joue de la patiente du revers de ma main gantée, ensanglantée, pour attirer son attention. Pas de réaction.) Il faut pousser. J'ai fait de la place pour le bébé. Il est bloqué, mais je pense pouvoir le tourner si vous poussez fort. Comment s'appelle-t-elle ? je demande aux trois témoins de la scène.

— Kitty, indique l'albinos.

— Moi, c'est Patience. Je suis la sage-femme. Vous êtes fatiguée, je sais, mais si vous donnez tout cette fois-ci, la délivrance peut venir en quelques minutes.

Toujours pas de réaction.

— Kitty !

Je lui pince le bras. Elle rouvre brutalement les yeux. Elle n'est pas encore morte.

— Il faut à tout prix que vous poussiez. On va vous aider à vous accroupir. Faites ce que je vous dis. Ça contribuera à élargir le bassin.

Non sans peine, mes trois assistantes soulèvent Kitty. Puis, une main sur son utérus et l'autre en dessous, je presse vers le bas. Une petite tête surgit. À peu près de la taille d'une grosse pomme, de ces variétés commerciales que l'on trouve à l'épicerie Bittman.

Mes aides rallongent doucement la maman sur le lit. Le bébé glisse hors de son corps. Une petite fille. Je lui souffle sur le ventre. Pas de réaction. Je souffle à nouveau. Ni grimace, ni étirement des bras, ni cri. Je tente de lui insuffler un peu d'air dans le nez, la bouche, comme je l'ai fait avec le petit William. Toujours rien. Pas de battements de cœur non plus sous la poitrine frêle. Le petit corps gît mollement entre mes mains.

Tout le monde pleure. Tout le monde, sauf la mère dont les yeux se révulsent tandis qu'elle se raidit des pieds à la tête. Soudain elle tend les bras et hurle.

Maynard

— Allez chercher le mari. Allez chercher M. Hart ! je m'écrie d'un ton impérieux.

La petite femme ronde avec son tablier à carreaux part en courant. Je dépose l'enfant inerte dans le berceau et tente de faire se contracter l'utérus de Kitty, mais elle est secouée de tels tremblements que je n'y arrive pas. Ce n'est même pas la peine d'essayer de lui faire boire la teinture de Mme Potts.

Je dois attendre que son corps se relâche pour lui prendre le pouls. D'après la montre de Mme Kelly, son cœur bat à cent quarante pulsations la minute. Beaucoup trop rapide, trop faible, irrégulier. Je lui ouvre un œil pour inspecter les tissus sous la paupière ; ils sont presque blancs. C'est Mme Potts qui m'a appris à faire ça, pour évaluer l'énergie d'une patiente. Rouge foncé, le sang est riche ; rose pâle, la patiente est faible. Kitty est plus que faible.

La dame en vert entreprend d'écarter les draps ensanglantés qu'elle utilise pour éponger le sol.

— Le bébé est mort, n'est-ce pas ? demande l'albinos.

— Oui, trésor, j'en ai bien peur. Elle est retournée au ciel.

On croirait entendre Mme Potts.

— Tenez, Kitty.

J'essaie d'inciter la pauvre patiente épuisée à boire un peu d'eau mêlée de teinture, mais elle a plongé dans une sorte de coma. Le liquide vert lui dégouline sur le menton.

J'entends la porte d'entrée s'ouvrir brutalement, des pas lourds dans le couloir. M. Hart se rue dans la chambre.

— Que se passe-t-il ? Ma femme est-elle morte ?

Je comprends qu'il ait cette impression, mais je sais que le cœur de Kitty bat encore. Pour en avoir la certitude, je prends mon fœtoscope en bois et le pose sur sa poitrine.

— Elle vit encore. Elle a eu une crise puis elle a sombré dans l'inconscience. Elle avait déjà perdu beaucoup de sang avant mon arrivée. (Ne sachant pas comment lui annoncer la nouvelle sans le brusquer, j'ajoute simplement :) L'enfant est mort. Il est resté coincé trop longtemps dans le canal de naissance.

Les larmes qui baignent son visage mince aux pommettes hautes vont se perdre dans ses favoris. Il s'agenouille dans le sang et secoue l'épaule de Kitty.

— Réveille-toi, femme !

— Elle ne peut pas, monsieur Hart. Elle a eu une attaque. Elle est dans le coma et nous devons la conduire à l'hôpital.

— Je n'ai pas d'argent, vous le savez bien. Je l'aurais emmenée là-bas il y a deux jours si j'en avais.

C'est pour ça qu'il m'a appelée, me dis-je. Appelée trop tard pour que la faute retombe sur moi, et la douleur.

— Si nous ne nous mettons pas en route tout de suite, vous allez perdre votre épouse. Tant pis pour l'argent.

— Le docteur Blum est parti, nous rappelle la dame en vert. Il est retourné en Virginie.

— On trouvera quelqu'un pour nous aider si on va là-bas. L'autre médecin de Delmont, une infirmière. Avez-vous un véhicule, une camionnette ? On ferait peut-être mieux d'aller directement chez le docteur Robinson, le médecin de couleur.

— Pas question qu'un charcutier noir pose les mains sur ma femme ! proteste Maynard en s'essuyant les yeux, maculant son visage de sang au passage.

Je me mords la langue si fort que je manque de l'entailler. Quelle différence fait la couleur de peau d'un docteur ? L'esprit n'a pas de couleur. Robinson saura quoi faire.

— Il pourrait lui administrer un remède, la mettre sous intraveineuse. Monsieur Hart, le bébé est mort parce que vous n'êtes pas allés à l'hôpital plus tôt, et parce que vous n'avez pas fait appel à moi à temps. Aviez-vous remarqué que le corps de votre femme avait enflé ? Saviez-vous que le bébé était en avance ? Comprenez-vous ? Si nous montons tout de suite dans une auto, votre épouse a encore des chances de s'en tirer.

Je me répète, mais cela ne me mène nulle part.

Maynard sort de la pièce d'un pas lourd, la dame en vert sur ses talons. Il est bouleversé, je le comprends, mais il faut qu'il m'écoute !

— Monsieur Hart, s'il vous plaît ! (Je lui cours après et l'attrape par la manche de sa chemise raccommodée.) Il doit bien y avoir un moyen d'aller en ville. Je vous le dis, votre femme est très faible. Si elle a une autre attaque, elle ne s'en sortira pas.

Il sort sur le porche et abat son poing sur un pilier du porche en grognant.

— Écoute-la, intervient la vieille dame. Kitty a besoin d'aide.

— Madame Patience ! crie une voix derrière moi, et je retourne dans la chambre à toutes jambes.

L'albinos tient la tête de sa sœur. Les tremblements ont repris de plus belle. Kitty est toute raide. Toutes les femmes se pressent autour d'elle pour lui tenir les membres. Une fleur de sang rouge s'épanouit sous elle, tel un bégonia qui s'ouvre. Elle saigne par le nez aussi maintenant.

Que se passe-t-il ? On dirait qu'elle expulse ce liquide vital de son corps. Elle ne respire plus non plus. Si elle ne cesse pas de convulser, elle va mourir.

Pendant cinq, peut-être dix minutes, nous la tenons ainsi. Son mari reste cloué sur le seuil, sans que son visage exprime quoi que ce soit. Il éprouve forcément quelque chose, j'en suis sûre, mais il est ailleurs, loin de cette horreur, en train de pêcher au bord de la Hope River peut-être.

À la fin, Kitty prend une grande inspiration et perd à nouveau connaissance. Je lui prends le pouls qui bat trop vite pour que je puisse compter. Elle ouvre les yeux une dernière fois, voit son mari à la porte, lui tend la main et rend l'âme. Son pauvre cœur a cessé de battre. Les nôtres s'arrêtent aussi.

— Il faut nettoyer tout ça avant que ça attire les mouches, dis-je à voix haute alors qu'une grosse mouche me tourbillonne autour.

L'odeur de la naissance est douce et pénétrante à la fois. Celle du sang est suffocante. Prise d'un haut-le-cœur, j'avale péniblement ma salive en essayant de penser à autre chose.

— Comment vous appelez-vous ? je demande à l'albinos.

— Birdy. Kitty est ma sœur. Elle est morte maintenant, hein ? Et le bébé aussi ?

Elle se mouche dans le bas de sa jupe. Kitty et Birdy[1], hein ! Leurs parents devaient avoir un certain sens de l'humour.

— Je suis désolée. Oui, elles sont parties au ciel toutes les deux. Si vous teniez la tête de Kitty pendant qu'on lui fait sa toilette ?

Sans se faire prier, Birdy soulève la tête de sa sœur et la pose sur ses genoux en caressant ses longs cheveux qui, je ne le remarque que maintenant, sont d'un blond presque blanc, et raides comme ceux d'une Norvégienne. Elle chantonne et presse sur les paupières de la morte. Un œil s'ouvre tout seul. Elle le referme.

Où est Bitsy quand j'ai besoin d'elle ? Comment vais-je lui décrire cette scène ? Je ferais sans doute

1. En anglais, Kitty signifie « minou » et birdy, « zozio ».

mieux de m'en abstenir. Sinon, elle n'aura plus envie de venir aux accouchements avec moi.

J'apprends que la dame en vert, Edna, est la sœur de Maynard Hart. Les dents serrées, elle est en train de récurer le sol à quatre pattes. Chaque fois qu'elle essore la serpillière au-dessus du seau en étain, ses larmes se mêlent à l'eau cramoisie. La petite femme ronde, Charity Moon, est la femme du voisin qui m'a conduite dans cet enfer.

Elles pleurent toutes en s'activant. Pas moi. Mes sanglots sont tassés au fond de moi comme l'argile sous la base d'un pilier de clôture. Ce n'est pas la première fois que mes pensées suivent ce cheminement. La vie est trop dure. On naît, on meurt… Ça se résume à ça. Entre les deux, on aime quelqu'un, ou pas, et, si on a de la chance, on laisse derrière soi quelqu'un qui nous aime.

Une fois que tout est nettoyé, nous buvons du café fort dans des tasses ébréchées autour de la table de la cuisine. Le soleil est couché. Maynard revient, les yeux rougis. Il enlève sa chemise devant l'évier et se lave le visage et les mains.

Je m'enquiers de savoir s'il y aura une cérémonie.

— Juste une petite réunion avec la famille et nos voisins, me répond la tante. Kitty n'aurait pas voulu qu'on en fasse toute une affaire, et nous n'avons pas les moyens de la faire embaumer. Nous demanderons au révérend de l'enterrer ici. Celui de Clover Bottom. Vous serez la bienvenue.

— J'essayerai de venir, dis-je, sachant que je n'en ferai sans doute rien.

— Merci d'être venue. (Maynard se tourne vers moi.) Je n'ai pas de quoi vous payer.

— Je sais… Ce n'est pas grave. Je suis navrée de ne pas avoir pu en faire davantage.

— Moon, notre voisin, vous raccompagnera chez vous.

Sur ce, M. Hart repart. Je le vois se diriger vers la grange. Il en ressort avec une pelle sur l'épaule. Reprend-il déjà les travaux des champs ? Non, il va creuser la tombe de sa femme. Il a besoin de se dépenser, de transpirer, de jurer. De creuser un trou. Où dormira-t-il ce soir ? S'allongera-t-il près de sa défunte épouse, prendra-t-il l'enfant sans vie enveloppé dans une couverture rose sur son cœur ?

Edna, sa sœur, le suit des yeux.

— On a un cimetière familial là-bas, m'explique-t-elle. Tous nos parents y sont. Kitty était la seconde femme de Maynard. La première y est déjà. Elle est morte d'une pneumonie, il y a trois ans. Ce n'est pas un mauvais bougre, ajoute-t-elle. Il l'aimait. C'est juste qu'il était trop fier pour quémander des soins.

Avant de partir, je retourne une dernière fois dans la chambre pour dire adieu à la défunte, allongée sur une couette rose fanée dans une chemise de nuit blanche. Le parquet est encore taché de rouge. Il le restera toujours.

34

Coup de tonnerre

Le retour à la maison dans la nuit en compagnie de M. Moon est lugubre. Il ne pleut toujours pas, et l'air est tellement épais qu'on en sent le goût. Par deux fois, je crois entendre le tonnerre ; j'entrevois même un éclair du coin de l'œil, mais nous nous passons de commentaires l'un et l'autre.

Sous la faible lueur de la lune, les asclépiades et les eupatoires maculées aux longues tiges semblent couvertes de givre, mais ce n'est qu'une épaisse couche de poussière déposée par les véhicules sur leur passage. Au moment où nous bifurquons vers Salt Lick, je romps le silence.

— Déposez-moi chez Daniel Hester, le vétérinaire. Vous savez où c'est ? À un kilomètre d'ici. Il me conduira le reste du chemin.

Je dis ça d'un ton affirmé, mais je n'ai aucune certitude. Hester pourrait être en train de plâtrer la patte d'un chien de chasse blessé ou de soigner une jument malade.

Bitsy ne sera pas encore rentrée, si tant est qu'elle revienne ce soir. Je vais avoir du mal à dormir après cet accouchement cauchemardesque. Suivant mes instructions, M. Moon me dépose près de la boîte aux lettres du vétérinaire avant de faire demi-tour dans l'allée. Nous nous saluons tristement d'un geste de la main.

Sur le pont en bois, le doux murmure du ruisseau en dessous me fait tressaillir. Je m'étonne qu'il ne soit pas tari. Des grincements métalliques me parviennent de la grange. À la lumière d'une lanterne, Hester est en train d'aiguiser ses outils de jardin avec sa meule à pédale. Tout à coup, l'appréhension me gagne. Qu'est-ce que je fais ici ? Que vais-je lui dire ?

« Une femme est décédée aujourd'hui. Je n'ai pas su quoi faire pour la sauver » ?

« Une mère et son enfant sont morts inutilement parce que son mari sans le sou était trop fier pour m'appeler à temps » ?

« Le monde est un endroit affreusement tragique, trop dur, décidément trop dur pour Patience Murphy » ?

Le tonnerre gronde dans les montagnes. Le vent siffle à travers les feuilles de saule desséchées. Soudain un éclair apparaît – pour de vrai, cette fois-ci. Je devrais me réjouir de l'arrivée de la pluie, mais le moment est mal choisi. Si l'orage éclate, impossible de rentrer à travers la montagne si je décide de ne pas demander à Hester de me raccompagner.

Hester a interrompu son travail. La lueur ambrée qui se déverse comme du miel hors des portes de la grange nimbe sa silhouette.

— Bonjour, lance-t-il, voyant mon ombre s'avancer dans la cour. Qui est là ?

Les larmes m'inondent les joues. Les premières que je verse maintenant que l'épreuve est finie. Si tant est qu'elle le soit. Soudain, je prends conscience qu'on pourrait m'accuser de la mort de l'enfant et de sa mère, et mon sang se glace. Je risque de perdre mon certificat de sage-femme.

— Patience ? Que se passe-t-il ? (Hester ne porte qu'un pantalon et un tricot de corps blanc, sans manches. Ses bras luisent de sueur.) Est-ce Clair de lune ? Étoile ? Bitsy ?

En dépit de mon chagrin, je me dis que ça lui ressemble bien de s'enquérir d'abord des bêtes.

— Ma patiente est morte. Kitty Hart, je bredouille. Ça s'est mal passé. Très mal. Il y avait du sang partout, il lui en sortait même par le nez, et puis elle a eu une crise et elle a rendu l'âme.

Je dois lui sembler incohérente. Quand il me prend dans ses bras, son odeur me submerge : un mélange de terre, de pin et de vanille.

— Entrez. Entrez.

Il m'entraîne vers la grange et me fait asseoir sur un banc.

— Tenez.

Il sort une flasque argentée de la poche arrière de son pantalon. J'en prends une gorgée et manque de m'étrangler avant de rejeter la tête en arrière. C'est très fort, nettement moins agréable qu'un grog au rhum ou du vin de mûres.

Hester sourit de ma réaction, mais son sourire se dissipe vite. Les coups de tonnerre se rapprochent ; les branches des saules pleureurs s'agitent en tous sens.

— Vous étiez chez Maynard Hart ? demande-t-il. Cette ferme délabrée près de Burnt Town ?

Je hoche la tête en inspirant à fond pour essayer de reprendre mes esprits. Il me tend à nouveau la flasque. L'alcool descend mieux cette fois-ci et ne me brûle que le fond de la gorge.

— Je ne les avais jamais rencontrés auparavant. Ni lui ni sa femme, Kitty. Leur voisin, M. Moon, a débarqué chez moi en trombe. Bitsy venait de partir pour le camp de mineurs. J'étais seule.

Je me remets à pleurer, le visage enfoui dans mes mains. Hester s'assied à côté de moi. Nouveau coup de tonnerre, suivi d'un éclair. Une bourrasque secoue le flanc du solide bâtiment en bois.

Au souvenir de cette scène terrible, je verse un torrent de larmes comme s'il pouvait emporter Kitty Hart loin de son lit de mort jusqu'à la Hope River où on la retrouverait vivante en train d'allaiter son nouveau-né dans les hautes herbes. Hester me tapote le dos en fredonnant un petit air comme à un enfant. Secouée de sanglots de plus en plus violents, je continue de bredouiller. Il passe son bras autour de ma taille. Un déferlement d'émotions m'assaille. Je ne pleure pas seulement pour Kitty et son bébé, mais aussi pour moi-même et mon enfant, pour Lawrence et Ruben, ma mère, Mme Kelly, pour toutes les fois où je me suis retrouvée seule et apeurée sans personne pour me soutenir.

— Alors, quand vous êtes arrivée… ? (Hester essaie de me faire parler de ce qui s'est passé pour essayer de calmer mes sanglots.) Je n'y suis allé qu'une seule fois, pour recoudre une jument. Une bête magnifique. Elle s'était pris la patte dans du barbelé. Alors vous êtes arrivée et… ?

Je tends la main vers la flasque et engloutis deux autres gorgées avant de prendre une grande inspiration.

— Je n'avais jamais rien vu d'aussi horrible de ma vie. Quand on est entré dans la cour, deux femmes braillaient depuis le porche. Hystériques. « Dépêchez-vous ! Dépêchez-vous ! » J'ai couru dans la chambre. Le plancher était couvert de sang. Il y en avait partout sur le lit. Une jeune femme gisait là, à demi inconsciente. Elle saignait à profusion. Le bébé était coincé dans le canal de naissance. Un bébé prématuré aux cheveux foncés.

Je lui explique que j'ai sorti l'enfant, qu'il était mort-né, que le sang continuait à couler sans que je puisse rien y faire. Je lui raconte que M. Hart a refusé d'aller trouver le médecin de couleur, que Kitty a eu une attaque et qu'elle est morte.

Hester fronce les sourcils en s'efforçant d'imaginer la succession d'événements. Il boit une lampée à son tour avant de me rendre la flasque.

— Je ne sais pas grand-chose sur les femmes, mais il arrive que les vaches aient des crises à cause de la fièvre du lait. Au moment de l'entrée en lactation, la demande en calcium augmente brusquement. Elles finissent par épuiser le calcium contenu dans leur taux sanguin. Chez les chiens et les chats, il existe une maladie dite intravasculaire disséminée, liée à un trouble des facteurs de coagulation. En gros, ils consomment toutes leurs plaquettes et leurs protéines et se mettent à saigner abondamment de partout… Il y a l'éclampsie aussi. C'était peut-être ça.

Il cherche sans doute à me réconforter en me fournissant toutes ces données cliniques. Dans d'autres circonstances, je lui aurais peut-être prêté attention, mais pour l'heure, je suis atterrée, et je me fiche de savoir ce qui s'est passé. Je pose une main sur ses lèvres pour le faire taire. Il s'en saisit et dépose un baiser au creux de ma paume. Un geste étrange – une manière d'admettre qu'il ferait mieux de se taire ? La pluie se met à tomber. Quelques gouttes d'abord, puis un sifflement.

— Vous avez du sang sur la figure, dit-il en m'effleurant la joue. Dans le cou aussi… là… et sur votre robe.

Il prend son foulard qu'il va mouiller sous le déluge et revient m'essuyer le visage, puis le cou. Il est si près de moi, sa douce haleine me chatouille les narines. Je ferme les yeux pour mieux sentir sa main sur ma joue.

Un brusque éclair, et quelques secondes plus tard, un coup de tonnerre, si proche, si retentissant qu'il ébranle les parois de la grange. Hester déboutonne les deux premiers boutons de ma robe. Je le laisse faire, mon cœur battant si fort que, sans les grondements continuels, il l'entendrait sûrement. Au moment où nous nous levons, je me rends compte que l'alcool m'a affectée plus que je ne le pensais. Je manque de lui tomber dans les bras.

La pluie crépite sur le toit en zinc. Nous nous approchons de la porte pour contempler les éclairs en nappe. Hester tend son foulard dehors pour l'imbiber à nouveau, me frictionne les mains, les ongles encore souillés de sang. Ensuite il m'entraîne sous le déluge où nous nous tenons enlacés. Mon visage pressé contre son maillot trempé, le sien levé vers le ciel, tour à tour blanc, jaune, puis blanc à nouveau, nous vacillons comme des danseurs de marathon.

Il déboutonne ma robe encore un peu et me nettoie la gorge presque jusqu'à la pointe des seins. Je suis le mouvement de ses doigts en tremblant. Il s'agenouille dans la boue pour m'essuyer les jambes, puis entre les cuisses, inlassablement, avec son tissu doux, me lavant comme un bébé. Je me remets à pleurer. Personne ne m'a baignée depuis la mort de ma mère. J'ai fait la toilette d'autres gens, des patientes en plein travail, des nouveau-nés, des personnes âgées, malades. Aujourd'hui encore j'ai lavé une femme morte, mais personne ne s'est jamais occupé de moi ainsi.

Hester finit par m'ôter ma robe. Je ne porte rien en dessous. Ni corset ni soutien-gorge. Juste une culotte. Je me suis changée si vite quand M. Moon est venu me chercher que je ne me suis pas donné la peine d'enfiler le reste. Déconcertée moi-même, je ne m'écarte pas pourtant. Je suis une femme en plein rêve se dépouillant de son armure argentée. Hester ne semble pas surpris de mon manque de pudeur. Il jette ma robe dans la grange.

Le tonnerre ébranle l'air encore et encore. On croirait entendre des rochers se heurtant dans les montagnes. Hester continue à me serrer contre lui, pendant que cette eau bénite nous purifie.

Le matin venu, un soleil aveuglant inonde les vitres poussiéreuses dans une chambre que je ne reconnais pas tout de suite. Je suis allongée, nue, sur un lit à baldaquin comme celui des MacIntosh, mais le cadre est nettement moins cossu. Je promène mon regard sur les murs en plâtre blanc, les hautes fenêtres encadrées de moulures en chêne foncé, le plancher. Je vois des tableaux représentant des chevaux, dans des cadres noirs et dorés, des paysages peuplés de chevaux de chasse, de labeur, de course ainsi qu'une photo d'un jeune soldat au milieu de ses bêtes. Je sais où je suis maintenant. C'est là qu'il y a des semaines j'ai bandé la jambe du vétérinaire et que je lui ai apporté de la soupe alors qu'il se remettait d'une bagarre avec les frères Bishop.

Je passe une main sur les draps enchevêtrés, et l'emplacement vide où Hester a dormi. Enfin, je crois. À un moment donné, au milieu de la nuit, nous avons abandonné le grenier à foin pour courir dans la boue jusqu'à la maison et grimpé l'escalier. Puis, un peu avant l'aube, le téléphone a sonné et il m'a quittée. J'ai entendu sa voiture démarrer et dévaler Salt Lick, mais j'étais trop hébétée pour m'en soucier. C'est l'alcool, me rappelé-je, qui m'avait jetée dans les bras de cet homme. Pas tout à fait un étranger, ni vraiment un ami.

Je glisse mes mains le long de mon corps. Constatant avec satisfaction que je suis toujours la même, je m'habille à la hâte, ignorant le sang de Kitty sur ma robe encore humide que je trouve pliée avec soin sur le dossier d'une chaise. Il est trop tôt pour savoir si les événements d'hier changeront ma relation avec Hester. Au moment d'enfiler mes chaussures, j'éprouve une pointe de culpabilité en songeant que, à moins que Bitsy soit rentrée, nos bêtes ont passé la nuit sous la pluie.

Parvenue en haut de la crête, je porte mon regard sur la Hope River, au fond de la vallée, et découvre là encore avec un certain étonnement qu'en dépit de la tempête le paysage est toujours le même. Leurs plantes fatiguées sont débarrassées de leur couche de poussière, mais des heures d'une pluie drue n'ont pas suffi à verdir l'herbe. Rien n'a changé nulle part, sauf à l'intérieur de moi. Je me suis ouverte.

En arrivant à la maison, je m'aperçois qu'un filet de fumée s'échappe de la cheminée de la cuisine. Bitsy est rentrée. Les portes de la grange sont ouvertes. Je l'entends fredonner pour Clair de lune tout en tirant son lait. *« Oh, mes sœurs, descendons. Allons, descendons. Oh, mes sœurs, descendons prier au bord de la rivière… »*

C'est la première fois qu'elle chante depuis la mort de sa mère.

— Bonjour, lance-t-elle en pénétrant à grandes enjambées dans la maison dix minutes plus tard, un seau rempli de lait tiède à la main.

J'ai juste eu le temps de me brosser les cheveux pour ôter les brins de paille. Son regard se pose sur la sacoche où je suis en train de remplacer le matériel manquant.

— Vous avez veillé toute la nuit auprès d'une patiente ? Qui était-ce ? Ça s'est bien passé ?

— Non… non pas du tout. (Je me laisse tomber sur une chaise.) C'était Kitty Hart. Nous ne l'avons jamais rencontrée. Elle est morte. Son bébé aussi.

Sous le choc, Bitsy pose brutalement son seau dans l'évier. Du lait éclabousse sur les bords. Elle rapproche une chaise de la mienne, pose sa main sur mon bras.

— Oh, Patience ! Je suis désolée. J'aurais dû être à vos côtés pour vous aider.

Elle attend que je lui donne de plus amples explications, mais je suis trop fatiguée pour parler.

— Il faut que je me change, dis-je en désignant ma robe tachée de sang.

— Vous voulez que je fasse chauffer de l'eau ? Que j'aille chercher la bassine ?

— Inutile. Je vais descendre à la rivière. Je te raconterai tout ça plus tard.

Je n'en reviens pas d'avoir dit ça. Pourquoi aller à la rivière ?

Pas de caravanes ni de tentes cette fois-ci quand j'arrive sur les berges de la Hope River agitée de bouillons brunâtres. Je m'en réjouis. Hester a déjà nettoyé le sang sur ma peau. C'est mon âme qui a besoin d'être purifiée. J'enlève ma robe et ma culotte en me souvenant de l'air de Bitsy : *« Oh mes sœurs, descendons, descendons à la rivière pour prier. »*

J'entre dans l'eau délicieusement fraîche et je fais la planche en suivant des yeux les écharpes blanches des nuages. Il y a si longtemps que je n'ai pas prié. À qui m'adresser ?

14 août 1930. Pleine lune déjà décroissante.

(Trois jours se sont écoulés. J'étais dans l'incapacité d'écrire jusqu'à présent.) Un enfant mort-né. La petite fille de Maynard et Kitty Hart, de Burnt Town. Quand je suis arrivée sur place, la mère était en travail depuis trois ou quatre jours et poussait depuis quatre heures. Le bébé avait un mois d'avance ; il était coincé dans le canal de naissance, la tête en biais. L'accouchement s'est fait en moins de dix minutes, mais il était trop tard pour l'enfant. La patiente était tout enflée ; elle a eu une succession de crises. Bitsy et moi avons vérifié plus tard dans le manuel de DeLee. Ça s'appelle éclampsie. Je ne savais pas quoi faire, quels remèdes lui administrer. Les femmes survivent parfois à ces attaques, mais Kitty avait déjà perdu tellement de sang que son cœur s'est arrêté, à mon avis.

Étaient présentes, en dehors de moi, sa sœur Birdy (nom de famille inconnu), Edna Hart, la sœur du mari et Mme Moon, la voisine. Bitsy avait filé à Hazel Patch. Une bien triste journée.

Retour de l'automne

35

L'adieu à Grace

Des ombres planent sur les montagnes. Des nuages couleur d'ardoise pareils à des draps sales impossibles à lessiver. Ils oblitèrent le soleil de jour, et la nuit, les étoiles. Il n'y a plus d'embauche dans le comté. Un homme sur quatre est au chômage, sans parler des fermiers qui ne vendent pas leurs récoltes et des femmes qui avaient un emploi avant que les hommes ne reviennent de la guerre.

Des semaines sont passées depuis la tempête. Partout dans le Sud, il fait une chaleur accablante. C'est l'un des mois de septembre les plus chauds, de mémoire d'homme. Quand ils fauchent, les éleveurs obtiennent deux balles de foin en moyenne, au lieu de quatre. Des dizaines de fermes et d'habitations figurent sur la liste des ventes aux enchères ou des saisies publiée par le *Liberty Times*. Les gens affluent en troupeaux sur les routes menant à l'est et au nord, pareils à des volées d'oiseaux migrateurs.

Cet après-midi, alors que Bitsy et moi déambulons dans le potager pour inspecter les tiges desséchées de notre maïs, un véhicule monte la route en soulevant un nuage de poussière dans son sillage.

Que se passe-t-il encore ? Une nouvelle naissance ?

Depuis la clôture, nous voyons le révérend Miller sortir de sa camionnette puis en faire le tour pour ouvrir la portière côté passager à sa femme. Il arbore un chapeau de paille clair. Mildred agite un grand éventail orné d'une effigie de Jésus. Ils s'avancent vers la maison, la mine grave. L'herbe jaunie craque sous leurs pieds.

Je me dis qu'ils sont venus voir comment se porte mon amie après le décès de sa mère, ou bien nous apporter des nouvelles de Thomas. Cela fait des semaines qu'on ne l'a plus vu. Bitsy court à la maison faire un brin de toilette et chercher du thé froid.

— Bonjour, je lance en m'essuyant le front avec mon foulard bleu et blanc.

Le révérend hoche la tête d'un air solennel.

— Comment allez-vous, mon ange ? demande Mildred.

Nous nous s'installons sur les bancs à l'ombre du porche. Je propose le rocking-chair à Mme Miller. Elle insiste pour que son mari le prenne. Bitsy revient avec un plateau chargé de quatre verres. L'eau de la source est si fraîche, nul besoin de glace. Nous n'en avons pas, de toute façon.

— Avez-vous des nouvelles de Thomas ? s'enquiert Bitsy.

Elle se fait du souci pour lui, je le sais, mais dans la mesure où le shérif Hardman est à sa recherche, mieux vaut qu'il se fasse discret. On aimerait avoir l'assurance qu'il est en sécurité.

— Non, répond le pasteur. Toujours pas. Nous sommes venus pour autre chose. Ce que j'ai à vous dire n'est pas facile, je ne vais pas y aller par quatre chemins. Mme Potts est allée à la rencontre de son Créateur hier soir. Elle est morte dans son sommeil, en bonne chrétienne. Une hémorragie due à son cancer. C'est ce qu'a dit le docteur Robinson.

— Un cancer ? Je l'ignorais. Elle semblait si vigoureuse pour son âge. Quel genre de cancer ? Quelqu'un était-il au courant ?

Je suis tellement sous le choc, je n'arrête pas de blablater. Bitsy n'a pas dit un mot, mais Mme Miller la prend dans ses bras et la serre contre elle.

— En conséquence, vous êtes désormais la seule sage-femme dans le comté de l'Union, intervient-elle en passant lentement son éventail devant son visage. Le docteur Blum est parti, vous le savez sans doute.

— Et l'autre médecin, le docteur Robinson ?

— Il ne s'occupe pas des délivrances et a cessé de faire des visites à domicile. Quand on est malade, il faut aller à son cabinet.

— Il y a Becky Myers, l'infirmière, je souligne.

— Certes, mais elle refuse de se déplacer une fois la nuit tombée, et les accouchements ne sont pas son fort. Elle est trop nerveuse.

Je ne vais pas la contredire, après avoir vu Becky à l'œuvre lors de la naissance de la fille de Docey dans la tente sous le pont. C'est une poltronne.

— Bref, enchaîne le pasteur, on a pensé qu'il valait mieux vous prévenir que les gens allaient faire de plus en plus appel à vous. (Son regard nous enveloppe toutes les deux.) Pas seulement pour les accouchements. Pour les maux des femmes, des enfants aussi.

Épatant, me dis-je, et que dirai-je si on vient me trouver pour des bouffées de chaleur, des démangeaisons bizarres, des problèmes menstruels ? Je ne suis pas médecin, je n'ai jamais eu de problèmes féminins… sauf avec mes règles qui viennent quand ça leur chante, ce qui ne m'a jamais posé de problèmes.

J'inspire à fond.

— Merci de nous avoir informées.

— Quand enterre-t-on Mme Potts ? demande Bitsy.

C'est la première fois qu'elle ouvre la bouche.

— Dimanche. L'office lui sera consacré. Samantha et Emma – vous les avez rencontrées à l'accouchement de Cassie – chanteront en solo.

En les raccompagnant à la voiture, Bitsy s'attarde quelques instants près de la portière de Mildred pendant que je porte les verres vides dans la maison. Quand je ressors, la camionnette verte descend Wild Rose Road.

— T'ont-ils dit autre chose à propos de Thomas ?

— Non, me répond-elle en détournant les yeux.

J'en conclus qu'elle n'a pas envie d'en parler.

Je m'assois sur le banc à l'ombre et appuie la tête contre le mur en bardeaux. Que va-t-il se passer maintenant ? Tant de morts. Je les compte. Six cette année. La petite fille des Mintz, Angel. Mary

Proudfoot. William MacIntosh. Kitty Hart et son bébé. Et maintenant Grace Potts. Elle va terriblement nous manquer.

De l'autre côté de la vallée, au-delà de la Hope River, un éclair perce les nuages. Pas de tonnerre. Ni de pluie.

Cercle

L'office dominical consacré à Grace Potts est plus un spectacle qu'une cérémonie funèbre. J'avais imaginé quelque chose de simple, comme pour Mary Proudfoot, mais cela s'apparente davantage à une célébration.

Une fois encore, Bitsy et moi avons mis nos plus belles robes foncées par-dessus un pantalon avant d'enfourcher notre monture. Parties de bonne heure, nous avons choisi de prendre le chemin le plus long en contournant Raccoon Lick jusqu'à Hope Ridge où nous avons bifurqué en direction de la Horse Shoe Run. Il fait frais à l'ombre des sapins-ciguës et des érables qui surplombent le cours d'eau.

Quand nous émergeons des bois pour remonter Horse Shoe Road, nous manquons d'étouffer tant la poussière est épaisse. Voitures et bogheis s'acheminent dans la même direction, convergeant vers la chapelle fraîchement blanchie à la chaux dont les portes en bois décorées de fleurs sauvages s'ouvrent comme des bras. Nous attachons notre cheval avec les autres derrière le bâtiment. Bitsy s'empresse de traverser la pelouse brûlée par le soleil pour rejoindre Byrd Bowlin. Me sentant seule dans la foule, je m'approche de la chapelle. Je pensais que Thomas serait là, mais je ne le vois nulle part.

Je m'attendais aussi à être la seule Blanche dans l'assistance, mais je me trompais. M. Stenger, le pharmacien, et son épouse sont assis à une table de pique-nique en compagnie de Becky Myers, de M. Bittman, l'épicier, et de Daniel Hester. Ce dernier me fait un petit signe mais ne prend pas la peine de se déranger. J'aperçois Mme Wade, qui s'était comportée comme une vraie peste durant l'accouchement de Prudy Ott, en grande conversation avec le shérif Hardman.

Que fait-il là ? Il furète dans l'espoir de découvrir où se cache Thomas ? Piquée au vif, je décide de le défier. Je n'ai jamais porté Mme Wade dans mon cœur non plus.

— Ravie de vous voir, lui dis-je avec un sourire aussi suave qu'une tarte à la patate douce.

Elle porte un tailleur bleu marine avec des boutons blancs de la taille d'une pièce d'un dollar en argent, agrémenté d'un grand chapeau de paille blanc. De la sueur perle au-dessus de sa lèvre supérieure enduite d'un rouge à lèvres écarlate.

— Monsieur Hardman... (J'esquisse un hochement de tête en dévoilant mes dents.) J'ignorais que vous connaissiez Mme Potts.

— Elle nous a mis au monde. Bill est mon frère !

C'est Bouche Rouge qui me répond. Je n'en reviens pas qu'ils soient frère et sœur. Du coup, je les regarde d'un autre œil. Ils ne se ressemblent guère, à part dans la manière de se tenir le dos bien droit, le menton en l'air.

— Notre mère est morte il y a quelques années, poursuit-elle, mais Mme Potts était sa sage-femme. Elles sont restées amies. Combien de fois les avons-nous trouvées assises à la table de la cuisine en train de blaguer en buvant du thé au sassafras.

— Mme Potts était toute jeune quand elle a commencé à accoucher des bébés, dans les années 1880, enchaîne le shérif. Elle ne se qualifiait pas de sage-femme en ce temps-là. Elle avait assisté à quelques naissances dans le Maryland. Notre mère et elle n'étaient que des gamines alors. Dix-huit ou dix-neuf ans. Il n'y avait pas de médecins dans le comté de l'Union à l'époque. Personne à part Grace Potts.

La cloche de l'église retentit. Tout le monde entre en file indienne dans la petite chapelle blanche. Hommes, femmes, enfants. J'emboîte le pas au shérif et sa sœur, mais je vais me glisser à côté de Bitsy assise au troisième rang avec Bowlin. Je suppose que Thomas ne viendra pas. Il doit estimer que c'est trop risqué, après le décès de MacIntosh.

Le révérend commence par une prière puis engage l'assemblée à entonner *Le cercle sera-t-il ininterrompu ?*, un vieux gospel. Il enchaîne avec une autre prière avant de nous relater la vie de la défunte. Sa venue depuis le Maryland, en 1870, en passant par Front Royal et les montagnes. Jadis esclave, elle avait été affranchie par son maître, tout comme sa mère, lorsqu'elle n'était encore qu'une enfant, à la fin de la guerre de Sécession. Son mari, Alfred Potts, était né libre, dans l'État de New York. Il exerçait le métier de maréchal-ferrant. Ils s'étaient installés à Horse Shoe Run, près du ruisseau que Mme Potts avait elle-même baptisé ainsi.

Je n'aurais jamais imaginé qu'elle ait pu être esclave. Une femme si digne, cultivée, leader de sa communauté. Comment est-ce possible ? Nous avons tous nos histoires, mais ceci est une révélation pour moi.

Miller nous raconte ensuite que le couple a eu quatre enfants qui tous ont succombé à l'épidémie de fièvre jaune de 1878. Tous ces deuils, la même année ? Quatre petites tombes… Imaginez les ravages d'une telle tragédie. Une femme décidément hors du commun.

— Grace Potts était une vraie sainte, conclut le révérend.

— Amen, répond l'assistance, puis nous chantons un autre cantique, *When the Saints Go Marching In.*

L'harmonie de nos voix semble élever le toit de la petite chapelle. La clarté du soleil se déverse par les fenêtres. Pourquoi n'ai-je pas rendu visite plus souvent à la vieille sage-femme, ni essayé de parfaire ma formation auprès d'elle, tant que j'en avais la possibilité ? Rien n'aurait été plus facile dès lors que nous avions Étoile. Elle se montrait toujours si avenante. Je pensais sans doute qu'elle serait toujours là. J'aurais dû me rendre compte qu'il ne pouvait en être ainsi.

Le pasteur demande alors à tous ceux que Mme Potts a mis au monde de s'avancer. Les deux tiers de la foule se lèvent, des hommes, des femmes de l'âge de Hardman, des enfants en bas âge. Non sans étonnement, je vois mon voisin, M. Maddock, remonter l'allée centrale en poussant son épouse dans un fauteuil roulant en osier grinçant. Cette femme que j'ai toujours trouvée si austère, réprobatrice, qui ne venait jamais m'ouvrir et ne me proposait jamais d'entrer. Je comprends pourquoi en entrevoyant ses jambes atrophiées sous la couverture en crochet vert et blanc. Une autre surprise m'attend.

— C'est Twyla là-bas ? Avec le bébé ? je chuchote à l'oreille de Bitsy.

— Mme Potts l'a mise au monde, ainsi que son bébé, avec notre aide, me répond-elle.

Je vois bien qu'elle est fière du rôle qu'elle a joué ce jour-là (même si c'était un peu la panique). Le petit commence à s'agiter. Samantha le prend et le met sur son épaule comme un petit sac de pommes de terre.

— Tel est le legs que Mme Pots nous a laissé… le cadeau qu'elle a fait au monde, poursuit le révérend. Elle appelait ses bébés ses anges.

Emma entonne un autre chant de sa voix de contralto : *Plus près de toi, mon Dieu, plus près de toi.* Bitsy me presse la main. Les anges de Mme Potts regagnent leur place à pas lents. Beaucoup pleurent, les petits comme les grands.

Je me retranche en moi-même, tirant le rideau violet de mon esprit, à peine attentive à la suite des prières. Je pense à la mort, à la naissance et à tout le magnifique méli-mélo entre les deux. Bitsy doit m'asséner un coup de coude pour m'extraire de mes pensées.

Mme Miller se tient près du piano.

— … et il y a deux autres personnes que je souhaiterais vous présenter aujourd'hui, dit-elle. Patience Murphy et Bitsy Proudfoot, levez-vous, je vous prie. (Je fronce les sourcils, ne comprenant pas ce qu'il se passe, et Bitsy me tire par la manche.) Ce sont désormais les sages-femmes du comté de l'Union. (Toutes les têtes se tournent vers nous.) Si vous aviez l'intention de faire quoi que ce soit pour Grace Potts un jour, faites-le pour elles. Si vous lui deviez quelque chose, rémunérez ces filles. Mme Potts approuverait, j'en suis sûre.

Je retiens un éclat de rire quand elle nous qualifie de « filles ». Ma compagne est peut-être jeune, mais je vais avoir trente-huit ans à la fin de l'année. Bitsy me tire à nouveau pour que je me rasseye. Je me laisse tomber sur le banc, rouge comme une pivoine. Tout de même, c'était généreux de la part des Miller, et tout à fait inattendu.

À la fin de l'office, une fois Mme Potts ensevelie, les dames de l'église disposent des plats sur les tables de pique-nique à l'ombre. Je me sers de légumes verts, de poulet frit, de salade de pommes de terre et de haricots blancs à la tomate avec l'intention d'aller m'installer à côté de Bitsy, ou peut-être avec Becky Myers et les Stenger mais, en relevant les yeux, j'aperçois Bitsy allongée sur une couverture sous les arbres en compagnie de Byrd Bowlin. Il n'y a plus de place auprès de Becky et des autres. Je suis en train de me demander où aller quand M. Maddock me fait signe d'approcher de la table en bois vert où il a déjà servi sa femme ainsi que lui-même. Je m'assieds sur le banc en face de lui, m'attendant à ce qu'ils me saluent, mais ils gardent tous les deux le silence.

— Je suis Patience Murphy, je me présente en me tournant vers Mme Maddock.

— Je sais, me répond-elle en souriant. (Elle a une jolie voix, de vedette de cinéma.) Et moi, Sarah Rose Maddock. Vous devriez venir prendre le thé un jour, ajoute-t-elle.

— Avec plaisir.

— Votre amie aussi.

J'en reste pantoise. Si Bitsy s'est fait accepter peu à peu dans les chambres de dames blanches en sa qualité d'assistante, personne ne nous a jamais invitées pour le thé.

— Nous en serions ravies, lui dis-je d'un ton formel.

M. Maddock est déjà debout. Assez de civilités, indique son corps élancé. Il ajuste ses bretelles et enfonce fermement son chapeau du dimanche sur ses cheveux noirs clairsemés, après quoi il récupère leurs deux assiettes et les range dans leur panier de pique-nique en osier.

— Je dois rentrer traire les vaches, annonce-t-il, bien que nous sachions tous les trois que c'est beaucoup trop tôt. Avez-vous besoin qu'on vous raccompagne ?

— Non, merci. Je suis venue à cheval.

Mme Maddock m'adresse un petit signe de tête alors que son mari pousse déjà son fauteuil sur la pelouse en direction de leur camionnette garée au bord de la route. Je cherche Bitsy des yeux. Elle est toujours en compagnie de Byrd. Leurs cuisses se touchent. Une main sur sa joue, elle l'écoute attentivement.

J'envisage d'enfourcher ma jument et de m'en aller sans elle quand je vois Samantha, la soliste, s'approcher de moi. Elle a toujours Mathew, le petit de Twyla, dans les bras, et pousse devant elle deux jeunes filles enceintes, l'une à la peau couleur café, l'autre ébène. Elle me les présente : Harriet et Sojourner Perry. Ce sont ses nièces. Harriet, la plus petite des deux, suce son pouce.

— Je sais d'où vous viennent vos noms, leur dis-je. (Elles cessent toutes les deux de fixer leurs souliers blancs du dimanche.) Je suis prête à parier que Harriet porte le nom de Harriet Tubman, l'ancienne esclave qui a risqué sa vie pour mener plus de trois cents de ses frères à la liberté, et Sojourner, celui de Sojourner Truth, la célèbre oratrice noire qui a défendu les droits des Noirs et des femmes.

— Comment le savez-vous ? demande Harriet en souriant une fois qu'elle a sorti son pouce de sa bouche.

— C'est notre grand-mère qui nous a baptisées ainsi, précise sa sœur aînée.

Sa robe en jute rose et jaune s'étire sur son ventre. J'estime d'un coup d'œil qu'elle doit en être environ au huitième mois.

— Là où j'habitais avant, on avait un livre sur les Noirs célèbres, je leur explique.

— Ces jeunes femmes étaient des patientes de Mme Potts, m'informe Samantha. J'ai pensé qu'elles devraient faire votre connaissance. Elles viennent de Smoke Valley, dans le Kentucky, et logent chez nous en ce moment. Ce sont les filles de mon frère. On voulait que Mme Potts les accouche, mais maintenant on vous a, vous.

J'ai le sentiment d'être un gâteau rouge velours tout de guingois dont personne n'a voulu à une réception, même si je ne pense pas que ce soit l'effet qu'elle a cherché à produire.

— Viendrez-vous, Bitsy et vous, quand le moment sera venu ?

— On notera les dates, dis-je, reprenant instinctivement le flambeau de l'ancienne sage-femme.

— Ce n'est pas si terrible, assure Twyla, s'érigeant en experte en accouchement. Ça fait un peu mal, mais si on se détend, ça se passe mieux. Essayez de ne pas vous contracter, c'est ça le secret. Et ne criez pas. Ça fait peur au bébé.

36

Interrogatoire

Le samedi après-midi, je vais à Liberty à vélo porter mes certificats de naissance au palais de justice et faire quelques emplettes. Comme chaque fois, je me débarbouille à la hâte derrière la station Texaco. La voiture des MacIntosh a disparu.

Je serre les dents en demandant à la femme aux cheveux gris tout frisés derrière le comptoir un autre certificat de décès, mais elle ne fait aucun commentaire. Le coroner doit-il en remplir un pour Kitty aussi ? Le code d'obstétrique ne précise rien à ce sujet. Au moment de partir, j'aperçois le shérif Hardman dans le hall. Je me fais toute petite pour essayer de me glisser incognito à côté de lui.

— Madame Murphy ?

— Shérif, je réponds en lui adressant un rapide signe de tête et continue mon chemin, mais il m'attrape par le bras.

— Puis-je vous dire un mot ?

— Euh… je suis un peu pressée. Je dois aller consulter Mme Myers à propos d'une patiente.

C'est un mensonge pur et simple, mais crédible. Seulement, ça ne marche pas. Un doigt en crochet, il m'enjoint à le suivre dans son bureau.

— J'ai juste quelques questions à vous poser. Nous n'en avons pas pour longtemps.

Il s'assied derrière sa grande table en bois et me désigne l'autre chaise.

— Katherine MacIntosh est venue me trouver quelques jours avant son retour à Baltimore. Elle est convaincue que son mari s'est suicidé. Il aurait menacé plusieurs fois de le faire. Je sais que vous étiez proche de la famille. Avez-vous quoi que ce soit à ajouter à ce sujet ? Soyez franche cette fois. Fini les mensonges.

Je fixe obstinément les avis de recherche placardés sur le mur derrière le bureau, m'attendant presque à y trouver mon portrait, mais je ne reconnais personne. Même si la bataille de Blair Mountain semble dater d'hier, elle remonte à neuf ans. Probablement de l'histoire ancienne pour le reste du monde.

— Que voulez-vous que je vous dise ?

— Tout ce que vous savez.

Je prends une grande inspiration.

— Eh bien, je ne les connaissais pas très bien au début. J'ai aidé Mme MacIntosh à mettre au monde son enfant. Vous êtes sans doute au courant.

Le shérif hoche la tête mais son expression reste impénétrable. C'est bien ce que je pensais… Tout le monde doit connaître l'histoire du nourrisson mort qui est revenu à la vie.

— M. MacIntosh avait de grosses difficultés financières. Selon Katherine, il croulait sous les dettes. Mais ça, je ne l'ai appris que plus tard. L'enfant est né le lendemain du krach.

Nouveau hochement de tête.

— Plus tard, après qu'ils eurent remercié Bitsy, une fois qu'elle s'était installée chez moi, Katherine est venue par deux fois se réfugier chez nous. Elle était couverte de bleus sur le haut du corps. La première fois, William a dit qu'il regrettait, et puis il a recommencé. La seconde fois, elle a débarqué en pleine tempête. M. Hester, le vétérinaire, a eu la gentillesse de nous conduire à la gare de Torrington. Katherine était cachée dans la grange le matin où vous êtes venu à Wild Rose Road. Je ne vous l'ai pas dit, de peur que vous essayiez de la ramener chez elle de force. Ils n'étaient plus heureux ensemble. C'est tout ce que je sais, à part que… eh bien, Katherine m'a confié qu'il l'avait battue à maintes reprises. Comme je vous l'ai dit, ce n'était pas la première fois.

— Et Thomas Proudfoot ? Que savez-vous de lui ?

Je relève le menton.

— Juste que c'est un homme courageux, gentil, très serviable et que jamais il ne tuerait personne. Enfin, je ne le pense pas… Qu'il tuerait quelqu'un.

Hardman prend un stylo et le tapote sur la table d'un air songeur tout en m'observant. J'entends une femme rire dehors dans la rue.

— Puis-je m'en aller ? dis-je en consultant ma montre.

— Pour le moment, oui.

Je file sans demander mon reste.

Annabelle

Baignée de sueur, même si la touffeur n'y est pour rien cette fois-ci, je descends quatre à quatre les marches du palais, j'attrape ma bicyclette et je pédale à toutes jambes en direction de l'épicerie que je trouve ouverte. Le jeune M. Bittman m'accueille, encaisse les quatre pièces qu'on vient de me donner en échange des certificats de naissance et emballe mes quelques achats (un sac de semoule de maïs, un peu de farine et un petit carton de sucre) que je dépose dans le panier de mon vélo, enveloppés dans un sac en jute. Puis je quitte la ville. Quatre kilomètres après le pont, encore secouée par ma rencontre avec le shérif, je vois une camionnette déglinguée monter sur le bas-côté. Au début, je me dis que ça pourrait être le révérend Miller, mais c'est un homme blanc qui agite frénétiquement la main.

— Madame ! crie-t-il. Hé, m'dame !

Je freine, soulevant un nuage de poussière.

— Ma femme, elle attend un bébé et elle a très mal. Quelqu'un pourrait-il nous venir en aide ? Nous ne sommes pas d'ici et je crois qu'on s'est trompés de route.

— Je suis sage-femme.

— C'est le Seigneur qui vous envoie !

— Je n'ai pas mon matériel avec moi, mais j'habite à deux kilomètres d'ici. Sa grossesse est-elle très avancée ?

Il m'entraîne vers l'avant de sa camionnette. Je découvre trois bambins aux cheveux blonds ;

l'aîné ne doit pas avoir plus de sept ans. Assis par terre dans l'herbe, ils s'amusent à jeter des pierres dans le ruisseau. Une femme blonde, fluette, est affalée à l'avant du véhicule, les pieds calés contre le tableau de bord. Elle secoue la tête en grognant.

Je connais bien ce son, et je n'ai ni gants, ni savon, ni ciseaux pour couper le cordon ! Rien.

— Madame ? dis-je, ouvrant la portière en me demandant comment ils ont fait pour entasser toute cette marmaille là-dedans. Je suis Patience Murphy. Sage-femme.

Je me tourne vers son mari qui agrippe sa tignasse noire, à telle enseigne que ses cheveux se dressent sur sa tête.

— Comment s'appelle votre femme ?

— Annabelle.

— Annabelle, je vois bien que vous ne vous sentez pas bien du tout, mais auriez-vous la bonté de cesser de pousser, s'il vous plaît ?

Cela semble ridicule, formulé si poliment. Retenir un bébé quand il est engagé dans le canal de naissance, c'est comme essayer de contenir une avalanche à mains nues.

— J'habite à quelques minutes d'ici. Si nous arrivons jusqu'à chez moi, j'aurai tout ce qu'il me faut sous la main. Pourriez-vous souffler… comme ça, s'il vous plaît. Ouh ! Ouh ! Ouh !

Elle me dévisage, totalement désemparée.

— Ça vient !

— Vous avez probablement raison, mais écoutez-moi. J'ai une gentille petite maison au bout de la route. Si seulement on pouvait s'y rendre…

Elle émet un grondement et recommence à pousser.

— Monsieur ! (Changeant mon fusil d'épaule, je me tourne vers le gaillard aux yeux hagards.) Rassemblez les petits. On y arrivera si on se dépêche. Je vais laisser mon vélo ici et vous montrer le chemin. Venez les enfants, tout de suite !

Le père les entasse dans la cabine et démarre. Je saute sur le marchepied.

— Tout droit ! Ouh ouh ouh, Annabelle ! Faites comme moi.

— Eurhh !

— Non ! Pas ça. Soufflez !

Elle gémit, et je me dis que la tête doit être sur le point de sortir. Nous remontons Wild Rose en trombe. Au passage, j'entrevois Mme Maddock assise sur son porche. Son mari est dans son champ sur une charrette à foin ; un employé retient les chevaux. Abasourdis, ils nous regardent passer. Debout sur le marchepied, je me cramponne comme si ma vie en dépendait.

— Ouh. Ouh. C'est bien.

La camionnette s'arrête brutalement devant le portail.

— Bitsy ! (Elle apparaît sur le seuil.) Ma sacoche.

Elle disparaît aussitôt sans qu'il lui faille d'autres explications.

— Bon, maintenant, Anabelle, faites des petits pas. Ce n'est pas très loin. Allez vous installer sous l'arbre, les enfants.

Leur père les sort du véhicule l'un après l'autre et pointe le doigt vers le vieux chêne. J'ai glissé une main sous Annabelle et, à travers sa robe en coton mouillée, déchirée, je sens déjà le haut du crâne du bébé.

Son mari et moi la hissons sur les marches. À l'instant où Annabelle s'accroupit, Bitsy jette mon duvet en patchwork vert sous elle.

Annabelle s'effondre sur le côté en gémissant. Deux poussées plus tard, un bébé rose pleure dans ses bras. La mère est bizarrement silencieuse. Les enfants n'ont pas résisté à la tentation de venir guigner entre les barreaux de la balustrade. Le père écarte les cheveux du front moite de son épouse avant de ramener sa progéniture près de l'arbre où ils s'installent tous à l'ombre.

— Merci du fond du cœur, mesdames. On n'a pas de quoi vous payer, mais une fois qu'on sera installés dans le Nord, je pourrai vous envoyer une poignée de dollars par la poste.

Ainsi s'exprime Rolly, le père de famille, un bel homme aux yeux noirs, aux cheveux foncés, vêtu d'un pantalon en jean déchiré et d'une chemise de travail. En temps normal, les indigents tiennent à me raconter leur histoire, à m'expliquer qu'ils n'ont pas toujours été sans ressources, mais lui garde le silence.

J'imagine que c'est encore un mineur au chômage, ou peut-être un commerçant qui a perdu son magasin. Un autre pauvre diable confronté à une époque difficile. Assis dans la cuisine, nous partageons un maigre ragoût de lièvre accompagné de légumes. Les enfants lèchent leur assiette comme si c'était le meilleur repas qu'ils aient eu depuis des semaines. Le père ne m'a pas demandé mon adresse ; je ne m'attends pas à recevoir un sou, mais je sais que ses intentions sont bonnes.

À la nuit tombée, il récupère mon vélo et mon sac de commissions dans le fossé au bord de la route. Nous installons la mère sur le canapé et disposons des paillasses pour la petite famille dans la grange. Assises sur le porche à regarder les nuages virer au rose, puis au rouge, Bitsy et moi nous relayons pour tenir la petite pendant qu'Annabelle se repose. Ils l'ont appelée Norma.

8 septembre 1930. Pleine lune décroissante.

Norma, fille d'Annabelle et Rolly Doe (je me rends compte que je ne connais à nouveau pas leur nom de famille), des voyageurs que j'ai rencontrés dans Salt Lick. 2,900 kg. Ils ont trois autres enfants, mais pas de toit. Ils étaient en route pour le nord en quête de travail quand ils se sont perdus sur les petites routes. C'est là qu'Annabelle a commencé à avoir de fortes contractions.

L'accouchement, sur notre porche, s'est bien passé. Pas de déchirures vaginales. Deux tasses de sang seulement. J'ai fait boire à la maman une gorgée de la potion de Mme Potts. Au cas où. Elle était si pâle, si frêle. Pas de rémunération, mais le monsieur a fendu tout un tas de bois pour nous. Je ne m'attendais pas à être payée.

À deux reprises dans la nuit, le bébé a pleuré. Je suis descendue sur la pointe des pieds, je l'ai sorti du panier improvisé par Bitsy et je l'ai laissé sucer mon doigt. La maman, à bout de forces, s'est un peu agitée, mais elle ne s'est pas retournée. J'ai tenté de la réveiller pour qu'elle allaite la petite, mais elle m'a repoussée en gémissant. Je sais d'expérience qu'il vaut mieux mettre l'enfant au sein tout de suite, mais Annabelle n'aura pas de montée de lait avant un jour ou deux, alors je la laisse tranquille. Mme Kelly m'a raconté qu'en Orient, on ne commence les tétées que deux jours après la délivrance ; leurs bébés survivent quand même.

En entendant le coq chanter à l'aube, j'enfouis ma tête sous mon oreiller avec l'espoir de me rendormir une petite heure, mais Bitsy me réveille quelques minutes plus tard.

— Ils sont partis, m'annonce-t-elle, se tenant près de mon lit, habillée de pied en cap.

— Partis ? Comment ça, partis ?

— Ils ont pris la poudre d'escampette, je vous dis ! Pas de mot, rien.

Je remarque alors qu'elle a le bébé dans les bras.

— Nom d'un chien ! Ils ont oublié la petite.

— Je ne pense pas, non.

Ils l'auraient abandonnée ! Je n'en reviens pas. En prenant le petit déjeuner, nous discutons des dispositions à prendre.

— On pourrait l'emmener chez le shérif, suggère Bitsy.

— Ça ne me paraît pas une bonne idée. (Je prends Norma dans mes bras.) N'y aurait-il pas un orphelinat quelque part dans le comté ?

La petite se met à pleurer en tiraillant mon kimono. Sans réfléchir, j'écarte le tissu et lui présente un sein. Elle trouve le mamelon et se met à téter.

Bitsy ouvre grand les yeux et se détourne.

— Madame Patience ! s'exclame-t-elle, sa tasse immobilisée à quelques centimètres de ses lèvres. Est-ce convenable ? D'allaiter le bébé d'une autre femme ?

— Il n'y a rien de mal à ça, Bitsy. Je n'ai pas de lait, mais sucer la réconfortera en attendant que nous décidions quoi faire. J'ai été nourrice jadis, tu sais.

Maintenant que j'y pense, je ne lui ai jamais parlé de cette époque de ma vie. Je ne lui ai pas confié grand-chose sur mon passé, de peur que le barrage se rompe et que je me mette à tout déballer. Mon séjour à l'orphelinat, mon travail au Majestic, ma grossesse précoce, la mort de Lawrence et du bébé, le vol de la bague en rubis, ma phase radicale à Pittsburgh… et surtout, les émeutes à Blair Mountain.

— Il n'y a pas d'orphelinat dans le coin, affirme Bitsy en repoussant sa chaise. Au sein de notre communauté, les familles prennent soin des leurs. L'infirmière, Mme Myers, connaît peut-être des gens ? (Elle va porter sa tasse dans l'évier.) Je suis désolée de m'en aller à un moment pareil, mais il faut absolument que j'aille à Hazel Patch. C'est au sujet de Thomas.

— Comment va-t-il ? Le shérif a cessé de lui courir après, non ? Katherine avait la conviction que William s'était suicidé. Je pensais que c'en était fini de cette chasse à l'homme.

— Il va bien, mais il continue à se terrer dans les montagnes.

Par la fenêtre de derrière, grande ouverte, je vois Bitsy se diriger vers la grange, sortir son vélo et descendre jusqu'à la route à travers les herbes sèches. Je ne suis pas mécontente de me retrouver seule. Donner la tétée alors que je n'ai pas de lait contracte mon utérus. Je suis au bord de la pâmoison.

— Que va-t-on faire de toi, Norma ? (Je détache sa bouche minuscule de mon mamelon et y insère mon petit doigt que je remue un peu de haut en bas.) Tes parents sont en route pour le nord, vers une vie meilleure. Ils n'ont pas assez d'argent, vois-tu, et il y a trois autres enfants.

Comme si elle comprenait et que cela la contrariait, la petite arrête brusquement de sucer, expulse mon doigt et recommence à pleurer. Et puis après ! Je peux supporter ça. Je la remets au sein et entreprends d'arpenter la pièce en essayant de penser à autre chose. Je suis sûre qu'aucune femme n'a jamais eu un orgasme en allaitant un enfant trouvé. Ce n'est pas même imaginable !

Un ange

Norma finit par se rendormir alors que le soleil apparaît au-dessus des arbres. Je la pose dans son panier et l'enveloppe dans la couverture. Elle continue à téter comme le font les nourrissons quand ils rêvent. Je reste là à la regarder. Les temps sont durs, mais il doit bien y avoir des couples sans enfant qui aimeraient élever cette ravissante petite fille.

Je songe aux gens de Hazel Patch, une communauté bienveillante comme il y en a peu, mais Norma est blanche. Des gens de couleur pourraient-ils adopter une Blanche ? Les lois Jim Crow[1] s'y opposent peut-être.

J'envisage un instant de garder le bébé… mais comment m'en sortirais-je ? Que ferions-nous de Norma quand Bitsy et moi devons nous rendre à un accouchement par mauvais temps ? L'emmener avec nous dans le froid ? Je baisse à nouveau les yeux sur la petite fille endormie, je lui effleure la joue d'un doigt.

— Gladys et Ernie Mintz ? Pourquoi pas ? je m'exclame tout à coup.

Il n'y a que quatre mois qu'ils ont perdu leur enfant. Gladys pourrait avoir une nouvelle montée de lait, si ça se trouve.

Ils sont sans le sou, mais propriétaires de leur ferme, et puis ils ont une vache. À moins qu'un des parents tombe malade ou ait un accident, ils survivront à la crise. C'est peut-être précisément ce dont Mme Mintz a besoin… Je cours à l'étage enfiler ma deuxième meilleure robe et un tablier blanc, désireuse de leur faire bonne impression cette fois-ci, de

1. Les lois Jim Crow, promulguées principalement dans les États du sud des États-Unis entre 1876 et 1964, distinguaient les citoyens selon leur appartenance « raciale », établissant ainsi la ségrégation dans tous les lieux et services publics.

ressembler davantage à Mme Potts, une sage-femme respectable.

À la dernière minute, j'attrape ma boîte rouge vif. Le poids du petit magot caché dans un bas à l'intérieur est rassurant. La broche en or garnie d'une perle que Katherine m'a donnée tombe sur la table ainsi que la bague en rubis de Mme Vanderhoff. Je glisse un ruban bleu dans l'anneau et je l'attache autour du cou du nourrisson. Les Mintz trouveront peut-être le moyen d'aller l'échanger à Torrington contre de l'argent liquide. Ils y verront peut-être un talisman. Au fond, je ne suis pas mécontente de m'en débarrasser.

Une heure plus tard, avec le bébé emmailloté dans un drap blanc contre ma poitrine, j'entre dans la cour des Mintz avec Étoile et me laisse maladroitement tomber au bas de ma monture. En me voyant, les trois plus petits qui s'amusent avec des bouts de bois dans la poussière près du porche s'interrompent. Je redresse ma robe et tapote le dos du bébé. L'aîné, Albert, surgit sur le côté de la maison avec un seau de moulée pour les poules.

— C'est parti ! je marmonne en approchant de l'entrée. Ne le prends pas personnellement, petite, s'ils ne veulent pas de toi. Moi aussi je suis orpheline, tu sais. On trouvera autre chose.

— Madame Murphy, lance Albert en inclinant son chapeau de paille en arrière, les yeux rivés sur le baluchon blotti contre moi.

— Ta maman est-elle là ?

— Elle est dedans… Ça va pas fort.

Je fronce les sourcils, honteuse de ne pas leur avoir rendu visite plus tôt. Quand Bitsy et moi étions parties de chez eux après cet accouchement tragique, M. Mintz avait cessé de vitupérer contre moi, mais j'avais bien senti qu'il continuait à me considérer comme responsable du décès de l'enfant. Du coup, je n'y étais jamais retournée.

— Au fond, indique Albert en m'ouvrant la porte grillagée.

J'enfile le couloir sombre. Parvenue devant la porte de la chambre, fermée, j'hésite.

— Gladys, c'est Patience, la sage-femme. Puis-je entrer ?

Pas de réponse, mais j'entends bouger de l'autre côté de la paroi, puis un raclement de gorge.

— Entrez, bredouille-t-elle finalement sans enthousiasme.

En poussant le battant, je la trouve assise dans son lit en chemise de nuit, ses longs cheveux ternes pendant sur ses épaules. Sur la table de nuit, une assiette de haricots blancs, de pissenlit et de pain de maïs est restée intacte.

— Bonjour, Gladys. Est-ce que ça va ?

Elle n'en mène pas large, c'est évident.

— Je n'arrive pas à reprendre des forces, me répond-elle, presque trop à court de souffle pour parler. Mon mari fait la cuisine pour nous, il dit que j'ai besoin de me refaire du sang. Il faut que je mange beaucoup de chou vert et d'abats. Il a même tué trois poulets et il a fait cuire le foie et les gésiers, mais perdre notre Ange m'a anéantie. Je crois que je ne me remettrai jamais.

Elle regarde par la fenêtre. Son visage est un mur de chagrin. Elle n'a même pas remarqué la présence de mon petit fardeau jusqu'à ce qu'il se mette à gémir.

— Qu'est-ce que c'est ? demande-t-elle. On dirait un chaton.

— Un bébé qu'on m'a laissé. (Je m'assieds sur le rocking-chair pour défaire le drap.) Elle s'appelle Ange aussi.

C'est un mensonge, mais ça sonne comme la vérité. Maintenant que j'y pense, il y a une certaine ressemblance entre les deux nourrissons. Les cheveux noirs. La bouche en cœur. Je pose la petite fille sur les genoux de la maman éplorée. Gladys lève les deux mains comme si elle avait vu un fantôme.

— Où l'avez-vous trouvée ?

— Une autre femme l'a mise au monde hier et me l'a laissée, je répète. Elle a besoin d'une maman, d'une famille.

D'un geste hésitant, Gladys effleure la main de l'enfant. Puis elle le soulève, prend sa petite tête en coupe, étudie son visage avant d'écarter la couverture et d'inspecter son corps.

— Qui est la mère ?

— Une étrangère prénommée Annabelle. Son mari et elle passaient par le comté de l'Union, en route vers le nord pour y chercher du travail. Ils avaient trois autres enfants et se sont perdus sur les petites routes. Je suis tombée sur eux près de Bucks Run, pas loin de chez moi. Elle était sur le point d'accoucher, dans leur camionnette. Ils ont passé la nuit à la ferme avec nous et ont levé le camp avant l'aube sans dire au revoir. Je ne connais pas leur nom de famille. Ils n'étaient pas d'ici.

Le bébé geint puis se met à pleurer. Non sans intérêt, je vois du lait suinter sur la chemise de Gladys. Elle bascule ses jambes sur le côté, pose les pieds par terre. Elle tient le nouveau-né contre son épaule et lui tapote le dos comme le font instinctivement les mamans.

— Vous pourriez l'allaiter, je suggère d'un ton encourageant.

— Il y a du gruau à la cuisine. Les nouveau-nés peuvent-ils en manger, mélangé avec du lait de vache ?

— Pourquoi ne pas essayer ? j'insiste en pointant le menton vers son torse.

— Donner la tétée à cet enfant ? Je n'ai presque plus de lait.

En baissant les yeux sur sa poitrine assez plate, elle aperçoit la tache humide. Un signe évident de montée de lait.

— Le lait revient parfois quand on a un enfant à allaiter. Ça ne fait pas si longtemps. Je suis sûre que la petite saura quoi faire.

— Je suis si faible…

— Pas tant que ça. Quand il y a un bébé, une mère retrouve des forces en elle. Vous le feriez pour vos autres enfants.

Avec des gestes hésitants, Gladys tripote sa chemise pour l'ouvrir. La petite fille fouille du bout du nez. Mme Mintz sourit quand elle s'agrippe à son sein. Pour la première fois, j'ai l'impression d'avoir la vraie Gladys en face de moi. L'autre n'était que l'ombre d'elle-même.

Soudain j'entends du bruit dans le couloir. Des pas lourds. La porte s'ouvre à la volée. M. Mintz se plante sur le seuil, les mains sur ses hanches chétives, sa salopette usée, raccommodée, retenue par une seule bretelle. Albert accourt avec ses trois petits frères. Le plus jeune se faufile jusqu'au lit.

— Que se passe-t-il, nom de Dieu ? fulmine Ernest. (Son regard passe de Gladys à moi.) Vous trouvez que vous ne nous avez pas causé assez de chagrin comme ça ?

— Où as-tu trouvé ce bébé, maman ? Je peux le voir ? Comment il s'appelle ?

Les petits bombardent leur mère de questions.

Je m'écarte du cercle familial. Ernest me fusille du regard avant de se tourner vers sa femme. Quelques secondes plus tôt, il était prêt à jeter dehors cette sage-femme fouineuse revenue hanter sa famille après la tragédie, mais sa Gladys est en train de donner la tétée, avec des airs de Mona Lisa, à la fois douce et pensive.

Il tend la main et effleure la pierre pendue au cou d'Ange.

— Qu'est-ce que c'est que ça ?

— Un cadeau.

— Je ne veux pas être redevable…

— Vous ne le serez pas. Quelqu'un m'a donné cette bague. C'est un vrai rubis, et j'ai décidé de le transmettre.

— Comment elle s'appelle, maman ? demande Albert.

— Ange, chuchote Gladys. Et elle est à nous.

12 septembre 1930. Lune descendante dans un ciel mauve.

Encore une naissance. C'est toujours trop ou pas assez. Julie Twiss, 3,650 kg, seconde fille de Ferris et Mina Twiss, de Lick Fork. Huit heures de travail. La sœur de Mina, venue de Charleston, qui a eu trois bébés sous sommeil crépusculaire, n'en revenait pas de voir un bébé naître aussi facilement. Mina a de quoi être fière. Elle est restée debout tout au long des contractions, puis elle s'est allongée sur le côté et elle a expulsé son gros bébé sans faire d'histoire.

J'ai fait remarquer à Bitsy que le chant de naissance de Mina était parfait. C'est Mme Kelly qui m'a appris ça. En prêtant attention, on s'aperçoit que la voix de la patiente change pendant le travail. Normale au début, elle monte à mesure que l'utérus s'ouvre. Quand le bébé descend, en revanche, elle devient plus grave. C'est un phénomène universel. Les Italiennes, les Polonaises, les Allemandes, les Noires, les Irlandaises, toutes les femmes en couches chantent le même air.

Étaient présentes Mme Bessie Richards, la sœur de Charleston, Bitsy et moi. Avons reçu cinq dollars et deux poulets.

37

La moisson

Ces deux dernières semaines, nous avons eu fort à faire, du lever au coucher du soleil, entre la cueillette des haricots, des tomates, des courges jaunes et leur mise en conserve. On a fait de la compote, mis d'autres pommes à sécher, ainsi que du cynorrhodon et du maïs, sur des cadres de bois tapissés de mousseline. On a même ramassé d'énormes brassées d'herbes que nous avons pendues sous le porche – camomille, menthe, bourse-à-pasteur, tanaisie, consoude, valérienne, actée à grappes noires et lavande.

Les pommes de terre sont plus faciles à garder. Nous les rangerons dans la cave avec les carottes, les betteraves et les oignons que nous déterrerons dans quinze jours. On stockera les courges d'hiver, les potimarrons et les glands dans le grenier avec les oignons et les chapelets de poivrons rouges qui doivent être conservés au frais mais au sec.

Voir nos provisions s'amonceler est ma plus grande joie. Enfin, peut-être pas tout à fait. Il y a eu cette nuit passée avec Hester aussi, mais nous ne nous sommes pas parlé depuis cette tempête. Je ne l'ai revu que deux fois, à l'enterrement de Mme Potts, même si n'avons pas échangé un mot et, quelques semaines plus tard, quand Bitsy et moi nous sommes rendues à la foire du comté.

Bien décidées à y présenter quelques-unes de nos belles courges d'hiver, nous les avions chargées sur le dos d'Étoile, dans des sacs en jute. C'était le trajet le plus long que nous avions jamais fait à cheval et un répit, loin de notre dur labeur quotidien. Notre courge musquée nous a valu un ruban bleu et un billet de deux dollars offert par la Ladies Home Society. J'avais suggéré à Bitsy de proposer sa production de vin de mûres mais, depuis la Prohibition, il n'y avait plus de concours pour l'alcool.

Hester était sous la tente du bétail en train de juger des petits agneaux laineux et de jeunes chèvres quand nous sommes passées à proximité. Il nous a fait un petit signe sans bouger d'où il était. Que m'étais-je imaginé : qu'il allait tout laisser tomber pour venir me prendre dans ses bras ? Qu'est-ce qui m'est passé par la tête le jour où je me suis blottie contre lui sous la pluie, nue comme un ver ?

Le problème, c'est que je ne pensais à rien. Le whisky et sa gentillesse après le tragique décès de Kitty Hart m'avaient fait perdre l'esprit.

« C'est comme ça, dirait Mme Kelly. C'est comme ça. »

— Bitsy ! Madame Patience ! (Je regarde autour de moi.) Levez les yeux !

En riant, Bitsy pointe le doigt vers la grande roue où je découvre Twyla en compagnie de Sojourner et Harriet, les deux filles enceintes de Hazel Patch, en équilibre précaire dans une gondole jaune.

— Qu'est-ce qu'elles font perchées là-haut, pour l'amour du ciel ? je m'exclame.

— Elles s'amusent, me répond mon amie.

— Mais ce sont des mères de famille. Enfin presque.

— Ça ne les empêche pas de prendre du bon temps.

— Où est le petit Mathew ? Dis-moi que le juge… que le juge ne l'a pas abandonné !

Bitsy glisse son bras sous le mien. Sa chaleur s'insinue en moi. C'est la première fois qu'elle fait ça en public. À la réflexion, elle ne l'a jamais fait nulle part, pas même à la maison.

— Twyla et Mathew vivent chez les Miller maintenant. C'est moi qui ai eu l'idée. Elle fait le ménage à l'église et travaille à la ferme en contrepartie. Samantha s'occupe du petit le matin pour que Twyla puisse aller à l'école. Elles rendent visite à Nancy tous les samedis.

J'en reste bouche bée. Bitsy redresse le menton et s'esclaffe de plus belle.

— C'était mon idée, et je me suis chargée de tout organiser, ajoute-t-elle.

Cheval vapeur

Pas un souffle d'air aujourd'hui. Ni une seule goutte de pluie depuis deux semaines. Les feuilles du caroubier déjà brunies bruissent. À la foire, on nous a dit que, pour nourrir leurs bêtes, les fermiers utilisaient déjà le foin de cette année, censé être remisé en prévision de l'hiver. Ça m'a fait penser que je dois engranger du fourrage pour nos vaches et Étoile. On en manque tellement dans la région, les prix ont grimpé et nous n'avons pas les moyens d'en acheter. J'ai encore la broche en or de Katherine, mais à quoi bon la mettre au clou. Personne n'a les moyens de se l'offrir.

Bitsy dit que je me fais trop de souci.

— Le Seigneur pourvoira. Comme pour Twyla et Mathew. Ils avaient besoin d'un toit, et Il leur en a donné un.

Elle a peut-être raison. Hier, nous avons reçu un cadeau auquel je ne m'attendais pas du tout.

— Savez-vous faire la tarte aux kakis ? me demande Bitsy. Un peu de sucre, quelques œufs, une jolie pâte au saindoux…

En remontant de la rivière toutes les deux à califourchon sur Étoile, après avoir cueilli un plein panier de ces beaux fruits orange, nous prévoyons notre souper composé de tartes accompagnées de lait froid.

Au moment de tourner à l'angle de la grange, nous apercevons une berline noire rutilante garée devant la clôture. Je redoute que ce soit la police, mais Bitsy est d'un autre avis.

— Ça doit être Mme Katherine, commente-t-elle en mettant pied à terre avant de guider la jument vers l'abreuvoir près de la source. Je croyais qu'elle était à Baltimore.

— Ou William revenu nous hanter, je raille, reconnaissant l'Oldsmobile que j'ai conduite le jour où Hester et moi avions emmené Katherine à la gare à Torrington, si ce n'est qu'elle a meilleure allure que la dernière fois : la carrosserie étincelle, les chromes ont été astiqués avec soin.

Je cours à la maison, m'attendant à voir Katherine et le bébé en train de nous attendre sur le canapé. Personne.

— Katherine ? (Pas de réponse.) Katherine ?

C'est bizarre. Ils sont peut-être allés faire une promenade.

Bitsy me rejoint sur les marches et pose son seau de kakis.

— Où sont-ils passés ?

— Pas la moindre idée.

— Qu'est-ce que c'est que ça ? je m'exclame en découvrant une petite boîte enrubannée en équilibre sur la balustrade.

Le sourcil en circonflexe, nous lorgnons toutes les deux le cadeau. J'appelle Katherine encore une fois pour ne pas gâcher la surprise qu'elle aura voulu nous faire.

— Katherine ? !

Toujours pas de réponse. Je finis par déchirer l'emballage.

En tombent une clé en or sur une chaîne du même métal, portant le symbole des francs-maçons, ainsi qu'une feuille recouverte d'une jolie écriture féminine. Je déplie avec soin le papier à lettre toilé et je lis le message à haute voix pendant que Bitsy ramasse la clé.

Chères Patience et Bitsy,

Je n'ai pas eu l'occasion à l'enterrement de Mary de vous remercier comme il convient de tout ce que vous avez fait pour le petit Willie et moi. Je pense sincèrement vous devoir la vie, à vous et à Mary. Cela peut paraître mélodramatique, mais l'alcoolisme de William et ses crises allant croissant, si je n'étais pas partie, il ne fait aucun doute dans mon esprit qu'un jour ou l'autre, il m'aurait battue à mort.

Je vous ai dit, Patience, qu'il avait menacé auparavant d'attenter à ses jours. On ne doit pas dire du mal des morts, mais il m'a bel et bien menacée et suppliée jusqu'à la fin. La dernière fois que nous avons parlé au téléphone, quelques jours avant son suicide, il a déclaré que nous étions mariés pour la vie et que si je ne rentrais pas à la maison, j'allais le regretter.

Je lui ai répondu d'un ton ferme que sa vie lui appartenait. Que la mienne aussi m'appartenait, et que jamais je ne reviendrais. C'est pour ça qu'il s'est tué, j'en ai la conviction. Avant de quitter Liberty, j'ai raconté tout ça au shérif Hardman, et je crois qu'il a prêté foi à mes propos. La dernière chose que je veux, c'est qu'on accuse Thomas.

Vous trouverez dans cette boîte les clés de la voiture de William. Je tiens à ce qu'elle soit à vous. M. Linkous, l'avocat qui gère ce qui reste de nos biens, a promis de trouver un chauffeur pour vous l'apporter quand il l'aurait fait réparer.

Merci encore de tout mon cœur, Patience, Bitsy, Thomas aussi. Je ne vous oublierai jamais. Vous m'avez redonné de l'espoir. Vous m'avez rendu ma vie.

Baisers,

Katherine

Je replie la lettre et la remets dans l'enveloppe en soupirant.

— On ne sait jamais ce qui peut arriver dans la vie, pas vrai ?

Ma compagne est moins pensive. Elle saute au bas du porche et fonce vers l'auto.

— Allons faire un tour ! s'écrie-t-elle.

Elle démarre le moteur qui s'anime aussitôt.

Une voiture à nous ! Je glisse ma main sur le métal étincelant. Elle n'est pas neuve – une dizaine d'années peut-être –, mais je ne m'attendais vraiment pas à un tel cadeau. Tels les membres d'une famille royale, nous descendons Wild Rose Road, fenêtres ouvertes, et allons parader à Liberty avant de rebrousser chemin.

Cette excursion d'une heure dans notre magnifique auto n'était pas une si bonne idée, en définitive. Au retour, nous manquons de tomber en panne d'essence et finissons par pousser l'Olds dans la grange.

Si on avait surveillé les multiples gauges et cadrans en cuivre, on aurait vu la petite aiguille incliner dangereusement vers le zéro. À l'évidence, Bitsy et moi allons devoir parfaire nos compétences d'automobilistes avant de ressortir l'Olds – ce qui risque de ne pas se faire tout de suite. Dans son élan de gratitude, Katherine a omis de prendre en compte que nous n'avions pas d'argent pour acheter de l'essence. À dix *cents* le gallon, c'est hors de notre portée.

17 septembre 1930. La lune est cachée derrière les nuages et j'ai perdu le fil.

Du givre dans le jardin. Naissance du petit Morgan, 3,400 kg, fils de Sojourner Perry, dix-huit ans. Pas de lésions vaginales. Aucun problème. Elle retournera dans le Kentucky après ses relevailles. Le bébé s'est mis à téter tout de suite. La famille nous a donné trois dollars pour acheter du charbon ou du foin.

24 septembre 1930. La lune de la récolte. Moins d'une semaine plus tard, un autre accouchement.

La petite sœur de Sojourner, Harriet Perry, a mis au monde une petite fille, Dilly, 2,200 kg seulement. Elle avait un mois d'avance, semble-t-il, mais elle a soufflé et crié vigoureusement. Mme Miller a fait irruption dans la chambre avec des couvertures chauffées. On sera aux petits soins pour cet enfant, j'en suis sûre.

Harriet ne voulait pas allaiter, mais j'ai insisté. Avec un bébé aussi petit, c'était indispensable. Dill risquait de mourir, sinon. Elle s'est forcée et ça s'est bien passé. Mme Miller, la femme du révérend, nous a donné deux dollars et une corde de bois.

38

Une invitation

Cet après-midi, en allant à la boîte aux lettres, j'ai eu la surprise d'y trouver une enveloppe carrée toute simple, avec mon nom dessus, en toutes petites lettres. Nous recevons si peu de courrier, je l'ai ouverte aussitôt.

— Regarde ça. (Je brandis le carton rose pâle orné d'un liseré de roses sous le nez de Bitsy, en train d'écosser les derniers haricots à cosse à la table de la cuisine.) C'est une invitation de notre voisine, Mme Maddock.

Je n'en reviens pas. Elle n'a jamais eu l'air de m'apprécier jusqu'au jour où j'ai déjeuné avec elle et son mari à l'église. Je prends un ton snob pour lire la lettre à haute voix :

— Mme Sarah Rose Maddock souhaite la compagnie de Patience et Bitsy pour le thé le 29 septembre 1930, à quatorze heures.

— Je ne peux pas y aller, m'informe Bitsy.

— Pourquoi ? On peut bien s'octroyer quelques heures de répit.

— J'ai une séance de couture à la chapelle d'Hazel Patch ce jour-là, m'explique-t-elle en baissant les yeux.

— De couture ! Comment se fait-il que tu ne m'en aies pas parlé ? J'adore coudre.

— Il y a longtemps que j'ai arrêté de vous tenir au courant de ce qui se passe à l'église. Vous ne venez jamais. De toute façon, je dois retrouver Byrd après, ajoute-t-elle avec un timide sourire.

Même si j'étais plus jeune qu'elle quand je suis tombée enceinte, je me fais du souci à son égard… Je me racle la gorge. Ce n'est pas comme si j'étais sainte Patience, mais il faut que je la mette en garde.

— Byrd Bowlin te fait-il vraiment la cour, Bitsy ? Il ne faudrait pas que tu fasses des bêtises. Ça arrive parfois quand on est en deuil. On se sent seuls, on cherche du réconfort. Du coup, on s'oublie.

— Comment pouvez-vous dire ça, madame Patience ?

Quand elle m'appelle ainsi, ça veut dire qu'elle est en colère contre moi.

— Byrd m'aime et on s'est embrassés, mais ça n'a pas été plus loin. La femme du révérend Miller m'a fait le même genre de sermon… Pour qui me prenez-vous ? Quel type d'homme serait Byrd s'il attendait ça de moi ?

— Enfin, tu sais bien, toutes ces jeunes filles, comme Twyla, Harriet et sa sœur Sojourner, ne sont pas des dévergondées. L'amour a l'art de vous déboutonner. Je ne voudrais pas que tu aies des problèmes, j'insiste en pensant à la nuit que j'ai passée moi-même pendant la tempête.

Après la perte de mon bébé, je n'ai jamais pu retomber enceinte. La stérilité a ses avantages, je ne crains pas de me faire engrosser. Non que j'en aie eu l'occasion depuis la mort de Ruben – à l'exception de Hester.

— J'aimerais qu'on me laisse tranquille ! proteste Bitsy en se levant brusquement pour aller chercher un autre seau de haricots. (Sous le coup de l'indignation, elle se laisse retomber sur sa chaise.) Après la couture, on va dîner chez ses parents. Il me raccompagnera dans la camionnette de son père.

Je suis tentée de dire quelque chose du style : « Ne rentre pas trop tard », mais je me retiens. J'ai dit ce que j'avais à dire. « *À la lueur de la lune argentée...* », je fredonne à la place en jetant l'invitation de Mme Maddock sur la table. « *À la lueur de la lune argentée, pour mon amour, je chantonne...* »

Mardi matin, on fauche le pré de derrière avec la faux rouillée que j'ai trouvée dans la grange et aiguisée jusqu'à ce que la lame soit fine comme un rasoir. Je balance mon outil à manche en bois telle une paysanne dans un tableau. Bitsy ratisse les longues herbes qu'elle traîne ensuite dans une vieille couverture vers un coin clôturé derrière la grange. Le tas est aussi haut que nous, mais il va nous en falloir beaucoup plus pour nourrir Étoile, Clair de lune et son veau.

À midi, nous faisons une pause. À l'abri derrière la réserve, nous nous déshabillons jusqu'à la taille et nous versons mutuellement des seaux d'eau glacée dessus en poussant des cris stridents. Peu après, Bitsy revêt sa deuxième meilleure robe et part pour Hazel Patch à bicyclette. À vélo moi aussi, ayant enfilé comme elle ma deuxième meilleure robe, je descends la route poussiéreuse pour me rendre chez les Maddock.

Je frappe à la porte en chêne à trois panneaux ornée d'une fenêtre à petits carreaux sertis de plomb. C'est la première fois que je remarque ce détail dissimulé jusqu'alors par la moustiquaire. Un motif délicat de fleurs et de feuilles encadre les panneaux. Personne ne répond. Je tape à nouveau. Les rideaux en dentelle m'empêchent de voir à l'intérieur. J'espère que Mme Maddock ne m'a pas oubliée !

— Il y a quelqu'un ?

— Entrez, me répond une voix lointaine.

Je tourne la poignée.

— Patience ?

Cet appel me semble venir du fond de la maison. Je traverse le salon et pénètre dans une cuisine vide, admirant au passage le four à bois Phoenix en fonte avec son couvercle argenté, joliment décoré, un bureau rabattable en chêne sculpté et un lampadaire coiffé d'un abat-jour à franges en soie bleue. Mais pas le temps de m'attarder.

— Ici.

— Madame Maddock ?

— Dans la véranda de derrière.

Je m'attends à quelque chose de similaire à mon porche – une petite remise où nous rangeons les seaux, notre tub, les vieilles bottes en caoutchouc, les manteaux d'hiver, les objets en mal de réparation, les chiens mouillés –, mais je me retrouve dans une pièce grillagée qui s'étend sur toute la longueur de la maison, avec des sièges en osier blanc à haut dossier et une foison de fougères dans des pots suspendus.

La table est mise sur un guéridon. Des assiettes et des tasses blanches décorées de minuscules fleurs roses et des couverts qui ont l'air d'être du vrai argent. Y trônent aussi un service à thé en argent et un vase rempli d'asters violet foncé. Mme Maddock s'approche de moi dans son fauteuil et prend mes mains rouges et rugueuses dans les siennes, si fines, si fraîches, aux tons d'ivoire.

— Appelez-moi Sarah Rose, je vous en prie. Je suis si contente de vous voir. Bitsy est-elle venue, elle aussi ?

Je remarque qu'il y a trois couverts sur la table.

— Non, je suis navrée. J'aurais dû vous prévenir. Elle avait une séance de couture à l'église, puis elle doit dîner avec son fiancé. Elle fréquente, j'achève avec un sourire accompagné d'un léger haussement d'épaules.

— Le bel âge !

Quand Mme Maddock rit, on croirait entendre tinter des cloches d'argent. Je m'assieds sur la chaise la plus proche. N'ayant pas l'habitude de ce rituel formel du thé, je ne sais pas trop comment ça va se dérouler. Va-t-elle me proposer diverses pâtisseries, comme en Angleterre ? Presque un repas ? J'ai lu ça quelque part. Ou juste une tasse de thé ? J'ai l'impression que c'est le grand tralala, mais qu'est-ce que j'en sais ? Mes amies de Pittsburgh se contentaient de café noir qu'on buvait dans de grosses tasses autour de la table de la cuisine en débattant de politique et de justice sociale.

Mon hôtesse me sert une tasse de thé et me tend un minuscule pot en argent estampé.

— Du lait ?

Elle soulève une cloche posée sur un plat en verre rose, révélant des biscuits blancs recouverts d'un nappage blanc. Il y a aussi un bol contenant des pêches au sirop.

— C'est un vrai festin. Je vous avoue que je ne savais pas trop à quoi m'attendre. J'ai le sentiment que j'aurais dû mettre des gants blancs et un chapeau.

— Je vais être honnête avec vous moi aussi. Cela fait quinze ans que je n'ai pas invité quelqu'un à prendre le thé. Pas depuis que j'ai la poliomyélite. J'avais vingt-quatre ans.

Je jette un coup d'œil à ses jambes, puis à son visage. Si elle avait vingt-quatre ans il y a quinze ans, nous avons à peu près le même âge.

Sarah Rose

— La polio ?

— C'était en 1916. J'étais enceinte, et si heureuse. Nous n'avons pas su tout de suite de quel mal je souffrais. J'avais de la fièvre, des maux de tête, une raideur dans le dos et le cou. J'ai pensé que c'était la grippe, mais mes jambes se sont rapidement affaiblies. Je n'arrivais même plus à me rendre aux toilettes. Nous avons appelé le médecin et on m'a emmenée à l'hôpital.

— Cette épidémie de polio a été terrible, n'est-ce pas ? je balbutie, ne sachant pas quoi dire d'autre. J'ai entendu dire que sept mille personnes y avaient succombé cette année-là, rien qu'en Amérique. Vous avez eu de la chance de vous en sortir.

— Si on veut. (Elle passe ses mains sur ses jambes grêles.) Quatre fois plus de gens sont restés paralysés. Sur le moment, j'aurais voulu mourir.

— Il m'est arrivé d'éprouver la même chose.

Elle me dévisage avec intérêt.

— Quand était-ce ? Dans quelles circonstances avez-vous eu envie de mourir ? me demande-t-elle avec douceur.

C'est pour ça que je ne vais pas en société. Il y a tellement de choses dont je ne veux pas parler. C'est comme essayer de danser avec les jambes attachées. Je m'aperçois que Sarah Rose attend ma réponse. Je vais lui expliquer, mais sans m'étendre…

— J'étais enceinte et je devais me marier. J'avais seize ans. Mon fiancé, mon amant, a été tué dans un accident de train. Une semaine plus tard, j'ai fait une hémorragie et j'ai perdu notre bébé. J'ai failli y laisser la vie. C'est à ce moment-là… (Je prends une grande inspiration.) C'est à ce moment-là que j'ai souhaité en finir.

Elle tend le bras par-dessus le plat de biscuits à moitié vide pour poser sa main sur la mienne. Sa peau est translucide. On voit les veines bleues à travers.

Je pourrais lui parler des autres fois où j'ai… voulu mourir. Quand j'ai fui Chicago sans un ami au monde… Je pourrais lui parler de Blair Mountain, de l'homme que j'ai tué, mon meilleur ami, mon amant, mon mari, mais comprendrait-elle, une femme protégée comme elle ? Mes yeux s'emplissent de larmes. Je m'empresse de les essuyer et je m'approche de la moustiquaire en faisant mine de contempler les collines. Mme Maddock fait le tour de la table dans son fauteuil et me tire doucement par la manche.

— Laissez-vous aller, chuchote-t-elle, pensant que je pleure mon enfant. Ça fait du bien. Moi aussi j'ai perdu mon bébé… quand j'ai eu la polio. La paralysie montait peu à peu. Si elle avait atteint ma poitrine, j'aurais cessé de respirer. Me croyant condamnée, les médecins ont persuadé mon mari de les laisser procéder à une césarienne en urgence. Il a donné notre petite fille à ma cousine qui ne pouvait pas avoir d'enfant. Personne n'imaginait que je me remettrais. Comment aurais-je pu demander à récupérer le bébé après cela ?

» Cela n'aurait rien changé, en un sens. Ma cousine et la petite Sue Ann sont décédées quelques années plus tard, victimes de l'épidémie de grippe espagnole. Je ne l'ai jamais tenue dans mes bras. J'ai une photo d'elle, à l'âge de deux ans. Je vous la montrerai un jour.

Elle me tend à nouveau le plat de biscuits.

Je secoue la tête, mais comme elle insiste, j'en prends trois.

— C'est vous qui les avez faits ?

— Oui, me répond-elle en riant. Ce n'est pas parce que mes jambes ne marchent plus que je ne peux rien faire de mes mains. En passant par la cuisine tout à l'heure, avez-vous remarqué que M. Maddock a construit des meubles bas pour que je puisse y travailler assise ? Il a conçu cette pièce grillagée à mon intention aussi. Je ne sors guère autrement, vous comprenez.

Je regarde la vue, le pré soigneusement tondu s'inclinant vers le ruisseau, l'enclos rempli de moutons blancs comme neige, la Hope River au loin.

— Que faites-vous quand vous vous tenez ici ? (Je cherche des yeux un cerceau à broderie, un tricot, mais les rayonnages ne contiennent que des livres et des papiers.) Vous aimez lire ?

— Oh oui. J'écris aussi.

Cela éveille ma curiosité.

— Vous écrivez ? J'ai commencé un journal. J'ai le sentiment qu'il s'est passé tellement de choses dans ma vie. Comme si j'avais vécu trois ou quatre existences, en fait.

Sarah Rose pose son coude sur la table et prend son menton en coupe dans sa main.

— Comment ça ? Racontez-m'en une. (Ses yeux d'un bleu limpide attendent, sans quitter mon visage.) J'aime tant les histoires.

Pas si vite, Patience, fais attention. Il y a certains secrets que tu dois garder pour toi.

Mme Maddock patiente pendant que je fixe le plafond. Finalement, je me lance.

— Eh bien… j'ai grandi dans une petite ville de l'Illinois. Ma mère était institutrice, mon père matelot sur un gros cargo qui sillonnait le lac Michigan.

Je lui raconte mon enfance heureuse, comme s'il s'agissait d'un roman de Louisa May Alcott, jusqu'au décès de ma grand-mère victime d'une consomption pulmonaire, puis je relate la disparition de mon père lors d'un naufrage sur le lac Michigan, et la sinistre découverte que nous avions faite peu après, au sujet de nos biens dilapidés au jeu. J'interromps mon récit au moment où je fuis l'orphelinat et décroche un travail au Majestic. Ça fait une bonne histoire, à mon avis. Ce sont mes première et deuxième vies, je conclus.

Sarah n'a rien dit à part : « Comme c'est triste ! » et « Ça a dû être horrible ! », jusqu'à ce que j'évoque mon engagement au Majestic comme choriste.

— Oh ! s'exclame-t-elle en tapant dans ses mains comme une gamine de cinq ans. Moi aussi j'ai fait partie d'une revue ! Au Dancing de Charleston.

Si je m'attendais à ça de la part de Mme Maddock !

— J'avais une vingtaine d'années, poursuit-elle, hilare. Ma sœur, qui était serveuse, m'avait trouvé cette place. Ma mère désapprouvait, bien sûr, tout comme M. Maddock une fois que nous avons été fiancés. C'est là que je l'ai rencontré. Il dansait merveilleusement bien à l'époque. En ce temps-là, on nous encourageait à être aimables avec les clients après le spectacle, à les inciter à nous offrir des verres, même si c'était avec le jeu que l'établissement gagnait de l'argent.

À mesure qu'elle s'anime, elle devient de plus en plus jolie sous la lumière dorée du couchant. Lorsque le soleil disparaît derrière les montagnes, les nuages clairsemés virent à l'orange, puis au rose pour prendre finalement des nuances lavande.

— Nous étions si amoureux, Milton et moi. Nous nous sommes mariés et je suis tombée enceinte presque tout de suite. Il ne s'est jamais pardonné d'avoir confié notre enfant à quelqu'un d'autre. Il pensait que j'allais mourir, voyez-vous. Tant de gens succombaient à cette terrible maladie. Et puis les veufs ne s'occupaient pas des enfants en ce temps-là.

À mon tour, je pose ma main sur la sienne, si douce.

Elle promène son regard dans la ravissante véranda.

— Au moment de la guerre, il a bénéficié d'un sursis d'appel parce qu'il travaillait dans l'usine chimique de Charleston. Au décès de ma grand-mère, nous avons hérité de cette ferme et nous avons décidé de venir nous y installer. Il y a dix ans de cela. Je suis née dans cette maison, vous le savez… avec l'aide de Grace Potts.

— Je m'en souviens. Vous vous êtes avancée dans l'église à son enterrement. Vous étiez un des anges.

Je souris, mais elle garde son sérieux. Elle pense à autre chose.

— Parfois, je me dis qu'il me protège trop. Mon mari. Son amour est comme un cocon, mais je ne vais pas m'en plaindre. J'ai une vie agréable.

Nous nous tenons toujours par la main. Soudain, c'en est trop pour moi.

— Je ferais mieux de rentrer. C'est l'heure de traire ma vache. Merci de m'avoir conviée à prendre le thé. Puis-je vous apporter quelque chose avant de m'en aller ? Voulez-vous que je débarrasse la table ? Que je fasse la vaisselle ?

— Vous êtes aussi terrible que lui ! Une vraie mère poule ! Je suis capable de me débrouiller, dès lors qu'il fait les commissions.

Elle gagne la cuisine. Je me rends compte à ce moment-là que les portes sont un peu plus larges qu'à l'ordinaire, et qu'il y a un long garde-manger sur le côté. Je passe ma main sur les comptoirs en érable tout doux, l'évier à sa hauteur.

— Milton a fait tout le travail de menuiserie lui-même, m'explique-t-elle. Il ne va pas tarder à rentrer. Il est allé à Delmont, à la vente de bétail. Pas dans l'intention d'acheter. Pour regarder, écouter. Le vétérinaire doit y être aussi.

Elle dit ça comme si elle pensait que ça pouvait m'intéresser. Ce en quoi elle ne se trompe pas complètement.

39

Pardon

En remontant Wild Rose, je songe à tout ce que j'ai appris pendant notre thé. Mme Maddock, que je croyais distante, réprobatrice, est en fait une femme curieuse, avenante, gaie. Son mari que j'imaginais dur et insensible se révèle passionnément épris de son épouse. La Patience qui était censée taire ses secrets s'est ouverte aujourd'hui, jusqu'à un certain point.

J'ai eu une vie difficile, c'est mon point de vue en tout cas. Orpheline et veuve par deux fois avant l'âge de trente ans. Mais comment mesure-t-on la souffrance ? Sarah Maddock a failli mourir de la polio, elle a perdu l'usage de ses jambes et on lui a pris son bébé. Les quatre enfants de Mme Potts ont succombé à la fièvre jaune en l'espace d'une semaine. Mme Kelly a subi la perte de son mari et de leur unique fils, puis celle de Nora, après une relation de dix ans, à cause d'une autre femme.

Pendant la Grande Guerre, Hester a vu des souffrances et des horreurs que je ne peux même pas concevoir. La mère de Bitsy s'en est allée, ainsi que Thomas que l'on n'a pas revu. Il semble que la vie ne soit qu'une succession de pertes. Je donne un coup de pied dans un caillou, puis un autre.

Je ne me suis pas seulement retrouvée veuve la seconde fois. Avec Ruben, c'est la perte de moi-même que j'ai déplorée. Je tape une troisième fois dans la pierre. Je finis par me tordre la cheville et tomber dans le fossé. Quand je me relève, j'ai très mal à la jambe, mais pas autant qu'au cœur.

Il y a eu des moments où j'ai eu la sensation de rêver. Ce soir, je suis éveillée, mais je préférerais rêver. La première étoile s'est posée au sommet de la montagne. Un engoulevent chante. Les arbres dénudés se découpent en noir sur le ciel couleur lavande. Étrange comme la beauté se nourrit de la douleur…

Quelques larmes coulent au début, puis c'est les grandes eaux, de l'eau boueuse dévalant des rochers, des sanglots violents, des hoquets. Redoutant qu'à son retour M. Maddock me surprenne sur le talus en pleurs, je rampe sous sa barrière et je traverse le champ clopin-clopant en direction du ruisseau. Une fois dans les bois, je me couche de tout mon long parmi les hautes herbes, terrassée tel un arbre coupé à sa base. Derrière mes paupières gonflées de larmes, une image vacillante se dessine en noir et blanc.

— Il faut que j'y aille, Lizbeth ! aboie Ruben en faisant les cent pas dans le salon que nous partageons avec Mme Kelly et Nora. Il va y avoir du grabuge dans les gisements de houille en Virginie occidentale. John Lewis veut qu'une poignée d'entre nous y descende pour calmer les choses. Il faut qu'on défende les travailleurs. C'est mon rôle, tu le sais !

Lewis, le vieil ami de Ruben, était désormais président de l'UMWA, l'union des travailleurs miniers d'Amérique.

C'était en 1921, une ou deux semaines après que le shérif Sid Hatfield qui avait pris le parti des mineurs de Matewan et de leurs familles avait été assassiné ainsi que son bon ami, Ed Chambers. Accusés d'avoir dynamisé un culbuteur de charbon, ils s'étaient rendus dans le comté de McDowell pour y passer en jugement, mais ils avaient été abattus par un groupe d'hommes de main de Baldwin-Felts qui les attendaient en haut des marches du tribunal. Hatfield mourut sur le coup, Chambers fut exécuté d'une balle dans la nuque.

Du sommet de la montagne à la vallée sombre, la rumeur s'était répandue : Hatfield, le héros des mineurs, avait été tué de sang-froid. Des syndicalistes armés commençaient déjà à se rassembler le long de la Little Coal River, avides de se venger et de marcher sur le comté de Mingo pour libérer d'autres radicaux, mettre fin à la loi martiale et organiser les mineurs non syndiqués. Ça n'avait aucun sens, mais il en est ainsi des émeutes. Rien n'est logique.

— N'y va pas, Ruben, je t'en conjure ! J'ai un mauvais pressentiment ! l'avais-je supplié. Il règne une telle violence en Virginie occidentale. On vous tabasse et vous jette en prison pour un rien !

Seulement, Ruben ne pouvait pas dire non à John Lewis.

Nora avait fini par s'en mêler, suggérant que nous accompagnions Ruben toutes les trois. On allait partir à l'aventure. Sophie n'avait pas d'accouchements prévus d'ici deux semaines. Nous avions entrepris d'amasser du ravitaillement et des fournitures médicales à l'intention des camps. Le lendemain, j'allai à la gare acheter des billets de train.

C'est la période des grandes chaleurs estivales. En plein mois d'août, il fait affreusement lourd quand notre petite troupe venue de Pittsburgh descend du train à Marmet, un village situé sur les rives de la Kanawah. On se rend compte sur-le-champ que la situation est sur le point d'exploser. Près de dix mille mineurs armés de fusils et de revolvers sont déjà sur place. Jamais je ne me suis trouvée au milieu d'une telle foule. Ils sont manifestement de méchante humeur.

Ruben et les autres hommes de notre coalition tentent de s'entretenir avec les leaders, mais personne ne veut les écouter. Bill Blizzard, le farouche organisateur sudiste de la Virginie occidentale, les encourage. Au cœur de la cohue, notre amie Mère Jones se hisse sur une caisse de dynamite, mais elle nous tourne le dos et ne nous voit pas.

— Dites à vos maris, vos pères… qu'un bain de sang est inutile, clame-t-elle, sentant que les choses sont sur le point de mal tourner. Ramenez-les à la raison !

Les épouses, les mères, les sœurs, les filles, les amantes font de leur mieux, mais c'est peine perdue. Tel un régiment de soldats, un foulard rouge autour du cou, les syndicalistes en colère marchent déjà sur Logan et Mingo, les derniers comtés non syndiqués. Ils en veulent aux propriétaires des mines, aux patrons, à tous ceux qui se mettent sur leur chemin. Ils n'ont plus rien à perdre !

Cette armée de fourmis descend vers le sud – treize mille hommes maintenant, d'après ce qu'en disent certains. Ils franchissent les montagnes, s'enfoncent dans les vallées, poussés par la rage et l'alcool de contrebande. Nous aurions dû rebrousser chemin quand Ruben a compris ce qui se passait, mais il espérait encore avoir une action bénéfique. L'espace d'un instant, mon mari et moi nous étreignons. Il porte un foulard rouge, comme tous les autres. Je l'embrasse pour lui porter chance. « Je t'aime », je murmure, la main sur sa joue. Il me soulève dans les airs et me fait valser en riant. Puis Nora, Mme Kelly et moi le perdons de vue ; nous nous retrouvons avec le personnel médical.

C'est le troisième jour, à la lisière du comté de Logan, que l'enfer se déchaîne. Les forces de la compagnie de charbon arborant des brassards blancs ont édifié des positions fortifiées au sommet de Blair Mountain. Leurs armes – des mitrailleuses et des carabines – sont pointées vers le bas de la colline. En quelques minutes, nous sommes cernés. Les hommes se livrent des combats au corps-à-corps, des coups de feu crépitent de toutes parts. On sent l'haleine chargée de cet alcool qui donne des ailes chez la moitié des manifestants.

Quelque part dans la masse, je vois deux brutes plaquer mon amant au sol. L'un d'eux lui serre la gorge à deux mains.

Ce n'est pas une balle qui a tué mon mari. La vérité est bien pire. J'ai tenu l'arme meurtrière, un fusil encore humide de sang que j'ai pris des mains d'un mineur mort. Un coup de crosse en guise de matraque, destiné à l'homme à califourchon sur la poitrine de Ruben, en train de l'étrangler, a fracassé le crâne de mon amant. La rage est contagieuse. J'avais bien l'intention de tuer quelqu'un, mais pas lui.

Les yeux bruns de Ruben s'écarquillent follement puis se ferment tandis que le sang de la vie s'échappe de son corps, imprégnant son bandana rouge, se déversant sur le sol. Je m'effondre comme si c'était moi qui avais pris le coup.

— Lizbeth ! hurle Nora avant de s'animer.

Elle avance en rampant, esquivant les balles, se saisit du fusil qu'elle jette au loin comme s'il s'agissait d'un tison. Il glisse à terre parmi les pieds des combattants. Puis elle m'entraîne dans la foule en criant de plus belle.

Quelques heures plus tard, cachées à l'arrière du chariot d'un pasteur baptiste, nous faisions route vers Pittsburgh. Deux cents hommes périrent ce jour-là. Trois cents, selon certains. Je n'ai jamais revu Ruben, et personne ne sait ce qui s'est vraiment passé, à part Mme Kelly qui est six pieds sous terre, et Nora, à six mille kilomètres d'ici.

Oh, Ruben... Accablée de chagrin, je prends une grande inspiration. Au-dessus de moi un petit oiseau lisse ses plumes sur une branche nue dans les dernières lueurs du couchant. Bitsy et moi l'avons baptisé « l'oiseau-ruisseau » à cause de son chant qui fait penser au gazouillis de l'eau dégringolant parmi les rochers.

— Petit oiseau-ruisseau, je chuchote, essuyant mes larmes tout en me mettant à genoux, ces mains ont tué. Elles ont mis des enfants au monde aussi. Si j'étais croyante, j'implorerais le Seigneur pour qu'Il soulage mon âme.

J'essaie d'imaginer une prière. *Lumière du Monde, prends ce cœur éploré et purifie-le. Prends mon pauvre être et guéris-le. Pardonne-moi...Pardonne-moi tout...*

Je lève mes mains usées par le travail vers la lumière déclinante, puis je me penche pour les laver dans l'eau claire de la rivière dans l'espoir de dissiper ma culpabilité, mon chagrin. Je recueille de l'eau fraîche entre mes paumes et je me lave le visage, noyant ces larmes, toutes ces larmes. *J'étais égarée mais maintenant je me suis retrouvée...* Je chante ces vers que nous avons entonnés lors de l'effondrement de la Wildcat Mine. Ensuite je me rallonge et je contemple l'étoile du soir.

Il y a quelques années, j'aurais eu peur de rester couchée ainsi sur un tapis de feuilles dans les bois à la tombée de la nuit. J'ai trouvé la paix à présent.

40

5 octobre 1930. Un arc-en-ciel autour de la lune presque pleine.

Encore une naissance. Carlin Hummingbird, 4,500 kg ! Troisième fils d'Addie et Norton Hummingbird, la famille indienne de Dark Hollow. Accouchement sans complication dans leur cabane en bois au bord du ruisseau. Le père est resté dans la cuisine. Addie s'est très bien débrouillée toute seule. Je me suis balancée tranquillement dans un rocking-chair pendant que Bitsy préparait tout. Ensuite nous avons mis l'enfant au monde ensemble. Très peu de saignement. Pas de déchirures. Mme Hummingbird m'a donné un panier perlé très commode pour mon tricot.

Nous avons eu quelques jours de pluie froide. Vers deux heures, alors que le soleil réapparaît, je vois Bitsy franchir le portail sur le dos d'Étoile. Elle se dirige vers la Hope River, j'imagine. Elle s'est comportée bizarrement ces derniers temps, filant presque tous les jours à la Wildcat Mine et à Hazel Patch. Par deux fois, je l'ai surprise en train de prendre de la nourriture dans le placard, enveloppée dans un torchon blanc. Si elle veut apporter des provisions à Thomas, elle n'a pas besoin de se cacher. Même si j'ai encore de la peine à l'admettre, sa compagnie me manque quand elle n'est pas là, ses pas dans la maison, le son de sa voix.

— Bitsy ! (Je verrouille mon journal et je le fourre sous les coussins avant d'ouvrir la porte d'entrée en grand.) Je peux t'accompagner ?

— Si vous voulez, me répond-elle, étonnée, en haussant les épaules.

Elle m'aide à enfourcher Étoile derrière elle.

Un ciel bleu sans nuage, l'odeur des feuilles d'automne, le grondement de la Hope River en crue au loin…

Comme nous trottons le long de Wild Rose, j'agite la main en passant à l'adresse de Mme Maddock, assise dans son fauteuil sur le porche. Elle affiche son visage public, inexpressif, aujourd'hui, mais hoche tout de même la tête. Si je n'avais pas pris le thé avec elle il y a quelques semaines, jamais je ne me serais doutée de la bonté qui est en elle.

— Tu vas chasser ? je demande à ma compagne en voyant l'arme qui pend dans son étui autour du cou de la jument. Quoi ? Le canard ? L'oie ? Le dindon sauvage ?

— Je vais juste m'entraîner. Je n'aime pas faire ça aux abords de la maison. Les coups de feu risquent de vous agacer.

Elle a sans doute raison. Je suis un peu à cran en ce moment.

— Pourrais-tu me montrer comment faire ?

Ma question me surprend moi-même.

Je n'ai pas touché une arme à feu depuis Blair Mountain, et jamais avant cela, pas même le colt de Ruben.

Je ne vois pas l'expression de Bitsy, assise devant moi, mais son dos se détend contre ma poitrine. C'est comme un sourire.

— D'accord. Je ne pensais pas que ça vous intéressait.

— Je n'en suis pas sûre mais j'aimerais sentir ce que tu éprouves, toi, quand tu tires. Je sais que ça te plaît, et qui sait, je serai peut-être obligée de chasser moi-même un jour.

Elle hausse les épaules comme si cette idée lui paraissait saugrenue. Nous n'échangeons plus un mot jusqu'au chemin de terre qui serpente le long des flots écumants.

— J'ai installé des cibles le long de la rive, m'indique-t-elle alors.

Nous mettons pied à terre, guidons la jument à travers les broussailles et l'attachons à un petit sycomore. Sur la butte où les saules sont plus clairsemés, Bitsy a cloué trois pancartes rouillées sur des troncs :

une publicité pour Coca-Cola, rouge, avec un serveur en train de guigner de derrière la bouteille ; une autre verte, pour Case Tractor ; la troisième vantant les mérites du tabac à priser Days Work. Elles sont criblées de balles. Des boîtes de conserves s'éparpillent le long d'un vieil arbre couché. Nous nous mettons à les aligner dessus.

— Où as-tu trouvé tout ça ? dis-je, rompant finalement le silence. On n'a pas eu de conserves à la maison depuis le jour où Hester nous a donné une soupe Heinz à l'époque où il était blessé.

— Mildred me les met de côté.

— Mildred Miller ? Elle sait que tu chasses ?

— Bien sûr. Je leur apporte un lièvre de temps à autre. Son civet est presque aussi bon que celui de Mama.

Cela me surprend, comme si Bitsy avait une autre vie dont j'ignorais tout.

— Bon, dis-je, ajustant mes verres en me forçant à bannir ces sombres pensées de mon esprit. Allons-y. Que faut-il faire ?

Avec beaucoup de patience, Bitsy m'explique comment charger le fusil, se positionner en biais et trouver la ligne de mire. Puis elle me fait une démonstration édifiante en envoyant valser les boîtes.

— À votre tour maintenant. Calez le fût contre votre épaule, dans le petit creux.

J'essaie plusieurs endroits sans trouver celui qui convient.

— Là, dit-elle en plaçant la crosse là où elle pense qu'elle doit aller. Il va falloir vous habituer. Mettez votre autre main sous l'arme, visez et appuyez sur la détente.

Je plisse les yeux, anticipant la déflagration.

— Pressez le fusil contre votre épaule ! Ne le laissez pas glisser, sinon ça vous flanquera un coup dans le bras.

Je déglutis. Pourquoi est-ce si difficile ? Moi qui pensais que ce serait amusant.

Bang ! La boîte de Favorite Sweet Corn décolle du tronc !

— Je l'ai eue ! je m'exclame en dansant en rond.

— Hé ! Attention au fusil !

Ça me remet aussitôt les idées en place.

— Pas mal, hein ?

Mon enthousiasme la fait sourire.

— Un vrai tireur d'élite !

— Je peux recommencer.

Tout l'après-midi, nous nous relayons. C'est la chance du débutant qui m'a permis de réussir du premier coup. Il me faut onze tentatives supplémentaires avant d'atteindre à nouveau une cible.

— On ferait mieux de ne pas gaspiller trop de balles, dis-je, interrompant l'exercice. Tu risques d'en avoir besoin pour chasser.

— Ne vous inquiétez pas. Byrd m'en donnera d'autres.

Byrd Bowlin, encore lui ! Je me laisse tomber sur le tronc. Bitsy s'assied à côté de moi pour ranger le fusil dans son étui.

— C'est sérieux avec lui, hein ?

Elle hausse les épaules et son regard se fait distant.

— C'est lui ma famille maintenant. (Sa réponse me blesse un peu, je pensais que c'était moi !)

Thomas ne reviendra pas, et Mama s'en est allée dans l'autre monde.

— Thomas est parti ? Je croyais qu'il se cachait dans les montagnes. Où est-il allé ?

— À Philadelphie. Nous l'avons conduit à Torrington, la semaine dernière, le révérend Miller et moi. Il a sauté sur un train de marchandises. Il avait un peu d'argent de côté et il a écrit au révérend pour lui annoncer qu'il avait déjà trouvé une place de conducteur de tramway électrique.

» Je lui ai expliqué que le shérif allait probablement laisser tomber l'enquête maintenant que Katherine lui a parlé, mais il ne veut pas revenir. Il dit que c'est trop dangereux pour un Noir qui souhaite devenir quelqu'un, et que la mine n'est plus une vie pour lui.

En cueillant des copeaux de bois accrochés à mon pantalon, je songe que des hommes blancs et noirs travaillent côte à côte dans les mines, mais que jamais un homme de couleur ne supervise un Blanc ou n'opère des machines lourdes. Les Noirs ont la même paie, mais ils travaillent plus dur. Si Thomas était resté, il aurait tiré des chariots de charbon jusqu'à la fin de ses jours.

— Il voudrait qu'on le rejoigne, Byrd et moi, sur la côte est, ajoute Bitsy. Il dit qu'il peut trouver un emploi pour Byrd auprès de l'Atlantic Railway.

Mon cœur sombre dans ma poitrine. J'étais déjà profondément meurtrie à la pensée de ne pas avoir fait partie de la poignée de gens dans la confidence quand Thomas est parti. Voilà qu'ils envisagent de s'en aller eux aussi. Je me garde néanmoins de relever.

— Avez-vous envie de vivre à Philadelphie, Byrd et toi ?

— Peut-être. (Elle a les yeux rivés sur le fleuve tumultueux où deux colverts viennent de prendre leur envol.) Vous pourriez venir vous aussi.

Je réfléchis un instant. Il fut un temps où j'aurais été prête à tout pour retourner en ville, mais je n'en suis plus si sûre maintenant. Le bruit, les rues encombrées, la puanteur de la fumée s'échappant des usines…

— Non. J'ai vécu à Pittsburgh et à Chicago. J'aime cet endroit désormais… le chant de la rivière, les bourgeons au printemps, les feuilles qui changent de couleur à l'automne et voltigent dans les airs. (Que mon exil ne soit plus un châtiment me surprend.) Alors tu vas y aller ? Vivre à Philadelphie avec Bowlin ?

— J'y pense. Thomas me manque… Et puis j'ai des rêves.

Des rêves… Je soupire. Elle a des rêves ! Évidemment, elle est jeune, intelligente. Pourquoi aurait-elle envie de vivre toute sa vie au bout de Wild Rose, chez quelqu'un d'autre ? Et mes rêves à moi, que sont-ils ? Je n'en ai jamais eu. Je me suis bornée à osciller entre des hauts et des bas, passant d'un triomphe, d'une catastrophe à l'autre.

Bitsy se lève, ramasse son fusil, détache Étoile, prête à partir.

— Ce serait un meilleur travail pour Bowlin, conduire un tramway. Je n'arrête pas de repenser à l'effondrement de la mine à Wildcat, à cette sirène qui déchirait le ciel. J'ai eu tellement peur… Oui, je songe sérieusement à m'en aller.

Elle prend la direction de la maison, s'attendant à ce que je la suive, entraînant la jument à travers les taillis.

Je ne bronche pas. Une balle m'a transpercé le cœur.

41

Querelle

Jeudi à midi, en revenant du champ où je suis allée faucher toute seule (Bitsy est à nouveau en goguette à Hazel Patch), je trouve un carton avec une enveloppe collée dessus sur le porche.

Je l'ouvre à la hâte, persuadée que ça doit venir d'une des familles que nous avons aidées, ou qu'il s'agit d'un autre cadeau de Katherine. Il contient de l'équipement médical – un brassard à tension artérielle, des médicaments dont le nom ne me dit rien, un paquet de gaze. Ainsi que deux manuels : *Précis de santé,* traitant de tout ce qui va des soins des tout petits à ceux des vieillards, et *Pédiatrie, le traitement hygiénique et médical des enfants, volume 1.* C'est sans doute le docteur Blum qui m'a envoyé ça. Je me reporte au petit mot, plié en quatre sur du papier ligné et scotché au couvercle. Il est de la main de Becky Myers.

Chère Patience,

Je t'ai attendue aussi longtemps que j'ai pu, mais tu as dû te rendre à un accouchement ou t'absenter pour l'après-midi. Je suis en route pour Charlottesville où le docteur Blum m'a demandé d'être son infirmière. Il m'a écrit il y a quelques semaines, et l'État, à court de fonds, ayant réduit mes appointements, j'ai accepté sa proposition. En ces temps difficiles, il semblerait qu'on puisse se passer d'une infirmière du service public. Je pars donc à l'aventure.

Je continue à me faire du souci pour toi. Je t'en prie, sois prudente ! (Elle a souligné le mot « prudente ». L'éternelle inquiète !) L'atmosphère est sinistre en ville. Tant de chômeurs se tournent les pouces. Tu connais l'adage : l'oisiveté est la mère de tous les vices. Je t'enverrai mon adresse dès que je la connaîtrai. Souhaite-moi bonne chance pour le trajet à travers les montagnes.

Je t'embrasse,

Becky Myers.

J'expédie le carton à l'autre bout du porche d'un coup de pied. À quoi bon tout cet attirail si je perds encore une amie ? Katherine vit à Baltimore. Bitsy compte aller s'installer à Philadelphie. Et Becky est maintenant en route pour Charlottesville.

Le soir venu, Bitsy n'est toujours pas rentrée. D'humeur maussade, je trais Clair de lune de bonne heure et je réchauffe un reste de soupe de pommes de terre, de plus en plus exaspérée à mesure que le temps passe. Vers neuf heures, j'entends un bruit de moteur. En regardant par la fenêtre, je vois Bitsy descendre de la camionnette du père de Byrd. Elle embrasse son bien-aimé avec fougue, puis trottine vers la maison avec un peu trop d'allant.

— Tu t'es bien amusée ? je demande d'un ton sarcastique, qui lui passe au-dessus de la tête.

L'envie de me quereller avec elle me démange. Je cherche juste un prétexte.

— Et comment ! Byrd m'a appris à conduire un tracteur et puis j'ai mis un bébé au monde. On était en train d'aider les Miller à rentrer le reste de leur foin.

Elle sort un billet de deux dollars et le pose fièrement sur la table.

— Un bébé ? Le bébé de qui ?

— Oh, d'une dame de Cold Springs. Vous ne la connaissez pas. Fiona Washington. Elle était en visite à Hazel Patch. C'était son quatrième… Son troisième ou son quatrième… Elle est cousine avec Mildred. Elle ne devait pas accoucher avant plusieurs semaines. Le bébé va bien en tout cas, il a respiré tout de suite. On m'a fait remonter des champs en quatrième vitesse quand la poche des eaux s'est rompue.

— Tu ne peux pas accoucher des bébés comme ça chaque fois que ça te chante, Bitsy ! Tu n'es même pas qualifiée. Et s'il arrivait quelque chose ?

Dans mon agacement, j'en oublie que je ne suis pas vraiment une experte non plus. Ça ne fait que quelques années que j'ai mon diplôme.

— Tu n'avais pas de matériel, en plus. Et si le cordon avait été enroulé autour du cou ? Si les pieds s'étaient présentés en premier ? Imagine que la mère ait eu une hémorragie ? Tu crois qu'un accouchement, c'est de la rigolade, alors que c'est une question de vie ou de mort !

— Mme Miller était là. Elle a déjà assisté à quatre naissances. Et puis j'ai lu le manuel d'obstétrique de DeLee de A à Z. Mildred a fait bouillir l'eau, les ciseaux et de la ficelle pour le cordon… Qu'est-ce que vous vouliez que je fasse ? Le bébé allait sortir…

Elle est au bord des larmes. Je suis consciente d'avoir une attitude déraisonnable, mais ça m'est égal. Je me lève brusquement et jette mon bol de soupe dans l'évier, regardant avec satisfaction la porcelaine se briser, et le gruau de pommes de terre éclabousser le mur. Après quoi j'attrape ma veste au vol et je me rue sur la porte de derrière.

— Tu n'avais pas à agir de la sorte !

Grisée par une indignation que j'estime justifiée, je me félicite de ce coup de sang au début, mais l'air frais ne tarde pas à me remettre les idées en place.

— Madame Patience ! (C'est Bitsy qui m'appelle dans la nuit.) Patience ?

Je devrais peut-être enfourcher Étoile et aller faire un tour quelque part. Mais où ? Chez le vétérinaire ? Pas une bonne idée… Je descends le pré en direction du ruisseau et je m'assieds sur une pierre plate en prêtant une oreille distraite au grondement de l'eau. L'odeur des feuilles mortes imprègne l'air. Les gelées ne vont pas tarder. Quand je commence à avoir trop froid aux fesses, je regagne la grange à pas lents.

Ce n'est pas seulement le fait que Bitsy ait mis un enfant au monde sans moi qui m'a mise hors de moi. Elle a raison, cette femme avait besoin d'elle. Qu'est-ce qui m'autorise à lui faire la morale ? C'est tout le reste… J'ouvre sans bruit la porte de la grange en frissonnant, avide de trouver la chaleur du foin.

— Madame Patience ! appelle à nouveau Bitsy derrière la maison. Patience ?

Je crois entendre des larmes dans sa voix.

Prête à passer la nuit dans le grenier à foin, j'attrape la couverture d'Étoile avant de grimper l'échelle. Le problème n'est pas tant que Bitsy ait accouché un enfant toute seule. C'est plutôt que jour après jour j'ai le sentiment qu'elle s'éloigne un peu plus. Pourquoi ne partirait-elle pas ? Elle fait partie de la communauté d'Hazel Patch. Son frère est à Philadelphie. Et puis elle a un amoureux, Byrd Bowlin !

Je me contorsionne pour essayer de trouver une position confortable. C'est à ce moment-là que je le sens. Pas vraiment un coup de pied ni une secousse. Un chatouillement plutôt. Cela fait plus de vingt ans, mais cette sensation, je la reconnaîtrais entre toutes. Je pose les mains sur le bas de mon abdomen. Quelque chose bouge en moi. Quelque chose de vivant.

Coups de pied

Comment ai-je pu ne pas m'en rendre compte ? Cela dit, je n'ai pas eu mal au cœur et je ne me suis pas sentie fatiguée plus que de coutume. Quant à mes règles, elles ont toujours été irrégulières. À quand remontent les dernières ? Nouveau papillonnement dans mes entrailles. Inutile de faire le calcul. Il n'y a guère qu'une seule nuit où j'aurais pu tomber enceinte… À travers les fentes de la paroi, je vois les lumières s'éteindre dans la maison.

— Clair de lune ! je chuchote à l'adresse de ma vache à l'étage au-dessous. On va avoir un bébé !

L'espace d'un instant, dans l'obscurité, la joie m'envahit, mais elle est de courte durée.

Rapidement des peurs m'assaillent, pareilles à un nid de frelons auquel on aurait donné un coup de pied dans l'herbe. Comment annoncer à Hester qu'il va être père ? Je me vois mal lui cacher la vérité. D'un autre côté, serais-je capable d'élever seule un enfant ? À la terreur succède le désespoir. La honte ! Les ragots… On va me traiter en paria, et c'en sera fini de ma brève carrière de sage-femme.

En dépit du froid dans la grange, j'attends quelques heures que Bitsy s'endorme avant de regagner la maison à pas de loup et de me glisser sous les couvertures. Je reste allongée là à regarder par la fenêtre. Bitsy m'aidera peut-être. Elle aime bien les enfants… Non, elle veut aller vivre avec Bowlin. Becky Myers, alors ? Non, elle est trop convenable. De toute façon, elle est déjà loin à l'heure qu'il est. Mme Maddock ? Grotesque ! Je n'ai eu qu'une seule conversation en tête à tête avec elle. Ça ne fait pas de nous des amies intimes !

Le lendemain matin, pendant que Bitsy trait Clair de lune dans la grange, je me plonge dans mon manuel d'obstétrique en quête d'une solution. Je m'efforce de me rappeler ce que Mme Kelly m'a dit à propos d'une concoction à base de tanaisie et de menthe pouliot, susceptible de provoquer le retour des règles.

Dans mon souvenir, elle avait conseillé à Molly Doyle, qui avait déjà neuf enfants, d'en boire trois fois par jour.

— Cette teinture rétablit parfois la régularité, avait-elle expliqué à la pauvre femme épouvantée. Dieu décidera si vous devez avoir un autre enfant ou non.

Cela m'avait choquée sur le moment. Nous étions toutes les deux de bonnes catholiques. Sur ce ton moralisateur propre à la jeunesse, je lui avais demandé :

— Comment pouvez-vous faire une proposition pareille, vous, une sage-femme ? Vous êtes ni plus ni moins en train de lui suggérer d'avorter !

— Tu peux voir les choses sous cet angle, m'avait répondu Sophie, ou bien considérer la mère comme un être à part entière. Survivra-t-elle à une autre grossesse ? Qu'elle soit catholique, baptiste ou hindoue, toute femme a ses limites. Et puis cette famille peut-elle se permettre de nourrir un enfant de plus sans sombrer dans la pauvreté ? Ces plantes ne sont pas si puissantes. Elles font parfois effet, mais pas toujours. C'est au Seigneur de déterminer qui doit vivre ou pas.

Voilà que je songe moi-même à prendre ce breuvage. J'exerce une pression au-dessus de l'os pelvien. Comment de mois se sont écoulés depuis que j'ai couché avec Hester par cette nuit de tempête ? Début août, fin juillet. On est à la mi-octobre. Quatorze semaines environ ! D'après DeLee, c'est trop tôt pour sentir un mouvement. Et trop tard pour une faussecouche. Mais il ne sait pas tout, si ?

13 octobre 1930. Lune décroissante encore haute dans le ciel rose de l'aube.

Autant le consigner. Avant-hier Bitsy a mis au monde, seule, son premier bébé. La mère était la cousine de Mildred Miller, Fiona Washington, de Cold Springs. Travail très bref, moins d'une heure. Je n'aurais pas pu arriver à temps. Pas de difficultés. Étaient présentes Mildred Miller et Bitsy. Enfant mâle. Poids inconnu.

Liberty

L'air est vivifiant comme une pomme cueillie sur l'arbre. On sent l'odeur des premières gelées sur les feuilles mortes. Il fait presque nuit et la lune pleine aux trois quarts monte au-dessus de la montagne, grosse comme un œuf d'oie.

— C'est Maddock ? demande Bitsy alors que nous remontons Wild Rose à cheval après être allées cueillir des noisettes dans le bosquet.

Nous n'avons jamais reparlé de notre querelle. Le lendemain matin, on a tout bonnement vaqué à nos occupations. Après ça, on était tellement occupées à couper du bois, on n'y a plus pensé. Les petites noisettes s'entrechoquent dans le sac de jute à moitié plein que je tiens sur mes genoux.

— Est-ce lui ? insiste Bitsy. Là-bas, près de sa clôture.

En costume sombre, coiffé d'un chapeau, M. Maddock nous attend près de sa boîte aux lettres. Dans la pénombre, j'entrevois son visage blanc, de marbre. Il tend la main comme un agent de la circulation.

— Le shérif Hardman vous cherche, nous annonce-t-il, et l'effet apaisant du crépuscule s'évanouit en un éclair.

C'est bien la dernière chose à laquelle je m'attendais. Avec les soucis que me cause ma grossesse, nos autres ennuis ont été relégués au second plan. Divers motifs expliquant la visite du policier me passent par la tête : il est venu nous interroger à nouveau au sujet de Thomas, il est au courant pour le bébé que j'ai enseveli derrière la grange, ou il vient finalement m'arrêter, comme je l'ai tant redouté, à cause de ce qui s'est passé à Blair Mountain.

— Savez-vous ce qu'il nous veut ? je demande d'un air dégagé, comme si une visite de Hardman était la chose la plus naturelle au monde, alors que je tremble intérieurement.

— La femme de l'épicier est sur le point d'accoucher. L'aveugle. Son mari, M. Bittman, a prié Hardman d'aller vous chercher sur-le-champ. Ma Sarah lui a dit que je vous emmènerais.

Il détourne les yeux, un peu gêné de se conduire ainsi en bon voisin. J'ai toujours l'estomac noué, même si je me dis que Hardman cherche peut-être simplement à se rendre utile.

Quarante-cinq minutes plus tard, alors que j'ai juste pris le temps de me débarbouiller, d'embarquer ma sacoche et de nourrir les bêtes, nous arrivons à Liberty dans la camionnette de M. Maddock.

On accède à l'appartement des Bittman situé au-dessus de l'épicerie par un escalier au fond. Parvenue sur le porche en bois, je tape deux petits coups pendant que notre chauffeur s'éloigne déjà. C'est Mme Wade qui vient m'ouvrir, ce qui me surprend. Encore elle, cette sœur de Hardman qui a failli me rendre folle à l'accouchement de Prudy Ott !

— Qu'est-ce qui vous a pris tout ce temps ? lance-t-elle en guise de bienvenue. Nous nous sommes fait un sang d'encre.

Cinq personnes assises autour d'une table en chêne ronde derrière elle finissent de souper. Lilly, la jeune femme enceinte, une grande rousse, fixe un espace au-dessus du poêle, mais son visage est orienté vers nous.

— Oh, Patience ! s'exclame-t-elle en riant. On est si contents que vous soyez là. Maman s'est tracassée toute la journée, mais je vais bien. Voici mes parents, M. et Mme Wade, mon oncle Billy Hardman, et bien sûr B.K., mon mari. Bitsy est-elle avec vous ?

— Je suis juste derrière vous.

Bitsy est déjà entrée. Elle pose la sacoche et touche l'épaule de Lilly qui se tourne vers elle et l'étreint. Si Mme Wade est toujours offensée par la couleur de peau de mon assistante, elle s'abstient d'en faire état. Pour sa fille aveugle, nous sommes tous pareils, comme ça devrait être.

— Vous sentez bon, dit Lilly à l'adresse de Bitsy.

— Ça doit être le savon fabriqué par Patience. Elle met de la lavande dedans.

— Vous devriez en faire pour le magasin, alors ! C'est possible, B.K., n'est-ce pas ? Ne serait-ce pas merveilleux ? Si le prix est abordable, ces dames se l'arracheront.

— Oui, ma chérie, répond B.K. en se levant pour aller porter son assiette dans l'évier.

La belle rousse interrompt ses bavardages et se met à dodeliner de la tête. Ce geste ne m'est pas familier, mais je suis capable de reconnaître une contraction. Tout le monde se tait. B.K. se glisse derrière Lilly pour lui frictionner les épaules. Quand la douleur est passée, elle pose la tête contre le ventre de son mari.

— Merci, mon cœur.

— Doux Jésus, combien de temps est-ce que ça doit durer ? se récrie Mme Wade.

— C'est à la sage-femme de le déterminer, Bertha, réplique l'épicier. Vous pouvez prendre un instant de répit maintenant, retourner dans la chambre d'amis et lire un peu.

Sa belle-mère lui jette un regard noir mais obtempère, quittant la pièce d'un air digne après avoir débarrassé la table.

— Je vais dans mon bureau, annonce M. Wade. Appelez-moi si vous avez besoin de quelque chose.

— Je ferais mieux d'y aller aussi, embraie Hardman, alias oncle Billy. Je suis passé chez vous et j'ai attendu un moment, mais je devais retourner en ville. C'est Maddock qui vous a conduites ? C'est un drôle d'oiseau, celui-là…

Sans attendre mon avis sur la question, il enfile sa veste.

— Fais-nous ça bien, ma jolie ! lance-t-il à sa nièce en guise d'encouragement. J'ai quelque chose pour vous, madame Murphy, ajoute-t-il à mon adresse avant de se diriger vers la porte.

Ce n'est pas de bon augure.

— Pour moi ?

Il pointe son menton vers le porche. Dehors le brouillard s'est installé, faisant taire les rues. Hardman sort de sa poche une feuille de papier jaune pliée en quatre.

— Ça fait un bout de temps que ça traîne dans le tiroir de mon bureau.

Je prends le document d'une main tremblante. Voilà venu le moment que je redoutais depuis toujours. C'est un avis de recherche avec ma photo.

En le dépliant, je découvre, abasourdie, le dessin d'une femme qui me ressemble vaguement. Elle a les cheveux foncés – là-dessus ils ne se sont pas trompés –, porte des lunettes à monture d'acier, mais le visage est trop long, et les yeux en amande ont quelque chose d'asiatique. L'artiste a dû amalgamer diverses descriptions un peu vagues.

La légende dit :

« Une récompense de deux cents dollars est offerte pour l'arrestation d'Elizabeth Snyder, la trentaine, syndicaliste et radicale connue de Pittsburgh. Acolyte de l'agitatrice Mère Jones, Mme Snyder est soupçonnée du meurtre d'un mineur, Ruben Gordesky, de Matewan. Si vous détenez des informations susceptibles de révéler le lieu où se trouve la suspecte, veuillez en aviser la police. »

— Presque tout ce que dit cet avis est faux, je déclare en relevant les yeux.

— Je sais, reconnaît Hardman. Le portrait n'est pas très ressemblant non plus. Ça explique qu'il m'ait fallu tant de temps pour faire le lien.

— Je n'avais rien d'une organisatrice. J'étais juste sympathisante. L'organisateur, c'était mon mari, Ruben Gordesky, un homme merveilleux qui n'a jamais été mineur. On habitait à Pittsburgh ; il travaillait pour l'UMWA. Il était descendu dans le sud de la Virginie occidentale dans l'espoir de calmer les mineurs, d'éviter l'émeute. Je suis fière de lui. (C'est lorsque je prononce le nom de Ruben que les larmes viennent.) Qu'allez-vous faire maintenant ?

— Ça, me répond-il en me regardant droit dans les yeux avant de déchirer le document et de le fourrer dans la poche de sa chemise.

— Et les autres policiers qui rôdent dans les parages ? Les étrangers. Sont-ils au courant ?

— Ils sont venus dans la région pour un autre motif. Ce sont des employés du fisc de Pittsburgh. Quelqu'un dans le comté de l'Union importe de l'alcool de contrebande en ville. Ils n'en ont rien à faire de Blair Mountain et de ce qui s'est passé là-bas. Personne ne s'y intéresse. Ça fait des années qu'on a renoncé à engager des poursuites.

Je pousse un soupir en portant mon regard sur les réverbères à gaz. Dans le brouillard, on les croirait auréolés d'un arc-en-ciel.

— Ça a été le pire jour de ma vie, je reprends à voix basse. Ils nous ont tiré dessus. Ruben était à terre. Un des hommes de main de la compagnie s'était mis à califourchon sur lui. J'ai voulu l'empêcher d'étrangler mon mari… Je lui ai fracassé le crâne en essayant de le défendre… C'était un accident.

— Je vous ai observée pendant toute une année. Vous n'avez rien d'une meurtrière. Vous êtes trop douce.

Je ne devrais pas broncher, mais je ne peux pas laisser passer ça.

— Les sages-femmes ne sont pas douces. Nous sommes des guerrières.

Hardman sourit.

— D'accord. N'empêche que vous ne feriez pas de mal à une mouche à moins d'y être obligée. Pas sciemment. Je le vois bien.

Il pose une main sur mon épaule, un geste raide, d'acceptation. J'ai envie de le serrer dans mes bras mais, à cet instant, Bitsy m'appelle de la chambre à grand cri.

— Patience ?

— Il faut que j'y aille, dis-je en ouvrant la porte grillagée.

— Faites-nous ça bien, mon ange ! (Il emploie la même formule qu'avec sa nièce.) Et dites à Bitsy de transmettre mon bon souvenir à Thomas. Proudfoot est un brave type. Après que Katherine MacIntosh m'a fait part des velléités suicidaires de son mari, j'ai laissé tomber mon enquête. J'ai clos le dossier hier finalement, en concluant que William s'était donné la mort.

Dans la cuisine déserte, je m'adosse à la porte. Tout a changé dans la pièce : la lumière est plus forte, les couleurs plus vives, les ombres moins profondes.

— Patience ? m'appelle à nouveau Bitsy. Patience, où êtes-vous ?

J'ai envie de lui dire que l'on vient de me décharger d'un grand poids. Que son frère est hors de danger, que les policiers ont officiellement abandonné l'affaire. Mais je n'en ai pas le temps.

— J'arrive !

Dans la petite chambre à coucher des Bittman, on a éteint les lumières et allumé des bougies. Il y a peu de place pour se mouvoir, mais notre patiente en tire le meilleur parti. Debout au milieu du tapis tissé bleu dans sa chemise de nuit à carreaux de la même couleur, elle oscille d'avant en arrière le temps d'une contraction en émettant des petits cris aigus. On dirait presque qu'elle chante. Bitsy me jette un coup d'œil, le front plissé, se demandant où j'étais passée. Même si j'en avais le temps, je n'essayerais pas de lui expliquer.

— Je suis là, Lilly. Patience, dis-je en lui effleurant le bras. Les douleurs viennent-elles régulièrement maintenant ?

— Toutes les cinq minutes, exactement, répond B.K. en consultant sa montre de poche.

— Eh bien, si vous êtes prête, j'aimerais vous examiner et voir où en est le bébé. Bitsy et moi allons rester jusqu'au bout.

Lilly trouve son chemin à tâtons jusqu'au lit et, sans hésitation, elle s'assied et remonte sa chemise. Sa culotte est sèche.

— Pas de perte des eaux encore ?

— Je ne crois pas.

Ses yeux bleus très pâles, grand ouverts, fixent le plafond, ne voyant que l'obscurité… Ou peut-être du rouge ou du bleu… Comme quand on s'allonge au soleil, les yeux clos, et qu'on voit des lumières de toutes les couleurs.

Je pose les mains sur son ventre pour sentir la position du bébé. Puis je prie Bitsy de vérifier son rythme cardiaque.

— Cent trente battements à la minute environ, annonce-t-elle avec un sourire, et la tête est descendue.

Je contrôle à mon tour et opine du bonnet. Cent trente.

— Est-elle proche ? demande B.K. près de la porte, le dos tourné.

— Je dirais que le bébé sera là après minuit, dis-je, éludant la question, puisque cela pourrait vouloir dire deux heures aussi bien que six heures du matin. Nous y verrons plus clair d'ici une heure ou deux. Ce serait bien que Lilly se repose.

— Par tous les saints ! C'est hors de question, proteste la jolie rousse. Ça fait moins mal quand je suis assise ou quand je marche. Vous avez fini, madame Patience ? (Ce « madame Patience » me donne des frissons, mais je laisse passer.) Oh ! En voilà une autre.

Elle se lève d'un bond et se balance des pieds à la tête, ses longues boucles rousses suivant le mouvement.

B.K. s'avance, avide de l'aider sans trop savoir que faire.

— Tenez-la comme ça, lui conseille Bitsy.

Elle l'invite à approcher et à prendre sa femme dans ses bras de manière à ce qu'elle puisse s'adosser contre lui.

— Elle était carabinée, celle-là ! nous informe Lilly.

— Tant mieux. Les fortes font venir le bébé. Je vais m'assurer que notre matériel est prêt. Les draps ont-ils été stérilisés ?

— J'ai pris des cours avec Becky l'infirmière avant qu'elle parte pour Charlottesville. Maman et moi avons tout repassé et enveloppé dans du papier journal.

— C'est parfait. Elle donne de bonnes leçons.

Je me glisse hors de la chambre. L'appartement est si exigu que j'entends la patiente fredonner à travers la paroi. Maintenant que Bitsy a décidé qu'elle était une grande sage-femme, j'ai l'intention de la laisser prendre la direction des opérations pour voir comment elle s'en sort.

Bertha

En retournant dans la cuisine faire du thé et vérifier que tout est prêt, j'ai la déconvenue de trouver Mme Wade de retour à la table.

— Re-bonjour. Je croyais que vous faisiez la sieste.

Elle a beau être la mère de Lilly, pas question d'avoir cette fouineuse aux abords de la patiente pour la mettre à cran.

— J'ai essayé mais je n'y suis pas arrivée. C'est notre fille unique, vous comprenez. Nous l'avons adoptée parce que nous ne pouvions pas avoir d'enfant. Et puis elle a perdu la vue… Je suis bien consciente de la surprotéger.

— Elle n'est pas aveugle de naissance ?

— Non. Elle a perdu la vue l'année où il y a eu cette épidémie. Une demi-douzaine d'enfants sont devenus aveugles dans le comté. D'autres ont perdu l'ouïe. Aucun n'a subi les deux, Dieu merci ! Lilly est allée à l'école pour aveugles de Charleston pendant quelques années, mais elle nous manquait tellement, nous l'avons fait revenir. Elle sait lire en braille, elle s'occupe des tâches ménagères, elle fait même de la couture.

— Une épidémie, comment ça ?

— C'était ce terrible hiver. La maladie a dévasté Delmont, Liberty, Torrington et Onienda. Lilly avait quatre ans. Tant de petits n'ont pas survécu.

Elle parle d'une épidémie de rubéole, de celles qui durent trois jours. Une souche particulièrement sévère qui provoque de fortes fièvres.

On entend un grognement, puis la voix de B.K. Bittman chantant d'une voix grave : *Le cercle restera-t-il ininterrompu…* Mme Wade me dévisage, les yeux écarquillés. Je pose ma main sur la sienne. Un geste qui me surprend moi-même. Horrifiée de découvrir la présence de cette femme envahissante ici il y a une heure, j'éprouve de la compassion pour elle à présent. Ainsi vont les choses, m'a dit Nora un jour. Peu importe qui ils sont ou ce qu'ils ont fait, quand on entend l'histoire des gens, on les voit différemment.

— *Bientôt, Seigneur, bientôt,* poursuit B.K. d'une voix forte, en s'accompagnant à la guitare. *Une meilleure demeure nous attend.*

Bitsy se joint à lui, puis Lilly.

Bertha sourit.

— Ils sont mariés depuis cinq ans. Nous avions perdu l'espoir d'avoir des petits-enfants. Je pensais que Lilly serait peut-être stérile comme moi, mais Dieu a écouté nos prières.

Stérile, je me dis… Moi aussi je pensais l'être, et voyez ce qui est arrivé !

Pendant l'heure qui suit, tandis que les contractions s'enchaînent, je vérifie à plusieurs reprises le contenu de la sacoche préparé à la va-vite pendant que M. Maddock nous attendait dans sa camionnette. Avec toute cette agitation, j'ai même oublié de manger. Je n'ai rien avalé depuis le petit déjeuner et je me sens patraque. Je demande à Mme Wade un verre de lait. Je ne sais toujours pas ce que je vais faire à propos de ma grossesse. La tristesse me tombe dessus un instant, mais je la chasse comme une mouche. Pas le temps de m'apitoyer sur mon sort.

En jetant un coup d'œil dans la chambre une première fois, je trouve Lilly en train de danser avec son mari en remuant langoureusement les hanches d'une manière que je trouverais gênante si cela ne faisait pas partie du rituel de la naissance. La seconde fois, elle est penchée au-dessus d'une chaise et Bitsy lui frotte le dos. La sueur perle sur son front. C'est bon signe. Croisant le regard de mon assistante, je brandis le pouce.

Bitsy m'imite en s'exclamant :

— Elle est parfaite !

Lilly éclate de rire.

— Je ne vous le fais pas dire ! renchérit B.K.

La troisième fois, je m'engage dans le couloir sur la pointe des pieds, Mme Wade sur mes talons.

— Je peux jeter un coup d'œil moi aussi ? chuchote-t-elle.

J'acquiesce à contrecœur. Au moins, elle a compris que nous voulons les déranger le moins possible. Quand une femme en plein travail a trouvé une routine qui lui convient, il ne faut pas la perturber.

Dans la chambre à peine éclairée par une lampe à gaz, Lilly secoue sa chevelure en gémissant, puis elle ferme ses yeux sans vie et prend une grande respiration.

— Elles sont de plus en plus fortes, maman, mais ne t'inquiète pas.

— D'accord, ma chérie. Je suis fière de toi.

— Comment savait-elle que vous étiez près de moi ? je demande une fois de retour dans la cuisine.

— L'odeur, me répond Mme Wade. Elle dit que je sens le pain sorti du four. Va-t-elle avoir besoin d'un bain de naissance ?

Cette question me déconcerte, et puis je me souviens de la difficile délivrance de Prudy et de la manière dont j'avais inventé ce « bain de naissance » rien que pour écarter Mme Wade, Priscilla Blum et Becky l'anxieuse. Apparemment, Bertha s'imagine désormais qu'un bain est la technique dernier cri pour les femmes sur le point d'accoucher.

— Ont-ils une baignoire ?

— Une petite. Rien à voir avec celle des Ott.

— Bon. On verra. Ça ne peut pas faire de mal, mas elle n'en aura peut-être pas besoin. Prudy était terriblement tendue. Lilly, elle, est décontractée, et c'est ce qu'il faut… jusqu'au moment des poussées. À partir de là, on espère que la femme poussera de toutes ses forces.

D'après les bruits qui me parviennent de la chambre, les contractions sont presque continues maintenant.

— Pourriez-vous faire bouillir de l'eau ? Ça risque de venir d'une minute à l'autre.

Mme Wade s'active, contente d'avoir quelque chose à faire. Je retourne discrètement dans la chambre.

— Oh, Patience ! Je ne sais pas si je vais y arriver ! geint Lilly en m'entendant approcher. Ça fait un mal de chien !

— Il n'y en a plus pour longtemps. Si ça peut vous aider, vous pouvez vous pencher un peu sur le bébé. Pas trop. Ne retenez pas votre souffle.

J'imagine qu'il ne reste qu'une couronne du col. Je me suis aperçue que, à ce stade, entre tout lâcher et pousser, il est bon de donner à la patiente quelque chose à faire. À tout moment maintenant, je m'attends à ce que sa voix baisse. Nous saurons alors que la délivrance est imminente.

Bitsy recule un peu et me prend par la taille. Nous éprouvons toutes les deux du plaisir à voir une femme à l'aise dans son corps. À chaque contraction, les yeux de Lilly s'ouvrent grand, elle prend quelques inspirations rapides et se balance en se cramponnant à son mari.

— Dites-moi quand je dois m'éclipser, bredouille B.K. On a reçu une livraison de boîtes de conserve qui ont besoin d'être rangées sur les rayonnages…

— Non, monsieur Bittman, répond Lilly. Je tiens à ta présence. Tu as contribué à faire ce bébé. Tu peux bien m'aider à le sortir, nom de Dieu !

Cela règle apparemment la question. B.K. hausse les épaules. Bitsy croise mon regard. Nous sommes certaines à présent que la naissance ne va pas tarder. Quand une femme bien élevée commence à jurer, c'est qu'elle est presque prête.

— C'est comme vous voulez, B.K., dis-je pour le rassurer. J'ai eu des pères présents pendant l'accouchement, et ils se sont montrés fort utiles. C'est l'un des avantages des naissances à domicile. À l'hôpital, le père ne serait jamais admis dans la pièce. On a peur qu'il tourne de l'œil. Alors qu'ici on fait ce qu'on veut. Si votre présence aide Lilly, nous n'avons rien contre.

B.K. promène son regard sur les flacons de teinture et d'huile d'olive, les paquets de ciseaux et de ficelle stérilisés, la pile de serviettes posée sur la commode. Puis il tourne le dos, à l'évidence dépassé, mais avant qu'il n'ait le temps de filer, une autre contraction arrive et il est à nouveau mis à contribution pour soutenir son épouse.

Les poussées ne donnent rien dans un premier temps. Mais après que Lilly s'est escrimée pendant une heure, j'appelle Mme Wade pour qu'elle apporte de l'eau chaude. Ce n'est pas elle mais son mari, le regard détourné, qui porte la bouilloire fumante.

— Comment vas-tu, mon cœur ?

— Tu veux rester, papa ? demande Lilly, à la surprise générale.

— Non, m'dame, répond-il avec bonhomie en reculant vers la porte. Je serai dans le salon, la tête sous un oreiller.

— Lilly reconnaît Papa à l'odeur de son tabac et au bruit que font ses chaussures pointure 44, me murmure Mme Wade.

— Je t'entends, maman !

La future grand-mère pose sa main sur la foison de boucles rousses et tiraille doucement dessus.

— On n'arrivera jamais à défaire tous ces nœuds.

Lilly agite sa chevelure avec panache, telle une chanteuse de cabaret. À cet instant, une autre contraction survient. Elle se remet au travail.

Un enfant né coiffé

Bitsy lisse les couvertures et me fait signe pour m'indiquer qu'à son avis, le moment est venu pour la patiente de se coucher, mais je secoue la tête. Lilly ne s'est pas encore plainte d'une sensation de brûlure autour de l'ouverture. Je pense que le bébé n'est pas encore prêt.

— Oh, ma chérie, ma chérie, s'agite Mme Wade, voyant le visage de sa fille virer au rouge écarlate et les veines faire saillie dans son cou. Je suis désolée qu'il te faille subir ça.

— Ce n'est pas grave, maman. Comment crois-tu que les bébés naissent ? répond Lilly en riant entre deux contractions.

B.K. jette un regard compatissant à sa belle-mère.

Finalement, j'interviens :

— Voudriez-vous vous allonger un instant, Lilly ? Pour voir s'il est temps ?

— Vous pensez que ça vient ?

— Bientôt, oui.

Elle se dirige vers le lit en marchant en canard. B.K. l'aide à s'asseoir et se retrouve coincé contre la tête de lit avec sa femme pour ainsi dire sur les genoux. Quand elle écarte les jambes, j'en reste bouche bée. Bitsy et Mme Wade étouffent un cri. Ce n'est pas une petite tête poilue qu'on aperçoit à l'entrée du vagin, mais une étrange boule lisse et humide, surnaturelle. La poche des eaux, intacte. Je n'ai jamais vu un bébé naître coiffé ! Lilly tend le bras pour tâter.

— Est-ce la tête ? Tout va bien ? C'est spongieux.

Ses doigts sont ses yeux. Perplexe, elle continue à tapoter la membrane. Son mari se détourne, redoutant de regarder.

— C'est la poche. Vous n'avez pas encore perdu les eaux. Les sages-femmes d'autrefois disaient que c'était un signe de chance. Continuez à pousser.

Lilly fait ce que je lui dis. Je m'écarte pour laisser à Bitsy la possibilité d'attraper le bébé. Elle s'est chargée en grande partie de la préparation de cet accouchement, et il est clair, depuis la naissance survenue à Hazel Patch il y a quelques jours, que je ne serai pas toujours à ses côtés.

Elle approche, après avoir mis des gants stérilisés. J'enfile les miens aussi. La tête sort peu à peu à l'intérieur de la poche des eaux de plus en plus volumineuse sans éclater pour autant. Visqueuse, elle dilate progressivement l'ouverture jusqu'à ce que le bébé, le sac et tout le reste glissent dans les mains de Bitsy. Elle lève les yeux vers moi, l'air de dire : et maintenant, on fait quoi ?

Je tends la cuvette destinée au placenta, puis je pince la poche pour laisser l'eau s'écouler. Bitsy écarte la membrane du visage de l'enfant, comme je l'ai fait moi-même, il y a longtemps maintenant, avec la tête du poulain lors de la mise bas de la jument.

— Tout va bien ? chuchote Lilly. Je n'entends pas pleurer !

Je prends le bébé sur mes genoux et je le frictionne.

— C'est une fille, et elle se porte bien.

— Elle a les yeux ouverts, précise B.K. qui voit à la place de sa femme. Elle s'agite maintenant. Touche-la.

Il prend la main de sa femme et la pose sur le ventre du nouveau-né.

— Elle devient toute rose, ajoute-t-il au moment où l'enfant émet une plainte rassurante.

Lilly prend sa petite fille toute mouillée contre elle, avec le cordon encore attaché.

— Oh, mon bébé, roucoule-t-elle. Mon bébé. Mon bébé.

Dix minutes plus tard, assise dans le rocking-chair, je regarde Bitsy remettre tout en ordre. Que vais-je faire sans elle si Byrd Bowlin et elle s'en vont ? J'entends Mme Wade sangloter derrière moi.

— Merci, mon Dieu ! Béni soit le Seigneur !

Moi aussi j'ai envie de pleurer. Je ne sais pas trop si c'est le miracle de la naissance qui me fait cet effet ou la fatigue. Sans parler de mon état. Même dans les meilleures circonstances, les femmes enceintes sont émotives.

Je m'essuie les yeux en regardant Lilly et B.K. explorer leur nouveau-né. Il la lui décrit en détail. Avoir un bébé avec un mari tel que lui serait une autre affaire. Moi je n'ai pas de mari, aucun homme avec qui partager un enfant.

— Je pense qu'elle sera rousse, observe le père. Ça n'aurait rien d'étonnant.

La nouvelle maman caresse les petits bras potelés de son enfant. Elle le hume un peu partout, le rapproche de son visage, le lèche. Cela me surprend, et puis je pense à Clair de lune. Elle aussi a léché son petit.

Incapable de se retenir plus longtemps, M. Wade s'avance vers le lit.

— Oh, mon Dieu ! Regardez-la. N'est-elle pas magnifique ?

— Une vraie beauté, renchérit sa femme en écartant les cheveux du visage de sa fille pour lui déposer un baiser sur la joue. Comme sa mère.

— Je vais l'appeler Velvet, annonce la jeune maman. Elle est si douce. Oh, regardez sa petite bouche, comme un bouton de rose, ses minuscules oreilles. On dirait des coquillages.

Elle rit en découvrant son bébé du bout de ses doigts agiles, mutins comme si elle lisait du braille, et sa joie est contagieuse…

D'après ce que nous en savons, nous ne vivons qu'une fois sur cette terre, et nous méritons d'être heureux. Le bonheur est notre mission. Je lève une main mentalement, et l'autre, la plus sage, se tend vers moi.

Qu'il en soit ainsi…

24 octobre 1930. Lune ascendante, argentée.

Naissance d'une nouvelle petite fille. De Lilly et B.K. Bittman, de Liberty. Enfant, Lilly a perdu la vue des suites d'une rubéole, mais on s'en rend à peine compte. Le travail s'est bien passé. Elle a tenu à ce que son mari reste auprès d'elle tout du long.

J'ignore pourquoi Mme Kelly m'a donné l'impression qu'on ne pouvait pas compter sur les époux pendant l'accouchement. Toutes mes expériences à cet égard ont été positives, à l'exception de M. MacIntosh qui a tourné de l'œil. La petite, en bonne santé, est née dans la poche des eaux. C'était la première fois que je voyais ça. Bitsy l'a mise au monde. Elle s'est débrouillée aussi bien que je l'aurais fait. 3,500 kg. Pas de ruptures, saignement faible. La petite s'appelle Velvet.

J'ai eu droit à un crédit de dix dollars à l'épicerie. C'est ce qu'on a eu de mieux depuis longtemps.

42

Péril

Durant les sombres heures de la nuit, j'entends Emma et Sasha aboyer, puis une automobile montant Wild Rose. Seigneur ! Je suis si fatiguée… M. Wade a raté l'embranchement pour Salt Lick quand il nous a raccompagnées à la maison, si bien que nous n'étions pas de retour avant minuit. Je suis restée debout encore un moment après cela, à prendre des notes en buvant du thé à la valériane.

Les phares jettent des reflets vacillants sur le plafond en pente de ma chambre. Qu'est-ce qu'il y a encore ? Une autre naissance ? En m'approchant de la fenêtre à pas feutrés, je découvre non pas un mais trois véhicules qui grimpent la colline. Il se passe quelque chose d'anormal.

— Bitsy ! je hurle à travers la cloison, habille-toi ! (Pas besoin de trois voitures pour venir chercher une sage-femme.) On a des ennuis.

Pendant que j'enfile en vitesse mon pantalon de travail et un vieux chandail marron, j'entends Bitsy poser énergiquement les pieds par terre dans la pièce à côté. En bas, je mets mes bottes, j'attrape les chiens en leur disant de se tenir tranquilles, puis je jette un coup d'œil entre les rideaux. Une camionnette et deux berlines foncées se sont garées devant le portail.

Bitsy rampe à terre pour venir se cramponner à mon genou.

— Qui est-ce ? chuchote-t-elle.

— Je ne sais pas. Je ne vois rien.

Un homme ricane dans des tonalités de fausset. Des portières claquent.

— Chuuuut ! ordonne quelqu'un à voix basse.

— Chut toi-même ! riposte la voix nasillarde.

Nouvel éclat de rire.

— Ils sont au moins une dizaine, je murmure.

Je déglutis avec peine en repensant aux mises en garde de Becky Myers. À cet instant, je vois la bande se coiffer de cagoules blanches. Pas exactement l'accoutrement du Ku Klux Klan. Ça ressemble plus à des taies d'oreiller. Bitsy sait ce que ça veut dire. Becky aussi le savait.

— Je vais chercher mes fusils, souffle Bitsy.

— Non. Ils sont trop nombreux. S'ils sont armés, en cas de fusillade, ils auront forcément le dessus. Pas question de se battre.

Je scrute la pénombre pour essayer de comprendre ce qui se passe. Personne n'est entré dans le jardin encore, mais je vois deux hommes se glisser le long de la clôture, de part et d'autre, et trois autres attacher quelque chose au portail.

Nous n'avons pas le téléphone pour appeler à l'aide. Nous avons bien une voiture à notre disposition, mais malheureusement pas d'essence. On pourrait essayer de prendre la fuite avec Étoile, mais nous serions à découvert dans le champ. Nos assaillants risqueraient de nous tirer dessus ou de nous rattraper avant qu'on n'ait eu le temps d'enfourcher notre monture. Un rugissement se fait entendre. L'instant d'après, la clôture sous le vieux chêne s'enflamme.

— Ça te plaît, l'amie des nègres ?

— Et ta copine couleur crotte en chocolat, elle apprécie ? enchaîne le type à la voix de tête, qui tient un récipient en verre qui brille à la lueur du brasier.

Je plaque mes mains sur les oreilles de Bitsy, mais elle les écarte d'une secousse. J'ai senti des larmes sur ses joues.

— T'es qu'une roulure, l'amie des nègres... Hé, passe-moi le bocal.

La clôture brûle des deux côtés maintenant, nous enveloppant dans un cercle de feu. Nos agresseurs reculent tandis que l'un d'eux verse de l'essence sur la croix tordue arrimée au portail. Elle s'embrase d'un coup.

— Je suis vraiment désolée, murmure Bitsy, comme si elle y était pour quelque chose, puis elle s'aplatit un peu plus à terre et va s'adosser au mur.

— Chut ! fais-je en lui caressant les cheveux.

Pas question qu'ils s'emparent d'elle. Je ne les laisserai pas poser leurs sales pattes blanches râpeuses sur son magnifique corps brun. Il faudra qu'ils me tuent d'abord.

Emma recommence à grogner. Je lui administre une petite tape sur le museau. J'ignore quel avantage nous procure le silence, mais j'en ai besoin. Le feu est dangereux, mais ces types veulent peut-être juste nous faire peur, nous intimider. (Si tel est leur objectif, ça marche.)

De nouveaux jurons fusent. Une nouvelle bordée d'injures.

— Sortez, salopes ! Venez faire la fête !

— Oui, on veut des chattes !

— Tu prends la blanche. Je prends la noire.

— Moi je m'occupe des deux !

Ils continuent leur manège un moment. Ces hommes capuchonnés n'ont pas de visage. Ça pourrait être n'importe qui. Une remarque de Becky me revient à l'esprit : quand les temps sont durs et que les gens souffrent, il y en aura toujours qui cherchent à faire du mal autour d'eux.

Bitsy sanglote. J'aimerais pouvoir en faire autant, mais à quoi bon ? Je pleurerai après. Si tant est qu'il y ait un après.

— Ressaisis-toi, Bitsy, et va chercher tes fusils si ça peut te faire plaisir.

Elle se faufile à quatre pattes vers la remise où sont rangés son fusil et sa carabine. Elle revient à croupetons et s'adosse à la porte pour les charger. J'ai la bouche sèche comme une balle de foin. Si elle me confie une arme, serai-je capable de m'en servir ?

Des ombres dansent dans les flammes. Des odeurs de kérosène et de bois brûlé flottent dans l'air. Un homme petit et mince extirpe un piquet à demi consumé de la clôture et l'agite comme une torche.

Trois de ses compères l'imitent. Puis quelqu'un a l'ingénieuse idée de lancer son brandon sur la maison.

— Fais attention, tu as failli m'atteindre ! beugle l'homme à la voix grave.

— Et puis merde, Aran ! On s'amuse, c'est tout.

Une échauffourée s'ensuit, puis le grand type assène un coup dans la mâchoire du plus petit.

— J'ai dit, pas de noms !

Aran. C'est l'un des frères Bishop, les contrebandiers d'alcool qui ont fait passer un mauvais quart d'heure à Hester. Que leur a-t-on fait, pour l'amour du ciel ? Et le petit qui a une grande gueule, ça doit être Beef, celui qui s'est acharné à rouer son cheval de coups alors qu'il était mort.

Ces membres du KKK – ou prétendus membres –, qui qu'ils soient, continuent à expédier des bâtons enflammés sur notre toit.

— *Eh, les filles de Buffalo, n'allez-vous pas sortir ce soir, sortir ce soir, sortir ce soir* ? chante quelqu'un.

— La mienne, en tout cas, elle sera contente de sortir.

Ils s'esclaffent de plus belle. Jettent d'autres torches. Un brandon tombe sur le porche mais il glisse et disparaît dans les feuilles. La terre est trop mouillée pour que l'incendie se propage, mais si le feu prend dans les bardeaux, notre toit s'enflammera comme une urne.

— Il faut qu'on sorte d'ici, Bitsy. On va foncer vers la grange et libérer les bêtes au cas où ils tenteraient de l'incendier. Dans la confusion, on arrivera peut-être à enfourcher Étoile et à prendre la fuite. En restant ici, on mourra brûlées vives ou on se fera capturer. Pas question que ces types posent leurs sales pattes sur nous.

En mon for intérieur, je me dis que je préférerais périr dans le brasier, mais j'exagère peut-être.

Nous attrapons nos vestes et rampons vers la cuisine. Et les chiens ? Si je les lâche, ils attaqueront les intrus, ils risquent d'être abattus. Si on les laisse dans la maison et si elle prend feu, c'est eux qui brûleront vifs. Je ne sais pas quoi faire, à part sauver nos peaux… Pendant que les autres continuent à s'égosiller, j'embrasse les deux chiens sur la truffe et je me glisse dehors. Sasha geint.

— Chut ! je lui ordonne.

Je ferme la porte derrière moi, la mort dans l'âme.

Les Buffalo girls

Protégées par l'ombre de la maison, nous nous élançons vers la grange à croupetons. À l'intérieur, Étoile hennit, mais dès que je pose les mains sur elle, elle se calme. Nous commençons par pousser Clair de lune et son veau dans la cour. Clair de lune ouvre de grands yeux blancs en voyant le feu et trottine vers l'arrière de la ferme, suivie par son petit. Ensuite nous attrapons les poules qui refusent de sortir de leurs niches jusqu'à ce qu'on les empoigne pour les jeter entre les battants. Je les comprends. Qui a envie d'être arraché de son lit douillet pour être précipité dans la nuit ?

Mon regard se pose un instant sur l'Oldsmobile. Si seulement on pouvait faire tourner le moteur et filer à tombeau ouvert sous le nez de nos assaillants.

Mais il ne reste pas une goutte d'essence dans le réservoir. De toute façon, leurs véhicules bloquent le chemin. Pour finir, je me hisse sur le dos de la jument en m'aidant de la paroi lattée de son box. Bitsy me tend sa carabine avant de monter derrière moi.

— Attends, dis-je en pointant le doigt vers deux sacs de fourrage blancs vides accrochés au bac à foin.

Sans trop savoir ce que j'ai l'intention d'en faire, j'en enfile un sur ma tête et je tends l'autre à ma compagne.

— Quoi ? (J'imagine assez bien sa mine sidérée.) Je ne vois plus rien.

J'ôte prestement nos cagoules improvisées et j'attrape la faux pendue au mur dont je me sers pour ménager deux trous pour les yeux dans chacun. Coiffées à nouveau de ces sacs, nous échangeons un regard. J'aurais éclaté de rire si la situation n'avait pas été aussi terrifiante.

Dehors, Étoile frémit et bronche en découvrant l'incendie, mais je la guide vers l'autre côté de la grange. Les hommes, qui continuent à s'époumoner devant la maison, ne se sont pas rendu compte de notre départ.

Nous avons deux solutions. Poursuivre sur notre trajectoire en faisant le tour de la clôture et nous échapper par derrière ou bien… Je n'apprécie pas trop l'idée de prendre la fuite en abandonnant notre petite maison, la grange, les chiens à la merci de ces imbéciles. J'ai fui toute ma vie !

Ces malfrats nous ont traitées de « filles de Buffalo ». Les soldats de Buffalo sont les courageux cavaliers noirs qui se sont battus dans l'armée de l'Union pendant la guerre de Sécession. Ça règle la question !

— Brandis ton arme bien haut pour qu'ils la voient, Bitsy. Changement de tactique. Ces types ont mis ma patience à bout !

— Oh, madame Patience ! coasse Bitsy, mais elle fait ce que je lui demande.

— Hé ! les filles de Buffalo, vous allez sortir ce soir ou pas ? roucoulent les brutes d'une voix avinée.

Leurs rires sauvages vont crescendo, le feu redouble et deux autres piquets en feu tourbillonnent en direction de notre toit.

Je lance mon cheval au petit trot.

— Cramponne-toi, je grogne, plus pour moi-même que pour Bitsy.

Je ne sais pas trop ce que je fabrique mais je n'ai aucune envie de filer en catimini pour retrouver notre petite maison réduite à un tas de cendres en revenant au matin.

— Putain de taies d'oreiller ! je hurle, recourant au pire vocabulaire à mon actif tandis que nous galopons vers la lumière, droit sur la bande.

La colère et la peur jaillissent de moi sous la forme d'un rugissement. Si le shérif Hardman me voyait maintenant, il ne me traiterait pas de douce. Je suis plus ivre que tous ces hommes réunis.

— Putain de têtes d'oreiller ! répète Bitsy en tirant un coup de feu en l'air.

Nos agresseurs interrompent brusquement leurs chants. Dans la clarté vacillante des flammes, ils sont dans la confusion totale. Qui sont ces cavaliers masqués surgis de nulle part ? Bitsy et moi, montées sur un animal aux yeux fous qui les domine de toute sa taille.

— Qu'est-ce que vous faites ici ? je gronde de ma voix la plus basse tout en poussant ma monture plus avant au sein du groupe.

Bitsy se penche et arrache une cagoule au passage. Trop abasourdi pour protester, l'homme se couvre le visage et fonce vers sa camionnette.

— Lâche ! je braille de dessous mon sac poussiéreux.

Bitsy se prend au jeu et tire deux autres coups de feu en l'air.

Je fais valser Étoile de droite à gauche le temps d'ôter trois autres taies d'oreiller. Les autres hommes esquivent et déguerpissent comme des crabes en se cognant les uns aux autres. Ils ne se doutent pas une seconde que ces cavaliers vengeurs ne sont autres que Bitsy et moi. Les filles de Buffalo ! Nous avons la situation en main maintenant.

Je suis sûre d'avoir des flammes qui me sortent par le sommet de mon crâne. La fureur me rend intrépide. Je n'ai pas ressenti ça depuis cette fameuse journée à Blair Mountain. Toutes les souffrances, les inquiétudes des derniers mois, la tristesse, mes peurs explosent pareilles aux feux d'artifice du 4 Juillet. Heureusement que c'est Bitsy qui manie le fusil. Si c'était moi, je serais un danger public.

Je m'enfonce encore un peu plus parmi les gaillards, rendant la jument plus anxieuse que nécessaire en lui tournant la tête en tous sens. Elle hennit, s'ébroue. Le petit homme à la voix nasillarde tombe à genoux presque sous ses pattes. Ça ne me dérangerait pas de le piétiner, mais un de ses frères l'écarte d'une secousse et le fourre dans la Ford T.

— Tu as raison, Beef, je hurle. Cours ! Toi aussi, Aran Bishop ! Emmenez vos copains. Fichez le camp, votre sale queue de poltron entre les jambes.

Les deux premières voitures ont déjà fait demi-tour et dévalent Wild Rose. À tâtons, les autres s'efforcent de démarrer la troisième.

Bitsy me flanque un coup de coude en pointant le menton vers la colline. Au loin, une autre rangée de phares approche. Nous ne sommes pas au bout de nos peines.

Souviens-toi de moi

La clôture est un cercle de feu avec la croix en travers toujours en flammes alors que la nouvelle caravane de KKK s'achemine vers nous. Nous devrions partir pendant qu'il en est encore temps, mais sous l'emprise d'une indignation légitime, je ne me contrôle plus. Si d'autres taies d'oreiller veulent s'en prendre à nous, je les attends de pied ferme !

Trois véhicules dévalent Wild Rose tandis que trois autres remontent la route. Ils se croisent sans s'arrêter. Les nouveaux arrivants s'immobilisent devant notre portail.

— *Oh Seigneur, oh Seigneur !...*

C'est le révérend Miller, sa femme, Byrd Bowlin et Twyla, de Hazel Patch, chantant à tue-tête. Derrière eux j'aperçois une camionnette et une Ford T.

— *Quand je suis dans la détresse, souviens-toi de moi.*

Bitsy se laisse tomber au bas de notre monture et s'effondre à terre. Je glisse près d'elle et, nous sentant ridicules, nous ôtons toutes les deux nos masques de fortune.

— Vous n'avez rien ?

Nos amis de Hazel Patch descendent de voiture. Daniel Hester jaillit à son tour de sa Ford. Dans la camionnette, je découvre M. Maddock et sa femme, Sarah Rose. Sans dire un mot, Maddock se précipite sur la croix incendiée et entreprend de taper dessus à coups de pied avec une brutalité qui me surprend. Byrd prend Bitsy en larmes dans ses bras.

— Vous n'avez rien ? demande à nouveau le révérend, enjambant une planche en feu pour m'aider à me relever.

Derrière lui, je vois Hester approcher dans sa longue blouse de vétérinaire.

— Non, ça va.

J'ai les jambes en coton et envie de vomir, mais pour je ne sais quelle raison absurde, j'estime que je dois me montrer forte.

— C'était moins une, dis-je, traitant la chose à la légère. La vision de Bitsy et moi sur notre cheval imposant les a pris au dépourvu. Et puis Bitsy a commencé à leur arracher leur cagoule… Vous les avez vus ? Ils cherchaient à se faire passer pour le Ku Klux Klan.

Je ramasse une taie d'oreiller abandonnée pour leur montrer. Pendant ce temps-là, Hester examine rapidement le corps tremblant d'Étoile, s'empare de ses rênes et l'éloigne du feu. Je le regarde passer ses grandes mains le long de son cou, lui parler à l'oreille avant de l'attacher dans les ombres où elle peut se calmer.

— Comment avez-vous su ? Comment avez-vous su que nous avions des ennuis ?

Ma question s'adresse au révérend.

— Le docteur Hester rentrait d'une visite par Salt Lick quand, au loin, il a vu les phares des véhicules entourant votre maison et la clôture incendiée. Il est venu chez moi et a appelé le shérif. Ensuite nous sommes revenus le plus vite possible.

Hester est en train de sortir les chiens qui hurlent. Les pauvres bêtes dévalent les marches, affolées, mais ne trouvent ni menace ni danger. Rien que des amis qui s'empressent de les caresser.

— On est contents que vous alliez bien, conclut le pasteur en me tapotant le dos, puis il se dirige vers Bitsy.

Je m'approche du camion des Maddock.

— Sarah, je bredouille.

J'aperçois un fusil sur ses genoux. Je n'ai aucun doute qu'elle s'en serait servie si nécessaire.

— J'ai eu tellement peur, me dit-elle. Quand j'ai vu les flammes depuis ma fenêtre, j'ai pensé que votre maison était en feu, mais M. Maddock a entendu les types et il a compris que c'était la clôture qui brûlait. C'est à peu près à ce moment-là qu'on a vu la Ford de Hester et les gens de Hazel Patch monter Wild Rose. Je suis navrée de ce qui vous est arrivé.

Elle tend un bras par la fenêtre et m'étreint avec une vigueur surprenante.

Alors que je m'apprête à aller remercier Mme Miller et Twyla, il se met à neiger. Je me dis que c'est trop tôt, mais je ris et lève les bras au ciel. Des petits flocons bien durs tombent à pic sur le sol.

— La plupart des gens du coin ne sont pas comme ces types-là, vous le savez, n'est-ce pas ? dit Mildred en plongeant son regard dans le mien, ses mains sur mes épaules. (Twyla, à côté d'elle, porte son bébé enveloppé dans un châle en laine.) Notre communauté apprécie ce que vous faites, Bitsy et vous.

La jeune maman hoche la tête, et je me rends compte qu'elles ont raison. C'est vrai qu'on nous apprécie. La grande majorité d'entre eux seraient venus à notre rescousse s'ils avaient su ce qui nous arrivait.

Mildred lève son visage vers les flocons.

— Si vous veniez vous installer chez nous, trésor ?

— Ce n'est pas nécessaire. Ça va aller. Ils ne reviendront pas. Nous avons libéré nos bêtes au plus fort de l'assaut pour qu'elles puissent s'enfuir, au cas où nos agresseurs essaieraient de mettre le feu à la grange. Nous devons les ramener au bercail.

— Vous êtes sûre ? (Je hoche la tête.) Bon, dans ce cas… (Elle me prend les mains.) On ferait mieux de rentrer avant que les routes ne soient trop glissantes.

M. Maddock soulève son chapeau et grimpe dans sa camionnette. Les Miller retournent près de leur véhicule en compagnie de Twyla pendant que Bowlin démarre. Je pince les lèvres en voyant Bitsy monter à côté de lui à l'avant. Elle lève la main pour me faire un signe d'adieu.

Quelque part aux abords du pont qui enjambe la Hope, une sirène geint. Le shériff Hardman est en chemin. C'est un peu tard. Le révérend le croisera et lui dira de faire demi-tour. En l'espace de quelques minutes, tout est fini. Hester est le dernier à partir.

— Je vais vous aider pour les bêtes.

— Merci, dis-je d'une voix faible, à bout de forces tout à coup, maintenant que la rage m'a quittée.

Bitsy s'en est allée et me revoilà seule.

En moins d'une demi-heure, nous trouvons Clair de lune et son veau près du ruisseau et rentrons la jument. Il ne reste plus que les poules, mais il fait trop sombre pour les repérer. Je prie pour qu'elles soient de retour au matin.

— Belle auto ! commente Hester en désignant l'Olds garée au fond de la grange.

— Elle appartenait à William MacIntosh, je lui explique. Katherine nous l'a laissée, mais nous n'avons pas de quoi acheter de l'essence.

Il hausse les épaules, l'air de dire qu'il comprend, donne un peu de foin aux animaux avant de verrouiller les portes.

— Je ferais peut-être mieux de rester.

Je sais qu'il dit ça pour se comporter en bon voisin.

— Non, ça va aller, je vous assure. Je n'ai pas besoin qu'on s'occupe de moi, mais merci. Merci pour tout.

Je ne parle pas seulement du fait qu'il ait volé à mon secours. Le bébé me donne un solide coup de pied. Je m'écarte prestement.

Quelques minutes plus tard, Hester démarre sa Ford et descend l'allée.

Autour de moi, le silence. Pas un souffle de vent. Ni aboiements. Rien que la douceur de la neige.

Mme Potts est partie. Thomas Proudfoot, Becky Myers aussi, de même que William et Katherine MacIntosh. Bitsy aussi maintenant, mais je suis encore là et une nouvelle vie va arriver. Les flocons sifflent en se posant sur les vestiges encore fumants de la clôture. Ça sent le feu de camp.

Debout sur le porche, je regarde les phares arrière du vétérinaire rapetisser avant de me faire un dernier clin d'œil. Je le vois s'arrêter à l'intersection entre Salt Lick et Wild Rose et faire demi-tour. Il a dû oublier quelque chose. La Ford remonte le coteau, comme à contrecœur.

— Je ne peux pas m'en aller, dit Hester en claquant sa portière.

— Pourquoi ? Je vous ai dit que je n'avais besoin de personne.

Il relève les yeux.

— Vraiment ? fait-il avec un demi-sourire.

— Bon, d'accord. Peut-être un peu.

C'est un aveu conséquent, venant de moi.

La neige se met à tomber dru, éteignant petit à petit le cercle de feu. Je prends la main de Daniel et la pose sur mon ventre. Les mots sont inutiles. Il me dévisage longuement. Ma grossesse n'a pas l'air de le surprendre outre mesure. Il est médecin des bêtes après tout…

Un refuge

— Sasha ! Emma !

Nous appelons les chiens. Ils se sont bien amusés à courir après les véhicules. Ils se secouent, répandant leur odeur de poil mouillé. Hester jette quelques bûches sur le feu et ouvre le registre du poêle. Puis, sans un mot, nous montons nous coucher. Nous nous débarrassons de nos vêtements encore humides... Tous, y compris nos chaussettes. Nous levons nos pieds glacés et nous blottissons sous la couette en plume de Mme Kelly. Contrairement à la dernière fois, je suis intimidée, ne sachant pas trop ce qui va se passer.

— Ferme les yeux, Patience, me dit Hester. Je serai encore là demain matin.

— Je m'appelle Lizbeth et il faut que je te raconte mon histoire.

Il se met sur le dos, les mains sous la nuque, et répète à voix basse :

— Ferme les yeux, Lizbeth. Je serai encore là demain matin.

Puis il prend une grande inspiration, et je me rends compte qu'il s'est endormi.

Presque toute ma vie, j'ai eu l'impression de rêver. De temps à autre je me réveille, parfois pendant des mois, d'autres fois quelques minutes. Je suis éveillée et je songe aux événements récents et aux gens dont les vies ont croisé la mienne, pareilles aux veines sur les mains d'une vieille dame. Leurs visages défilent... Les déformés, les boiteux, les forts, les affectueux... Car nous sommes tous déformés, boiteux, forts et affectueux.

Les voilà qui flottent au-dessus de la Hope River. Mme Kelly et Mme Potts – bien qu'elles ne se soient jamais rencontrées – se tenant par la main, les cheveux gris, mouillés, plaqués sur le crâne, et puis

Bitsy, Mary et Thomas Proudfoot qui pataugent, silhouettes élancées au bord de l'eau. William MacIntosh est là aussi, qui dérive à plat ventre sur les flots.

Ruben et Lawrence se font la course en plongeant dans l'eau tour à tour. Assise sur la berge verdoyante pour garder ses cheveux au sec, Katherine joue avec le petit Willie. Il y a des écueils incontournables dans la rivière. Certains seront meurtris, d'autres blessés. Certains seront aspirés par les turbulences, d'autres s'en affranchiront.

Je pose la joue sur la poitrine de Daniel et me réfugie dans le doux son de ses battements.

REMERCIEMENTS

Je tiens d'abord à remercier mon mari, Tom Harman, médecin, et ma famille pour leur soutien lors de la rédaction de ce roman, ainsi que mes collègues à Partners in Women's Health Care qui ont accepté mes changements d'emploi du temps dus aux impératifs de l'écriture.

Je souhaite également exprimer ma gratitude à mon éditrice, Lucia Macro, et à sa formidable équipe, qui ont contribué à donner naissance à ce livre, ainsi qu'à mon agent Barbara Braun et à ses collaborateurs pour toute l'aide qu'ils m'ont apportée.

Je ne manquerai pas de faire part de ma reconnaissance à mes camarades écrivains, sages-femmes, amis et muses (vous vous reconnaîtrez) qui ont été les premiers à lire mon manuscrit.

Et enfin, merci aux lecteurs, ces chers lecteurs, pour leurs e-mails d'encouragement. Comme Patience, nous devons écouter le grand cœur qui bat pour nous tous.

Cet ouvrage est composé de matériaux issus de forêts gérées durablement certifiées PEFC™.

Le Programme de reconnaissance des certifications forestières (PEFC™) est le plus grand organisme mondial indépendant de contrôle pour une gestion durable des forêts.

Pour en savoir plus, consultez le site www.pefc-france.org

PEFC PEFC/14-38-00277

Achevé d'imprimer en avril 2024
par Novoprint
Dépôt légal : mai 2024
Imprimé en Slovaquie